FRANCESCO
DIMITRI

LE LIVRE DES CHOSES CACHÉES

Traduit de l'anglais (Royaume-Uni)
par Charles Recoursé

Hugo Thriller

Pour « cette Paola ».
Quand vient la tempête tu en es l'œil,
Quand brûle le soleil tu es une ombre
Et quand tout est bien, alors,
Toi tu es encore mieux.

Sa démarche n'était pas chose mortelle, mais d'un ange :
et ses paroles résonnaient tout autrement que la voix humaine.
Un esprit céleste, un soleil éclatant, voilà ce que je vis.

François Pétrarque, *Canzoniere*, sonnet LXI

FABIO

1

Un couple de retraités allemands est assis à la table d'à côté. Quand le serveur reconnaît mon accent, dont je n'ai jamais réussi à me débarrasser, il me fait un clin d'œil et dit, « Des Berlinois. Ils se sont installés ici le mois dernier. » Il est tout heureux que ce couple ait pris la peine de quitter Berlin, rien que ça, pour venir s'enterrer dans ce trou. Je me demande ce qui les attire à Casalfranco. Le climat ? Il y a des lampes à bronzer en Allemagne. Je jette un coup d'œil dans leur direction ; ils ont l'air heureux. Ça ne durera pas.

Vous l'avez deviné, je n'aime pas cet endroit. Je ne parle pas de cette pizzeria, non, c'est une excellente pizzeria. Je parle de cette ville, de cette partie du monde : les Pouilles. Je vous l'accorde, en cette saison on est saisi par des senteurs de romarin, de citron et de thym en fleurs. Lorsque je suis sorti du taxi en cette chaude soirée de juin, j'ai dû fermer les yeux pour les boire toutes d'un coup, comme un vin doux à un rendez-vous galant. Mais c'est un attrape-nigaud. D'ici trois semaines le soleil aura dissipé les parfums, carbonisé la terre, et les dernières formes de vie se battront pour les quelques gouttes d'eau restant dans le sous-sol. Je ne faisais pas confiance à Casalfranco à l'époque où je vivais ici, et je m'en méfie encore plus depuis que je suis parti. Cette ville est violente. Je ne suis revenu que pour un soir, pour le Pacte. Et, en vérité, je ne suis pas certain que le Pacte tienne toujours. C'est un miracle qu'il ait duré si longtemps.

Je suis à une table dans un coin ; pas n'importe laquelle, *la* table, *notre* table. Elle était libre. Je suis seul avec trois chaises vides et je me demande si les autres vont venir. Devant moi le four à bois, une gueule béante de pierre blanche. Un pizzaiolo à la peau tannée travaille une boule de pâte avec des gestes saccadés tandis qu'un autre envoie une pizza croulant sous le jambon de Parme, la roquette et les copeaux de parmesan. Le brun ne m'est pas inconnu : Guido, Gianni, un truc dans le genre. J'allais à l'école avec un de ses cousins éloignés.

Je suis venu à American Pizza (on ne fait pourtant pas plus italien que leur pizza) directement depuis l'aéroport de Brindisi. Dans la grande tradition du Sud, le taxi que j'avais réservé n'était pas là. Il m'a fallu deux heures pour en trouver un autre, si bien que lorsque je suis enfin arrivé à Casalfranco j'avais vingt minutes de retard sur ce qui, depuis des temps immémoriaux (ou au moins depuis le lycée), était l'heure du Pacte. J'ai appelé ma chambre d'hôte pour prévenir que je viendrai après le dîner. J'avais oublié que dans le sud de l'Italie, quand on a vingt minutes de retard, on a en réalité dix à trente minutes d'avance. Chaque fois j'oublie. Art pense que je le fais exprès, mais je crois que non.

Peut-être que le Pacte est tombé à l'eau.

Je me dis qu'ils vont venir. *Ils vont venir.* Je me le répète depuis l'aéroport. *C'est le Pacte ; ils vont l'honorer.* Le Pacte, c'était une idée d'Art – d'où le P majuscule, parce que Art met toujours des majuscules aux mots, ça augmente leur pouvoir, ça les transforme en Mots. Le Pacte, c'est un jeu idiot auquel j'ai juré d'arrêter de jouer l'année dernière, et si les autres ne se pointent pas (à ce stade je suis pratiquement sûr que ce sera le cas), j'aurai l'air d'un bel idiot. J'aurais pu faire un meilleur usage de la somme que j'ai dépensée pour ce voyage – le vol et la chambre ont coûté une misère, mais depuis quelque temps, pour moi, *une misère* est devenu synonyme de *une fortune*. Malgré tout, je suis venu.

Je grignote une bruschetta très chargée en ail, que je fais glisser avec la fin d'un verre de primitivo, le rouge costaud de la région, quand Mauro fait son entrée dans la pizzeria. Finalement il y en a quand même un qui est venu. Avec son pantalon en toile crème, sa chemise blanche et sa veste bleu marine, Mauro incarne la figure de l'adulte avec une élégance dont je ne peux que rêver. Fidèle au Pacte, je prends acte de sa présence avec un petit hochement de la tête, comme si nous nous voyions régulièrement. Il me rend mon salut et me rejoint à table. Il a pris du poids depuis la dernière fois, il y a deux ans, mais il est mieux coiffé. Deux choses qui me plaisent.

« Ça fait longtemps que tu attends ? demande Mauro en s'asseyant.

— Moins que la dernière fois.

— On progresse.

— Chaque chose en son temps, Mauro. »

Il esquisse un sourire et se sert un verre de vin. « Je ne savais pas si on se reverrait.

— Moi non plus.

— Quand est-ce que tu as atterri ?

— À l'instant. J'arrive de l'aéroport.

— T'es pas passé chez Angelo ?

— Il ne sait pas que je suis là. »

Mauro se défait de son sourire. Nous sommes amis depuis trop longtemps pour cacher ce que nous éprouvons, et en cet instant il pense que je suis un con. Il ne comprend pas ma relation avec mon père, et je ne peux pas lui en vouloir; la plupart du temps, moi non plus je ne la comprends pas.

J'explique: «Je ne dors pas chez lui. J'ai pris une chambre. Je pars demain matin de bonne heure et je trouvais que c'était trop compliqué d'aller chez lui.» *Arrête ton cirque.* Je n'ai pas à me justifier, je ne suis plus un enfant.

«Imagine qu'on croise quelqu'un qui en parle à Angelo.

— Espérons que non.»

Mauro lève les mains, capitule et dit, «Je suis arrivé hier.

— T'as vu Art?

— À ton avis?»

À mon avis, non: ce serait une violation du Pacte. Aussi idiot soit-il, pour nous c'est une affaire sérieuse, ou du moins ça l'était. En tout cas c'est lui qui me ramène à Casalfranco, inexorablement, chaque année depuis dix-sept ans, à l'exception de l'année dernière. Le Pacte réussit là où échoue un veuf octogénaire tel que mon père. Je pense que c'est notre baroud d'honneur, et j'ai bien l'intention d'en profiter.

«Art a pété les plombs», fait une voix derrière moi.

Mauro se lève. «Tony!»

Je tourne la tête et vois Tony qui exécute une révérence. «Maintenant on m'appelle *Tony le Grand.*»

Tony est petit, mais il est si musclé et compact, dans son T-shirt, qu'un seul regard suffit à vous décourager de lui chercher des noises. Il a toujours eu un physique imposant, en même temps qu'un côté bouffon. C'est grâce à lui que les durs de l'école fichaient la paix à Art après quelques tentatives hésitantes – même si Art lui aussi pouvait être effrayant à sa manière. Nous étions persuadés que Tony deviendrait boxeur professionnel, ou homme de main de la Sacra Corona Unita, la Couronne sacrée unie, la mafia locale. Il a fini chirurgien, et pas n'importe lequel. Il y a quelques mois, il a réussi une greffe du cœur particulièrement délicate qui lui a valu son quart d'heure de gloire. Nous nous trompions souvent, à l'époque. Prenez Art, par exemple. Tous les espoirs que nous avions.

Tony pose une main sur mon épaule. « Je vois que tu nous fais l'honneur de ta présence.

— Désolé de ne pas avoir pu venir l'année dernière.

— Tu crois pas si bien dire, mon pote », fait-il en s'asseyant.

Mauro : « J'ai lu un papier sur ton coup de maître.

— Impressionnant, dis-je en souriant. Je pensais pas que tu savais faire la différence entre un cœur et un rein.

— J'ai eu de la chance. Figure-toi que j'avais un cœur dans les mains, j'ai trébuché, je l'ai lâché et il a atterri pile où il fallait. Sauf que », et là il baisse la voix, « entre nous, je suis pas sûr que c'était un cœur *humain*. Si ça se trouve c'était un cœur de chien.

— Tant qu'il bat, dit Mauro.

— Le patient n'aboie pas. Pour le moment. Bon, et vous, comment vous allez ?

— Bien », répond Mauro.

C'est un euphémisme. Mauro n'est pas précisément *modeste*. Plutôt l'inverse. Sa devise serait quelque chose du style, *Si vous ne me connaissez pas, alors je suis trop cher pour vous.* Mauro est avocat à Milan, spécialisé dans la fiscalité et la finance. Il vit à proximité de l'argent, et lorsqu'on vit à proximité de l'argent, une partie en atterrit fatalement dans votre poche.

Quant à moi, « J'ai pas à me plaindre. » Un mensonge.

« Tu m'étonnes », répond Mauro avec un clin d'œil. Il croit que je roule sur l'or, et c'est normal. Il ne sait pas, aucun d'eux ne sait, et pour ce soir ça me convient. Demain j'aurai tout le temps d'affronter le chantier que j'ai fait de ma vie.

Je regarde l'heure. « Qu'est-ce qu'il fiche, Art ? Il est tard. »

Tony rétorque, « Hé, je viens d'arriver.

— Ouais, et t'es en retard, même selon les critères d'ici.

— Fabio, mon ami, tu as faim ? Parce que tu es toujours pénible quand tu as faim.

— J'avoue que j'ai un petit creux. » J'ai déjà presque oublié la bruschetta que je viens d'avaler ; les gens du Sud ont un bon coup de fourchette, et sous-entendre le contraire est une offense impardonnable. Le pouvoir de Casalfranco s'exerce dès qu'on y met le pied. On reprend ses vieilles habitudes.

Mauro fait signe à un serveur. « Des antipasti, s'il vous plaît, demande-t-il. Pour attendre notre ami. »

2

Art a de grandes oreilles et un grand nez, les yeux les plus noirs du monde et des lunettes en cul de bouteille. Au milieu des années quatre-vingt-dix, personne ne l'aurait trouvé séduisant ; la mode n'était pas encore aux intellos. Pourtant ce n'était pas si simple que ça de coller Art dans une case. Malgré ses bonnes notes et son aisance sociale limitée, il avait un truc – une intensité, un *magnétisme*, faute de meilleur terme – qui le distinguait des geeks ordinaires. C'était en partie dû au fait qu'il n'était pas intimidé par les filles (ni par les plus grands, les prêtres et les profs) ; c'est lui qui a fait entrer Anna dans la vie de Mauro, quand nous avions quinze ans.

Anna et Rita fréquentaient la même plage que nous, à Portodimare, un village situé à une quinzaine de kilomètres de Casalfranco. C'était une plage de sable blanc et fin qui s'enfonçait dans une eau à peine moins transparente que l'air.

Quand soufflait la tramontane, la brise du nord, la mer était plate *come une tavola*, comme une table. Depuis le rivage, on voyait le fond de sable et de roches, ainsi que des bancs de *cazzi di Re*, les « bites du Roi », des poissons aux couleurs éclatantes. Ils doivent ce surnom à un dicton local voulant que la bite d'un roi soit toujours plus colorée que la vôtre.

Nous étions habitués aux poissons, beaucoup moins aux filles. Nous avions remarqué Anna et Rita ; leur accent trahissait une origine milanaise, ce qui nous impressionnait légitimement. Nous ignorions comment approcher des Milanaises cosmopolites, raffinées et blasées. Elles nous avaient remarqués (par ennui, je dirais), mais il revenait aux garçons de faire le premier pas. C'était l'impasse : nous leur jetions des regards en coin, elles nous jetaient des regards en coin, chacun restait sur ses positions, jusqu'au jour où Art a déclaré, « Ça suffit. »

Nous avions joué au foot sur le sable brûlant, dans l'espoir que les filles noteraient nos exploits sportifs. En vain. Nous nous étions baignés pour nous rafraîchir, nous avions vidé deux bouteilles de thé glacé que Mauro avait apportées, et nous tirions la tronche assis dans le sable.

« Mais bien sûr, ai-je répondu, agacé. Parce que toi tu sais comment faire. »

Art a penché la tête vers moi et levé deux doigts vers ses yeux, comme pour dire *Regarde bien.* Il a bondi sur ses pieds – et manqué de trébucher sur le ballon. Nous avons pouffé. Il ne s'est pas démonté. Il a redressé ses lunettes et il s'est dirigé, dans son short de bain trop grand, vers l'endroit où Anna et Rita étaient étendues sur leurs serviettes. Là, il s'est accroupi près de Rita et il lui a demandé, « Est-ce que je peux te déranger une seconde ? »

Rita l'a regardé avec dédain. « Si c'est vraiment important.

— J'ai remarqué tes mains.

— Mes mains ? »

Art a acquiescé, et sans broncher il a dit, « Ma mère est gitane. Elle m'a appris à lire les lignes de la main.

— Sans blague. »

Il a ri. « J'ai pas dit que j'y croyais.

— Et pourquoi tu veux lire les lignes de *ma* main ? »

D'un geste souple, Art a pris la main droite de Rita dans la sienne. Elle l'a laissé faire. Penché sur elle tel un gobelin de conte de fées, Art a tracé le contour de sa paume avec l'index de la main gauche. Venant de n'importe qui d'autre, ça aurait été bizarre, mais Art dégageait une telle innocence que même moi je serais tombé dans le panneau, et pourtant je savais pertinemment que sa mère était aussi gitane que moi suédois.

« Tes mains ont une forme particulière, a dit Art. Ma mère dirait que ce sont des mains de rêveuse. Tu es une jeune femme plutôt sensible, je me trompe ? »

Rita était stupéfaite. « Comment tu le sais ?

— Tout est là. Et regarde cette ligne ! C'est la ligne de cœur, tu la vois ? Elle est accidentée. Les autres ne te comprennent pas ; ta sensibilité particulière t'isole. Tu as beau avoir plein d'amis, parfois tu te sens seule.

— C'est... c'est vrai », a acquiescé Rita.

À ce moment, Anna est intervenue. « Tu dis des conneries », a-t-elle dit en poussant Art, plus amusée qu'irritée. Art a perdu l'équilibre et sa posture de gobelin, et nous avons tous éclaté de rire. Ce n'était pas si courant qu'Art soit percé à jour.

Art aussi a ri. « Oui, a-t-il dit. Peut-être. » La glace était brisée, Art avait montré de quoi il était capable et déjà il se désintéressait. Il est comme ça et il l'a toujours été : aussi vite intrigué que lassé. Le Pacte et nous, ses amis, c'est toute la stabilité dont il a besoin.

3

Aucun signe d'Art.

Nous enchaînons les antipasti (pain tiède, jambon de Parme, calamars frits, moules rôties, fromage, légumes grillés et olives – n'importe où ailleurs ce serait un repas complet; ici, c'est un échauffement), les pizzas et deux bouteilles de primitivo, et Art n'arrive toujours pas. Même Mauro paraît déçu, alors que c'est le plus impassible d'entre nous. Le soir du Pacte, on est présent. On peut vivre à l'autre bout du monde, se marier et devenir prince d'un pays lointain, le soir du Pacte, on est présent. Il n'y a pas de *si* ni de *mais*. Ça, c'est la théorie – et la pratique a tenu étonnamment longtemps. La première fois, lors de notre première année de fac, aucun d'entre nous ne s'attendait vraiment à trouver les autres, mais nous étions là, au complet. Ensuite c'est devenu une sorte de jeu, nous respections le Pacte pour voir lequel arrêterait le premier.

Plus nous nous y sommes tenus, plus il a pris du poids dans nos vies. Il y a quatre ou cinq ans, Art nous a dit que nous étions piégés dans une boucle psychologique bien connue: le sujet commence à croire que ses actes sont importants uniquement parce que ce sont ses actes. Plus il fait longtemps une chose, plus la chose lui paraît importante, et moins il croit pouvoir arrêter. *Ça s'appelle une dissonance cognitive. Asseyez-vous à un bureau tous les jours et vous finirez par vous persuader que votre boulot n'est pas du vent, voire par l'aimer. Si vous buvez du vin de messe assez longtemps, vous serez prêts à gober que c'est le sang d'un dieu.* Je lui ai demandé si ça signifiait qu'il ne croyait plus dans le Pacte. Il a répondu, *J'y crois. J'y crois vraiment.*

L'année dernière, j'ai brisé l'enchantement. Je n'avais pas envie de parler de ce qui se passait dans ma vie, ni d'être confronté au succès de Mauro et de Tony. J'avais hésité quant à la manière d'annoncer aux autres que je ne viendrais pas, et pour finir j'avais choisi de ne rien dire car je savais que Tony me le reprocherait, que Mauro désapprouverait, et qu'Art me forcerait la main. Je me suis convaincu qu'évoquer ouvertement le Pacte reviendrait à le trahir et qu'il valait mieux pour tout le monde que je fasse simplement faux bond.

Pendant la soirée, j'ai reçu un appel affolé de Tony ; quelque chose de terrible m'était forcément arrivé. Une fois que j'ai rassuré tout le monde, Art a hurlé *Traître !* dans le téléphone, en riant et en me faisant regretter de ne pas être avec eux. J'ai repensé à ce *Traître !* il y a trois jours quand, en dépit du bon sens, j'ai décidé de venir.

Mauro dit, « Et cette fois c'est Art qui nous plante. C'est toi qui as commencé, Fabio.

— Je n'étais pas disponible.

— On se rend toujours disponible pour le Pacte, dit Tony d'une fausse voix de professeur.

— Combien de fois je vais devoir m'excuser ?

— Un paquet. Mais ça te ressemble de planter tes copains ; Art, ça lui ressemble pas. »

J'attrape mon téléphone. « Qu'on en finisse.

— C'est une violation du Pacte.

— Tony, le Pacte est un truc de gamins.

— Alors qu'est-ce que tu fais ici ? »

Je n'y prête pas attention et je compose le numéro d'Art. Je tombe directement sur son répondeur. « Son téléphone est éteint. »

Mauro fait signe au serveur de nous apporter l'addition. « Il est dans la maison de ses parents ?

— Oui », répond Tony.

Il y a neuf ans, le père d'Art est mort, suivi par sa mère il y a deux ans, et alors Art a décidé de quitter Prague, où il vivait à l'époque, pour revenir habiter à Casalfranco. Nous avons tous été pris par surprise, vu comme il détestait les Pouilles, et Art ne nous a donné aucune explication. En secret, je redoutais que ce ne soit pas un choix très sain. Il filait un mauvais coton. La dernière fois que je l'ai vu, il était plus maigre que jamais et il a passé la soirée à parler des murs en pierre sèche et de leur nature, je cite, *unique et fascinante.*

« On devrait aller voir s'il va bien, dit Mauro.

— C'est une *énorme* violation du Pacte, dit Tony, et il ne plaisante qu'à moitié.

— Tu as dit toi-même que ça ne ressemblait pas à Art. » Mauro se lève. « Je suis garé devant. »

Je m'apprête à objecter que nous avons passé la soirée à boire et que nous ne pouvons pas prendre le volant, et puis je me rappelle où je suis. Non pas à Londres mais dans le Salento, le talon de l'Italie, où personne ne réfléchit à deux fois quand il s'agit de boire et de conduire.

Nous réglons l'addition – ridiculement basse – et nous sortons, pour nous retrouver sur une petite place ronde et pavée. Elle est cerclée de maisons blanches au toit plat, et deux palmiers poussent confortablement dans un massif de fleurs en son centre. Dans un coin, une fontaine rouillée. Son robinet a été cassé, si bien que l'eau gargouille en continu. C'est le bruit le plus fort dans le calme de cette nuit. Nous prenons une ruelle mal éclairée, effrayant un chat solitaire. Mes visites ici sont tellement rares que j'ai perdu l'habitude de l'architecture, des rues étroites et des portes branlantes, un curieux mélange d'influences arabes, grecques et françaises, sous une crasse purement locale. Casalfranco donne l'impression d'être plus petite qu'elle ne l'est ; avec ses trente-cinq mille habitants, elle fait toujours semblant d'être un village. Quand j'étais petit, il n'y avait ni librairie, ni cinéma, ni théâtre. Pour avoir ma dose de livres, je devais faire une heure de bus. Un historien de la région a découvert que tous les gens de la ville sont parents. La consanguinité explique deux ou trois aspects de ce patelin.

La voiture de Mauro est une Ford cinq portes ; rien de tape-à-l'œil, mais elle est comme neuve. Tony se précipite vers la portière passager en criant « Je monte devant ! »

Je me trouve une place à l'arrière entre un siège pour bébé et un dragon qui couine. « T'es venu avec Anna ? je demande tandis que Mauro met le contact.

— Avec femme et enfants, toute la clique. On a décidé d'en profiter pour prendre des vacances, avant que les touristes débarquent. »

Heureusement, je n'ai pas ce problème. Je m'en vais d'ici par l'avion de 5 h 30. Me retrouver englué dans une conversation avec Anna est la dernière chose dont j'ai besoin.

Tony sort un paquet de cigarettes et nous en offre une à Mauro et à moi. Nous fumons en silence tandis que la voiture sort de la ville et s'enfonce dans la campagne. Art habite à une dizaine de kilomètres de Casalfranco. Nous avons parcouru ce trajet tant de fois quand nous étions petits que nous serions capables de le faire les yeux fermés.

Art va bien, aucun doute. Lorsqu'une chose nous inquiète (un retard de l'être aimé, un examen médical), tout finit presque toujours par aller. Mais de toute façon la soirée est foutue. Le *Pacte* est foutu, et c'est de ma faute. Je sais bien que ça devait arriver tôt ou tard, mais ça n'y change rien. La partie de moi qui est prompte à l'apitoiement me dit, *Bien joué, Fabio, tu viens encore de gâcher un truc bien.* Un double miniature de moi applaudit sarcastiquement dans ma tête.

La ville laisse place à la pleine campagne, et nous roulons sur une route étroite et sombre, vraiment sombre – pas de réverbères, pas de restaurant en bord de route, pas la moindre lumière électrique en vue. Le monde qui nous entoure n'existe que durant le court instant où nos phares le touchent, et il est aussi plat que la mer un jour de tramontane. D'abord ce sont des vignes, aux pieds courbés, puis des oliviers touffus, courbés eux aussi, noueux. Ce qui pousse ici doit composer avec le manque d'eau et l'excès de soleil, de même qu'avec le vent, la grêle et les orages. C'est la loi du plus fort, et même les plus forts en sortent rabougris et esquintés. C'est un paysage hors du temps, mais pas d'une manière qui me plaît. Face à lui, je me sens très vulnérable.

Mauro s'engage dans un chemin qui traverse une nouvelle zone de vignobles. Les pieds, encore jeunes, brillent dans la lumière des phares. Ils sont flanqués, de loin en loin, par les formes ovales des figuiers de Barbarie, leurs fruits colorés mûrissant déjà au milieu des épines. Art vient d'une famille de paysans qui occupe depuis trois générations la maison que son grand-père a bâtie de ses propres mains. C'est un carré trapu au bout du chemin, un cube blanc au milieu de nulle part. Au début, il n'y avait ni plomberie ni électricité. Le père d'Art y a remédié, mais pour l'heure l'électricité n'est pas utilisée. La maison baigne dans l'obscurité.

« Il est pas là », dis-je.

Mauro se range près d'une vieille Fiat Panda cabossée, que je suppose appartenir à Art, et nous descendons. Sans le bruit du moteur, le chant infatigable des criquets emplit l'air.

« Art ! crie Tony. C'est nous ! »

Les criquets rendent le silence encore plus frappant. Un chien aboie au loin, mais c'est tout.

« Fabio a raison. Il est pas là, dit Mauro.

— Et sa voiture, alors ? demande Tony. Art ! » Il essaie la sonnette. Pas de réponse.

« C'est bizarre », dit Mauro.

Je tente, « Il a peut-être oublié que c'était aujourd'hui.

— T'es sérieux ? » demande Tony.

Je secoue la tête. Art ne croit pas à l'oubli.

« On devrait jeter un coup d'œil à l'intérieur, dit Tony. Il a peut-être eu un accident. Ou... »

Il s'arrête avant de lâcher ce à quoi nous pensons tous : *il est complètement défoncé.* Nous n'avons pas la preuve qu'Art consomme des drogues dures, mais nous en avons déjà parlé, et nous avons convenu que ça expliquerait des choses. Ce ne serait pas très surprenant, avec ce qu'il a traversé – mais *ça*, nous n'en parlons jamais.

Je soulève un pot en céramique à côté de la porte (autrefois il contenait des géraniums, avant qu'Art ne les laisse dépérir). Art, comme son père avant lui, cachait un double des clés en dessous. « Pas de bol.

— T'as oublié ? demande Tony. *Moi*, j'ai pas besoin de clé pour ouvrir un verrou pourri comme celui-ci. Je connais le truc. » Il pose une main sur la fragile poignée. « Oh. »

La porte est ouverte.

4

Nous avons conclu le Pacte à American Pizza il y a dix-sept ans, le soir où Art a balancé sa vie aux orties. Les cours étaient terminés, nous allions bientôt passer nos examens de fin d'année. Nous partions tous pour l'université : Tony à Rome, Mauro à Milan, et j'avais opté pour Londres, cette mine de rêves exotiques. Art, lui, allait à Stanford, en Californie, grâce à une bourse qui avait fait parler toute la ville. Pour Art, une bourse était la seule chance d'étudier dans une fac correcte, et quand il avait réfléchi aux établissements où postuler, il s'était dit que, tant qu'à faire, autant viser haut.

Il était conscient que Stanford ne s'attarderait pas sur un dossier venant d'une école italienne médiocre, alors il s'est embarqué dans un projet dont il avait le secret : en huit mois de travail acharné, il a écrit et dessiné un roman graphique de deux cents pages, adapté de sa propre traduction des *Métamorphoses* d'Apulée, une histoire pleine de psychédélisme, de magie et de cultes mystérieux qui l'obsédait depuis quelque temps. Art a traduit les *Métamorphoses* en anglais, en a tiré un scénario et a dessiné les illustrations dans un style influencé autant par Steve Ditko que par Francis Bacon. Il a mis les originaux dans une enveloppe et il les a envoyés à Stanford – il n'avait pas les moyens de faire réaliser une copie couleur. Ça a été un succès total ; la réponse qu'il a reçue était si élogieuse qu'elle en devenait presque pornographique. Ses parents débordaient de fierté, et nous aussi. Je crois que nous n'avons jamais été jaloux de ce dont Art était capable. Nous savions qu'il évoluait dans une catégorie à part.

Aucun de nous n'avait l'intention de revenir à Casalfranco. Art et moi partagions une haine ardente pour notre ville natale, Mauro avait des projets (qui ne se concrétisèrent pas) avec Anna, sa copine de l'époque, et Tony avait découvert des aspects de lui-même qui lui auraient rendu la vie à Casalfranco hautement déplaisante, bien qu'il ne nous les ait avoués que longtemps après.

Contre toute attente, mon père a accepté sans broncher mon idée de quitter la ville. Il était convaincu que ça me passerait. « Tu reviendras », disait-il, comme tous les autres.

Rien de plus normal que des jeunes aient envie de voir du pays, mais ils finissaient tous par revenir, invariablement. *Ti Casalfrancu sinti*, nous rappelaient les anciens en dialecte. *Tu es de Casalfranco* : ton lieu de naissance est ton destin, pas la peine de prendre de grands airs. Et c'est exact : une enfance sur un sol assoiffé, entre les bites du Roi et la Corona, ne prépare pas à être lâché dans le vaste monde. Casalfranco fonctionne comme un élastique : on peut l'étirer, mais un jour ou l'autre il nous ramène à notre point de départ. De tous ceux que nous avons fréquentés à l'école, Mauro, Tony et moi sommes les seuls à être partis pour de bon. Même Art a fini par revenir. C'est triste. Et injuste, aussi : sans son influence, je ne suis pas certain que nous aurions résisté à la force d'attraction de Casalfranco.

American Pizza était un endroit glauque en cette ère lointaine d'avant les retraités et les vacanciers : quelques tables bancales avec des nappes à carreaux rouges et blancs, la photo décolorée d'une équipe de foot de la région, et dans un coin une plante jaune et maladive que nous appelions Audrey, en hommage à *La Petite Boutique des horreurs*. C'était un trou à rats au nom provincial et embarrassant, mais les pizzas y étaient bonnes. Et surtout elles n'étaient pas chères, c'étaient les seules à portée de la bourse d'Art.

Tout a commencé le jour où il a dit, « Je ne vais pas à Stanford.

— T'as décidé de devenir pêcheur ? a blagué Tony.

— Je suis sérieux. »

Nous nous sommes regardés, Tony et moi. Mauro a léché la mozzarella fondue qu'il avait sur les lèvres et a dit, « Sérieusement ?

— Très sérieusement. Il s'est passé quelque chose.

— Tes parents ? a demandé Tony.

— Quelque chose de *bien.* » Art a marqué une pause théâtrale, nous a regardés chacun notre tour, puis a annoncé, « J'ai un contrat d'édition pour mon livre. Quelqu'un dans la commission des admissions de Stanford a un frère qui est éditeur. Une chose en entraînant une autre, il veut m'acheter les droits.

— Art, c'est génial !

— Mais qu'est-ce que ça change pour Stanford ? a demandé Mauro.

— Je vais recevoir une avance. Ça me donne de quoi prendre une année sabbatique si je trouve des petits boulots de temps en temps.

— Et en quoi c'est mieux qu'une bourse pour aller dans une des universités les plus cool du monde ?

— Ça me laisse plus de temps pour ce qui m'intéresse. »

Le silence s'est fait. Nous connaissions suffisamment Art pour savoir qu'il ne plaisantait pas. « J'espère que t'as bien réfléchi », a dit Mauro.

D'un geste, Art a écarté le sous-entendu. « J'ai eu la bourse, je peux la ravoir quand je veux. On parle seulement d'une année sabbatique, les gars. Dans certains pays c'est un truc normal.

— Et où est-ce que tu vas aller à la place ? j'ai demandé.

— À Turin. Y a deux ou trois bibliothèques que j'ai envie de visiter. Et aussi à Volterra. Fascinante, cette ville.

— On en reparle après les examens, a dit Tony.

— J'ai déjà écrit à Stanford », a dit Art.

Nouveau silence, plus lourd que le premier. Il était arrivé quelque chose à Art quand nous avions quatorze ans, dont il avait gardé des séquelles que nous n'imaginions pas, mais c'était la première fois que je doutais sérieusement de sa santé mentale.

Il a repris : « Je pars d'ici. C'est tout ce que je voulais. » Il a mordu dans une part de pizza et dit, la bouche pleine, « *Ça*, c'est le seul truc de cette ville de merde qui va me manquer.

— On vit quand même pas dans le pire endroit du monde, a dit Mauro.

— Ça c'est pas si sûr, ai-je dit. Ce bled nous suce la moelle des os. » Nous étions tous heureux de changer de sujet.

« Mais les pizzas sont bonnes, a dit Tony.

— C'est vrai, a concédé Art. Mais franchement, d'ici un an on se rendra compte qu'elles sont même pas *si bonnes* que ça. On les aime à cause des souvenirs qui y sont attachés.

— Donc on a de bons souvenirs. Donc tout n'est pas noir dans ce trou du cul du monde », a dit Tony.

Art a opiné rapidement. « Pas tout. Les pizzas vont me manquer, et vous aussi vous allez me manquer. »

Ça ne remontait pas à mille ans, mais c'était avant Facebook, avant Skype et avant que les téléphones portables deviennent omniprésents – en tout cas dans le Sud. Les distances n'avaient pas été abolies.

« C'est pas non plus comme si on n'allait pas se revoir, a dit Tony.

— En fait, si, un peu, a répondu Art. Aucun de nous n'a l'intention de revenir trop souvent, si ? Pour Noël et en été, maximum.

— Donc c'est un peu notre Cène ? »

J'ai levé devant moi un quartier de pizza aux anchois et aux câpres, et, d'une voix solennelle, j'ai dit, « En vérité, je vous le dis, l'un de vous me trahira. »

Art a rétorqué, « On se trahira tous. On se fera d'autres amis.

— Et on aura des copines, aussi, des tas de copines, a fait Tony. Le prenez pas personnellement, mais je vendrais votre peau sans hésiter pour une belle paire de nichons. » Pour illustrer son propos, il a mis les mains en coupe sur sa poitrine. Puis il a retiré une main. « Pour *un* nichon, même, s'il était vraiment beau. » Tony en faisait des tonnes pour cacher qu'il était homosexuel, et ça marchait, notamment parce qu'il nous paraissait impossible à cette époque que des *homosexuels* puissent évoluer parmi nous. Nous l'avons appris deux ans plus tard, Mauro et moi, quand Tony nous l'a annoncé, ainsi qu'à sa sœur Elena, pour se donner le courage de l'annoncer à ses parents. Art le savait depuis le début, mais il ne nous en avait jamais fait part.

« Des filles, du travail, ça va être super, je suis d'accord, mais *ça* ? » Art a touché la table. « *Ça*, c'est terminé. C'est la fin de la vie qu'on connaît. »

Nous avons laissé planer sa phrase. Art avait une manière de parler qui combinait la sagesse d'un ermite et le tact d'un enfant de huit ans. Aucun de nous ne doutait qu'il soit voué à de grandes choses.

« C'est nul », a dit Mauro.

J'ai haussé les épaules. « On n'y peut rien.

— Qui a décrété ça ? » a demandé Art.

Parfois il me tapait sur le système. « Le monde réel ?

— On l'emmerde, le monde réel ! On peut continuer à rêver. »

Du menton, j'ai désigné le patron d'American Pizza, assis près de la caisse, plongé dans une BD porno en noir et blanc avec un vampire en couverture. *Jacula*, un classique italien. Avec sa bonne bedaine, sa poitrine broussailleuse et les poils de son dos qui dépassaient du gilet crasseux qui lui servait d'uniforme, on pouvait en toute bonne foi le prendre pour un gorille (dans la ville tout le monde l'appelait Kong). « Ce rêve-là, tu veux dire ? » ai-je demandé.

Faussement sérieux, Art a haussé un sourcil. « Je suis un homme aux goûts multiples. Ce que je vous propose, c'est qu'on fasse un Pacte. On se retrouve chaque année à cette date.

— Mec... ai-je tenté.

— Chhht ! a fait Tony. Laisse parler le sage.

— Merci, mon ami, a dit Art. Je disais donc, on se retrouve une fois par an, tous les ans. Peu importe ce qui arrive, peu importe où la vie nous emmène, on se retrouve ici, à cette date, à cette heure. Qu'on ne se voie pas de tout le reste de l'année ou qu'on soit en contact régulier, c'est pareil. Et on ne parlera jamais du rendez-vous. On n'essaiera jamais d'annuler ou de reporter. Peu importe dans quel coin du monde on se trouve, le 10 juin on vient à Casalfranco, on prend notre table à American Pizza et on fait comme si on s'était vus la veille. On l'emmerde, le monde réel. »

Son idée me semblait réalisable, mais j'en voyais aussi les inconvénients. « Ça va nous lier à Casalfranco.

— Ça va nous lier les uns aux autres, a dit Art. Moi je suis partant. Et toi ?

— Et si on n'est pas disponibles ?

— On se rend disponibles. C'est un Pacte avec un P majuscule – ça déconne pas.

— Excellent, a dit Tony. Comptez sur moi.

— *On emmerde le monde réel*, aujourd'hui et pour toujours », a confirmé Mauro.

Je devrais donc revenir à Casalfranco au moins une fois par an, or je n'en avais aucune envie. Mais conserver des amis exige des efforts, et ça je le voulais, très fort. Le prix était élevé mais justifié. J'ai, moi aussi, rejoint le Pacte.

Et au bout du compte, Art n'est jamais allé à la fac.

5

À l'instant où j'y pénètre, je sais que la maison est vide. Les maisons vides ont une atmosphère particulière. Ce n'est pas une absence de bruit ou de mouvement, c'est plus subtil que ça ; c'est l'absence de la sensation d'une présence. Je flaire une odeur de vieux livres et d'humidité. Tony fait mine de renifler puis déclare, « Pas de corps en décomposition. C'est déjà ça. »

Mauro appuie sur un interrupteur au mur et, à ma légère surprise, les lampes s'allument.

La première chose que je remarque, ce sont les livres. La pièce est petite et carrée, avec une table et deux fauteuils en rotin, et des livres partout – dans des bibliothèques Ikea, contre les murs, empilés par terre, retournés sur la table. C'est Art qui m'a fait découvrir la plupart de mes écrivains préférés. Non que j'aie beaucoup de temps pour lire, ces temps-ci.

« Art ? » Tony essaie une dernière fois, sans trop y croire.

« Il est pas là, dit Mauro.

— Je sais, répond Tony. On devrait quand même vérifier, histoire de. »

Passant sous une arche en tuf, je me dirige déjà vers la cuisine. J'ai une impression de décalage temporel : au bon endroit dans l'espace, mais pas dans le temps. La dernière fois que je suis venu ici, j'avais dix-neuf ans et je disais au revoir aux parents d'Art avant de partir pour Londres. Je leur parlais en italien et ils me répondaient en dialecte local, aussi distinct de l'italien que l'écossais de l'anglais. C'étaient des gens généreux, et je les aimais davantage que mon propre père. Ils étaient conscients que leur fils n'était pas fait du même bois que les autres, mais ils n'en rajoutaient jamais. Où avaient filé ces dix-sept années ? Il devait y avoir une erreur. Les parents d'Art sont morts et je suis un adulte qui a gâché ses plus belles années à poursuivre des chimères et à dilapider ses maigres talents.

Quelque chose cloche dans la cuisine.

Comparée aux autres, c'est une grande pièce, où la famille se rassemblait autrefois. Là aussi il y a des livres partout, mais ce n'est pas ce qui me frappe. Ce qui me frappe, c'est la table au centre de la pièce, la même que dans mes souvenirs. Sur cette table se trouvent une assiette, une fourchette, un verre et une bouteille de vin. L'assiette est sale et contient un reste moisi de pâtes avec du fromage et de la sauce tomate. Une mouche grasse se promène sur sa bordure. La bouteille est à moitié pleine, mais elle est ouverte et le vin a tourné. Il en reste dans le verre.

Ça ne ressemble pas *du tout* à Art. Art finirait ses pâtes et son vin, puis il reboucherait la bouteille et n'attendrait pas pour faire la vaisselle ; on ne peut pas l'accuser d'être maniaque, mais il est propre comme un chat. Et en plus, il ne gâcherait jamais une demi-bouteille de vin. J'entends Mauro et Tony qui arrivent, puis qui s'arrêtent. Je sais qu'ils pensent la même chose que moi.

« Merde », fait Tony.

D'un placard branlant, il sort un sachet de croquettes pour chien. « C'est du haut de gamme. Je connais cette marque. Une de mes ex donne ça à son fox-terrier. Ça coûte une fortune, mais ça transforme ton chien en savant, en athlète et en politicien. »

Près du frigo, deux bols en métal brillant : dans l'un il y a de l'eau, dans l'autre des croquettes. Elles sont grosses, de bonne qualité. « Depuis quand il a un chien ? je demande.

— Et depuis quand est-ce qu'il dépense autant d'argent ?

— Je vais jeter un œil au reste de la maison », dit Mauro.

J'ouvre le frigo : un demi-salami, encore du fromage, deux pêches pourries et noires. Ça ne ressemble pas à Art, vraiment pas. Je vais à la porte qui donne sur le jardin, au fond de la cuisine. Elle n'est pas fermée à clé. Je l'ouvre et la brise apporte de l'air frais, charriant une odeur familière de cannabis. Un sourire se dessine sur mes lèvres. Je distingue une rangée de plants bien portants un peu à l'écart de la maison. Art a commencé à faire pousser son herbe quand il était ado et, d'après ce qu'il nous a dit, il a continué par intermittence, quand il en avait la possibilité. Manifestement, dès qu'il est rentré à Casalfranco il a mis sur pied une petite exploitation – le cannabis pousse vite sous ce climat. Autrefois, il dissimulait ses pots à ses parents. Aujourd'hui ce n'est plus nécessaire, et il n'a plus besoin de pots ; les plants font deux mètres de haut, ils sont assez grands pour se voir à la lumière de la lune.

Réflexion faite, ça fait quand même beaucoup d'herbe pour une seule personne.

Mon sourire se fige. Je sais que, par le passé, Art en a vendu pour boucler les fins de mois. Il a dealé à Turin, à Paris et ailleurs, mais ici ? À Casalfranco, personne d'autre que la Corona n'y est autorisé ; c'est une réalité de la vie, ça ne se discute pas, pas davantage que la force du soleil ou le cycle des saisons. Même si vous êtes fauché, vous gardez votre herbe pour vous.

« Fabio, crie Mauro. Viens voir. »

Je suis sa voix jusqu'à une porte donnant sur une autre pièce. « Bienvenue dans la jungle, dit Tony. La jungle des livres. »

La pièce en est remplie : les piles sont si hautes qu'elles cachent les murs. C'était le salon. Il y avait une télé contre le mur opposé et un canapé au milieu. Désormais il n'y a plus que des livres. Même éclairé, c'est un endroit sombre, inquiétant. Tony a raison – c'est une jungle. Je ne serais pas surpris de voir des anacondas d'encre y ramper vers nous ou des singes à dos cartonné nous lancer leurs crottes de papier.

« Et t'as pas vu la chambre », dit Tony en allant à une autre porte. Ici il n'y a pas de livres, seulement des draps froissés sur le lit et une armoire ouverte, remplie de vêtements. Les murs sont couverts de punaises et de traces de Patafix, et certaines zones sont décolorées, comme si on y avait épinglé un nombre considérable de papiers qu'on avait tous arrachés d'un coup.

« Art collectionnait les articles de journaux, résume Tony. Comme un tueur en série. »

Mauro approche sa main d'un point bleu au mur, sans le toucher. « On ne sait pas ce qu'il fait.

— Je plaisante, dit Tony d'une voix plus basse.

— C'est pas drôle.

— Cela dit, ça m'étonne pas.

— Pourquoi ? je demande.

— T'es pas venu l'année dernière, répond Tony. Tu l'as pas vu. Il était… il était Art, mais encore plus que d'habitude. Beaucoup plus.

— Des problèmes mentaux ? je demande.

— C'est Art. Dans le meilleur des cas, il vit dans son monde à lui. »

Nous regagnons la cuisine, où je me laisse tomber sur une chaise. Si c'était n'importe qui d'autre, je prendrais mon téléphone et je vérifierais l'activité récente de la personne sur Facebook, pour voir ce qu'il en est. Mais Art n'est pas sur Facebook, par mépris pour les politiques de confidentialité fluctuantes du site.

Tony dégaine son téléphone.

« Qu'est-ce que tu fais ? demande Mauro.

— J'appelle les carabinieri.

— Pourquoi ? »

Moue exaspérée de Tony. « Parce qu'Art a disparu et que son toutou chic a disparu aussi et qu'on s'inquiète.

— On est pas sûrs qu'Art ait disparu.

— Il laisserait jamais la maison dans cet état !

— Ça suffit pas pour signaler une disparition. »

Téléphone toujours en main, Tony se masse la nuque avec l'autre. « On pourrait quand même prévenir les carabinieri…

— C'est une mauvaise idée, crois-moi. Déjà, on devra expliquer pourquoi on a jugé bon de pénétrer chez Art en pleine nuit. On habite plus à Casalfranco, on est pas en contact régulier avec Art et on sait rien de sa vie actuelle.

— On est ses *potes.* »

Mauro hausse les épaules.

J'ajoute : « Et puis y a l'herbe.

— Comment ça, l'herbe ? demande Tony.

— Art a une petite plantation dehors. »

Mauro devient blême, ce qui serait drôle si cette soirée avait quoi que ce soit de drôle. « Une *plantation* ?

— Pas vraiment une *plantation.* Huit ou dix plants. Des grands plants.

— On pourrait s'en débarrasser avant d'appeler les carabinieri, dit Tony.

— Et quand on se rendra compte qu'on a paniqué pour rien, Art sera ravi », dis-je.

Avant que Tony n'ait le temps de répondre, Mauro insiste : « Que je sache, aucun de vous n'est un génie du crime. Parce que moi non plus. Quand les carabinieri vont commencer à enquêter, vous pouvez être sûrs qu'ils vont découvrir que *huit ou dix* plants d'herbe viennent d'être arrachés. Pas besoin d'être un génie. Et on sera encore plus dans la merde que ce qu'on pouvait imaginer.

— Attends, quelle enquête ? demande Tony. Tout ce que je dis, c'est qu'on devrait prévenir les carabinieri qu'on s'inquiète pour Art.

— Et tu crois qu'ils vont en rester là ? Pour un mec lambda, je veux bien, mais là on parle d'Arturo Musiello. Les carabinieri vont se liquéfier dès qu'on va prononcer son nom. Et toute la presse va débouler. »

Mon cerveau fatigué a besoin d'une seconde ou deux pour comprendre ce que vient de dire Mauro. Lorsque je finis par piger, j'en reste pantois. Ce dont il parle, on n'en parle jamais.

Sinistre, Tony avance, « Tu veux dire…

— Oui, ça. »

On ne parle pas de ça, en partie parce qu'Art n'en parle pas, et en partie parce que c'est mieux comme ça. Moi aussi j'ai remisé cette période dans un coin sombre et poussiéreux de ma mémoire, où je ne vais jamais. Vingt-deux ans plus tard j'en ai encore la chair de poule, alors que je n'ai pas la moindre idée de ce qui s'est passé. Mais j'ai connu Art avant et j'ai connu Art après, et je vous jure que ce n'était pas la même personne. Je ne sais rien, et je ne suis pas sûr de vouloir que ça change.

6

Quand j'essaie d'expliquer le Salento à Lara, ma petite amie anglaise, je lui dis que l'Italie est une longue péninsule, et les Pouilles sont une péninsule au bout de cette péninsule. Les Pouilles sont une longue péninsule, et le Salento est la péninsule au bout de cette péninsule. Le monde se prolonge bel et bien au-delà de ses eaux cristallines, même s'il n'en donne pas l'impression. Dans le Salento, on a plutôt le sentiment d'être au terminus, au bout du bout. Je promets à Lara que je l'y emmènerai un jour, puisqu'elle semble si curieuse. Nous partirons de Londres en voiture et elle verra le paysage changer, la civilisation urbaine de l'Europe et du nord de l'Italie céder la place à la nature du Sud, puis à la vraie nature du vrai Sud, une terre plate et sans règles, où lorsqu'il fait trop sec on continue à offrir des sacrifices aux saints pour implorer la pluie, rien qu'un peu, par pitié, juste de quoi éviter que le bétail et les vignes ne crèvent sur place. Ensuite, Lara et moi nous nous installerons sur la plage et nous admirerons la Méditerranée, et elle éprouvera la même chose que les gens du coin : cet endroit est réellement *finis terrae*, le bout du monde.

Ce sera en été. Jamais je ne l'emmènerais ici l'hiver. L'hiver du Salento vous donne envie de mourir, tout est froid et amer et encore plus hostile que le reste de l'année. Le vent, en particulier, est un vrai psychopathe. Il mord et il fouette, et quand il souffle de la mer, ses relents de poisson mort vous abrutissent et l'humidité vous plombe comme les vêtements entraînent les noyés vers le fond.

C'était l'hiver, et nous avions quatorze ans, lorsqu'il est arrivé quelque chose à Art.

À cet âge, nos rares activités pendant les longues soirées d'hiver se résumaient à regarder des films d'horreur à la télé ou aller à American Pizza. Nous ne pensions qu'aux filles, mais les filles de notre âge étaient trop intéressées par les garçons plus âgés pour nous remarquer, si bien que nous tuions le temps de la même façon que les autres gamins de la ville, en arpentant la grande rue malgré le froid qui nous transperçait jusqu'aux os. C'était le *struscio*, comme on l'appelle, un des aspects de cette culture du Sud qu'aucune de mes copines anglaises n'a jamais comprise. *Et donc, vous faites quoi ?* m'a demandé Lara un jour. *Vous faites des allers-retours ?* Elle ne me croyait pas quand j'acquiesçais. On fait des allers-retours en petit groupe, et de temps à autre on s'arrête pour parler avec une connaissance ou pour jouer avec un des chiens errants qui semblent toujours hanter le Salento.

Cette année-là, Art a reçu un télescope pour Noël.

C'était un appareil d'entrée de gamme, mais de bonne qualité ; ses parents avaient économisé pour le lui offrir. Art était dans une phase astronomie, et ils faisaient leur possible pour l'encourager, comme chaque fois. Ensuite, il a traversé une phase photo, qui a eu une influence considérable sur ma vie à moi. Art a eu tellement de phases que je n'arrive pas à les compter, et je crois que ça continue. Ce n'est pas un enfant gâté qui se lasse de ses vieux jouets. C'est vrai, il se lasse, mais seulement après avoir compris comment les jouets fonctionnent (ce qui ne lui prend jamais longtemps, certes). Dès qu'il s'amourache d'un nouveau sujet, que ce soit l'astronomie ou les techniques de drague, il amasse tous les livres, les outils, les savoirs à sa disposition, il en tire la substantifique moelle et une fois certain d'avoir absorbé tout ce qu'il pouvait, il passe à autre chose. Il dirait que *Les spécialistes se limitent à un domaine, mais moi je cherche des modèles.* Je n'ai jamais su si ça avait un sens. Mes tentatives de comprendre Art ont toujours été vaines.

Mais bref. Il avait un télescope et il a essayé de le baptiser avec la plus grosse cible visible dans le ciel, la lune. Ce n'est pas compliqué de trouver une nuit étoilée dans le Salento – choisissez n'importe laquelle, elle sera presque certainement étoilée. Art a opté pour le premier samedi après les vacances de Noël. « Ce sera la pleine lune. Ça va être superbe. »

Il voulait que nous soyons avec lui. Sur le coup, je n'ai pas compris pourquoi ; aucun de nous ne s'intéressait à l'astronomie. À présent je me rends compte qu'Art n'avait jamais rien eu d'aussi précieux que ce télescope et qu'il voulait le partager avec nous, pour toutes les fois où nous avions payé ses verres, son café, ses cigarettes. Tout ça, nous nous en moquions, même Mauro, mais Art est le genre de personne qui refuse d'avoir des dettes, même si les dettes en question ne sont que dans sa tête.

Un garçon normal se serait contenté de planter le trépied dans les champs derrière chez lui, mais pas Art. Il avait déterminé, après des calculs qui me dépassaient totalement (et qui pouvaient très bien être du flan), que le meilleur endroit de la région pour observer la lune se trouvait à quelques kilomètres dans les terres. De là, nous a-t-il assuré, la visibilité était optimale, et nous avions suffisamment peu de choses à faire pour nous y laisser traîner. Nous avons emporté avec nous une bouteille de vin, du tabac, de l'herbe et de quoi manger. L'herbe était une découverte récente. Art n'avait pas encore commencé à en cultiver.

Nous sommes partis sur les Vespa de Mauro et de Tony, Art et moi à l'arrière et le télescope en équilibre instable. Sans casque, bien entendu, car dans les années quatre-vingt-dix à Casalfranco on préférait crever plutôt que de mettre un casque. Tony avait une Vespa depuis ses dix ans, bien avant l'âge légal de quatorze ans. Mauro venait d'avoir la sienne, elle recelait encore le frisson de la nouveauté.

L'endroit qu'Art avait choisi était en rase campagne. La dernière véritable maison se trouvait à dix bonnes minutes de là. Nous avions croisé quelques abris isolés et obscurs, des blocs de briques sans chauffage, ni eau, ni électricité. Ces abris n'étaient presque plus habités. Presque.

Nous nous sommes retrouvés au milieu d'une étendue de broussaille – sol argileux et buissons épineux, sillonnés de murets en pierre sèche marquant les limites des champs. Nous étions entourés de tous côtés par les silhouettes noueuses d'oliviers lointains, comme piégés par les arbres au centre d'un cromlech secret. C'était un lieu désolé et impitoyable.

« On a de la chance, le vent s'est calmé, a commenté Mauro.

— Regardez la lune », a chuchoté Art.

La lune était immense. Je sais bien que c'est en partie mon imagination. La mémoire ressemble aux médicaments d'Alice : elle grossit et rétrécit les choses à sa guise, or cette soirée a pris une telle importance que tout en elle est démesuré. Mais une partie est vraie. Par un jeu de perspective, la lune était réellement immense, un trou lumineux dans le ciel. Mauro et Tony ont laissé leur Vespa au bord du chemin de terre et nous nous sommes enfoncés dans la campagne.

Il n'y a pas de sentiers balisés dans le Salento, pas de portillons ni d'élégants échaliers, rien que des murets de pierre avec de temps à autre une ouverture faite exprès ou créée par un éboulement. Ce n'est pas une campagne prévue pour les promenades. L'hiver le vent vous assassine, l'été la chaleur vous carbonise, et on n'y vient que pour travailler aux champs – ou pour suivre un ami équipé d'un télescope. Il n'avait pas plu depuis bientôt deux mois, et le peu d'humidité dans la terre venait de la mer. La lune prêtait au sol assoiffé une teinte violette. Art nous avait interdit de prendre des lampes torches (il disait que, pour profiter au maximum du télescope, nos yeux devaient s'accoutumer à l'obscurité), si bien que nous ne pouvions compter que sur la lune pour naviguer entre les ronciers et les pierres. C'était plus facile que je ne l'avais craint ; je ne m'étais pas rendu compte de l'éclat que pouvait avoir la pleine lune.

Tony a hurlé à la mort.

J'ai sursauté. « Sale con.

— Quoi, t'as pas envie d'appeler les loups-garous ? »

J'étais mal à l'aise. Même sans compter les loups-garous, Casalfranco avait son content de sales personnages en chair et en os, et franchement, cette nuit-là, dans cet endroit-là, je n'étais pas certain qu'il faille exclure les loups-garous.

« Ici », a dit Art.

Nous étions sur un point relativement élevé. Devant nous, après des kilomètres de brousse et de murets, passait une petite route désaffectée, seul signe du monde moderne à la ronde. Plus loin, c'était la mer, éclairée par la lune et mouchetée de vagues. Art et moi avons commencé à assembler le télescope, pendant que Tony et Mauro roulaient un joint, ouvraient le vin et déballaient la nourriture. Le joint avait été fumé et son successeur roulé quand le télescope a été enfin prêt. C'était un tube blanc trapu fixé sur un trépied, surmonté d'un autre tube plus petit, et équipé de toute une panoplie de molettes.

« Le petit tube, c'est le chercheur, a expliqué Art. Il a une couverture plus large que le gros tube. Quand tu tournes cette molette, tu alignes le chercheur avec le corps. Ensuite, tu te sers du chercheur pour trouver ce que tu veux observer, et tu regardes dans le télescope.

— La lune est plus grosse que le cul de la mère de Mauro, a dit Tony. Ça devrait pas être si difficile de la trouver avec le gros tube.

— Tu crois ? Vas-y, essaie sans le chercheur. »

Tony a collé son œil à une extrémité du télescope. Il l'a fait pivoter un moment avant d'abandonner.

Art a pris sa place. « Tu peux réussir à trouver un objet aussi gros que la lune, mais c'est plus rapide avec le chercheur. »

Il a orienté le télescope vers un bouquet d'oliviers. « Pour aligner le chercheur et le télescope, tu vises un objet terrestre et… »

Art a levé la tête, sans quitter les arbres des yeux, et il a froncé les sourcils.

« Qu'est-ce qui se passe ? a demandé Mauro.

— J'ai cru voir un truc. » Art a repositionné son œil devant le télescope. « Quelque chose bouger.

— C'est l'herbe », j'ai dit.

Art a fait non de la tête et s'est écarté de l'appareil. « Je reviens. » Il s'est dirigé vers l'oliveraie. « Restez ici et surveillez le matos. »

Aucun de nous ne l'a accompagné. *Pourquoi ?* m'a-t-on demandé je ne sais combien de fois. N'est-ce pas évident ? Nous avions peur. À trois, on est un groupe. À deux, beaucoup moins. Art se fichait d'être seul, il avait l'habitude de la cambrousse. Nous, nous étions plutôt des citadins.

« Vas-y ! a crié Tony à Art qui courait à moitié vers les oliviers. Montre à ces loups-garous qui c'est le patron ! » Sa blague a fait un bide.

Mauro s'acharnait sur le télescope. « Saloperie, marmonnait-il. J'arrive pas à le faire marcher. »

Je n'ai pas eu besoin du télescope pour voir qu'Art atteignait la bordure des arbres, hésitait un moment, puis pénétrait dans l'oliveraie et disparaissait. J'ai plissé les yeux pour essayer de distinguer ce qu'il avait pu voir. Je me suis repassé ces moments un million de fois, dans ma tête comme au cours de l'enquête, mais sans mentir : je n'ai vu qu'Art, et à un moment je ne l'ai plus vu.

Puis il a poussé un cri.

Nous avons sursauté.

Et ensuite, le silence.

« Art… ? a fait Tony.

— Art ! » a appelé Mauro.

Art n'a pas répondu.

« C'est quoi ce bordel ? » a demandé Tony.

Nous nous sommes regardés. Ma peau devenait glaciale. Si j'étais mal à l'aise au début, là je sombrais à toute allure dans la terreur. J'ai dit, « On devrait… » et je me suis arrêté. *On devrait aller voir ce qui s'est passé*, voilà ce que j'allais dire. Nous pensions tous la même chose, mais personne ne voulait faire le premier pas.

« Il va se lasser, a murmuré Tony.

— Tu crois que c'est une blague ? a demandé Mauro.

— Pas toi ? »

J'étais tenté d'appeler Art encore une fois, mais je me suis retenu. Je ne voulais pas attirer l'attention sur moi, même si je ne savais pas l'attention de *qui* je redoutais. Si nous avions été plus courageux, ou plus généreux, nous aurions agi plus tôt, et nous aurions peut-être trouvé Art avant qu'il soit trop tard. Nous étions jeunes, c'est tout ce que je peux dire. À mesure qu'on grandit, on accumule un paquet de *si*.

Au bout d'un moment, nous avons fini par sortir de notre torpeur. Tony a rebouché la bouteille de vin et l'a brandie comme un gourdin et, ainsi armés, nous nous sommes prudemment dirigés vers les arbres. Les oliviers peuvent vivre des siècles et plus ils sont vieux, plus ils sont noueux ; ceux-là étaient indéniablement très vieux. Épais et tors, ils ressemblaient aux damnés dans l'*Enfer* de Dante illustré par Gustave Doré – un des livres préférés de mon père.

Nous nous sommes arrêtés à la lisière des arbres comme au seuil d'un temple, sans oser y pénétrer.

« Art ? a appelé Tony. On a laissé ton télescope. *Sans surveillance.* »

Mauro lui a fait signe de la boucler. *Écoute*, il a articulé.

J'entendais mon cœur battre. J'entendais mes amis respirer. Mais aucun bruit ne s'échappait de l'oliveraie. Dans ce silence parfait, j'aurais entendu Art, ou n'importe qui d'autre. Vraiment ? Je n'avais aucune envie d'aller vérifier par moi-même. Il émanait des arbres une impression de danger, et pas le genre de danger hollywoodien qu'on surmonte avec un peu d'esprit et une bonne bagarre. Là, c'était l'inconnu qui pénètre dans la chambre, le prêtre qui force un enfant à s'agenouiller ; c'était un danger réel, un danger qui vous prend quelque chose.

Alors, d'un coup, j'ai craqué. J'ai tourné les talons et j'ai couru vers les Vespa, j'ai couru avec toute l'énergie que j'ai pu trouver, j'ai couru, couru, couru. Mauro et Tony couraient derrière moi. Nous sommes arrivés aux scooters à bout de souffle. Pendant que Mauro et Tony cherchaient les clés, j'ai jeté un coup d'œil en direction des arbres : ils ne bougeaient pas ; ils n'étaient pas plus gros, pas plus bizarres, pas plus sombres que n'importe quel massif d'arbres. Je ne compte plus les personnes qui m'ont demandé ce qui nous a fait détaler, et chaque fois j'ai donné la même réponse : rien. Nous n'avons rien vu, rien entendu, pourtant nous avions peur. *Non, pas peur des fantômes*, ai-je répété à tous les gros malins, qu'ils portent ou non un uniforme. On ne sait pas si les fantômes existent, mais on sait à quoi ils sont censés ressembler ; ils ont un nom, une définition. Mais ce soir-là nous ne savions pas de quoi nous avions peur ; nous avions peur, point, et notre incapacité à nommer cette peur la rendait infiniment pire.

Je ne sais pas pour quelle raison nous avions peur, mais jusqu'au jour de ma mort je jurerai que c'était une bonne raison.

Nous sommes retournés à la dernière maison que nous avions croisée et nous avons appelé les carabinieri. D'abord ils ont cru à un canular, mais ils ont fini par accepter de se bouger. Cette nuit-là ils n'ont pas trouvé Art, et le lendemain non plus – et, en un sens, ils ne l'ont jamais trouvé. Notre monde était sens dessus dessous. On parlait de Casalfranco aux infos ; les gens de la ville se découvraient un amour jusque-là inconnu pour Art ; et alors que l'espoir de le retrouver sain et sauf commençait à s'estomper, une arnaqueuse du coin a laissé entendre que nous, ses amis, l'avions tué. C'était de la folie.

Ça a duré sept jours.

7

Ces sept jours ont été épouvantables, le genre de période qui vous vient à l'esprit quand vous êtes d'humeur particulièrement morbide et avez envie de vous faire encore un peu plus de mal. Nous aurions préféré oublier tout ça, les autres et moi, mais puisque c'était impossible, le mieux était de ne pas en parler. Nous n'en parlons jamais. Jamais jamais. Je maudis Mauro d'avoir exhumé cette histoire.

« Ça n'a *rien* à voir », dit Tony.

Mauro repousse la grosse mouche qui essayait de se poser sur son front. « Bon courage pour convaincre la presse.

— Alors on fait quoi ? je demande, pour détourner la conversation.

— Il est tout à fait possible qu'Art soit en train de pioncer quelque part et qu'il ait laissé la cuisine dans cet état parce qu'il a changé.

— Ou bien il est défoncé dans un champ avec son chien.

— Aussi. Moi, je dis, on attend un peu, et si Art ne refait pas surface on va trouver les carabinieri. Mais on aura pas besoin d'en arriver là. »

Mauro ne veut pas attirer d'ennuis à Art, et il ne veut pas voir son nom associé à cette vieille histoire de dingue. L'affaire traîne sur des sites de conspirationnistes dans la catégorie *mystères irrésolus* ; ils ne sont pas convaincus par la version officielle. C'est forcément un écran de fumée. Par chance nos noms n'y figurent pas. C'est parce qu'au début des années quatre-vingt-dix l'Internet était un loisir pour Américains fondus d'informatique et pas encore une révolution mondiale. Mais aujourd'hui, nous serions célèbres en moins de cinq minutes, et Mauro s'en passerait bien.

« L'année dernière, Art nous a dit qu'il voyait Carolina, suggère Tony. Elle sait peut-être où il est.

— Carolina Mazziani ? » je demande. Autrefois elle était inaccessible pour nous, mais le temps passe, certains montent et d'autres descendent.

« Elle-même. Il l'appelait *la Madama.* »

Sa touche, reconnaissable entre mille ; au Moyen Âge, *madama* était le nom que l'on donnait aux nobles, ou bien aux tenancières de bordels.

« Pas bête, dit Mauro. On lui parlera demain.

— Ça va pas lui plaire », je réponds. Le problème, c'est que Carolina est mariée – à un pharmacien. La loi italienne régule le nombre de pharmacies dans un secteur donné ; on ne peut pas en ouvrir n'importe où. Ainsi les pharmacies se transmettent de père en fils, comme des titres féodaux. Dans les petites villes, les pharmaciens sont des notables, et ils ont le bras long.

« Dommage pour elle », fait Mauro.

Tony se frotte les mains. « Donc on joue à *True Detective.* C'est maintenant que je me mets à raconter n'importe quoi sur le fait que la vie n'a aucun sens ? »

Je regarde l'heure sur mon téléphone. Je ne m'étais pas rendu compte qu'il était si tard. « Ce sera sans moi, les gars. J'ai un avion dans, hmm, six heures.

— Reste un jour de plus, dit Tony.

— Je peux vraiment pas. J'ai une tonne de travail.

— Ça va, fait Mauro. On a tous du boulot.

— T'es en vacances !

— J'ai mes filles avec moi. Crois-moi, c'est plus difficile que d'être au tribunal. »

Je secoue la tête. « J'ai pas envie de tenir la chandelle. »

Tony me donne un petit coup de poing dans l'épaule. « Toutes ces femmes qui vont pas se photographier toutes seules, hein ?

— Exactement », et ma réponse est bien moins convaincante que je ne l'espérais.

8

Mauro me dépose à ma chambre d'hôte bien après minuit. Elle est dans une maison individuelle sur la route de la mer, avec un portique en arche à la grecque et un grand pin dans le jardin. Lorsque la voiture s'arrête, un bulldog se précipite vers le portail en aboyant furieusement. On s'est déjà dit au revoir et promis de s'appeler plus souvent, si bien que je n'ai qu'à faire signe à Mauro et Tony qui s'éloignent. Il y a une sonnette près du portail, j'appuie deux fois dessus pendant que le chien continue à aboyer. Enfin, la porte d'entrée s'ouvre brusquement et le propriétaire apparaît, visiblement fâché.

Avec ses sandales, son gros ventre et sa calvitie, c'est une version un peu louche de Frère Tuck.

« Je suis désolé, dis-je tandis qu'il calme le chien. Je vous avais prévenu que j'arriverais tard.

— Pas *aussi* tard. »

Je réfrène un nouveau *désolé*. Dans le Sud, on ne s'excuse pas deux fois. Une fois ça va, selon les circonstances, mais une deuxième fois vous fait passer pour une chiffe molle, et par conséquent pour une cible légitime. Et là, pas la peine de compter sur la famille ou les amis. Ils vous diront, *Però te la sei cercata*. Tu l'as bien cherché, tu as mérité d'être surfacturé, insulté, tabassé. Tu nages ou tu coules, mon gars, c'est comme ça que ça se passe.

Au lieu de ça, je réponds, « Maintenant c'est bon, je suis là. »

En pénétrant dans le jardin, je veille bien à caresser le chien – *vous voyez, je n'ai pas peur*. Il me lèche la main ; ce n'est pas un molosse, au grand dam de son maître. Le type réussit à devenir encore plus amer. Il me tire dans la maison avec la grâce d'une hyène en tutu, m'indique ma chambre et me fourre un jeu de clés dans la main. « Attention au portail. Arnie foutra le camp à la première occasion. »

Arnie étant le chien, je suppose. À sa place, moi aussi je m'empresserais de décamper. « Je vais partir de bonne heure demain matin, et ne vous inquiétez pas, je ferai attention au portail. » J'ajoute, « Si Arnie me laisse partir », en faisant mine d'être impressionné par le chien pour plaire au maître.

« S'il s'enfuit, vous me rachetez un chien, *capito, sì* ? Laissez les clés dans la chambre et fermez le portail derrière vous. Le petit déjeuner est déjà dans la chambre. »

J'adorerais me retrouver enfermé avec ce type et un marteau. Je refoule mes fantasmes homicides, lui souhaite une bonne nuit et ferme la porte. La chambre est plus petite que mon premier studio en cité U, sans la moindre touche de charme local. Il y a un frigo miniature sur lequel sont posés deux croissants rassis et qui contient une brique de lait ouverte. (Fabio, voici ton petit déjeuner.) Pas de bouilloire en vue, et par conséquent ni thé ni café. On n'en trouve jamais dans le Sud. En revanche la chambre dispose d'un petit cabinet de toilette, je peux donc m'estimer content.

Art va bien, je me répète en me brossant les dents. Mais je me mens et je le sais. L'état de sa maison, les plants d'herbe, le fait qu'il nous pose un lapin : ça ne sent pas bon. D'autant plus qu'Art a déjà disparu pendant sept jours autrefois et qu'on ne sait toujours pas ce qui s'est passé, alors comment espérer comprendre ce qui se passe cette fois ? À l'époque les suppositions les plus dingues avaient été avancées (ma préférée : l'enlèvement par des extraterrestres, car il y avait un télescope, or télescope plus adolescents égale extraterrestres), mais lorsqu'il était revenu toute la ville s'était persuadée que ce n'était qu'une tentative de fugue. Tony, Mauro et moi savions que toute la ville se trompait, et nous n'avons jamais cessé de chercher la vérité. Mes spéculations étaient probablement les plus dingues de toutes.

Art va bien. Je suis un salaud, j'abandonne mon ami, mais je ne laisserai jamais Casalfranco m'aspirer. J'ai une copine qui m'attend à Londres, et ma vie est un chantier qui demande à être mis en ordre fissa. Je ne vais pas rester coincé dans ce trou à rats. *Art va bien.* Un mantra.

Art va bien.

9

C'est Art qui m'a fait découvrir la photo. Ce qui me motivait surtout était mon désir ardent de voir des seins en général, et plus particulièrement ceux de Marta D'Antonio. Marta avait un an de moins que moi, elle était rousse avec des taches de rousseur sur le visage, les bras et (dans mes fantasmes) tout le reste du corps. J'aurais commis des actes inqualifiables pour en avoir la confirmation, mais je ne voyais pas quel acte inqualifiable pourrait effectivement venir à mon secours.

À cette époque, j'étais désarmé devant les filles. Tant que nous restions amis, j'étais plutôt à l'aise, mais quand venait le moment de franchir le pas, de leur demander de sortir avec moi ou d'essayer de les embrasser, j'étais paralysé. J'entendais la voix sévère de mon père : *Tiens-toi mieux que ça.* Un jeune homme poli et bien élevé ne faisait pas ça, mais alors je voyais mal comment les jeunes hommes polis et bien élevés se débrouillaient pour se reproduire. J'étais coincé.

Art m'a suggéré la photo. Depuis la fin de l'été précédent, il travaillait sur une théorie, à savoir qu'il est plus facile de convaincre les filles de se déshabiller si on leur dit que c'est dans un but artistique (« artistique » était le mot clé). Exemple : Helmut Newton (il a fallu qu'il m'explique qui était Helmut Newton). Pour me prouver que c'était davantage qu'une théorie, Art m'a montré une de ses photos – rien qu'une, car il était convenu avec ses « modèles » que son *œuvre* artistique demeurerait privée, et Art n'avait qu'une parole. Toujours est-il que cette photo présentait le téton de Gina Ostuni, une fille de notre classe. Elle couvrait son autre sein avec une main, et elle regardait l'objectif en faisant la moue. Cette photo m'a donné l'impression d'être un archéologue découvrant une civilisation perdue, ainsi qu'une érection instantanée. (C'était avant qu'il y ait des appareils photo sur les téléphones, avant les selfies et le porno sur Internet ; pour nous, voir des seins était bien plus rare que pour les veinards nés dix ans plus tard.) La théorie d'Art était validée. C'était presque toujours le cas avec ses théories.

« Le secret, m'a-t-il expliqué, c'est que nous, les garçons comme les filles, on croit qu'on est le centre de l'univers. On croit qu'on est importants. Si tu fais croire à une personne que toi aussi tu la trouves importante, elle fera tout ce que tu voudras, rien que pour aller dans ton sens. C'est aussi simple que ça. »

Parfois le cynisme d'Art me mettait mal à l'aise. Mais pas suffisamment pour oublier la réalité indéniable du téton de Gina Ostuni.

J'ai emprunté un appareil de troisième main à Mauro et, le cœur battant une marche militaire dans ma poitrine, j'ai abordé Marta D'Antonio et je lui ai raconté que j'aimerais réaliser quelques portraits d'elle pour un projet artistique. Conformément aux instructions d'Art, j'ai employé le mot *artistique* au moins trois fois, et je n'ai pas tout de suite évoqué l'aspect nudité. Il fallait y venir progressivement.

« Je croyais que c'était Art, le photographe », a dit Marta.

Ça m'a pris au dépourvu. La suite allait jouer un rôle déterminant dans ma vie. Si j'avais cédé à ma première impulsion (rougir, bredouiller une excuse bidon et détaler), je ne crois pas que je serais photographe aujourd'hui – ce qui ne serait pas forcément une mauvaise chose, tout bien pesé. Mais par miracle, une réponse m'est venue, parfaitement formulée, la seule à pouvoir sauver les meubles : « Ouais, ai-je dit sur un ton blasé. Je lui apprends les bases. »

C'était du Art dans le texte ; il a adoré quand je lui ai raconté.

Et ça a marché. Il m'a fallu trois pellicules Kodak (elles étaient chères mais valaient leur prix) et près de quatre-vingts photos pour que Marta D'Antonio accepte de se débarrasser de son soutien-gorge, de me montrer ses seins dans un but purement artistique, et de me confirmer ainsi que, oui, elle avait des taches de rousseur partout. J'étais aux anges. Il n'avait jamais été question de les toucher, et il ne s'est jamais rien passé entre Marta et moi, mais j'ai appris que les filles pouvaient être nues, et ça m'a donné la confiance grâce à laquelle, à terme, je découvrirais les petites amies et le sexe. Et dans la foulée je suis tombé amoureux de la photographie – j'éprouvais une gratitude fervente pour l'objectif, ce machin magique, au point que Mauro m'a accordé un prêt « à durée indéterminée ».

Mon premier appareil photo ; je l'ai encore, dans mon appartement à Londres.

10

Je suis réveillé par le soleil.

Le soleil.

Je saute du lit en me maudissant et j'attrape mon téléphone pour vérifier l'heure. Plus de batterie. Je regarde par la fenêtre. Le ciel est limpide, d'un bleu implacable et sans nuages. Certainement pas un ciel de tout début de matinée. *Putain de téléphone.* Aussi vieux que Yoda mais je n'ai pas les moyens d'en changer. Sa batterie dure le temps d'un haiku et hier soir j'étais trop tendu pour penser à le mettre en charge. Il s'est éteint, l'alarme n'a pas sonné et le chauffeur du taxi n'a pas réussi à me joindre. *Évidemment* il n'a pas essayé de sonner ; ne jamais espérer qu'un habitant du Sud fasse davantage que le strict nécessaire. La réservation était liée à ma carte bancaire, il aurait son argent dans tous les cas. Chauffeur de merde, téléphone de merde, vie de merde.

Et ville de merde. Je suis assis sur le bord du lit, la tête entre les mains. Niveau finances, ce n'est pas la fête. Un autre billet d'avion, même en low cost, et une autre nuit dans une chambre d'hôte, même bas de gamme, sont des trous dans mon budget dont je me passerais bien. « Fait chier ! » C'est la faute à cette ville maudite. Jamais elle ne relâche son emprise. Jamais elle ne vous laisse partir. Lorsque Casalfranco a décidé que vous alliez rester, vous restez. Parfois j'ai peur de l'effet de l'élastique. De ne jamais réussir à m'échapper pour de bon.

Je branche le chargeur dans un adaptateur et l'adaptateur dans la prise, et lorsque ce foutu téléphone se ranime, je compose le numéro de Lara. Elle ne répond pas. Je lui écris :

> Je me suis pas réveillé, j'ai raté mon avion. Je suis trop con. Je rentre demain. Appelle-moi dès que tu peux.

Il est dix heures et demie. J'ai une journée entière à tuer dans cette ville, et il est hors de question que je la passe dans cette piaule.

J'appelle Tony.

11

Carolina faisait partie des Beautés – c'est Art qui a mis la majuscule –, de l'aristocratie de l'école. Les Beautés étaient toutes magnifiques, incontestablement, mais guère plus qu'une quantité d'autres filles (ces femmes à couper le souffle sont le seul apport du sud de l'Italie au monde). C'est leur pedigree qui les distinguait des paysans tels que nous : les Beautés venaient toutes d'une famille de notables habitant la ville depuis assez longtemps pour que l'arbre généalogique comporte un ou deux cas d'inceste. Les Mazziani, la famille de Carolina, avaient eu une fortune qu'ils avaient engloutie dans la boisson et le jeu. Mais ce nom conservait encore un poids, une histoire, à défaut d'autre chose. Une fois, j'ai réussi à faire poser une des Beautés, Gemma Pizzi, nue devant mon objectif, mais aucun de nous n'est jamais allé plus loin que ça, jusqu'à ce que, des années plus tard, Art revienne en ville et se tape Carolina. Il y a peut-être dix ans que je ne l'ai pas vue, et ça me va très bien comme ça. Sa voix m'a toujours irrité.

Tony toque à sa porte, sous un soleil de plomb. Nous ne sommes que tous les deux ; nous avons dit à Mauro que nous nous en chargions pour qu'il puisse rester avec Anna et les petites. J'espère que je réussirai à éviter Anna. Ce voyage a déjà assez mal tourné comme ça.

Il me faut un moment pour reconnaître Carolina quand elle ouvre la porte. Sa beauté s'est envolée. Elle a pris du poids, mais il y a autre chose – dans un monde différent elle resterait très séduisante, plus mûre. Mais dans ce monde-ci elle a perdu sa magie, cette étincelle insaisissable qui faisait d'elle une Beauté. Tout en elle – sa tenue, ses cheveux, ses yeux – s'est éteint. Carolina est passée en avance rapide d'adolescente à ménagère entre deux âges, sans gagner le charisme qui accompagne la sagesse.

Un enfant pleure à l'intérieur. « Entrez », nous dit Carolina, sans faire mine d'être heureuse de nous voir. Nous enlevons nos lunettes de soleil et la suivons au salon. Un canapé en cuir crème et un lit de bébé blanc occupent le centre de la pièce, face à un écran à plasma. Un crucifix sanglant le surmonte et, au cas où il n'y aurait pas assez de sainteté dans cette maison, le visage condescendant de Padre Pio nous toise depuis le mur derrière le canapé. J'ai peu de sympathie pour les saints, et encore moins pour ceux qui ont la cote. En dessous de Padre Pio, une autre photo encadrée, sur laquelle Carolina et son mari, en tenue de croisière, arborent un rictus qui tente de passer pour un sourire. Carolina mène une vie de rêve : elle ne travaille pas, elle s'occupe de son bébé, alterne le dimanche entre parents et beaux-parents, sans jamais oublier, au grand jamais, d'aller à la messe et de communier pour que le reste de la ville voie combien chaste est le cœur qui bat dans sa poitrine. Quand mes amis anglais me demandent pourquoi j'ai quitté ce paradis débordant de soleil, de nourriture et de vin, je crève d'envie de leur asséner les détails de cette vie en n'arrêtant que lorsqu'ils demandent grâce.

Carolina soulève le bébé de son lit. Pas impressionné, le nourrisson continue son récital. « J'aurais dû savoir qu'Art était incapable de garder un secret. Qui d'autre est au courant ? »

Je m'apprête à dire, *C'est toi qui devrais te vanter, tu as eu un putain de génie dans ton lit*, mais Tony se dépêche de répondre sans m'en laisser le temps. « Uniquement notre bande : Fabio, Mauro et moi. On gardera ça pour nous.

— Personne ne vous croirait, de toute façon. »

Je réponds, « Je suis connu. On me croira. » Ce qui, hélas, est la vérité sur le territoire de Casalfranco. Ici, les gens se divisent en deux camps : soit ils se mettent en quatre pour ignorer que je suis un photographe de mode vaguement célèbre, soit ils croient que je suis une star, et non pas le crève-la-dalle que je suis en réalité.

« Et ça veut dire quoi, ça ? Tu me fais du chantage ?

— Tu connais Fabio, dit Tony, il plaisante. Non, Carolina, écoute, on veut juste savoir si tu as vu Art récemment.

— Pourquoi ? »

Je dois hausser la voix pour couvrir les vagissements du gosse. « On avait rendez-vous et il n'est pas venu.

— Mais qu'est-ce que tu fais à Casalfranco, au fait ? Je croyais que tu étais à Londres.

— J'ai pris quelques jours.

— Ça doit pas être facile, tous ces mannequins à photographier », dit-elle. C'est du pur poison, aucune trace d'ironie. Avec sa main libre, elle fait semblant de prendre des photos. « Clic, clic, clic.

— On est en numérique, maintenant. Ça fait plus clic. » Pas moyen que je laisse cette abrutie se payer ma tête.

« À propos d'Art, reprend calmement Tony. Il va bien ? Il répond pas au téléphone.

— Pas mon problème. Je l'ai largué je sais pas quand, y a six ou sept mois. »

Je suis certain qu'elle se souvient de la date au jour près. « Qu'est-ce qui s'est passé ?

— Il me faisait peur. »

Nous sommes debout, Carolina ne nous a pas proposé de nous asseoir et, pire encore, ne nous a pas non plus proposé un café, ce qui dans le Sud revient à hurler au visage de quelqu'un, *Va te mettre du barbelé dans le cul, connard.* Je m'installe sur le canapé avec ostentation. « Tu veux bien développer ? »

Carolina berce son bébé, ce qui ne l'empêche pas de pleurer. « Maintenant c'est *vous* qui avez besoin que je vous explique Art ?

— On s'est un peu perdus de vue, dit Tony.

— Il vous a parlé de son Projet ? »

J'entends le P majuscule. Non, Art n'y a jamais fait allusion.

Carolina se délecte de notre air étonné. « C'est pour ça qu'il est revenu vivre ici. Pour son Projet.

— À savoir… ?

— Ça a un rapport avec la fois où il a disparu. »

L'espace d'un instant, la chaleur cuisante disparaît et un vent froid souffle dans mon cou. « Tu parles de la période pendant laquelle il était censé avoir fugué ?

— Peut-être qu'il a fugué, peut-être pas. » Carolina retrousse les lèvres en une imitation très personnelle d'un sourire rusé. « Il m'a dit un truc à propos de cette période. » Elle savoure les mots qui roulent sur sa langue ; elle sait quelque chose que nous ignorons et ça lui confère un petit pouvoir sur nous. Ça doit la ramener à ses seize ans, le point culminant de sa vie.

« S'il te plaît, Carolina… dit Tony.

— C'est *moi* qu'il a mise dans la confidence.

— S'il te plaît. C'est notre ami et on s'inquiète pour lui. »

Elle secoue la tête. « *Moi* je sais garder un secret. »

Il faudrait lui rappeler que son âge d'or est loin derrière elle et qu'aujourd'hui elle ne sert plus à rien. Et je compte bien m'en charger. Je sors mon téléphone et tapote sur l'écran.

« Qu'est-ce que tu fais ? » demande Carolina entre deux beuglements du bébé.

Je tourne le téléphone vers elle. J'ai écrit un statut Facebook.

Mon meilleur ami Art a couché avec une femme mariée, Carolina Mazziani ! Bien joué mon pote !

Carolina est identifiée, son mari aussi, ainsi que des amis communs.

Elle écarquille les yeux. « Tu…

— Je ne l'ai pas encore publié, mais je vais le faire dans 3, 2…

— T'es un salaud !

— Je te retourne le compliment. »

Carolina inspire un grand coup et regarde Tony. « Art m'a dit une chose. » Elle marque un temps, mais le bébé se remet à pleurer et ruine ses velléités théâtrales. « Il m'a dit qu'on lui avait présenté des *opportunités.* »

Tony et moi nous échangeons un coup d'œil. Je perçois un écho de l'étrangeté que nous avons ressentie quand Art a disparu – un malaise rampant, la peau glaciale.

« Il a expliqué ? demande Tony.

— Tu connais Art. Il a dit que son Projet tournait autour de ces » – guillemets avec deux doigts – « opportunités.

— Et tu n'as aucune idée de ce dont il parlait.

— Ça nécessitait un tas de recherches.

— Des recherches sur quoi ? »

Carolina attrape la télécommande et allume le téléviseur taille gorille. Elle braque le bébé sur la télé, comme une arme. Le bébé continue à pleurer. « La religion, je crois.

— La religion ? Art est la personne la moins religieuse que je connaisse. » Je me rappelle vaguement qu'il a fricoté avec la spiritualité il y a longtemps, à Paris. J'étais convaincu, et je le suis toujours, qu'il faisait ça pour les filles.

« Honnêtement, je n'ai pas écouté, ça ne m'intéressait pas. »

Ou bien tu n'étais pas assez futée pour comprendre.

« Je peux te demander pourquoi tu l'as largué ? demande Tony.

— Il était tellement obsédé par son Projet que je n'arrivais plus à avoir une conversation normale avec lui. » Elle tire la langue à son fils, un geste d'affection maternelle qui a pour effet de redoubler les pleurs du bébé. « De toute façon c'était pas sérieux. On s'amusait, c'est tout.

— Tu l'as vu, récemment ? je demande.

— T'es de la police ? »

Je montre mon téléphone. « Sois sympa.

— Ouais, je crois, répond-elle en accueillant ma menace par une grimace de dégoût. Je l'ai croisé par hasard une ou deux fois. Il m'a à peine dit bonjour.

— Et la dernière fois, c'était quand ?

— La semaine dernière ? Il y a trois semaines ? Pourquoi je m'en souviendrais ? »

Je meurs d'envie de partir d'ici, mais j'ai une dernière question à poser. « Tu sais d'où il tire son blé ? » Ces derniers temps la vie m'a fait comprendre la valeur de l'argent.

Et soudain, je capte enfin l'intérêt de Carolina. Elle tourne brusquement la tête vers moi. « Son blé ? Qu'est-ce qui te fait croire qu'il en a ?

— Je parle des dépenses de tous les jours, les livres, les factures, l'assurance de la voiture… »

Son intérêt s'évapore encore plus vite que l'eau en plein mois d'août. « J'imagine qu'il a des économies. Et de temps en temps… il est pas vraiment dealer, mais il vend un peu d'herbe en cachette. »

Art vend de l'herbe. Dans une petite ville où la Corona est omniprésente. Je n'ai pas besoin que Mauro m'explique à quelle vitesse ça peut dégénérer. Si la Corona découvre qu'il y a un dealer en ville et qu'il n'émarge pas chez elle, elle va lui demander de payer une taxe ou bien de fermer boutique. Au début elle demandera gentiment. Le dealer étant Art, sa réponse sera interminable et bourrée de suggestions anatomiques quant à l'endroit où la Corona peut se fourrer ses taxes. Les suites ne seront pas belles à voir.

T'es à Casalfranco, fait une voix en moi. *T'es à Casalfranco et tu te fais aspirer. T'es à Casalfranco.*

Barre-toi tant que tu le peux encore.

12

Et je n'échapperai pas à Anna.

Tony appelle Mauro, et Mauro nous demande de les rejoindre lui et sa famille sur la plage. Décidément, Casalfranco m'en veut – rien de neuf sous le soleil – et m'attaque de tous les côtés. *D'accord, viens te battre.*

En homme sensé, Tony loge chez ses parents, qui, avant de prendre leur retraite, ont tenu une épicerie pendant cinquante ans. À cet instant précis, il roule sur la Litoranea Salentina, une longue route qui serpente le long de la côte. Elle traverse des dunes parsemées de tamaris, de genévriers et de fleurs sauvages. La vision de la mer sur notre droite, derrière les dunes, est époustouflante. On ne s'habitue jamais à une telle majesté. Son bleu est assorti à celui du ciel, tous les deux se reflètent mutuellement et donnent l'impression que l'on pourrait nager dans le ciel ou voler dans la mer. L'eau est aussi transparente qu'une lingerie en dentelle. Même d'ici, depuis une voiture en mouvement, je vois les rochers du fond.

Tony se range sur le bord de la route, derrière la voiture de Mauro. D'ici deux semaines il y aura des touristes sur tout le bas-côté, mais il est tôt dans la saison et nous sommes seuls. Les rares vacanciers déjà arrivés ne poussent pas jusqu'ici, s'en tiennent aux plages près des villages. Cela signifie qu'il n'y a pas encore de voituriers illégaux, ces types qui vous soutirent un euro pour « garer » votre voiture – c'est-à-dire pour ne pas la rayer eux-mêmes. Dans le Sud, il faut filer des pots-de-vin même pour pouvoir se garer.

Face à la mer, les ruines d'une *torre saracena*, l'une des nombreuses tours de garde construites sur la côte pour surveiller les pirates sarrasins. C'est une masse blanche et trapue percée d'une porte à mi-hauteur, à laquelle mène un escalier arqué en pierre. J'enlève mes chaussures et mes chaussettes et je les laisse dans la voiture. Les pirates sarrasins ont disparu il y a bien longtemps, et de nos jours les tours servent à délimiter des sections de plage. Je regrette de ne pas avoir pris mon maillot, j'aurais adoré piquer une tête. En jean et chemise, la tenue que j'avais prévue pour le retour dans un avion climatisé, je transpire comme une tranche de bacon dans une poêle.

Mauro est assis sous un grand parasol rouge avec ses filles et lit le *Corriere della Sera*. La plage est pratiquement déserte, à l'exception d'un autre parasol, si distant qu'il ressemble à une ombrelle. Anna flotte loin de la rive. Lorsqu'elle nous voit, elle se met à nager vers la terre ferme.

« Oncle Tony ! Oncle Fabio ! » crie Ottavia, l'aînée, cinq ans. Elle est bien dressée ; son enthousiasme me paraît peu justifié car elle ne m'a vu que deux fois et Tony trois fois, à ce que je sache. Lorsque nous arrivons au parasol, Ottavia saute au cou de Tony. Rebecca, sa petite sœur, dort sur une serviette.

« Anna et les filles vont rentrer, dit Mauro. Le soleil tape trop pour les petites. Tu pourras me ramener quand on aura fini ?

— Bien sûr, fait Tony.

— Et voilà les garçons ! »

Anna nous rejoint, elle ruisselle sur le sable chaud comme la lave. La dernière fois que je l'ai vue, c'était il y a trois ans, au mariage de la sœur de Tony, mais j'ai été rapidement ivre et nous avons à peine échangé quelques mots. J'ai tout fait pour éviter ce moment, et en venant ici je continuais malgré tout à espérer qu'il n'arrive pas. Mais il est arrivé, comme tant d'autres moments que nous redoutons. On paye des impôts, on est à découvert, on perd des amis, on meurt. On a des chagrins d'amour.

« Salut, Anna. »

Elle était superbe quand nous étions jeunes, et elle l'est encore plus aujourd'hui. Ses seins sont lourds, ses hanches larges sans être grasses, ses longs cheveux mouillés brillent sous le soleil avec la noirceur d'une éclipse totale. Elle a de la cellulite sur les fesses, de petites rides autour des yeux, et elle arbore avec fierté ces signes de l'âge, ces marques d'honneur. Anna n'emprisonne pas sa beauté dans l'ambre, elle la laisse grandir et évoluer. C'est une des choses que j'aime chez elle. Si je le pouvais, j'arracherais mes vêtements et les siens et je la prendrais comme un fou dans la mer, sur-le-champ.

« Les Trois Mousquetaires. Il manque seulement d'Artagnan », dit Anna. Est-ce qu'elle est vraiment obligée de se pencher comme ça pour attraper sa serviette ? Elle s'enroule dedans et, plus ou moins couverte, défait le haut de son bikini pour enfiler quelque chose de sec. Le haut tombe sur le sable au ralenti. Mon cerveau cesse de traiter tout ce qui ne concerne pas Anna : je suis assailli par des images de ses seins, nus sous cette saleté de serviette, des images explicites, puissantes. Elle me tue. Je ne sais pas si elle le fait exprès ou si c'est Casalfranco qui trouve de nouvelles manières de me tourmenter. Je sais que je devrais détourner le regard, mais à ma place, qu'est-ce que vous feriez ? Heureusement, j'ai des lunettes de soleil.

« Eh ben, Art est… fait Tony.

— Il a encore disparu, dit Anna en levant un pied pour se débarrasser de son bas de maillot. Mauro m'a raconté. » Depuis que je suis petit, j'ai vu un paquet de femmes se changer sous une serviette. Ce n'est pas censé être érotique. *Ce n'est pas censé être érotique.* « Je vais laisser les beaux gosses discuter, et nous les femmes on va retourner filer de la soie. » Elle peut se permettre de plaisanter, aucun de nous ne lui arrive à la cheville. Anna enseigne la philosophie à Milan ; le *New York Times* a qualifié son travail sur l'intelligence artificielle de « révolutionnaire ». Une fois qu'elle est lancée sur ses théories, Art est le seul à pouvoir la suivre.

Lorsqu'elle remballe et s'en va avec les petites, j'ai le sentiment d'avoir perdu quelque chose de précieux. Je suis en nage. Je sors une cigarette et je l'allume en disant, « On a une mauvaise nouvelle. Art est dealer.

— Tu veux dire…

— Oui. »

Tony et moi résumons à Mauro notre conversation avec Carolina. À la fin, Mauro secoue la tête et lâche, « Merde.

— Tu m'étonnes, dit Tony.

— Au moins ça confirme qu'on n'ira pas voir les carabinieri.

— Attends. Tu rigoles ? demande Tony d'une voix tendue. Au contraire, c'est d'autant plus urgent d'aller leur parler.

— Tony, Art *vend de l'herbe.* C'est autre chose que de cultiver pour sa consommation personnelle. Et on était *chez lui.* Tout le monde croira qu'on est venus lui acheter quelque chose. »

C'est le soleil du bord de mer ; il vous brûle, vous fait perdre tout sens de la mesure. Nous sommes du coin, nous devrions savoir qu'il ne faut pas parler sous un soleil pareil. Pour aborder les questions importantes, on attend qu'il soit couché.

« Art est censé être un de tes *meilleurs potes* ! dit Tony en haussant le ton. C'est pas de ma faute si ça fait tache sur ton CV ! »

Au tour de Mauro de hausser la voix : « Ça concerne pas que moi ! Tu crois qu'Art serait heureux que les carabinieri viennent sonner chez lui ?

— Il a disparu, bordel !

— Ah tiens, maintenant il a disparu ? »

Tony s'apprête à répondre, mais il se ravise, ferme les yeux et respire longuement pour se calmer. Il dit, « On fait la paix », plus bas.

Mauro lève une main. « On fait la paix. » Un instant, puis, « C'est peut-être rien, tu comprends ce que je veux dire ? La première fois, il est revenu sain et sauf.

— Pas sain et sauf, dit Tony.

— Il était en bonne santé et…

— Et on sait pas ce qui lui est arrivé, mais c'était assez horrible pour qu'il invente un énorme bobard. »

Mauro ne répond pas. Entre nous on n'évoque jamais l'histoire d'Art. Nous étions jeunes et naïfs, mais pas idiots. « C'est vrai, fait Tony. On n'a qu'à voter. Moi je veux aller voir les carabinieri, Mauro ne veut pas. Fabio, à toi de décider. »

Je m'apprête à répondre, *Va pour les carabinieri*. Si Art revient en un seul morceau, nous lui aurons valu un tas d'ennuis, mais comment être sûrs qu'il reviendra en un seul morceau ?

Et puis je pense encore à Anna.

Je pense encore à ses seins sous la serviette, aux choses stupides qu'on a faites et qu'une part de moi, une part mauvaise, bestiale, a envie de refaire, et pas qu'une fois. En tout homme adulte est tapi un adolescent qui ne pense qu'à sa bite, et il faut bien veiller à ne pas le libérer ; mais ce soleil empêche toute prudence. L'ado en moi sait que si nous allons trouver les carabinieri, je n'aurai plus aucune raison de rester à Casalfranco, ni de revoir Anna dans un futur proche. Même si, de toute façon, il est hors de question que je tente quoi que ce soit.

Je sais donc que je creuse ma propre tombe lorsque je dis, « Vous savez quoi ? On attend encore deux jours. Et dans deux jours, si Art est pas rentré, on va voir les flics. »

13

Lara m'a appelé quand j'étais à la plage, où je n'avais pas de réseau. Je trouve un message vocal lorsque je regarde mon téléphone en sortant de la petite agence de location où j'ai demandé à Tony de me déposer – par ici, il est important d'avoir un moyen de transport à soi. L'agence est un petit bloc de briques au bord de la route, entouré par des champs en jachère. Je ne sais pas comment leurs clients se débrouillent pour y venir, s'ils n'ont pas un Tony pour les véhiculer.

« Salut, gros malin, fait la voix de Lara. C'est pas tout petit, un avion. Je pensais pas que ça se *ratait* aussi facilement. »

Je la rappelle, et dès qu'elle décroche j'attaque en disant, « Pas la peine d'en rajouter. »

Elle éclate de rire. Elle a un beau rire, ma Lara. « Toi et tes copains vous avez fini tard, hier ? demande-t-elle.

— C'est ça. »

Un temps, puis elle reprend, « Qu'est-ce qui va pas ? »

Son léger accent du sud de l'Angleterre la fait paraître plus sèche qu'elle n'est en réalité. J'adore ça. « Art n'est pas venu.

— Pourquoi ? Qu'est-ce qui s'est passé ?

— Je sais pas. Il répond pas au téléphone.

— Vous êtes allés chez lui ?

— Il était pas là. Tu te souviens de Tony ? Tony y retourne pour voir si Art est revenu.

— Tu t'inquiètes ?

— Je sais pas. » Je ne peux pas lui expliquer la situation, pas au téléphone. Il y a trois ans que je suis avec Lara, et elle n'a jamais rencontré les autres. Je ne suis rentré en Italie que pour le Pacte, et aucun des autres n'est jamais venu à Londres. Mauro était toujours occupé par sa famille, Tony par son bloc opératoire, et Art par son obsession du moment. Je lui ai parlé d'eux, je lui ai parlé du Pacte, mais pas de la fois où Art a disparu. J'ai laissé cette histoire dans son petit coin obscur.

« Vous êtes allés voir les carabinieri ?

— Pas encore. On attend d'être sûrs que c'est nécessaire. »

Je sais pertinemment que Lara comprend à ma voix beaucoup de choses que je ne dis pas. Les femmes dont je tombe amoureux sont toujours plus intelligentes que moi, ça me perdra (cela dit, comme l'a un jour observé Tony en plaisantant, il est possible que toutes les femmes soient plus intelligentes que moi). Elle ne me presse pas. Au lieu de ça, elle me demande, « Tu es sûr que tu veux rentrer demain ? »

Je me tais, j'ai l'impression de la trahir. « Pas vraiment, en fait. J'hésite à rester deux ou trois jours, au cas où.

— Je pense que c'est une bonne idée. Tu as besoin que je vienne ?

— T'en fais pas, ça va aller. » Je me dégoûte, comme si je me préparais à la tromper, alors que ce n'est pas le cas.

« D'accord, on se skype plus tard.

— Ça marche. »

On se dit au revoir, on se dit je t'aime, et on raccroche.

Je monte sur une Vespa bleue. J'ai dit à Tony que j'allais en louer une en souvenir du bon temps, mais la vérité vraie c'est qu'une voiture serait au-delà de mes moyens. J'ai aussi dû louer un casque – finie l'époque de la liberté. Je tourne la clé et le moteur se met à ronronner. Il y a bien quinze ou seize ans que je n'ai pas entendu ce bruit et le choc est si fort qu'il m'envoie valser non pas dans l'espace mais dans le temps, me ramène à mon adolescence, à l'époque où j'étais certain de triompher de la vie, d'avoir toujours mes amis auprès de moi et d'être immortel. Je lance la Vespa sur la route en terre, je suis seul sous le soleil aveuglant.

14

Il était prévu que je regagne directement ma chambre d'hôte. Tony allait passer le reste de la journée à négocier une prolongation de ses vacances et à profiter de sa famille, Mauro allait faire de même avec la sienne, et moi j'allais réserver des nuits supplémentaires, skyper Lara et ensuite faire semblant de travailler un peu. En théorie je prépare un livre sur ma vision d'une beauté non conventionnelle (par rapport aux normes du secteur de la mode). Mon agent trouve que c'est le bon moment, et j'espère qu'il a raison car mes finances et ma carrière ont bien besoin d'être repêchées du trou noir où elles sont en train de sombrer. La location de la Vespa bazarde ces projets dans les orties. Je me demande pourquoi, et je ne trouve pas de meilleure réponse que *Ça faisait longtemps que je n'avais pas été sur une Vespa.* Nous croyons exercer un contrôle sur nos vies, mais c'est faux. La plupart du temps nous n'avons aucune idée de ce que nous faisons et, comme des moutons, nous suivons *quelque chose*, que ce soit le destin, notre subconscient ou les caprices d'un deux-roues.

La campagne n'a pas changé. Il n'y a qu'une ou deux maisons récentes, certaines des anciennes se sont écroulées, et c'est tout. Ce pays n'a pas bougé depuis des siècles, et je me demande si ce n'est pas l'œuvre d'une inertie magique, d'une malédiction oubliée qui empêcherait toute transformation. Je dépasse la maison d'où nous avons appelé les carabinieri il y a vingt-deux ans, et un kilomètre et demi plus loin je m'arrête à l'endroit où nous avions garé nos Vespa. Le soleil se couche, mais il est encore assez haut pour que la silhouette des oliviers se dessine sur le ciel avec une précision diabolique. Cette lumière n'existe tout simplement pas en Angleterre ; même par beau temps, le paysage anglais conserve un velouté, un flou embrumé dans lequel les lignes se mélangent. Ici, les limites sont nettes et chaque objet est absolument lui-même. Cet arbre est *cet* arbre et seulement lui ; il n'est pas la terre sur laquelle il pousse ni les pierres qui l'entourent. Cette lumière refuse toute ambiguïté. Elle compose une belle toile de fond, à sa manière. Je devrais prendre quelques photos pour mon livre, avant de partir. Si je trouve le bon modèle.

Je vois l'oliveraie. Je n'y suis jamais entré, jamais. Il est temps d'y remédier. J'ai trente-cinq ans et il fait jour ; je refuse catégoriquement d'avoir peur. J'enlève mes lunettes de soleil, je les glisse dans le col de ma chemise, et je me dirige à grands pas vers l'oliveraie, casque à la main. Puis j'arrive à la lisière des arbres et je m'arrête. Les cigales chantent à tue-tête, et ce n'est sûrement qu'une impression mais lorsque je pose une main sur un tronc, leur chant va crescendo.

Et puis merde.

Je pénètre dans l'oliveraie. J'aimerais pouvoir dire que, à mes yeux d'adulte, les arbres paraissent plus petits et anodins, mais ce n'est pas le cas. Ils sont tout aussi menaçants que dans mes souvenirs. Leurs troncs tourmentés m'évoquent toujours des damnés dans les flammes de l'enfer. Des percussions inquiétantes vont s'élever d'un instant à l'autre et les arbres vont prendre vie et se mettre à danser autour de moi – et je leur servirai de repas. J'essuie la sueur sur mon front. Pas besoin de croire aux fantômes pour savoir que certains endroits ont une atmosphère particulière et conservent, sinon un souvenir, du moins un écho des choses passées. Ici l'atmosphère est lugubre, et le soleil bas n'arrange rien. Que s'est-il passé cette nuit-là ? Comment se peut-il que nous n'ayons rien entendu, rien vu dans cette désolation ? *Et où est Art ?* La conversation avec Carolina m'a convaincu que les deux épisodes sont liés, qu'Art a de nouveau disparu, et que cette disparition est une conséquence de la première, vingt-deux ans plus tôt. Je m'arrête devant un gros rocher blanc qui surgit du sol. « Qu'est-ce qui s'est passé ici ? » je demande à voix haute.

Une odeur me répond.

Elle est aigre-douce et me donne la nausée. Je repense à Tony qui humait l'air chez Art hier soir et déclarait, *Pas de corps en décomposition*. Mais cette odeur, c'est exactement ça, un corps en décomposition. Je distingue un bourdonnement différent du chant des cigales. Mon estomac se noue. L'odeur vient de quelque part devant moi. Je m'enfonce dans l'oliveraie, et puis je le vois.

Un corps.

Au bout d'une corde est pendu le corps d'un chien, un corniaud blanc à poils longs. La corde est attachée à une branche qui ploie. Les pattes arrière de la pauvre bête se balancent lentement en frôlant le sol. Je plaque une main sur ma bouche et je retiens ma respiration. Je regarde tout autour, je tends l'oreille, mais je n'entends ni ne vois rien. Je suis seul au milieu des arbres, et si je ne le suis pas, alors la personne qui se cache est plus futée que moi. L'air est immobile, il n'y a pas un souffle de vent. Alors comment se fait-il que le corps se balance ? Rien ne bouge à part la branche à laquelle il est pendu.

J'hésite, puis je m'approche. Le poil du chien est tacheté de boue. Ses yeux sont sans vie. Une des taches remue.

Je finis par identifier le bourdonnement : des mouches. Des millions de mouches dans le corps, affamées comme des requins qui ont flairé l'odeur du sang, tellement déterminées dans leur appétit qu'elles font balancer le corps. Ce n'est pas de la boue sur le poil du chien mort, ce sont elles.

Art a un chien. Avait *un chien ?*

Mes poumons me lâchent : j'expire puis j'inspire. L'odeur est insupportable. Ma tête se met à tourner. Pour éviter de tomber, je m'appuie à un olivier, je ferme les yeux et tandis que je reprends mon souffle j'entends que le bourdonnement se rapproche, les requins foncent sur moi, attirés par la peur.

Mon téléphone sonne.

15

Sept jours après la disparition d'Art, on a sonné à ma porte.

Je n'ai pas de souvenirs précis de ces journées ; elles ont été un enchaînement flou d'activités sans grand intérêt (répondre aux carabinieri, éviter les journalistes, répondre aux carabinieri, m'allier à Tony et Mauro pour insulter les gens qui devenaient soudainement les meilleurs amis d'Art, ses mentors et ses fans). Je fonctionnais en pilotage automatique. Mon énergie, je la consacrais à refouler la peur qu'Art soit mort. Le plus difficile, c'était quand on nous accusait d'être responsables. Les autres et moi, nous étions *suspects*. De quoi, ce n'était pas clair, jusqu'au moment où Concetta Pecoraro, une arnaqueuse du coin qui s'était fait une spécialité de communiquer avec la Vierge, a déclaré que cette chère Marie lui avait révélé qu'Art était mort, avant de sous-entendre lourdement que c'était notre faute à tous les trois. On pourrait penser que personne ne goberait un truc pareil, et c'est la vérité. Pas ouvertement, du moins.

Mon père, lui, n'a jamais cru un instant que nous avions tué Art. Il croyait que nous le protégions, qu'Art avait fugué et que nous faisions semblant de ne rien savoir par amitié mal placée. Pendant cette période, la théorie de mon père était la plus raisonnable et donc la moins populaire, mais dès le retour d'Art chacun a prétendu que c'était aussi son idée depuis le début.

Tout ce cirque me donnait envie de vomir, et je me faisais un sang d'encre pour mes amis, quand, un samedi après-midi pluvieux, on a sonné à ma porte. Mon père était à l'école pour une réunion des professeurs portant sur Art (il y avait des réunions de ce type dans toute la ville. Je ne comprenais pas à quoi elles servaient, ni d'ailleurs qui les organisait), j'étais donc seul, absorbé dans les *X-Men*. J'ai laissé sonner. Qui que ce soit (journaliste, carabinieri ou, pire, un bon samaritain de l'église), on se lasserait vite et s'en irait. Mais on a continué à sonner.

J'ai posé ma BD et je suis allé ouvrir en traînant les pieds.

« C'est qui ? ai-je grommelé de mauvaise grâce.

— Salut mec », a répondu Art.

J'ai eu un mouvement de recul. L'espace d'un instant, d'un très bref instant, j'ai été *terrifié*. Art était Art, ni plus ni moins, mais sa présence ici était tellement inattendue qu'il en devenait un monstre, un loup-garou. J'ai dégluti et trouvé la force de dire, « Art ?

— Ouais, je sais.

— Mais… ?

— J'ai super faim. »

Hébété, j'ai suivi Art dans ma propre cuisine, où il a pioché dans le frigo du jambon de Parme et du fromage, qu'il a fourrés dans une ciabatta.

Il y avait quelque chose de bizarre chez lui.

« Qu'est-ce qui s'est passé ? ai-je demandé.

— Quand ça ? a fait Art, la bouche pleine.

— Art, tu *sais* quand.

— T'as du lait ?

— Sers-toi. »

Art a liquidé la brique, puis il s'est essuyé dans sa manche. Il a remarqué qu'il avait encore son manteau sur le dos. Il l'a enlevé et posé sur une chaise. « Il fait chaud ici.

— Art…

— Je sais pas quoi te dire.

— Ça fait *sept jours* que t'as disparu.

— Tant que ça ?

— Qu'est-ce qui t'est arrivé ? »

Il s'est gratté la nuque, a regardé la brique de lait vide, son sandwich, son manteau. « J'ai fugué. J'aurais dû vous le dire, mais je savais que vous auriez pas gardé le secret.

— Quoi ? Pourquoi ?

— Je voulais voir si je pouvais feinter tout le reste de la ville. Et la réponse est oui. »

Là, j'ai su qu'il mentait. Il ne faisait pas le moindre effort pour se montrer convaincant. Sa voix disait, *Je te raconte que j'ai fugué, et honnêtement, que tu me croies ou non, je m'en tape.* Je crois que c'est à cause de cette attitude que toute la ville s'est empressée de prendre son excuse pour argent comptant. Les habitants de Casalfranco n'aimaient pas l'attitude d'Art et ne l'aimaient pas lui, et ils ont été bien trop heureux de voir dans sa disparition un besoin d'attention. « Tu vas bien ? »

Art m'a montré son sandwich. « Mieux, maintenant.

— Bon, ok, on recommence : qu'est-ce qui s'est passé ?

— J'ai fugué.

— T'as... » Le mensonge était tellement flagrant que je me suis mis en colère. « Va te faire foutre, Art ! On s'est fait pourrir la vie à cause de toi ! » J'ai tapé de la main sur la table. « *T'étais où ?* »

Là il s'est arrêté de mastiquer et il m'a regardé, mais sans vraiment me regarder. Il avait les yeux ailleurs. « T'y as pas cru ?

— Non. »

Il a haussé les épaules et il est retourné à son sandwich. « Les autres y croiront.

— T'as une idée de ce qui se passe dehors ? Tout le pays parle de toi. La moitié est persuadée qu'on t'a buté et l'autre sait pas si on te couvre ou si t'as été enlevé par les extraterrestres. Les carabinieri nous font chier, les journalistes nous font chier, nos familles et les profs nous font chier. J'ai le *droit* de savoir. »

Après un silence, Art a dit, « Ouais, c'est vrai. »

J'allais encore lui crier dessus, mais je me suis ravisé parce que j'ai enfin compris ce qui n'allait pas. Ses vêtements. C'étaient les mêmes que le samedi précédent, quand il avait disparu ; même jean, mêmes chaussures, même pull. Il les avait portés pendant sept jours. Ils auraient dû sentir mauvais, mais non. Ils étaient propres.

« Art, ai-je supplié, qu'est-ce qui t'est arrivé ?

— J'en sais rien. »

16

De retour à ma chambre d'hôte, je me rue sous la douche et j'y reste jusqu'à avoir le bout des doigts tout fripé. Tony est passé jeter un œil chez Art ; au téléphone, il m'a dit qu'il n'y avait toujours personne mais qu'il fallait qu'on se parle de quelque chose de vive voix. Il m'a paru bouleversé, si bien que j'ai gardé pour moi l'histoire du chien dans l'oliveraie. C'est aussi le genre de chose qu'on raconte de vive voix. L'odeur du chien me hante encore. Je vide le flacon de gel douche, et celui de shampooing, mais l'odeur s'accroche, comme si le chien était avec moi dans cette cabine minuscule avec toutes les mouches qui font leur *struscio* d'avant en arrière.

Qu'est-ce que ça voulait dire ? La région ne manque pas de chiens errants, et dans un passé pas si lointain on mangeait encore des chiens quand la nourriture se faisait rare. Je ne serais pas surpris que ça continue. Mais *pendre* un chien et le laisser pourrir ? Pour quoi faire ? Et surtout dans cette oliveraie.

Art avait un chien.

Je ne veux pas penser à ça. Il est fort possible que ce soit une coïncidence, mais Art m'a appris à me fier aux coïncidences. *Ce qu'on appelle coïncidence*, disait-il, *c'est un système qu'on n'a pas encore compris.*

Hors de question que je reste ici ce soir. J'ai besoin d'air frais et d'un verre. L'odeur persiste encore après la douche, et dès que je ferme les yeux je vois le chien. J'aurais dû le décrocher et l'enterrer. *C'est seulement un chien.* Mais il a une signification, forcément, et c'est cette signification qui me tracasse.

Je skype Lara. « Tu es sûr que ça va ? » me demande-t-elle.

Sa voix me ramène à la réalité. Dans ces moments-là, je hais les appels vidéo. Ma génération se souvient encore du monde d'avant les caméras, quand on pouvait se cacher derrière un téléphone. Ma génération, des vieux croûtons d'une trentaine d'années. « C'est la chaleur, et cette ville.

— Tu ne supportes pas la chaleur, tu n'aimes pas ta ville – tu es mal foutu pour un Italien du sud.

— Ramène-moi au service après-vente, alors.

— Non, je te garde. J'ai pitié de toi, tu comprends. »

Dans mes idées les plus noires je pense, *Ouais, je comprends*. Lara est conceptrice de sites internet, elle travaille pour une des plus grandes agences de Londres et gagne en un mois ce que je gagne en six (en six *bons* mois). À vingt-sept ans, elle a devant elle du temps et des choix. Et elle est belle, avec ses cheveux blond cendré et ses petites oreilles pointues. Elle n'a pas l'étoffe d'un mannequin (trop petite pour les standards, ses seins sont légèrement irréguliers et elle ne sait pas poser devant un objectif), mais à force de prendre des photos on comprend que la vraie beauté est rarement celle des mannequins. C'est d'ailleurs le sujet du livre que je devrais être en train d'écrire.

« Fabio… ?

— Excuse-moi, je pensais à autre chose.

— Je sais pas ce qui t'arrive, mais quand tu voudras en parler, je serai là.

— Tout va bien. »

Lara me souffle un baiser et dit, tendrement, « Ne me prends *jamais* pour une conne, mon ange. »

Dès qu'elle raccroche je me lève d'un bond. Il faut que je sorte d'ici, tout de suite, même si ma chemise pue la transpiration.

Grâce à une brise du nord qui rafraîchit l'atmosphère, la soirée est agréable. La Vespa me conduit à Portodimare, qui a cessé depuis quelques années d'être un village de pêcheurs pour devenir un village de touristes. Autrefois, nous y passions tous nos étés : plage le matin, baby-foot jusque tard le soir, bière pas chère qui nous irritait la gorge, et les derniers juke-box à pièces que la planète verrait jamais dans un usage non ironique. En pleine saison, les boutiques et les kiosques de Portodimare restent ouverts tard, et j'espère que certains d'entre eux ont attaqué la saison de bonne heure parce que j'ai besoin de vêtements.

J'ai de la chance, faute de meilleur terme : je trouve des chaussettes, des caleçons et deux T-shirts criards, dont un que j'enfile sur-le-champ. Une inscription clame VIVE L'ALCOOL, avec deux fonds de verres à bière en guise de *o*. Qu'est-ce qu'on se marre. Il est 21 h 30, trop tôt pour rentrer à ma chambre d'hôte. J'ai besoin de boire et de manger.

Je flâne jusqu'à la petite place où se massent la plupart des bars. De mon temps, cette place était le parfait exemple de la *rotunda sul mare*, un espace circulaire avec vue sur la mer et le petit port. Aujourd'hui, après un chantier de rénovation qui a fait polémique dans le village, le port et la place sont des horreurs bétonnées qu'un gamin de province aurait admirées dans les années quatre-vingt-dix. Aucun de nos repaires historiques n'a survécu à la transformation. D'autres les ont remplacés, sans juke-box mais avec un plus grand choix de boissons. Aux tables en plastique de ces nouveaux bars sont installés de nouveaux adolescents, semblables à nous. Ils me font peur. Ils me rappellent combien nous sommes tous remplaçables.

Je choisis un bar au hasard et je m'assieds *al fresco*. Je commande un sandwich mou et une bière, et je m'allume une cigarette. À la table d'à côté, un groupe d'adolescents éclate de rire. Leurs têtes forment un halo autour d'un téléphone sur lequel – si je me sers de mes pouvoirs télépathiques – ils regardent une vidéo de chat. Mes amis me manquent. J'aimerais bien ne pas être seul ce soir. Je suis encore secoué par l'épisode du chien. J'en suis à me répéter, *Cette putain de ville* pour la centième fois, quand je reconnais dans le brouhaha une voix familière.

La voix s'interrompt.

C'est le genre de moment où on se mord les doigts. J'ai merdé. Je me promenais le nez en l'air comme à Londres, où on n'est jamais qu'un visage perdu dans la foule, mais ici, dans ce réseau de bourgs et de villages, chaque visage a un nom, et on est statistiquement obligé de finir par croiser une tête connue. Et les statistiques ont un drôle d'humour.

« Fabio ? » fait mon père.

17

Mon père est penché sur moi. Il a les lèvres serrées, ça signifie qu'il est au bord des larmes. Il a l'air mi-vexé, mi-furieux. Je réfrène le désir de me reculer – il n'est pas violent, mais c'est un homme du Sud et les claques sur les oreilles ont fait partie intégrante de mon éducation.

« Fabio, dit Don Alfredo. C'est toi ? » Cet enfoiré avec son petit rictus en coin est l'archiprêtre de Casalfranco, un ami de mon père et un vieux con très puissant.

Je ne lui prête aucune attention et je regarde mon père. « Je crois qu'on a des choses à se dire. »

J'ai rien à te dire ! hurlerait quelqu'un de moins tempéré. Mais mon père acquiesce et se tourne vers son ami. « Alfredo, tu veux bien nous excuser ?

— Bien sûr, bien sûr », répond Don Alfredo. Avec son dos voûté, son gros nez et son crâne chauve et cabossé, il pourrait être un vautour dessiné par Walt Disney dans ses mauvais jours. Il me salue de la tête, je ne réponds pas, et il va ostensiblement s'installer à la table la plus éloignée. Ça ne sert à rien, je suis persuadé qu'il ne nous espionnera pas. Ce ne sera pas nécessaire. Mon père lui racontera tout, ce soir ou plus tard à confesse.

« C'est quoi son problème ?

— À qui ? » demande mon père.

Autrefois il détestait les phrases toutes faites et les mots inutiles. *À qui ? À ton avis ?* « Don Alfredo. »

Mon père s'assied, et ses mouvements sont plus précautionneux que dans mes souvenirs. « Il y a quelques soucis avec la procession de Ferragosto. Nous avons des détails à régler avant le début de la saison. »

La procession de Ferragosto est une procession de bateaux qui se déroule le long de la côte le 15 août. Les touristes la trouvent tout à fait pittoresque. Don Alfredo doit vouloir tirer la couverture à lui.

« Portodimare n'appartient pas à sa paroisse.

— Portodimare a un nouveau prêtre. Un homme bon, mais qui ne connaît pas les coutumes. Don Alfredo lui donne un coup de main.

— Ou bien il cherche à se faire mousser. »

Mon père ouvre la main et la referme. Si j'avais eu quinze ans, il m'aurait frappé. « Qu'est-ce que tu fais ici ? » demande-t-il.

C'est justement la question que je me pose. « Je suis désolé de t'avoir menti.

— Tu m'as menti ?

— Quand je t'ai dit que je ne viendrais pas cette année. »

Ses mains sont posées à plat sur la table, toutes les deux, dans une attitude pas tout à fait naturelle. Il est fort pour donner le change. « Tu m'as dit ça ? »

Je déteste quand il agit comme si ce que je viens de dire n'était pas la réalité. En filigrane, ça signifie que je suis son fils et que j'ai le devoir d'obéir, de bien me tenir et de la fermer. Je me passe une main dans les cheveux. « Excuse-moi, mais je suis pas d'humeur.

— Tu n'es *jamais* d'humeur.

— Il est arrivé quelque chose ! Quelque chose de grave.

— Grave comment ? »

Je jette un coup d'œil en direction de Don Alfredo. « Ça restera entre nous ?

— À moi d'en juger.

— Très bien. » Je capitule. « Art n'est pas venu hier. » *Qu'est-ce que tu fous ?* je me demande. *Pourquoi tu racontes ça à ton père ?* Vingt-quatre heures à Casalfranco et je commence à rapetisser, je redeviens le petit enfant qui croit que son père a toutes les réponses.

« Et alors ? fait-il.

— Et alors c'est bizarre. Avec ce qui lui est arrivé quand on était ados…

— Il ne lui est *rien* arrivé quand vous étiez enfants. Il a fugué pour jouer un sale tour à ses parents, et il est revenu quand il s'est lassé. Fin de l'histoire.

— C'est faux.

— Nous nous sommes rongé les sangs, Fabio. Tu te souviens de l'état dans lequel était sa mère ? Et pourquoi ? Parce que Mauro voulait prouver qu'il était *meilleur que nous* ?

— C'est Art, pas Mauro. » C'est curieux, mon père ne se trompe jamais sur les noms.

Il se tait un instant. « *Arturo*. C'est ce que j'ai dit.

— Art n'a pas fugué. J'ai aucune idée de ce qui s'est passé, mais je sais qu'il n'a pas fugué.

— Tu ne grandiras jamais », raille mon père.

Je tape de la main sur la table. « Et toi t'arrêteras jamais de croire que tu sais tout mieux que tout le monde ! » Je hurle presque.

« Ne te donne pas en spectacle.

— Ça va. » Je respire un grand coup, j'imagine un titre de livre : *Survivre à ses parents grâce au zen.* « Retour à la case départ. On s'inquiète pour Art, donc on reste quelques jours de plus. S'il ne donne pas de nouvelles, on appellera les carabinieri.

— Vous devriez surtout porter plainte contre lui.

— Papa…

— Non, Fabio, écoute-moi : tu as quitté Casalfranco. Tu ne vis plus ici, moi si. Et j'ai vu ton *ami* plusieurs fois depuis qu'il est revenu. Art a toujours été une mauvaise graine, mais maintenant c'est de pire en pire.

— Qu'est-ce que je dois comprendre ?

— Il a des problèmes. Il est débraillé et il a une grande barbe, on dirait un fou. Il passe ses journées à la bibliothèque au lieu de chercher du travail. Il est tellement perdu dans ses pensées qu'il ne dit même pas bonjour quand on le croise. »

Cette image me fait sourire. « C'est Art tout craché.

— Il est trop gaga de son chien. »

Son chien. Les relents de pourriture me reviennent, j'entends les mouches qui bourdonnent. « Quel chien ?

— Un chien errant. Arturo l'a adopté. Dans d'autres circonstances ce serait une bonne action de sa part, mais il se comporte comme si c'était un… humain. Il lui parle dans la rue. Un jour, je l'ai entendu lui dire qu'il le trouvait beau, intelligent et courageux.

— Ce serait pas un gros chien blanc à poils longs ?

— Pourquoi tu me demandes ça ?

— Papa, s'il te plaît... »

Mon père ferme les yeux, porte l'index et le majeur de sa main droite à sa tempe, essaie de se souvenir. « Marron, un bâtard de loulou de Poméranie », dit-il enfin.

Le chien de l'oliveraie n'est pas celui d'Art. J'espère ne pas trahir mon soulagement. La main tremblante, je vais pour boire une gorgée de bière mais la bouteille est vide. « Vu ce que tu me dis, Art a l'air plus fou que malfaisant.

— Arturo vient d'une famille où on travaille, et il n'est pas idiot. Il avait tout entre les mains pour faire quelque chose de sa vie. Mais non, ton ami est un égoïste qui croit que tout lui est dû, encore plus que toi, et Dieu finit par lui faire payer l'addition. *Quisque faber suae fortunae.* »

Tout homme est l'architecte de son destin : une des maximes préférées de mon père. Ce qu'il ne dit pas, c'est qu'il reproche à Art d'être aussi l'architecte de mon destin. « On voit pas les choses de la même façon, dis-je. Je vais pas me disputer avec toi.

— Comme tu veux. Et donc, qu'est-ce que tu fais ici ?

— Je... » Je m'arrête net. Je viens de le lui expliquer ; il ne s'en souvient pas, et il ne fait pas semblant. J'ai l'impression que la mer a englouti Portodimare, transformé la terre en eau, et que le sol sur lequel je suis assis, le socle de ma vie, a été emporté. Mon père connaît ses humanités, il parle couramment grec et latin. Son cerveau est sa fierté. Il est toujours concentré, n'oublie jamais rien. « Je viens de te le dire.

— De me dire quoi ? »

J'essaie de déglutir, mais j'ai la bouche sèche. Je me tourne vers ce salaud de prêtre. Il a les yeux braqués sur notre table, avec un air de compassion aussi faux que mes succès.

« Papa, je lui demande, est-ce que ça va ? »

TONY

1

Et puis merde, Mauro peut bien aller se faire foutre, il est devenu trop con. Quand on allait chez Carolina ce matin, Fabio m'a dit qu'on devrait lui lâcher la grappe, qu'il doit s'occuper de sa femme et de ses filles. C'est vrai. Ça reste quand même un gros con. Fabio, lui, c'est un chouette mec. Il mérite toute la chance qu'il a et encore plus.

Cette bagnole sent l'après-rasage de mon père. Un accord est un accord et il faut le respecter, mais je vais quand même aller voir les carabinieri. Mauro a peut-être convaincu Fabio avec ses conneries de *on est pas sûrs* et *on devrait attendre*, mais ça marche pas sur moi. Mauro est bon pour parler, mais à quoi ça sert de parler ? Au fond de moi je sais qu'Art a *disparu* comme il avait *disparu* la première fois. Et aussi, je sais, on sait *tous*, que cette fois-là Art n'avait pas fugué et passé sept jours tout seul, non. *Art a été enlevé et on lui a fait des sales trucs.* Des trucs qui n'ont pas laissé de séquelles physiques, mais toutes les séquelles ne sont pas physiques. Sérieusement, regardez sa vie après ça ! On n'a jamais retrouvé les méchants parce que les carabinieri se sont mis dans la tête qu'il n'y avait pas de méchants. Donc les méchants courent toujours. Et mon pote a disparu une fois de plus.

Mon téléphone sonne : c'est ma petite sœur Elena. Super. Jusqu'ici j'ai réussi à l'éviter, et j'aurais bien aimé que ça continue, mais je ne peux pas laisser sonner comme si de rien n'était. Je ne suis pas Mauro. J'attrape le téléphone et je le coince entre ma joue et mon épaule. À Noël j'ai offert un kit mains libres à mon père, mais il a réussi à le perdre en deux semaines. Mon père n'a rien contre la technologie, tant qu'elle ne s'approche pas trop de lui. « Salut Elena.

— T'es où ?

— Je conduis.

— Tu vas passer tout à l'heure ?

— Non, je suis désolé, j'ai promis à Papa et Maman de dîner chez eux.

— Demain, alors. Viens déjeuner. »

Plutôt avoir une explication musclée avec Conor McGregor. « Avec plaisir.

— Faut absolument que tu voies mon ventre ; il est beaucoup plus gros en vrai que sur Skype. »

Elena est enceinte de six mois. Il y a trois ans, elle a épousé Rocco Fistetto, une vieille connaissance à moi. Si Mauro n'était pas intervenu, j'aurais fait un truc débile à son mariage (un truc débile du genre envoyer mon poing dans la gueule du marié). Fabio et Art étaient bourrés en une demi-heure, mais Mauro ne buvait pas et il s'est occupé de moi. Je devrais m'en souvenir, quand il me tape sur le système. « Ouah, je réponds. J'ai hâte.

— Rocco aussi est en super forme. Ses affaires marchent du tonnerre. »

Ma frangine. Jamais aussi contente que lorsqu'elle peut se vanter de ses succès. « Ouais, Papa m'a dit. 13 heures, ça te va ?

— Disons 13 h 30.

— Ok. Écoute, j'ai vraiment pas beaucoup de réseau.

— Pas de problème. À demain. »

Si seulement je pouvais arrêter de l'aimer. Mais ce n'est pas possible, si ? La famille et les amis, c'est tout ce qui compte. Quoi qu'ils deviennent, ils sont tout ce qui compte.

2

Le soir précédant le mariage d'Elena, Maman m'a dit, « Tu devrais lui parler.

— Maman…

— Il est encore temps. »

Nous avions organisé une réunion de famille pour se mettre en jambes avant le Grand Jour. Rien de fou, une quinzaine de personnes, des oncles, des cousins et cousines, et les proches d'Elena. Toute la journée Papa avait été heureux comme un chiot, et maintenant il cuvait ses quelques verres de trop. Il ne voyait pas ce qui clochait dans l'union d'Elena et de Rocco, et il ne le voit toujours pas. Maman a très bien réussi à lui masquer la vérité. « Il ne peut rien y changer. Au moins il est heureux. »

Maman et moi nous étions dans le jardin, nous accomplissions notre vieux rituel consistant à se partager une goutte de Strega, une liqueur jaune, amère et forte, avant d'aller se coucher. Elle savait qu'elle me prendrait au dépourvu.

« Elena est têtue, j'ai répondu.

— C'est ta sœur, Tony. »

J'ai terminé ma liqueur, posé le verre sur la table avec plus de force qu'il n'était nécessaire, et je me suis levé. « Ça servira à rien », j'ai dit, et elle n'a rien répliqué.

Je suis rentré et monté à l'étage sur la pointe des pieds, même si je n'avais probablement pas besoin de prendre ces précautions avec tout l'alcool que Papa avait dans le sang. Il y avait de la lumière derrière la porte d'Elena. J'ai frappé et elle a chuchoté, « Entre. »

Seulement vêtue d'un de mes T-shirts, elle était assise sur un fauteuil pivotant devant son bureau, le bureau qu'elle avait à l'école et sur lequel je l'aidais à faire ses devoirs. Sa robe de mariée était suspendue à la porte ouverte de l'armoire.

« Qu'est-ce que tu fais ? j'ai demandé.

— Je ressors des vieilles photos. Viens voir. »

Je me suis approché. Elle regardait un cliché que Papa avait pris lors d'une visite au zoo, il y avait bien longtemps. J'avais dix ans et j'essayais de jouer au dur avec ma casquette à l'envers et mon T-shirt aux manches retroussées jusqu'aux épaules ; d'un côté je tenais la main d'Elena, mignonne comme un cœur dans sa salopette rose, et de l'autre celle d'un chimpanzé vêtu d'une salopette en jean. « Tu te souviens ? m'a demandé Elena. Tu disais que tu ne savais plus qui était qui, que ta sœur et le chimpanzé étaient habillés pareil, et qu'ils se ressemblaient, et que tu ne t'y retrouvais plus. »

J'ai gloussé. « Oui. J'ai fait semblant de te laisser là et de partir avec le singe. »

Elena riait. « J'en ai pleuré.

— Et je m'en suis voulu toute la journée.

— Fallait pas. C'était drôle. »

De la tête, j'ai désigné la robe. « T'arrives pas à dormir ?

— Je suis excitée. Et toi ? T'as bu ta goutte avec Maman ?

— Ouais.

— Et elle t'a demandé de venir ? »

Pris à contre-pied, encore une fois. « Plus ou moins. »

Elena a rangé la photo au sommet d'une pile bien propre et poussé un soupir. « Je me marie demain, Tony.

— C'est pas trop tard pour annuler.

— Faut que vous vous mettiez ça dans la tête, toi et Maman : j'aime Rocco. Je l'aime. » Ce n'était pas vrai ; j'en étais convaincu et je le reste. Elle a repris. « Vous pourriez pas être heureux pour moi ? Au moins un tout petit peu ?

— C'est pas l'homme qu'il te faut.

— Parce que c'est à toi de décider ? » Elle levait la voix.

Je n'étais pas là pour me disputer, pas la veille du mariage. « Je cherche seulement ce qui est le mieux pour toi.

— Je sais que tu veux bien faire. Mais ça vous donne aucun droit sur ma vie, à toi et Maman.

— T'es enceinte ?

— Quoi… ? » Elena a eu un bref rire. « *Est-ce que je suis enceinte ?* C'est ce que tu penses ?

— Ça expliquerait pourquoi vous vous mariez aussi vite.

— Aussi vite ? Ça fait sept ans qu'on est ensemble.

— Vous étiez des enfants à l'époque.

— Je suis une femme, Tony, une adulte, et je suis parfaitement capable de prendre mes propres décisions. Et de toute façon, non, je ne suis pas enceinte, et je n'ai pas prévu d'avoir d'enfant tout de suite, si tu veux tout savoir, pas avant que Rocco ait un travail plus stable. »

J'ai levé les mains. « Fallait bien que je tente le coup.

— Dis à Maman d'arrêter de s'y opposer, a dit Elena avec douceur. Tout va bien, on est heureux, il n'y a pas de raisons de se battre.

— Promets-moi juste une chose : quoi qu'il arrive, n'oublie pas que tu as un frère. Je te protégerai toujours. »

Elena s'est levée et m'a embrassé sur la joue. « C'est adorable. »

3

Le poste de police est un bâtiment jaunâtre à trois étages bien trop grand pour Casalfranco, un endroit où les petits délinquants sont une denrée rare et où les gros ne verront jamais l'intérieur d'une cellule. Sa construction a été entamée au début des années trente, lorsque le maire a décidé qu'un gros poste de police valoriserait la ville (et lui, par ricochet) aux yeux de Mussolini. Quand le chantier a enfin été terminé, en 1939, le Duce avait une guerre mondiale sur les bras. Il n'a jamais eu l'occasion de visiter le poste, le fils du maire a été tué au front, et le maire s'est suicidé quand il a appris l'exécution de Mussolini. Seul le poste de police est resté.

Je me gare avec prudence et je jette un œil alentour avant de descendre de voiture. La famille de Mauro n'habite pas très loin et ce serait gênant de tomber sur lui. Il n'a pourtant rien à craindre : je ne vais pas les balancer, Fabio et lui. Je vais dire aux carabinieri que je suis allé chez Art tout seul, et j'assumerai ce qu'il y aura à assumer.

L'intérieur du poste est hanté par une odeur de saucisses. Quelqu'un vient de déjeuner. Un ventilateur fatigué tourne dans un coin, sans parvenir à rafraîchir la pièce. Un homme en chemisette d'uniforme bleue est assis derrière une vitre en Plexiglas. Les trois premiers boutons de sa chemise sont ouverts, révélant une poitrine bien velue. Écouteurs dans les oreilles (il faut au moins lui accorder ça), il regarde un clip de rap sur son ordinateur portable. Le ventilateur est derrière la vitre, braqué sur son visage. C'est de bonne guerre. Il enlève ses écouteurs et m'accueille avec un, « *Salve.* Qu'est-ce que je peux faire pour vous ?

— C'est à propos d'un de mes amis. Il, euh… je crois qu'il a peut-être disparu. »

L'homme croise les doigts sur sa bedaine et bouge d'une fesse sur l'autre, cherchant la bonne position. « *Peut-être*, vous dites.

— Je ne suis pas sûr. Nous avions rendez-vous et il n'est pas venu, et il ne répond pas au téléphone. Il n'est pas non plus chez lui.

— Est-ce que je vous connais ?

— Pardon ?

— Vous êtes Tony, je me trompe ? »

Je regarde l'homme plus attentivement. Oui, moi aussi je le connais : c'est un cousin au troisième degré du côté de ma mère. Je fais un effort pour me rappeler son nom. « Cosimo !

— Oui ! T'étais pas parti vivre à Bologne ?

— À Rome.

— C'est ça, c'est ce que je voulais dire. Et qu'est-ce qui t'amène à Casalfranco ? » demande-t-il, plus intéressé par un ragot que par un possible cas de disparition.

Je ne bronche pas et réponds, « Je suis venu voir un ami à moi, celui qui n'est pas venu et qui a peut-être disparu.

— C'était quand ?

— Hier. »

Cosimo inspire entre ses dents et secoue la tête comme si je venais de dire une énorme ineptie. « Trop tôt pour lancer une enquête.

— C'est Art. Arturo Musiello. »

Cosimo inspire encore, plus fort. « Ah oui, *lui*.

— Le seul et unique.

— Trop tôt pour lancer une enquête, répète-t-il, plus lentement.

— Je comprends, mais vous pourriez pas demander…

— Je t'ai dit que c'était *trop tôt*, Tony, beaucoup trop tôt. »

Enfin je capte le message. Je vis à Rome depuis trop longtemps et j'ai perdu l'habitude d'une certaine finesse locale, une manière de dire les choses à demi-mot. « Et est-ce qu'il y a un moment où ça... » J'hésite. « ... arrêtera d'être trop tôt ?

— Non, répond Cosimo, soulagé que la discussion soit close. Comment va ta sœur ?

— Super. » Il change de sujet, je ne le contredis pas.

Les carabinieri ne veulent pas parler d'Art. Ce qui ne signifie qu'une seule chose : Sacra Corona Unita.

4

Putain, Art, t'es où ?

Je coupe le moteur, et le concerto des cigales s'élève. Je suis retourné chez Art. Les champs rouges sont aussi désolés que Mars sur les photos de la Nasa. Je descends de voiture et j'appelle Art. Il ne répond pas, bien entendu, car il n'est pas là.

J'entre sans frapper. Il fait bien plus frais à l'intérieur. Le grand-père d'Art a doté cette maison de murs épais pour repousser les extrêmes saisonniers, chaleur en été et vent en hiver. Tout est tel que nous l'avons laissé. Je devrais laisser un mot à Art, au cas où, et m'en aller. Mauro a raison sur un point, il vaut mieux faire profil bas : la première fois qu'Art a disparu, on s'est retrouvés suspects numéro 1 alors qu'on n'était que des gamins. Aujourd'hui nous sommes des adultes et Art est dealer, ça va être mille fois pire. Mais je peux bien rester cinq petites minutes. Au début j'étais tendu, mais depuis que j'ai vu la réaction de Cosimo, je suis inquiet.

Je passe rapidement en revue la cuisine, mais à part les croquettes pour chien de luxe et les livres, il n'y a rien à voir

– pas d'ordinateur à pirater, pas d'indices à examiner à la loupe. Je me sens mi-cambrioleur, mi-crétin. Sérieusement, je ferais mieux de partir. Me coucher tôt pour être en forme demain au déjeuner avec ma sœur enceinte et son charmant époux. Mais d'abord, une dernière chose. Hier soir, nous n'avons inspecté que la maison. Il y a une autre construction sur ce terrain. Au bout de vingt ans, la mémoire nous joue des tours, et ce n'est pas qu'on oublie les choses, mais on arrête d'y penser.

Je sors de la maison et me dirige vers la vigne, et les cigales déroulent leur récital. Les raisins sont mal en point. La récolte va être maigre cette année. Le père d'Art serait fâché de voir que son fils néglige la terre familiale. J'avance sur la terre rouge, dans un crépuscule rouge, jusqu'à un trullo, une hutte en pierre au toit conique. Le grand-père d'Art y vivait avant de construire la nouvelle maison, et le père d'Art l'a conservé comme souvenir, jusqu'à ce que le jeune Art y établisse sa cachette. C'est là-dedans qu'il mettait son herbe à sécher (ce n'est pas l'idéal, mais quand on est gamin on s'arrange avec ce qu'on a). C'est là-dedans qu'il *fumait* son herbe. On y a passé pas mal de bons moments. Je suis content de voir qu'il est encore debout ; le temps détruit beaucoup de choses, mais pas toutes. Il n'y a jamais eu de verrou sur la porte.

J'entre, et je me fige.

Au centre du trullo se trouve une cage, un cube bas équipé de barreaux en acier. Il y a un fouet en cuir sur le sol, des cordes enroulées dans un coin, un bâillon, une chaîne suspendue au plafond. Contre le mur, un grand coffre. Je l'ouvre et la première chose que je vois est un masque en cuir noir, en forme de tête de cheval, avec une fermeture éclair à l'endroit de la bouche. Je l'approche de mon nez et je sens une odeur de sueur – il a servi, et souvent. Le coffre est plein d'accessoires sexuels : toute une gamme de godes, de plugs anaux et d'équipements BDSM – un long machin métallique qui ressemble à une cage à bite, de petites pinces à tétons, et d'autres dispositifs dont je ne connais pas le nom faute d'expérience. Celui qui me plaît le moins est un bâillon en plastique relié à un long tube dont l'autre extrémité, comprends-je après examen, doit pénétrer dans un vagin. *Berk.* Mais je ne juge pas ; j'ai des amis dont c'est le truc, simplement ce n'est pas *mon* truc. Sûrement une phase pour Art. Dans une ère post-*Cinquante Nuances*, tout le monde a envie de croquer le fruit défendu. Cela dit, Art n'a jamais été du genre à croquer, plutôt à dévorer toute la pomme, peau et pépins compris.

Mais il n'y a aucun mal à pimenter un peu ses jeux, si ? Rien de mal à empiler des livres dans tous les coins d'une maison sombre et poussiéreuse. Rien de mal à vendre un petit peu d'herbe. Rien de mal à traiter un chien comme un seigneur, ou à ce que ce chien disparaisse, ou à disparaître de manière générale, ou à ce que les carabinieri s'en fichent. Aucun problème ici, il n'y a rien à voir.

Les méchants courent toujours.

Je les emmerde. Moi aussi je connais des méchants.

5

J'avais quinze ans et le juke-box diffusait *Wonderwall*, un soir de juillet aussi chaud que les dessous de bras de Satan. C'était l'été après la disparition d'Art. Ses parents commençaient enfin à lui lâcher la bride et l'autorisaient un peu à sortir, mais avec l'obligation stricte de rentrer trop tôt pour qu'il ait réellement le temps de s'amuser.

Nous étions sur la place de Portodimare. Mauro avait glissé une pièce dans le juke-box et choisi *Wonderwall*, mais en juillet, quand le village était plein, on ne savait pas combien de temps il faudrait attendre avant d'avoir sa chanson. Lorsque Liam Gallagher a enfin entonné que le jour de *quelque chose quelque chose* était arrivé, notre tournoi de baby-foot était presque terminé, et Fabio et Art nous collaient une raclée à Mauro et moi. Art était nul au baby-foot, mais Fabio en valait trois comme nous. Il avait un mouvement spécial du poignet qui faisait bondir les joueurs en plastique d'une manière presque sexuelle et propulsait la balle comme un missile. J'aimerais bien refaire une partie contre lui, histoire de voir s'il a gardé son niveau. En attendant, je m'entraîne à la cafétéria de l'hôpital.

Anna et sa copine Rita (aucune idée de ce qu'elle est devenue) suivaient le match, chacune encourageant une équipe et huant l'autre. Nous étions les champions, elles les hooligans, et à la fin du troisième et ultime match tout le monde dégoulinait de sueur.

« Écoutez ! a dit Mauro. Les frères Gallagher sont arrivés ! »

Fabio a profité de la diversion et utilisé sa botte secrète pour transpercer la malheureuse défense de Mauro avec un boulet de canon. Anna a applaudi et Fabio et Art se sont tapé dans les mains. « Trois matchs à zéro, a dit Fabio.

— Bande de nazes », a ajouté Art avec un mépris feint.

Anna s'est approchée de Fabio. « Pour le champion », elle a dit en lui déposant un bisou sur la joue.

Je me suis caché les yeux avec la main. « Pas devant tout le monde.

— Ils sont amis, c'est tout », a dit Rita.

Et tout de suite Anna a confirmé, « Exactement. »

Rita ne m'intéressait pas. Elle était milanaise, comme Anna – leurs familles servaient d'éclaireuses à la horde de futurs touristes. Anna et Rita étaient l'incarnation du cool, encore plus que les Beautés. Ce n'étaient pas des bouseuses du coin, oh que non, elles venaient de *Milan* ; elles connaissaient des choses, elles avaient vu du pays. Anna la jouait tranquille, mais Rita se faisait un devoir de veiller à ce qu'on n'oublie jamais qu'elle était une fille de la ville. Sans reprendre sa respiration, elle était capable de raconter un déjeuner au McDo (terriblement exotique pour nous), un film dans un ciné multisalles et un concert de hip-hop hallucinant. Nous, on n'avait rien à raconter. Il ne se passait pas grand-chose à Casalfranco, et on avait l'intelligence de ne pas raconter le peu de choses qui se produisaient.

« Une glace à l'eau ? » a proposé Fabio. C'était le moyen le moins coûteux de se rafraîchir ; on pouvait en avoir six pour moins cher qu'une bouteille de bière.

« Je vais devoir vous laisser », a dit Art. Puis, à moi, avec un accent bourgeois, « Veuillez me pardonner, mon cher ami, mais si je ne suis pas rentré dans vingt minutes, Père verra rouge. J'accepte de bon cœur votre proposition de me ramener. »

J'ai regardé l'heure sur ma Swatch. « Il est pas un peu tôt ?

— Non. »

Il était bel et bien un peu tôt, mais Art devait avoir ses raisons. « D'accord.

— On vous voit demain à la plage », a dit Mauro.

C'était l'été : trois mois composés de soirées autour du juke-box et de journées sur la plage. Je me demande si je retrouverai un jour cette liberté.

Art et moi avons quitté les autres et enfourché mon scooter. « C'était quoi, ça ? ai-je demandé en démarrant.

— Fabio et Mauro avaient besoin d'un peu d'espace.

— Avec les filles ?

— Ouais. Attention, j'ai pas dit qu'ils allaient conclure.

— Fais-leur confiance. » J'étais un peu jaloux – pas à cause des filles (je me persuadais que ces deux-là n'étaient pas mon type), mais à cause de l'idée générale d'*avoir un rencard.*

« Si Fabio était seul avec Anna, à la limite. Mais Rita va tout gâcher. Elle aime pas les gens, elle préfère faire son cinéma.

— T'es un expert, maintenant ? »

Il n'a rien répondu. Mais il ne se trompait pas : Mauro a essayé d'embrasser Rita, alors elle s'est mise à crier, elle l'a accusé d'être *comme tous les autres* et elle est partie, et Anna a dû la suivre.

Nous pensions ne jamais les revoir, mais Anna est revenue l'année suivante, et tout le monde connaît la suite.

Quand nous nous sommes engagés dans l'allée de chez Art, il a dit, « Arrête-toi là.

— Pourquoi ?

— Pour pas que mes parents entendent que je suis rentré. T'as raison, il est un peu tôt. »

J'ai coupé le contact et rangé le scooter dans un champ. Nous l'avons laissé là et nous avons fini à pied, accompagnés par le chœur des criquets. « On aurait dû acheter des bières. »

Art a extirpé un dodu pochon d'herbe d'une poche latérale de son short de treillis. « Ça c'est mieux.

— Ouah, ça fait *beaucoup* de weed. Avec quoi tu l'as achetée ? »

Il a eu un sourire satisfait, il a ouvert le sachet et il me l'a tendu. « Sens. »

Je me suis exécuté et j'ai dit, « Ça sent bon. » Je n'étais pas plus capable de distinguer une bonne herbe d'une mauvaise qu'un montepulciano d'un chianti.

« Pas mal hein ? a fait Art. C'est la mienne. Je la fais pousser. C'est Rocco qui m'a filé les graines. C'est moins cher, et la qualité est meilleure.

— Ton père va…

— J'ai caché les plants derrière le trullo, et je la fais sécher dedans. Papa sait qu'il a pas le droit d'y aller. Et en plus, il sait pas à quoi ça ressemble. »

Je l'ai suivi dans la nuit moite. La transpiration avait collé mon T-shirt et mon short à ma peau, et j'aurais préféré une glace à un joint, mais bien sûr je ne pouvais pas l'avouer. Nous sommes entrés dans le trullo et Art a allumé une lampe torche qu'il gardait là. Il l'a braquée sur des branches de cannabis qui séchaient la tête en bas. « J'ai fait la première récolte. J'avais trop hâte.

— Tu l'as goûtée ?

— J'aime pas fumer seul. » Et à l'époque c'était le cas.

Je n'aurai jamais le courage d'Art. Et je n'aurai jamais l'assurance de Fabio, ni le calme de Mauro. Je me trouvais chanceux de les avoir comme copains, et dans le fond rien n'a changé.

J'ai observé Art pendant qu'il roulait un joint gigantesque et tirait la première bouffée.

« Alors ? » j'ai demandé.

Il m'a tendu le joint en disant, « Essaye toi-même. »

J'ai tiré dessus et fait, « Ouah. Elle est bonne.

— Ça pourrait être mieux. » Art était tout sauf modeste, mais il était exigeant avec lui-même.

« C'est ton prochain projet ? ai-je demandé. L'herbe ? » Son intérêt pour l'astronomie s'était pratiquement tari. Depuis peu, il touchait à de nouveaux passe-temps (la prestidigitation, l'histoire ancienne), mais sans s'accrocher à rien.

Il a secoué la tête. « La photo.

— Pourquoi ?

— T'as déjà vu une fille nue ?

— Non, mais j'aimerais bien.

— Pareil pour moi. Et je me suis dit que la photo pourrait être la solution. Tu dis à une fille que tu vas faire un *portrait* d'elle, un truc *artistique*, et elle sort ses seins ; pas pour toi, pour… la postérité.

— C'est une théorie.

— Je vais la tester. »

J'avais la tête légère, très légère. L'herbe d'Art était plus forte que ce à quoi nous étions habitués.

« Ça t'arrive de penser au sexe ? » a demandé Art.

Je me suis marré. « À peu près tous les jours. » On était à la moitié du joint, et je n'avais jamais été aussi défoncé.

« Non, mais d'y penser *sérieusement*. Toi, Fabio et Mauro et moi, on est meilleurs potes. On s'aime. Comment ça se fait qu'on baise jamais ensemble ? »

J'ai eu en même temps un fou rire et une quinte de toux. « Parce qu'on est pas pédés ?

— *Pédé !* C'est seulement un mot. Ça veut rien dire. Comment ça marche ? Quand une fille te branle c'est cool, mais si c'est un mec c'est mal ?

— En gros, ouais.

— Mais si t'as les yeux bandés et que tu sais pas qui te branle ?

— Ben dans ce cas t'as un peu intérêt à enlever le bandeau.

— Pourquoi ? Une fois que t'as la gaule, ça change quoi que ce soit pour un mec ou une fille ?

— Ça change que je suis pas un pédé. » J'insistais et je riais. Je riais beaucoup ; Art me mettait mal à l'aise.

« Ça n'a pas de sens », il a dit. Puis il a ajouté, « T'es défoncé ?

— Ouais.

— Alors vas-y, ferme les yeux.

— Tu vas me branler ?

— Ferme les yeux, mec. »

Je l'ai fait. Aujourd'hui encore, je suis incapable de dire si je m'attendais à ce qui s'est passé ensuite. Je n'avais jamais pensé aimer les hommes ; je n'étais pas homosexuel, il n'y avait pas de débat. Il fallait *respecter* les homosexuels, mais ne jamais oublier que, dans le meilleur des cas, l'homosexualité était une maladie et, dans le pire, un péché épouvantable. On ne fréquentait pas les imbéciles qui finiraient en enfer.

J'ai senti des lèvres humides contre les miennes.

J'ai ouvert les yeux et j'ai voulu reculer, mais Art a maintenu ma tête contre la sienne. J'étais plus fort que lui et j'aurais pu le repousser si j'avais voulu, mais non. Ce baiser me procurait du plaisir et j'étais assez déchiré pour oublier que je n'étais pas censé l'apprécier. La langue d'Art a touché mes dents et un frisson m'a parcouru de la bouche à l'entrejambe. Je bandais.

Art s'est reculé et il m'a regardé dans les yeux, avec son rictus insupportable. « Ça t'a plu.

— Je t'emmerde », j'ai ricané.

Il a enlevé son T-shirt. Son torse maigrichon était presque beau dans les ombres étirées. Ahuri, je l'ai regardé se lever et se débarrasser de son pantalon et de son caleçon, puis tout à coup il a été nu devant moi, les yeux dans les miens avec une érection naissante.

« Et maintenant ? » il a demandé.

J'ai avancé la main vers sa queue.

6

Que Dieu bénisse la cuisine de ma mère. Pour le dîner, elle a préparé des orecchiette, des pâtes en forme d'oreille, avec une sauce tomate, des aubergines frites, un steak, des fruits frais et un tiramisu, et du primitivo pour faire glisser le tout. À Rome, où je vis, ces repas gargantuesques sont passés de mode, mais je suis heureux qu'on les apprécie encore dans le Sud. Cela dit je ne pourrais pas manger ça tous les jours, je n'ai plus un métabolisme d'adolescent.

Papa est sur un petit nuage depuis qu'il a appris qu'Elena était enceinte, et d'autant plus que c'est un garçon. Il serait encore plus heureux si moi aussi j'avais un fils, car ça signifierait que notre nom perdurerait. Maman aussi est enchantée par le bébé, ou alors elle fait bien semblant. Ils insistent pour laisser l'honneur à Elena de m'annoncer le prénom. Après le dîner, nous buvons un verre de Fernet, la liqueur la plus amère de l'univers, quand un texto fait vibrer mon téléphone. C'est Fabio.

Croisé mon père.

Fabio n'utilise le mot « papa » que pour parler des papas des autres. Je lui réponds.

Comment ça se fait ?

Buvais 1 verre a Portodimare
et il étais la avec le cureton.

Qu'est-ce qui t'arrive ? T'écris
n'importe comment.

Chu bourré.

Si Fabio admet qu'il est ivre, c'est qu'il doit être rond comme une queue de pelle. Je l'appelle.

« T'es où, mec ?

— Aloha Café, répond Fabio en mangeant des syllabes.

— Je vais venir te chercher.

— Pas la peine...

— Moi aussi j'ai besoin d'un verre. »

Je raccroche avant qu'il ait le temps de s'y opposer. Fabio et Angelo, son père, ne se sont jamais entendus. Sa mère est morte d'un cancer du sein quand il avait dix ans. On pourrait penser que ça aurait rapproché le père et le fils, mais pas du tout. Angelo est conservateur, le dos raide, le torse bombé, une discipline de fer, Dieu et la famille ; tout l'inverse de Fabio, et le mélange des deux revient à verser de l'eau dans de l'huile bouillante. Le fait que Fabio gagne sa vie en photographiant des femmes légèrement vêtues n'arrange rien – un jour j'ai entendu Angelo dire à un de ses amis, *Tony, que Dieu ait pitié de lui, n'a pas choisi d'être malade, mais mon fils, lui, n'a aucune excuse.* Je vous jure.

J'arrive à Portodimare juste après minuit, et je trouve Fabio en train de terminer un verre de rhum, probablement le dernier d'une longue série. Dans le Salento, on ne pratique pas le shooter – on mange comme on boit, comme si c'était une compétition. « Tony », me salue-t-il. Quand Fabio est bourré, il s'ingénie à prendre la mine respectable et la voix d'un instituteur.

« On rentre », dis-je.

Fabio se lève en s'aidant de mon bras. « J'ai mon scoot.

— Je vais pas te laisser conduire, mon pote. »

Fabio appuyé sur mon épaule, nous nous éloignons du bar en titubant. « Ici on peut boire et conduire, il marmonne. C'est l'Italie du sud, les hommes sont des vrais hommes et ils boivent et ils…

— T'y connais quoi aux vrais hommes ? T'es bourré au bout de deux verres. »

Il me repousse. « Hé ! C'est moi le vrai mec du groupe, hein. Tu vois ? Je tiens debout. » Il chancelle. Et sans prévenir, il vomit. Il s'en met plein le pantalon. Je me recule, mais trop tard. Une partie du dégueulis atterrit sur mes chaussures.

« T'es sérieux ? » Je me marre.

Fabio, lui, ne rit pas. Les larmes lui montent aux yeux. Il se laisse tomber par terre, le cul dans la crasse. Il se prend la tête entre les mains et se met à sangloter.

Je ne sais pas trop que faire. Je ne sais jamais que faire quand les gens se mettent à pleurer. Je suis capable de leur ouvrir la poitrine sans broncher, et de leur nettoyer le cul, mais face aux larmes je suis nul. Je m'assieds à côté de Fabio et je lui passe un bras autour des épaules, maladroitement. « Qu'est-ce qui va pas ? »

Sa voix s'est un peu raffermie quand il répond, « Mon père.

— Qu'est-ce qui lui arrive ?

— Alzheimer. »

Boum. J'aurais préféré ne pas être médecin. Alors je n'aurais peut-être pas su qu'un diagnostic d'Alzheimer est sans espoir. J'aurais pu croire que le cancer était pire, ou le sida, mais hélas je n'ai pas ce luxe. Angelo aura une mort atroce. Il perdra la tête, perdra son âme, et il faudra peut-être des années et des années avant que son cœur arrête enfin de battre. Je sais bien qu'il faut être fataliste, mais c'est toujours plus dur quand ça tombe sur un ami. « Je suis désolé, mon pote, dis-je en sachant très bien que ça ne change rien.

— Il est encore à peu près lucide. Il attendait que je vienne cette année, pour me l'annoncer de vive voix. Et je suis pas venu… » Il s'arrête. « Je suis trop con.

— Ça a jamais été facile entre vous. Au moins t'as les moyens de l'aider.

— Tu parles, raille Fabio.

— Ton boulot…

— Je suis un peu connu, mais ça veut pas dire que j'ai de l'argent. » Un temps. Une secousse dans ses épaules. On dirait qu'il va encore vomir, mais il parvient à se retenir. « Je suis *fauché*. Tu sais combien ça gagne, un photographe ? Imagine pas grand-chose et divise par deux. Et encore par deux. N'importe quel débile avec un téléphone est capable de faire des photos.

— Des photos *de merde*.

— Les magazines bouffent de la merde tant que c'est pas cher. Fait chier, putain. J'ai de quoi voir venir pour quatre mois, et après je vais devoir servir des bières ou je sais pas quoi. J'ai rien à mettre en avant à part des résultats Google, et ça compte pour *que dalle*. »

Ma mâchoire tombe. Je voudrais pouvoir le faire taire. À mes yeux, Fabio est le symbole de tout ce qu'on peut accomplir avec de l'intelligence et du courage, et il n'en manque pas. La ville entière a tenté de le convaincre que c'était une idée stupide de devenir photographe, que les adultes ont besoin d'un vrai métier, avec congés maladie et fiches de paye. Mais il a tenu bon et il a réussi. C'est une histoire importante pour moi. Elle signifie qu'on peut tenir tête à tout le monde et tracer sa route. Peut-être pas, finalement.

« Merde, pourquoi on fait ça ? demande Fabio entre deux sanglots. Dis rien à Mauro. S'il te plaît, dis rien à Mauro, non, dis rien à *personne*…

— C'est bon, mec, dis-je en le serrant plus fort. C'est bon.
— Dis rien à personne, marmonne-t-il. Dis rien. »

7

Elena vit dans une maison moderne. Quand nous étions petits, les rues n'étaient pas pavées dans cette partie de la ville ; aujourd'hui, il y a un buraliste et une épicerie, et quelques villas. Celle d'Elena se dresse au milieu d'un jardin plus grand que nécessaire, avec des palmiers, des arbres fruitiers et des figuiers de Barbarie, disposés avec un naturel calculé. Ça donne une atmosphère nouveau riche, un style en vogue dans les années quatre-vingt-dix qu'Art surnommait *narco-chic*. Ça me fait de la peine de le dire, mais dans le cas de ma sœur ce n'était pas très loin du compte. Je sonne à l'interphone, Elena m'ouvre.

Son mari Rocco m'attend dans le jardin, bras grands ouverts, large sourire aux lèvres. « Salut, Tony ! » Il m'embrasse sur les deux joues et me serre fort dans ses bras. Il a mon âge, plus mince que moi mais aussi fort. Quand on était enfants on se battait souvent, plus ou moins pour rire. Elena est derrière lui, longs cheveux châtains et la silhouette exubérante des femmes de ma famille. Son ventre est rond comme un ballon de foot. Elle a les deux mains tendrement posées dessus. Trois ans de mariage, un bébé en route et elle n'a rien perdu de son éclat ; ça aussi c'est dur à avaler, mais elle est heureuse avec Rocco. Elle me prend dans ses bras et m'embrasse.

« Mon frère, tu es superbe ! Je suis tellement heureuse que tu aies pu venir. »

Elena me tire par la main vers le fond du jardin, où une table est dressée sous une canopée de glycine parfumée.

À Rome, j'attendrais quelques mois avant de manger à nouveau comme hier soir, mais je ne suis pas à Rome. Des antipasti sont servis sur une nappe bleu vif : courgettes, calamars frits, pain chaud à l'odeur délicieuse dans un panier en osier, et une bouteille de vin blanc dans la glace. Je cueille une fleur de glycine et je la porte à ma bouche ; c'est dans le Salento qu'on trouve les fleurs de glycine les plus sucrées du monde. Je retire mes lunettes de soleil et je m'assieds. « Ta cuisine m'a manqué, Elena. »

Ma petite sœur me gratifie d'un sourire. « Tu vas pouvoir te rattraper.

— Ça veut dire que tu vas passer ton temps aux fourneaux ?

— Il vaut toujours mieux travailler que s'ennuyer. »

Je déplace mon attention sur Rocco, pour témoigner du respect à l'homme de la maison. « J'ai *besoin* de savoir le grand secret. Le prénom du bébé. »

Rocco s'allume une cigarette et m'en propose une, que j'accepte. « Devine. »

C'est une blague ? L'énigme est trop facile. Mais je joue le jeu. « Stefano ? »

Elena remplit nos verres de vin. « Raté, dit-elle. Essaye encore.

— Je sais pas, dis-je pour abréger.

— On va trinquer. »

Nous levons nos verres.

« C'est Piero, dit Rocco. À Piero. »

Nous trinquons en nous regardant dans les yeux, comme le veut l'usage ici. « Le prénom de ton père », dis-je. Quelle surprise.

« Et le prochain portera le prénom de *ton* père, fait immédiatement remarquer Rocco. Ou de ta mère, si c'est une fille. Et je te promets une chose, Tony. »

Je lève à nouveau mon verre, pour l'inviter à continuer.

« Je veillerai à ce que mon fils n'ait jamais honte de son oncle. Tu le verras autant que tu voudras.

— C'est… c'est super. Merci.

— T'es un mec bien, malgré ce que disent les gens. Tu sais que j'ai pas de problèmes avec ce que tu… fais. »

De mon point de vue, ce que *lui* fait de sa vie est largement plus grave que tout ce que je pourrais vaguement songer à faire avec ma bite, mais ce n'est pas le moment de me vexer et je réponds avec un hochement de tête évasif. Je croque dans un beignet de calamar. Il est succulent. Il fond sous la dent, et le petit arrière-goût d'huile d'olive de la pâte fait chanter mes papilles. Je demande à Elena, « Comment tu fais ?

— C'est Maman qui m'a appris.

— Ne lui répète pas ce que je vais te dire, mais l'élève a dépassé la maîtresse. »

Elle sourit. « Qu'est-ce qui t'arrive, Tony ?

— Qu'est-ce…

— Y a quelque chose qui te tracasse. »

C'est ma petite sœur : belle, intelligente et sans pitié. J'avale une grande lampée de vin. « J'aimerais parler à Rocco.

— Je suis ravie d'entendre ça.

— Elena… »

Elle secoue lentement la tête. Non, elle ne nous laissera pas seuls.

« Ça va, dit Rocco. T'en fais pas, Tony. » Pour rester poli, disons que Rocco est un homme compliqué. Il dirige une petite entreprise de construction qui marche très bien. Principalement parce qu'il a un carnet d'adresses bien rempli, notamment du côté de la Sacra Corona Unita.

Je soupire et dis, « J'ai un truc à te demander.

— Un service ?

— Non. » Je laisse passer une seconde. « Pas tout à fait.

— On est en famille, Tony. Demande.

— Ça concerne Art, Arturo Musiello, un ami à moi. Tu te souviens de lui. »

Rocco est immobile. Rien chez lui ne bouge, à part la fumée qui s'élève de sa cigarette. « Oui. Oui, je me rappelle de lui.

— Il a disparu.

— Comment ça ?

— On a un rituel, avec la bande, on se retrouve une fois par an à Casalfranco.

— Oui, Rocco est au courant, fait Elena.

— Cette année Art nous a posé un lapin. Il n'est pas chez lui et il ne répond pas au téléphone. »

Lentement, Rocco porte la cigarette à ses lèvres. « C'est pas la Corona. »

Je donnerais un bras – mon bras *droit* – pour ne pas avoir cette conversation devant ma sœur. « J'imagine que tu es au courant qu'il vend de l'herbe.

— Oui. » Rocco tire quelques taffes sur sa cigarette. Il ne dit rien, Elena non plus. Au bout d'un moment, il finit par demander, « Qu'est-ce que tu veux savoir ?

— Tout ce dont j'ai besoin.

— Fais attention.

— Je sais. »

Rocco hoche la tête. « D'accord. Art avait la bénédiction de la Corona.

— Il… il travaillait pour eux ? » Je manque de dire *pour vous*. Je prie pour que Rocco ne soit pas plus lié à eux que je ne le soupçonne.

« Non, c'est un petit producteur. On parle seulement d'une poignée de plants. Mais de très bonne qualité, cela dit.

— Depuis quand la Corona accepte les concurrents, même les petits ?

— Elle ne les accepte pas. Je t'ai dit qu'Art avait sa *bénédiction.*

— Je comprends pas.

— Il a rendu un service à la Corona, et en contrepartie il a demandé, comment dire… un permis. »

C'est de pire en pire. Dans ma tête, la voix de Mauro assène, *Maintenant tu la boucles, imbécile. Tu la boucles et tu t'en vas. Moins t'en sauras, moins t'auras d'emmerdes.* « Qu'est-ce qu'il a fait ? »

Rocco écrase sa cigarette dans un cendrier en bois. « C'était pas une fugue, si ? Quand on était mômes. D'après Elena, vous y avez jamais cru.

— C'était pas une fugue. Et avant que tu me poses la question : non, j'ai aucune idée de ce qui s'est *vraiment* passé. »

Rocco attrape distraitement un beignet de calamar. « C'est un drôle de type, ton ami.

— Rocco, s'il te plaît. Qu'est-ce qu'il a fait ?

— Il a guéri une fille.

— Comment ça *guéri* ? Il est pas médecin.

— Il l'a pas guérie grâce à la médecine.

— Quoi alors ? Il a fait un miracle ?

— Oui », répond simplement Rocco.

Je ne sais pas quoi dire. Ça ne m'arrive pas très souvent ; en général, quand mon cerveau bugge, ma bouche prend le relais et parle toute seule. Pas cette fois. « Je peux te piquer une autre cigarette ? »

Rocco me tend le paquet. « Elle avait une leucémie. Huit ans, condamnée. La seule question pour les médecins, c'était de savoir si elle en avait pour deux semaines ou un mois.

— Merde. »

Elena grignote un morceau de pain sans rien dire, l'épouse parfaite. Brisant son silence, elle demande, « Tu as déjà vu des cas comme ça ?

— Quelques-uns.

— Mais cette gamine, c'était pas n'importe qui, reprend Rocco. C'était la fille d'un homme très puissant.

— Puissant comment ?

— Disons que, dans le Salento, c'est la tête sur laquelle est posée la couronne. Le roi, si tu préfères. »

Non, je ne préfère pas. Je ne veux rien savoir, je regrette même d'avoir demandé. Mais il le faut, pour Art, pour mon ami. « Je le connais ?

— On pose pas ce genre de question, Tony, jamais. C'est mieux de ne pas connaître les noms. »

J'ai eu tort de boire ; j'ai la tête qui tourne. « Bien sûr. Donc Art a été en contact avec ce… roi.

— Art est venu me trouver pour que je le mette en contact avec lui.

— C'était quand, à peu près ?

— Il y a deux ans.

— Juste après son retour à Casalfranco ?

— Grosso modo.

— Et tu as fait ce qu'il te demandait.

— Je connais ton ami depuis qu'on est gosses. Il parle beaucoup, mais il n'a qu'une parole. Je connais des gens qui connaissent des gens qui travaillent pour cet homme puissant, donc je n'ai pas eu de mal à lui avoir un rendez-vous. Art a promis qu'il soignerait sa fille, à condition qu'on le laisse seul avec elle pendant, je cite, un jour et une nuit, sans poser de questions.

— Et *l'homme puissant* a accepté ?

— Tu ne seras jamais père, Tony, tu ne peux pas comprendre. La petite était pratiquement morte. L'homme puissant, le roi, il aurait fait tout ce qui était en son pouvoir pour la sauver. Si Art avait été un charlatan, au moins l'homme aurait eu quelqu'un contre qui se venger. Il a fait sortir sa fille de l'hôpital, juste avant le coucher du soleil, et il l'a emmenée chez Art.

— Et après ?

— Il est reparti, et il est revenu une nuit et un jour plus tard. Il a trouvé sa fille endormie. Art a dit de la laisser dormir, qu'à son réveil elle serait guérie. L'homme l'a ramenée chez lui et il a fait comme disait Art, il l'a laissée dormir. Elle s'est réveillée deux jours plus tard.

— Et elle était guérie. »

Rocco acquiesce. « En pleine forme. Art a refusé d'être payé. Il a seulement demandé à pouvoir vendre sa production à Casalfranco, en promettant de ne pas changer d'échelle. Il a aussi demandé à ne plus avoir affaire à la Corona. Il a été très clair sur le fait qu'il ne leur rendrait plus jamais d'autre service. J'ai reçu un peu d'argent de poche pour ma peine, la petite a survécu, et à ce que je sache l'homme puissant a tenu sa promesse et n'a plus jamais eu de contact avec Art. »

Je réfléchis à cette histoire en silence. Ce n'est pas que je ne croie pas aux miracles ; j'y crois. En revanche, je ne crois pas qu'Art soit capable d'en accomplir. J'ai déjà vu des poissons plus enclins que lui à la spiritualité. « Mais maintenant Art a disparu et les autres veulent aller chez les carabinieri, dis-je en arrangeant la vérité à ma sauce.

— Pas Fabio, ça m'étonnerait. Mauro ? »

J'opine. « Tu le connais.

— Dis-lui qu'il perdrait son temps. Les carabinieri savent qu'Art a des liens avec la Corona ; ils le laissent dealer en paix, mais ils vont pas se bouger pour le chercher. Ils vont s'en foutre.

— Et la Corona ?

— Ça pourrait les intéresser, acquiesce Rocco après un temps.

— Si tu veux, Rocco pourrait faire courir la rumeur et voir ce que ça donne », dit Elena.

Je la regarde. « J'apprécierais beaucoup.

— Je peux te donner un conseil, mon frère ? dit Rocco.

— Bien sûr.

— Méfie-toi de ton ami. Il est pas clair. »

Je tente une plaisanterie. « Mais tu m'as dit qu'il fait des miracles. Comme Jésus.

— Jésus, oui, ou bien l'autre, dit Rocco. Je sais pas lequel des deux. »

8

Art n'a pas pleuré lorsque son père est mort. Il a seulement dit, « J'ai eu le temps de me préparer », et il est vrai que son père avait un cancer depuis près de trois ans et était en paix avec l'idée de quitter son enveloppe charnelle. Sa mère est morte brutalement. Elle faisait des orecchiette pour la première communion de la petite-fille d'une amie, sur sa table de travail en marbre, à côté d'une prise électrique. Elle était très fière de cette table, cadeau de son mari pour leur vingt-cinquième anniversaire de mariage. Pour faire une orecchietta, vous prenez un tout petit morceau de pâte, vous le pliez en forme d'oreille sur le bout de votre pouce, et vous le mettez de côté. Puis vous passez à la suivante, et à la suivante, autant de fois que nécessaire, et le travail peut durer des heures. Lorsque ma mère en fait, elle entre dans une sorte de transe. C'est ce qui a dû arriver à la mère d'Art. Son mari avait installé toutes les prises de la maison bien avant que des notions telles que la sécurité n'entrent en ligne de compte et, comme de nombreuses autres vieilles choses dans cette ville, elles étaient en bout de course. La mère d'Art n'a pas remarqué le fil dénudé qui pendait, ni que le dos de sa main allait le toucher. Une sale mort.

Lorsque Art lui a passé un coup de fil, comme tous les jours, et qu'elle n'a pas répondu, il a immédiatement alerté les carabinieri qui sont allés vérifier et ont trouvé le corps. À l'époque, Art vivait à Prague. Le lendemain il décollait pour Brindisi. Mauro et moi l'y attendions avec une voiture. J'avais fait la route depuis Rome et Mauro avait pris un avion depuis Milan. Fabio n'a pas pu venir. Il était bloqué par un shooting ou je ne sais quoi.

Dès qu'il a passé la porte, Art nous a assuré qu'il allait bien. Nous avons bu un café rapide, puis nous sommes allés identifier le corps à la morgue de Casalfranco. Art nous a demandé de l'accompagner. Au moment où le jeune médecin timide nous a montré le corps, j'ai senti une boule dans ma gorge. La mère d'Art était petite et elle était morte comme elle avait vécu, en noir des pieds à la tête ; elle avait commencé à la mort de son mari et n'avait jamais arrêté. C'était une femme douce, toujours gentille avec nous. D'autres mères auraient été déçues de voir leur fils dilapider ses talents, mais elle ne s'est jamais plainte.

Art a déclaré, « C'est elle », et le médecin en a pris note.

Sur le parking de cet endroit de malheur, Mauro a demandé, « T'as besoin de te reposer ? On peut aller voir Don Alfredo à ta place. »

Nous étions en février, le froid était mordant. Art a craqué une allumette et approché une cigarette de la flamme. « Je peux pas aller à la maison tout de suite. »

Plus que tout, la mère d'Art voulait être enterrée en bonne chrétienne, et Art était assez solide pour ravaler ses opinions et l'accepter. Au cours des heures précédentes, Mauro et moi avions eu Don Alfredo au téléphone, pour les détails de la cérémonie. Il y a plusieurs églises à Casalfranco, mais celle de Don Alfredo est la *chiesa matrice*, la principale, et le plus grand honneur à rendre à la mère d'Art était d'y organiser ses funérailles. Mais ce type d'honneur a un prix. Don Alfredo demandait mille euros, en liquide, plus trois cents pour son fleuriste *de confiance*. Les affaires sont les affaires. Art était loin d'avoir les moyens, mais ça ne représentait pas un grand trou dans nos finances à Mauro et moi. Nous allions tout régler, ainsi que les pompes funèbres. Art aurait fait la même chose pour nous.

Le bureau de Don Alfredo se trouvait dans l'église, au bout du croisillon nord. Mauro a frappé et la voix du prêtre nous a invités à entrer.

Quand nous avons poussé la porte, Don Alfredo éteignait la télé. « Art, a-t-il dit en se levant de son fauteuil en cuir. Mon fils, toutes mes condoléances. »

Art n'a rien répondu.

« Ta mère est mieux là où elle est maintenant. Elle est heureuse.

— Quand est-ce qu'on peut l'enterrer ? a demandé Art. Faut que je mette une annonce. » Lorsque quelqu'un meurt à Casalfranco, la famille affiche un avis de décès aux quatre coins de la ville, de sorte que tout le monde sache où et quand auront lieu les funérailles. La mère d'Art avait insisté pour que l'avis soit publié le plus tôt possible et sur autant de murs que possible ; elle voulait toute la ville avec elle pour son dernier voyage. Bon sang, j'adorais cette femme.

Don Alfredo s'est raidi. « Après-demain, à 15 heures.

— On ne peut pas décaler au soir ? Il y aurait plus de monde.

— Je suis désolé, c'est le seul créneau possible.

— D'accord, a abrégé Art. Vous avez besoin de quelque chose ?

— Il y a la question du paiement. »

J'ai sorti un rouleau de billets et je l'ai tendu à Don Alfredo. « Voilà. Mille trois cents, en liquide, comme demandé.

— En liquide », a raillé Art.

Don Alfredo a fait mine de ne pas entendre, il a léché le bout de son index et commencé à compter. « C'est bon, a-t-il dit. Et je n'en doutais pas. Vous êtes un honnête homme, Tony, malgré votre... maladie. »

J'ai laissé filer. Je n'avais pas envie de me disputer avec un prêtre dans sa propre église. Je n'avais pas un grand respect pour Don Alfredo en tant que personne, mais j'en avais pour sa fonction.

Il a repris. « Cette maladie est un problème, j'espère que vous le comprenez.

— Moi je suis pas sûr de comprendre », a dit Art.

Je suis intervenu. « Art... »

Le prêtre m'a coupé. « Vous avez suggéré de porter le cercueil tous les trois, avec un cousin. J'ai bien peur que ce ne soit pas possible.

— Pas possible ? a demandé Art.

— Je ne peux pas permettre qu'un homme coupable de péché capital foule la nef de mon église, surtout dans un rôle aussi essentiel. Ce n'est rien de personnel, Tony. Vous savez qu'il y aura toujours une place pour vous dans la Maison de

Dieu, quand vous déciderez de vous remettre dans le droit chemin. Ce n'est pas le pécheur que nous rejetons, c'est son péché. »

Après un moment de silence qui a paru durer une ou deux ères glaciaires, Art a dit, « Donc j'imagine que vous allez déclarer cette somme, mon père. Le vol aussi est un péché. »

Don Alfredo a plissé les yeux. « C'est une *faveur* que je vous fais, ne l'oubliez jamais.

— Une faveur ? Je ne dirais pas ça. Vous louez vos services. » Art a levé un doigt et dessiné un petit cercle. « Tout ça – l'église, la pompe, le pain et le mauvais vin –, c'est une belle fête déguisée. Et vous, vous êtes le clown de troisième zone qui est là pour amuser les gamins et qui saute quand on lui de sauter. C'est tout. Donc serrez les dents, mon père, et sautez. »

Don Alfredo en est resté bouche bée. Puis il a refermé la bouche et retroussé les lèvres en un demi-sourire. « La cérémonie est annulée. »

La réaction d'Art est sortie de nulle part : il n'était pas doué pour se battre et l'évitait autant que possible. Mais cette fois il a fermé le poing, armé le bras, et il a frappé Don Alfredo.

J'ai senti une bouffée d'excitation, et je n'ai pas demandé pardon à Jésus parce que j'étais certain qu'il aurait éprouvé la même chose. Art n'a pas frappé fort, mais Don Alfredo non plus n'était pas fort, et il a reculé et manqué de tomber. Il s'est rattrapé *in extremis* à un coin du canapé et s'est redressé. Mauro a chopé Art par derrière, pour l'empêcher d'en mettre une autre au prêtre. Don Alfredo saignait du nez. « Je vous interdis de vous servir de l'enterrement de ma mère ! a crié Art en se débattant. Je vous l'interdis !

— Art, calme-toi », a fait Mauro.

Le prêtre a répliqué en criant et en agitant le doigt comme un encensoir pendant un exorcisme. « Espèce de crapule ! Tu peux tirer un trait sur la cérémonie et… »

Je lui ai coupé la parole. « On a payé.

— Je me fous de votre argent !

— Oh que non, a fait Mauro d'une voix égale. Ça m'étonnerait. »

Et il ne se trompait pas. Nous avons dû lâcher trois cents de plus pour apaiser le prêtre, mais il a fini par accepter nos excuses et il a refermé ses griffes sur nos billets. Quand nous sommes partis, Art s'est excusé : « Ça vous a coûté du blé.

— Je regrette rien », j'ai dit.

Mauro a ri. « Pareil. »

Nous sommes allés chez Art. Il y avait des orecchiette en lignes bien nettes, qui à un endroit se changeaient en bouillie. La mère d'Art s'était convulsée pendant ses derniers instants, pendant que l'électricité la brûlait de l'intérieur. Elle avait laissé une trace physique de sa mort sur sa table chérie.

C'est là qu'Art a fondu en larmes.

J'ai mis un moment à percuter. *Art pleurait.* Je l'avais vu nager en pleine tempête, faire un bras d'honneur à toute une ville, organiser l'enterrement de son père avec une efficacité froide. Je ne pensais pas qu'il soit équipé pour pleurer.

« Tu veux qu'on te laisse ? a demandé Mauro.

— Non, restez, s'il vous plaît. »

Mauro est allé remplir un verre au robinet, pendant que je restais pétrifié et qu'Art pleurait, debout devant la table en marbre. « Tiens », a fait Mauro.

Art a bu. « Ce que vous faites pour moi, c'est… y a pas de mots.

— Arrête, j'ai dit.

— Je déteste pleurer. Ça sert à rien.

— Ta mère est morte. C'est normal de pleurer. »

Art m'a regardé, perplexe. « Mais je pleure pas parce que Maman est morte.

— Tu...

— Je pleure à cause de sa *vie.* » Il a pris une orecchietta entre le pouce et l'index. « Elle est morte en faisant des *pasta*, bordel ! C'est la dernière chose qu'elle a faite, rouler de la pâte en forme d'oreille, la dernière action à laquelle son cerveau a pensé, que ses muscles ont accomplie. *Rouler de la pâte en forme d'oreille.* C'est une vie qui a du sens, ça ? Et son plus grand rêve, c'était quoi ? Qu'un connard marmonne son baratin au-dessus de son corps !

— Sa vie la rendait heureuse, a dit Mauro à voix basse.

— Elle avait une petite vie, minuscule ! Cette maison, cette ville, ce putain de *monde*, tout est trop petit. Maman a laissé cet enfoiré lui dire ce qu'elle devait faire et comment s'habiller si elle voulait aller au *Paradis*, comme s'il connaissait quoi que ce soit aux Choses Cachées. Maman a passé sa vie à faire ce qu'on lui disait et à accepter d'être... petite. Elle était intelligente, maline, et toute petite. » Un silence. « Telle mère, tel fils. Ça fait trop longtemps que je suis petit. Il est temps de... » Il s'est interrompu.

« De ? l'a relancé Mauro.

— De prendre de l'ampleur. »

Après l'enterrement, Art n'est pas rentré à Prague. Il est resté à Casalfranco et n'en est jamais parti. J'aurais dû savoir qu'il avait une idée derrière la tête.

Il en avait toujours une.

9

« Rocco est un con », dit Mauro.

Assis en terrasse d'un bar au bord de la Litoranea, nous grignotons des pistaches et des olives noires et buvons du Campari. Pour une raison qui m'échappe totalement, ce bar est construit dans un style rappelant un chalet alpin. Nous sommes face à la plage, de l'autre côté d'une étroite route à deux voies. Un oratoire à la Vierge Marie, composé d'une statue aux yeux de verre inexpressifs et d'offrandes sous la forme de fleurs et de bougies, est à moitié caché dans les genêts à la jonction du sable et du bitume.

Fabio est livide et, derrière ses verres fumés, il n'a pas l'air de vouloir parler, ni écouter, ni même vivre. Il a annoncé à Mauro l'Alzheimer de son père.

« Est-ce qu'on vérifie cette histoire de guérison ? » demande Mauro.

Je jette un œil en direction du barman, qui regarde la télé à l'intérieur. Il est grand et sec, la peau tannée. Pas besoin de se demander s'il saura tenir sa langue, il n'entendra rien. « C'est délicat. Rocco n'a pas donné de noms. Mais je connais quelqu'un qui bosse dans un service de chirurgie à Casalfranco et qui va se renseigner. Je lui ai dit que c'est pour un article que j'écris.

— Et ton hypothèse de travail est…

— Une guérison inattendue peut toujours se produire. Art a pu avoir un coup de chance.

— Art a passé un marché avec la Corona, dit Mauro. Même pour lui, c'est énorme. Est-ce qu'on peut vraiment faire confiance à Rocco quand il dit que la Corona n'y est pour rien ?

— Cinquante-cinquante. Mais il a raison sur le fait que les carabinieri s'en foutent.

— Et comment tu le sais, ça ?

— Je suis allé les voir. »

Je m'étais préparé à me faire engueuler, mais rien. Très calme, Mauro décortique une pistache et la porte à sa bouche. « Ça les a même pas un peu intrigués ?

— Pas du tout.

— Comme la première fois, dit Fabio qui n'avait pas ouvert la bouche depuis que nous avions commandé l'*aperitivo*. Art a disparu et on est les seuls à se demander où il est. »

L'espace d'un court instant, Mauro ressemble à l'adolescent que j'ai connu. L'ombre de ce garçon traverse son visage – il était le plus calme d'entre nous, celui qui réfléchissait avant d'agir. Puis ses lèvres s'abaissent en une moue fatiguée et il redevient l'adulte qui travaille dans un domaine où règnent les zones grises. « Bon, dit-il, on récapitule ? Quand on avait quatorze ans, Art a été kidnappé. Tout le monde est d'accord là-dessus ? »

Je le suis. Fabio fait un geste du menton qui peut être un acquiescement.

« On ne sait pas qui l'a kidnappé, mais cette personne ou ces personnes avaient de bonnes raisons de penser qu'Art ne dirait rien, même pas à sa famille ou à ses meilleurs amis. Sinon, ils l'auraient tué. C'est pas compliqué de se débarrasser d'un corps : tu lui attaches une grosse pierre aux pieds, tu le charges dans un bateau et tu le balances à la mer. Pas de bruit, pas d'emmerdes, pas de traces. »

Je suis abasourdi. Nous sommes en train de rouvrir un panier de crabes fermé depuis vingt-deux ans, et entre-temps les crabes ont muté et sont devenus encore plus effrayants.

Mauro poursuit, impitoyablement : « L'impression que j'ai, c'est qu'Art a été abusé sexuellement.

— Il n'y avait aucune trace de violence, dit Fabio.

— Sept jours de fellations forcées, ça ne laisse pas beaucoup de traces, dit Mauro. Surtout quand on n'a pas très envie de chercher.

— Où tu veux en venir ? je demande.

— On sait qu'Art a été kidnappé quand il était ado. On sait que, après la mort de sa mère, il a décidé de rester à Casalfranco. On peut raisonnablement supposer que ça a fait remonter son enlèvement de là où il l'avait enfoui pendant vingt ans et que c'est devenu sa nouvelle obsession. Et ensuite, il disparaît une deuxième fois. Peut-être qu'il a retrouvé son ravisseur, ou alors c'est l'inverse. Dans tous les cas il y a eu confrontation et ça a mal tourné. »

Enfin, je relie les points. J'ai mis le temps. « Tu penses qu'Art est mort.

— Art *est* mort, fait Mauro sur le même ton impassible. Il a vraisemblablement été tué par la ou les personnes qui l'ont enlevé il y a vingt ans.

— Mais il était… il est protégé par la Corona !

— La Corona le laissait faire ses affaires, c'est tout.

— Mais il est pas forcément mort. Si ça se trouve, il a encore été enlevé.

— Bien sûr, pour demander une rançon à sa riche famille. Arrête de raconter n'importe quoi, Tony. Ils l'ont tué, ils ont tué son chien, et ils ont trouvé deux cordes et deux grosses pierres.

— N'empêche que c'est bizarre, cette histoire de guérison, dit Fabio.

— Jésus était capable de ramener les morts à la vie, et il a quand même fini sur une croix. »

La mort, je connais, je la croise tous les jours. J'ai des patients qui sont morts entre mes mains. J'ai découpé des cadavres au scalpel. Mais là, ce n'est pas pareil. C'est une partie de moi, de ma jeunesse, qui s'en va à jamais. Au fond de moi je sais que la théorie de Mauro se tient. Je me force à l'admettre : « Art est mort. Mauro a raison : Art est mort et personne ne va enquêter. »

Mauro est amer. « C'est pas la première fois que je vois ça. Les gens qui vivent seuls disparaissent facilement des radars. Et puis, un jour, un parent éloigné vient toquer à ma porte parce qu'il se demande si son cousin n'avait pas des liasses de billets planquées sous le matelas, et si je voulais bien me charger de les retrouver. Art n'a personne, on perd facilement la trace des gens comme lui.

— Il nous a, nous », dis-je en regardant Mauro dans les yeux. Je prie pour qu'il ne nous suggère pas de nous calmer et de reprendre le cours de nos vies, parce que là je vous jure que je vais lui mettre un coup de boule.

« Oui, dit-il. Il nous a, nous.

— Je suis allé à l'oliveraie, hier », dit Fabio. Il a les yeux rivés à ceux de la Vierge, il joue à qui baissera le regard en premier mais il va perdre. « Y a un chien pendu, là-bas. »

10

Mauro et moi nous marchons vers l'oliveraie dans un champ rouge et rocailleux, au coucher du soleil. Nous voulons voir le chien de nos propres yeux. Je le prendrai en photo – je ne sais pas pourquoi, mais ça peut toujours servir. Fabio ne nous accompagne pas, il est retourné chez lui (*chez mon père*, selon sa formule) en marmonnant quelque chose à propos d'un rendez-vous sur Skype avec Lara. Nous nous rejoindrons pour le dîner.

« Qu'est-ce qui lui arrive ? demande Mauro. Il a l'air complètement déprimé.

— L'Alzheimer d'Angelo...

— Il doit y avoir autre chose.

— Je lui ai promis que je ne te dirais rien.

— Mais tu vas quand même tout me dire. »

Oui, je vais tout lui dire. La loyauté est un drôle de truc qu'il faut bidouiller de temps à autre si on veut la protéger.

« Il est fauché.

— Il a fait un mauvais investissement ?

— Il a rien investi du tout. En fait, sa carrière n'a jamais décollé.

— Mais je croyais…

— Il a quelques résultats Google associés à son nom. Mais c'est pas pour ça qu'il a de l'argent, comme il me l'a expliqué après avoir vomi ses tripes sur mes chaussures.

— Mais il a travaillé pour des magazines importants ! Pour *Vogue*, si je me rappelle bien.

— Un peu. Assez pour être un peu connu, pas assez pour remplir son compte en banque. »

Mauro s'arrête. Il n'est jamais très démonstratif, mais je vois bien qu'il est surpris. « Pourquoi il nous en a jamais parlé ? »

Je ne réponds pas.

Mauro regarde l'oliveraie, puis il me regarde moi. « Tu trouves pas ça nul, des fois ? D'être adulte. Trouver un boulot, puis un autre, payer des impôts, et encore des impôts, toujours la même routine. Y a que le week-end qu'on est vivants ; le reste du temps on est des hamsters dans une roue. Et on peut pas s'arrêter de courir, parce qu'il y a toujours une facture, un prêt, un truc… un mioche qui nous oblige à courir dans la roue.

— C'est la vie. Autrefois on chassait le mammouth, aujourd'hui on va chercher une nouvelle carte de crédit. L'avantage, c'est qu'on n'est plus obligés de risquer notre vie tous les jours.

— Ouais, mais au moins quand on chassait on savait ce qu'on ramenait. »

Nous pénétrons dans l'oliveraie. Il y a une odeur de pourri dans l'air, ça me rappelle le boulot. La morgue. Cet endroit réveille de mauvais souvenirs, mais ils ne sont rien d'autre que ça – des souvenirs, des choses du passé qui n'ont plus aucun pouvoir. Seul le présent peut nous sauter à la gorge.

« Tu vois un chien, toi ? » demande Mauro au bout d'un moment.

Nous avons passé l'oliveraie au peigne fin, deux fois. S'il y avait un chien pendu à un arbre, nous l'aurions vu. Je retire mes lunettes de soleil – la nuit tombe – et je parcours une dernière fois les environs du regard. « *Nada.* »

Mauro se tord le cou et regarde dans les branches. Elles sont aussi immobiles que des sculptures. « Tu crois que Fabio a eu une hallucination ?

— Non, bien sûr que non.

— Moi non plus.

— J'aime pas ce que tu sous-entends.

— Je répète : moi non plus. » Mauro a un sourire fatigué. « Donc, quelqu'un a décroché le chien.

— Quelqu'un qui l'aurait trouvé par hasard et qui aurait eu pitié ?

— Quelle coïncidence : un chien est pendu ici, surtout ici, pile quand Art disparaît encore, et *deuxième coïncidence*, quelqu'un décroche le chien juste quand on commence à chercher ? Comme disait Art, une coïncidence, c'est…

— … un système qu'on n'a pas encore compris. »

Mauro hoche la tête. « Il y a un système derrière tout ça.
— Et on est loin de l'avoir compris. »

Mauro pose les mains sur l'écorce d'un arbre, comme un hippie qui essaierait de communier avec son esprit. Il soupire et se tourne vers moi. « Je crois qu'on devrait fouiller chez Art.

— T'as changé d'avis ?

— Attention, c'est pas une série télé. On va pas trouver les méchants tout seuls, on va pas les piéger avec un plan qu'on aura inventé entre copains, après un crescendo d'émotions. Ça marche pas comme ça dans le monde réel.

— Pas besoin d'être condescendant.

— Je veux juste qu'on soit sur la même longueur d'onde. Les détectives amateurs, ça résout pas les crimes.

— Alors pourquoi tu veux qu'on retourne fouiller chez lui ?

— Parce qu'Art n'a personne d'autre que nous. » Un silence. « Et parce que nous non plus on n'a personne d'autre que nous. Le plus prudent, pour nous, pour les vivants, c'est peut-être de se faire une petite idée de ce qui se passe. »

Dans un ciel bleu sombre, une lune blanche s'élève derrière les arbres.

Je commence à comprendre pourquoi cette oliveraie effraie tant Fabio.

11

Nous dînons dans un restaurant de plage, le genre de gargote qu'on trouvait partout autrefois. La devanture est celle d'un poissonnier tout à fait ordinaire. On choisit ses poissons sur l'étal, où ils gigotent encore sur de la glace, et le cuistot les grille. Rien de luxueux, mais tout est bon.

Le cuistot est un chauve à la peau bronzée et au ventre aussi gros que celui d'Elena. Nous mangeons avec le murmure des vagues en fond sonore. Les tables et les chaises sont en plastique, mais il y a un petit effort de décoration – des guirlandes lumineuses accrochées aux poteaux de la pergola. Ça commence toujours par des guirlandes lumineuses, et ça finit toujours par se transformer en piège à touristes.

Je passe un bon moment, autant que possible dans la mesure où Art est peut-être mort, mais ce soir nous sommes vivants et réunis et il adorerait voir ça. Fabio a repris des couleurs. Après quelques verres, Anna et lui se débarrassent de leurs chaussures et vont marcher et fumer sur la plage. En revenant, ils nous annoncent que Fabio prendra des photos d'Anna pour son livre. Ça fait plaisir à Mauro. Fabio aime Anna comme une sœur, et dans un moment pareil il a besoin d'amis.

Après le dessert, Mauro se racle la gorge et lève son verre de Fernet. « À Art. Un grand homme. »

Nous répétons tous « À Art ! » y compris Anna, et Ottavia et Rebecca qui trinquent au Coca. Je pleurerai mon ami, mais plus tard. Mon cerveau accepte qu'il est probablement mort tandis que le reste de moi s'accroche à ce *probablement.*

Je rentre agréablement pompette. Je trouve Maman qui m'attend dans le salon, bien calée dans son fauteuil en rotin devant la télé. Elle faisait la même chose quand j'étais encore à l'école ; quelle que soit l'heure à laquelle je rentrais, elle m'attendait. Avant, elle se roulait en boule, mais aujourd'hui l'arthrite l'en empêche. Elle irradiait la force, et aujourd'hui elle paraît si fragile avec ses cheveux blancs et son visage crevassé comme un pare-brise cassé. Elle est assise au même endroit, dans le même fauteuil, elle est un roc et le temps est la mer qui l'érode, vague après vague. Je prie pour qu'il ne me la prenne pas trop vite.

« Salut, Maman. »

Elle éteint la télé. « Elena t'a laissé un mot. » Du menton elle indique la table, sur laquelle est posée une enveloppe.

« Merci.

— Ça a quelque chose à voir avec son mari ? »

Je me fige. « Maman…

— Réponds-moi, Tony, ce n'est pas si difficile.

— Non, ça n'a rien à voir avec Rocco. » Loyauté à géométrie variable, une fois de plus.

Elle soupire. « Tu devrais parler à ta sœur.

— Maman, on a déjà eu cette conversation mille fois.

— Comment est-ce que ma fille a pu épouser *ce type* ?

— Il l'aime, elle l'aime. »

Maman rit jaune. « Je voudrais le voir mort, dit-elle d'une voix glaciale. J'en ai des insomnies quand je pense que mon *petit-fils* va être élevé par un… » Elle s'arrête, souffle. « Je voudrais le voir mort, répète-t-elle.

— Moi aussi, dis-je sincèrement.

— Tu vas lui parler ?

— Bien sûr. » Il ne faut pas grand-chose pour lui remonter le moral. Je l'embrasse sur le front. « Va te coucher, Maman. »

Elle ferme les yeux et sourit, et je comprends qu'à ce moment-là elle imagine que j'ai encore onze ans, Elena cinq, que tout est simple et que cette période bénie de sa vie n'aura jamais de fin. « Bonne nuit, Tony.

— Bonne nuit. »

Elle gagne sa chambre à petits pas et j'ouvre l'enveloppe, ma bonne humeur réduite en miettes. J'en sors un morceau de papier sur lequel sont notés un lieu et une heure. Je les mémorise, puis je vais chercher des allumettes dans la cuisine, je me dirige vers la cheminée et je mets le feu au papier.

12

Fabio et Mauro ont promis de m'accompagner au rendez-vous que m'a fixé Rocco. Mais ce n'est pas avant ce soir et nous allons passer la journée à fouiller chez Art. Nous prenons un moment pour regarder la maison avant d'entrer, abrités derrière nos lunettes de soleil. Elle est droit devant nous, au bout de l'allée. Elle est plantée au milieu des terres familiales, dont le vignoble à l'abandon occupe une moitié tandis que l'autre se résume à des plantes sauvages, des cailloux et de la terre. Au fond se trouve le trullo, pas plus grand qu'un jouet vu d'ici. Le soleil est assassin et fait tout trembler, c'était le cas lorsque nous étions petits et ça le sera encore longtemps après que nous serons morts et enterrés.

« Allez, on s'y met », dit Mauro en ouvrant la porte.

Nous avons prévu d'inspecter la maison et les champs. Je prépare du café pendant que Fabio passe en revue les livres dans la cuisine. La plupart des gens se sont convertis aux cafetières électriques, mais Art en est resté aux vieux modèles, qu'on remplit d'eau et de café moulu et qu'on met sur le feu. Peu après, le bruit de la cafetière envahit l'air, accompagné par l'arôme du café. Mauro et moi laissons Fabio assis avec une tasse d'espresso.

« On commence par la chambre ? demande Mauro.

— C'est toi l'expert.

— Je suis expert en finance. En tableurs. »

Nous commençons par la chambre. Le lit pue la sueur rance, et les taches sur les draps ne laissent guère de place à l'imagination. « Il s'ennuyait pas. » Ça me réchauffe le cœur. Tant qu'à mourir, autant que ce soit après avoir eu une vie sexuelle bien remplie.

« Ce serait intéressant de savoir avec qui il était, dit Mauro distraitement, en fourrageant dans un tas de vêtements par terre.

— T'as toujours été romantique.

— J'ai du mal à imaginer un endroit moins romantique. »

Nous enchaînons sur la jungle de livres. Ce n'est pas simple d'y pénétrer, des colonnes de livres gênent le passage. La plupart montent pratiquement jusqu'au plafond. Je m'incline vers Mauro et lui fais signe de passer le premier. « On a jamais de machette quand on en a besoin. »

Mauro rit pour la forme et s'enfonce entre les livres, écartant une encyclopédie et balançant un coup de pied à un livre de photos sur les tours sarrasines. « Regarde. »

Nous atteignons ce que je ne peux décrire que comme une *clairière* dans la jungle, petite et façonnée par Art ; les colonnes encerclent un coussin sur le sol, une machine à écrire Olivetti et une ramette de papier vierge. Nous détaillons le tableau. Une *machine à écrire.* J'éprouve quelque chose de l'ordre de l'émerveillement pour l'étrangeté croissante de cette maison.

« Merde. » Je m'agenouille et passe deux doigts sur le ruban de la machine. L'encre me tache la peau. « Comment il a pu en arriver là ? Ça me fait mal de le dire, mais Art est un hipster.

— Qu'est-ce qu'il écrivait, à ton avis ? »

Je me relève et j'écarte les bras pour embrasser la pièce. « La réponse est quelque part là-dedans. »

Mauro jette un coup d'œil dubitatif aux livres. « On va où maintenant ? Dans les champs ?

— Attends, y avait pas un sous-sol ?

— T'as raison. C'est là que le père d'Art stockait le vin.

— J'adorais quand on faisait les vendanges. »

Tous les ans le père d'Art faisait du vin pour sa famille, et nous lui donnions un coup de main en écrasant les raisins avec nos pieds nus, en sautant à l'intérieur d'une presse en bois. C'était un grand chahut, le seul bon côté de la fin de l'été.

« On entrait par l'extérieur, non ? je demande.

— Je crois. »

La porte est à l'arrière, près de celle de la cuisine. Il n'y a pas de verrou, et pas non plus d'électricité, rien qu'une lampe torche suspendue à un clou en haut de l'escalier. Mauro attrape la lampe et nous descendons les marches en pierre, usées et glissantes. Il fait froid, très froid comparé à la chaleur cuisante du dehors. J'inspire un grand coup, espérant sentir l'odeur de raisin que j'aimais tant. Je suffoque et tousse. Au lieu du raisin me parviennent des relents que je connais trop bien : sang, excréments et bactéries en folie. L'odeur d'un corps qu'on a ouvert en deux.

L'escalier mène à une pièce simple et carrée, avec une table contre le mur du fond. Au-dessus, des outils alignés. Certains sont des instruments de boucher, d'autres sont plus petits, et en les examinant j'identifie trois scalpels de qualité chirurgicale. La table et le sol sont maculés d'éclaboussures noires. Un tablier, taché lui aussi, est accroché près de l'étagère.

Je ferme les yeux et je me pince le nez. Ce n'est pas possible. Ce n'est pas Art. Cette maison est un lieu d'espoir, de joie et de raisin doux.

« C'est un abattoir », murmure Mauro.

13

Dans le trullo, nous ne trouvons rien que je n'aie déjà vu. Mauro s'y connaît encore moins que moi en BDSM (chose sur laquelle je n'aurais pas forcément parié). Ça ne le choque pas ; en sortant de l'abattoir, le contenu du trullo nous fait le même effet qu'une collection de timbres. Quant à l'abattoir, je ne sais pas. Dans les campagnes de la région, il est assez courant qu'on abatte soi-même ses bêtes. Certes, il est bien moins courant qu'on les traîne en bas d'un escalier puis qu'on utilise de l'équipement chirurgical sur elles. Je refuse de réfléchir à ça pour le moment. Je ne peux pas me permettre de flipper.

Nous fouillons la voiture et n'y trouvons rien d'intéressant à part un gros sachet d'herbe dans la boîte à gants. Je l'empoche – Art serait déçu que sa production parte à la poubelle. Puis nous passons aux champs, la partie que nous redoutons le plus. Nous commençons par les hauts pieds de cannabis. Ils sont verts et robustes, bien qu'ils n'aient pas reçu de soins depuis un moment (Art disait toujours qu'un enfant de cinq ans serait capable de faire pousser de l'herbe). Ensuite nous allons dans les vignes. Lorsque nous finissons, c'est le milieu de l'après-midi et il fait tellement chaud que je me liquéfie. Mauro et moi sommes torse nu et en nage.

« Rien », annonce-t-il.

Je secoue la tête. Inutile de préciser que nous sommes aussi soulagés l'un que l'autre. Quand on trouve un abattoir dans le sous-sol d'un ami, on s'attend à découvrir ensuite de la terre fraîchement retournée dans le jardin. Donc en ce qui nous concerne, pas de nouvelles, bonnes nouvelles.

Je propose, « Je vais nous chercher des glaces ?

— T'es sérieux ?

— Bien sûr.

— Tu es un dieu parmi les hommes. »

Je laisse Mauro et Fabio à la maison et file chez le marchand de glaces le plus proche, à quelques kilomètres en direction de la ville. J'achète une barquette de glace au chocolat et trois cuillères en carton, et je rentre pied au plancher pour éviter que mon précieux butin ne fonde. Une Mercedes me ralentit. Je la maudis. La route est trop étroite pour que je dépasse, je dois donc me contenter de faire les yeux doux à la barquette en polystyrène en priant pour que la glace ne soit pas transformée en flaque quand j'arriverai.

La Mercedes tourne pour aller chez Art.

Dans ma tête, toutes les alarmes se déclenchent. Je cherche mon téléphone, avant de me souvenir qu'ici on n'a pas de réseau. Je m'engage à mon tour dans l'allée. J'ai le soleil de face, il m'aveugle. Malgré mes verres fumés, je n'arrive pas à voir qui est au volant. J'appuie sur l'accélérateur – que ces salauds sachent au moins que je ne les lâche pas. Si ça se trouve, ce sont des anonymes qui se sont trompés de route. Dans ce cas, une petite frayeur ne les tuera pas.

La Mercedes s'arrête. Je m'arrête aussi, incertain de la suite.

Et soudain elle se remet en mouvement – en marche arrière. Un scénario défile devant mes yeux : la massive Mercedes qui percute l'humble Fiat de mes parents, la transforme en accordéon et m'aplatit comme un moustique. J'accélère et tourne à droite, je sors de l'allée et j'entre dans le champ. La Mercedes me manque d'un cheveu. Je percute un caillou, fort, ma pauvre voiture fait un grand bruit et je m'arrête net.

« Connards ! » je crie en tournant la tête et défaisant ma ceinture, prêt à me battre.

La Mercedes ne s'arrête pas. Elle s'éloigne en marche arrière, puis elle disparaît.

Connards.

J'ai leur plaque d'immatriculation.

14

Ma roue avant droite est foutue. Je note la plaque dans mon téléphone avant de l'oublier, puis je descends de voiture et je remonte l'allée en courant. Mauro et Fabio viennent à ma rencontre, ils ont l'air secoués. Ce sont eux les adultes de la bande, pas moi. Sans ce problème de roue, je me serais lancé à la poursuite de la Mercedes et j'aurais collé une raclée à son conducteur. Je montre la barquette en polystyrène. « Ils voulaient nous voler notre glace.

— La voiture a souffert ?

— On a une roue à changer.

— Qu'est-ce que... » commence Mauro.

Je le coupe : « D'abord la glace. Faut garder le sens des priorités.

— On la mangera en bossant, dit Fabio.

— Y a pas le feu.

— Et si le mec de la Mercedes revient ?

— J'y compte bien.

— Et s'il revient avec des potes ? »

Je marque un temps, puis je cède. « J'aime pas quand t'as raison.

— Je sais, moi non plus. »

Tandis que j'ouvre le coffre pour attraper le cric, Fabio et Mauro se jettent sur la glace. Je place le cric sous la voiture et je raconte les détails de ma brève rencontre avec la Mercedes. « J'ai relevé la plaque, pour ce que ça vaut. »

Mauro me tend la glace et une cuillère, et dit, « Je peux retrouver le propriétaire.

— C'est si facile que ça ?

— Je connais quelqu'un.

— Avoue, tu mourais d'envie de dire ça.

— Je plaide coupable», fait Mauro. Je n'en crois pas mes yeux, j'ai réussi à lui arracher une demi-blague. Je passe la barquette à Fabio et Mauro m'aide à sortir la roue de secours du coffre.

«J'ai vu la machine à écrire», dit Fabio.

Je commence à démonter la roue cassée. Fabio et Mauro n'y connaissent rien en mécanique, j'irai plus vite tout seul. «Est-ce que Mauro t'a parlé du… sous-sol?

— Ouais.

— Heureusement qu'on n'a rien trouvé d'autre dans les champs, dit Mauro. Pas non plus de trace du chien d'Art.

— Des révélations dans les livres? je demande.

— Quelques-unes», répond Fabio, sur un ton qui signifie *un paquet*. Il prend une feuille de papier dans sa poche et me la donne. Je délaisse la roue pour y jeter un œil. Au centre, tapé à la machine:

LE LIVRE DES CHOSES CACHÉES

GUIDE PRATIQUE

J'attrape la feuille et la retourne. Les pattes de mouche d'Art noircissent tout le verso. Je suis obligé d'approcher le texte de mes yeux pour le déchiffrer: une suite de chiffres et de commentaires, séparés par des tirets.

27: dans ces dunes les genêts abondent particulièrement. –
32: vérifier s'il est vrai que les marais salants existaient déjà au XIe siècle. En parler dans LLDCC.

«Les prises de notes d'Art… explique Fabio. Un enfer à comprendre. Il écrivait sur des bouts de papier les numéros des pages qui l'intéressaient, avec une citation ou un petit commentaire, et il laissait les papiers dans les livres. Y en a dans presque tous les livres de la maison. »

Je passe la feuille à Mauro et je me remets au travail.

« Et *Le Livre des choses cachées*, c'est quoi ? demande Mauro.

— Un truc qu'il écrivait. Il a pris énormément de notes du genre, "Parfait pour *Le Livre des choses cachées*" ou "S'en souvenir pour *LLDCC*".

— Donc son projet, c'est un *livre* ?

— Possible.

— Comme quand il a fait les *Métamorphoses* ? » La BD qui a convaincu Art de laisser filer sa chance d'entrer à Stanford. La presse a adoré mais ça ne lui a pas rapporté grand-chose. Cela dit, Art se foutait de l'argent autant que de la presse.

« Cette fois c'est pas un roman graphique. C'est un essai.

— Un essai sur quoi ?

— Il n'a pas laissé traîner de brouillon. On n'a que ses notes, et ce que j'en déduis c'est que… » Fabio laisse sa phrase en suspens. « *Le Livre des choses cachées* parle de la région de Casalfranco, et aussi de religion. »

J'en suis aux boulons – encore dix minutes et c'est réglé. « Deux choses qu'Art détestait.

— C'est un bon sujet pour un livre. La campagne regorge d'églises, de chapelles, d'oratoires, tout ce qu'on veut. Si j'ai bien compris, Art se concentrait sur une poignée d'endroits qui lui servaient à illustrer une idée générale sur le rapport entre les espaces physiques et, disons, la spiritualité.

— Donc Art serait revenu vivre dans un endroit qu'il déteste pour écrire un bouquin sur le *folklore* ? Tout en transformant son trullo en salle de torture et en faisant je sais pas quoi dans le sous-sol ?

— Art allait mal, dit Fabio.

— D'après Carolina, son projet avait un lien avec la première fois qu'il a disparu.

— Ah, mais *il y a* un lien : l'oliveraie. J'ai trouvé des vieux registres qu'Art a empruntés à la bibliothèque et qu'il n'a jamais rendus. Vous voulez deviner à qui appartient l'oliveraie ?

— Pas spécialement, non, dis-je.

— À l'Église, à la *chiesa matrice* de Casalfranco pour être précis. En pratique, à Don Alfredo. »

Je me plonge dans mon travail pour cacher ma surprise. « Malgré tout ce que tout le monde a raconté à l'époque, personne n'a jamais parlé de ça.

— Ben, c'est normal, l'Église voulait pas être associée à la disparition d'Art. » Fabio s'interrompt. « Ou alors Don Alfredo est plus impliqué qu'on ne le croit.

— Je sais où tu veux en venir, et je t'arrête tout de suite. Moi non plus j'aime pas Don Alfredo, mais c'est pas un violeur d'enfants.

— C'est vrai qu'on n'a jamais vu de prêtre pédophile.

— Don Alfredo ne…

— Don Alfredo ne s'est jamais fait choper, c'est différent. Comme plein de prêtres partout dans le monde, jusqu'à récemment, et comme plein d'autres qui se feront jamais choper.

— C'est une accusation lourde, dit Mauro.

— Écoute, tout ce que je dis, c'est qu'un enfant a disparu sur la propriété d'un prêtre à une période où on sait que les prêtres s'amusaient avec les enfants. La famille d'Art a pu raconter un tas de choses en confession, ou d'autres ont pu raconter des choses sur eux, c'est pareil. Don Alfredo est archiprêtre, il sait *tout.* »

— Il savait peut-être quelque chose qui a empêché Art de parler », dit Mauro.

Fabio acquiesce. « Ensuite les parents d'Art sont morts et Art est revenu à Casalfranco pour régler ses comptes.

— Et il a commencé à écrire un *livre* ? je demande.

— Il allait mal ! répète Fabio. Combien de fois je dois vous le dire ? *Art allait mal, bordel.* Il a installé un abattoir dans son sous-sol, qu'est-ce qu'il vous faut de plus ? Il cherchait un moyen de se venger de Don Alfredo mais il s'est laissé distraire et il s'est découvert un intérêt pour le paysage et la religion. Ça a été le début d'une nouvelle phase. C'est Art à cent pour cent.

— Il a guéri une petite fille, dis-je. À ce qu'il paraît.

— C'est de l'obsession religieuse, ni plus ni moins. Je parie que Jésus était sincère quand il s'est proclamé Messie, et je vois bien Art monter sur une caisse au milieu d'une place et déclarer que, tout compte fait, lui aussi il est le Messie.

— Ça explique pas l'abattoir, ni le donjon, dit Mauro. Ni ce qui est arrivé à Art cette fois-ci.

— Ça explique ce qui lui est arrivé la première fois, c'est un début. »

Je me relève, couvert de graisse et de terre. « On est bons. Toujours partants pour ce soir ? »

15

Je me dirige vers l'église à travers des ruelles biscornues, aux pavés inégaux, bordées de maisons qui paraissent toujours à deux doigts de s'écrouler. L'église est un haut édifice roman sur une place minuscule, avec une rosace en façade et deux lions qui gardent la porte. Avant d'entrer, je donne une petite tape sur le lion de droite, un rituel depuis que je suis tout petit. À l'intérieur, dans le silence et la pénombre, je respire une odeur d'encens. Ça me donne une impression de sécurité. Je plonge un doigt dans le bénitier, dessine une croix sur mon front et m'incline en direction du tabernacle.

L'église est presque déserte ; j'ai pour seule compagnie deux vieilles femmes, petites et flétries, robe noire, gilet noir, voile noir. La Maison du Seigneur leur appartient plus qu'à moi. Tant que je ne renie pas mes préférences sexuelles, je ne peux recevoir la Sainte Communion – je suis exclu. J'en souffre. C'est beau, de savoir que le fils de Dieu a accepté de s'incarner, de souffrir et de mourir pour nous, et que nous pouvons partager Son corps et Son sang. *Son corps et Son cul sur la commode*, dirait Fabio. La foi de Mauro ne lui pose aucun problème, mais la mienne si, d'abord parce que celle de Mauro est moins profonde que la mienne, et ensuite à cause de ce que je fais de mon pénis. *Les curés te présentent comme un pervers dans leurs prêches*, me dit-il. Je le sais bien. De nombreux prêtres sont comme ça. Mais pas tous. Et de toute façon, l'Église ce n'est pas les prêtres, c'est le Christ, et j'ai deux ou trois idées quant à la manière dont les disciples occupaient leurs nuits en Palestine.

Je commence à prier. *Seigneur. Art est-il auprès de Vous ? Je suis certain que Vous lui avez ouvert les portes du Paradis. C'était quelqu'un de bien, Vous le savez. Il était toujours présent pour ses amis. Il nous poussait toujours à nous dépasser. Il ne croyait pas en Vous, mais ça ne Vous dérange pas, si ? Ce qui compte pour Vous, c'est ce que nous avons dans le cœur, et Art avait un cœur en or. Son intelligence l'a perdu, mais, Seigneur, Vous ne trouvez pas triste que Vos enfants aient construit une société où on a intérêt à ne pas être* trop *intelligent ? Seigneur Dieu, je Vous promets que je ferai tout ce que je pourrai pour que la justice des hommes soit rendue à Art, la seule justice dont nous disposions.*

À ce sujet, j'espère ne pas me fourvoyer ce soir. Je n'ai aucune indulgence pour le mal, Seigneur, j'essaie seulement de faire le bien. Prêtez-moi Votre force et permettez-moi de ne pas perdre de vue mon sens moral. Je sais que je peux m'égarer sans Votre main pour me guider. Seigneur, protégez-moi et protégez mes amis ce soir. Protégez-nous.

Protégez-nous du mal.

16

Les feux crépitent au loin. Ils luisent jaune et orange derrière les oliviers, dans l'obscurité totale de ce plat pays. La lune est un croissant effilé ; les flammes bondissent vers elle, comme des mains cherchant à s'en emparer violemment.

« Coupe le moteur, dit Fabio.

— On n'est pas encore assez près.

— Coupe-le ! »

Je me range en bordure d'un champ d'oliviers. Notre voiture est la seule à plusieurs kilomètres à la ronde, et lorsque j'éteins le moteur et les phares nous n'existons plus.

« Vous entendez ? » chuchote Fabio.

Des percussions et des voix humaines, distantes, comme venues d'un autre monde.

« Putain, lâche Mauro.

— On peut encore faire demi-tour, j'ajoute.

— Dis pas n'importe quoi. Mais qu'est-ce qui se passe là-bas ?

— Aucune idée. Fabio, tu peux chercher dans la boîte à gants ? J'ai apporté un remontant. »

Fabio trouve la bouteille de rhum. Il en prend une gorgée et me la tend. Je bois un peu et je me tourne vers l'arrière pour donner la bouteille à Mauro.

« Ça va aller, dis-je en redémarrant. Rocco nous aurait pas envoyés ici si c'était dangereux. »

Je me trompe une ou deux fois de route, finis dans des champs et dois faire demi-tour. J'ai tenté de convaincre les autres de ne pas m'accompagner, honnêtement, mais il n'y a rien eu à faire. « Et Anna, qu'est-ce qu'elle en pense ? je demande.

— Elle comprend, répond Mauro, mais elle sait pas tout. J'ai bricolé une histoire à propos d'une connaissance d'Art à qui on voulait parler. »

Je me mords la langue. Mentir à sa compagne ? Pas bon.

Je trouve enfin la bonne direction, un chemin de terre qui traverse des champs nus. Les percussions sont si fortes que je les entends par-dessus le bruit du moteur. Deux hommes sont campés au bout du chemin. L'un d'eux nous fait signe de nous arrêter. Ils ont chacun une arme, dans son étui mais bien visible. Derrière eux, un autre champ a été transformé en parking temporaire. J'arrête la voiture, je coupe le moteur et je baisse la vitre. Je pose les mains sur le volant. Fabio et Mauro comprennent le signal et mettent leurs mains en évidence.

Les hommes s'approchent de la voiture, un de chaque côté. « *Ccè bbuliti ?* » demande en dialecte local celui qui vient vers moi. *Qu'est-ce que vous voulez ?*

« Je suis le beau-frère de Rocco. » J'espère que c'est la bonne réponse.

« Le frère d'Elena ? »

Je suis un peu étonné d'entendre le nom de ma sœur. « Oui. »

Il regarde dans la voiture. « Et vous ?

— Je m'appelle Fabio.

— Mauro. »

L'homme paraît satisfait. « Elena n'était pas sûre que vous viendriez tous.

— Ils n'auraient raté ça pour rien au monde », dis-je.

Les hommes nous laissent passer et je me range près d'une BMW grise. Ils nous fouillent, avec précision et détachement, puis nous indiquent les feux. « Bonne soirée. »

17

La musique est une *taranta* jouée par des tambourins et des harmonicas. Derrière le parking, les champs – de la broussaille méditerranéenne avec un olivier par-ci par-là – sont en flammes. Trois hauts bûchers sont allumés, à bonne distance les uns des autres, formant un grand triangle. Et ce n'est pas tout : où que je regarde, je vois des lanternes à huile sur des tiges de bambou. Ces flammes sont la seule source de lumière à des kilomètres. Elles projettent des ombres dans tous les sens, les ombres des gens, des buissons et des arbres noueux, des ombres qui s'étirent et se ramassent. Qui changent. Qui se fondent les unes dans les autres, dansent sur les peaux et les feuillages avant de s'éloigner une seconde plus tard. Elles sont la copie vivante de notre monde de chair et d'os, une copie qui n'en est pas moins réelle, et pas moins capable que l'original de toucher et de blesser.

L'air est saturé de fumée et de l'arôme amer des *jummarieddi*. Un homme râblé, au visage brûlé par le soleil, est assis près d'une immense fosse remplie de braises, au-dessus desquelles il cuit de la viande sur de longues broches. Les *jummarieddi* sont ce que l'humanité a jamais fait griller de plus odorant, avec un goût au diapason. Ils sont parmi les dernières survivances d'une époque plus sauvage. On les confectionne avec les abats (les reins, le foie, tout ce qu'on veut) d'un agneau tout juste abattu, ou sinon d'une chèvre, on les lave à l'eau, au sel et au citron, on les assaisonne avec une dose supplémentaire de sel, du poivre, du laurier, du persil et à peu près toutes les herbes qui poussent dans le jardin (où on a probablement tué l'animal). Ensuite on roule le tout dans le péritoine de l'agneau, on plante le rouleau sur une brochette et on met la brochette au-dessus des braises. *Il faut apprendre à aimer*, disent les gens qui ne sont pas d'ici, mais seulement pour être polis. Il est rare d'en trouver dans les restaurants pour touristes. J'en ai l'eau à la bouche.

À côté de la fosse, une table croulant sous les gobelets en carton et une rangée de tonneaux en bois. Il n'y a pas une goutte d'eau en vue ; la notion de sobriété n'est jamais parvenue jusqu'ici.

Je compte une centaine de personnes dans le champ, peut-être un peu plus. Dix hommes pour une femme. Peut-être un peu plus. Certains sont massés autour de la fosse, boivent du vin et discutent en petits groupes. Mais la majorité est rassemblée dans l'espace entre les trois bûchers. Leurs dos bougent avec excitation, et quand leurs mouvements me permettent de voir ce qui se passe derrière, j'aperçois une *ronda* qui bat son plein.

Elle comprend trois cercles concentriques. À l'extérieur, celui des spectateurs qui assistent au spectacle. Lui succède un cercle de lanternes à huile, puis le troisième et dernier se compose d'hommes, uniquement, qui font de la musique avec des tambourins, des harmonicas ou simplement en tapant des mains. Au centre des trois cercles, au cœur du rituel, deux hommes dansent et s'affrontent.

« La danse des épées, souffle Fabio.

— En édition intégrale », ajoute Mauro.

Un des hommes doit avoir une quarantaine d'années. Son torse nu est luisant de sueur. Sa peau scintille dans la lumière des flammes. Son adversaire – son *partenaire* – a une petite vingtaine, il est sec comme une branche morte et sa chemise blanche flotte hors de son pantalon. Chacun pointe deux doigts vers l'autre, mimant des couteaux. Avec leurs doigts ils chargent, tranchent et bloquent, exactement comme avec des lames. Ce n'est pas seulement une danse, et ce n'est pas tout à fait un combat.

J'ai déjà assisté à une danse des épées, mais sous une forme édulcorée. C'est une étrange coutume, née dans les milieux criminels du Salento et protégée, à en croire la légende, par San Rocco lui-même, un saint très respecté par les paysans. Elle aurait été la pratique grâce à laquelle les criminels se maintenaient affûtés pendant leurs périodes de prison. Mais la chorégraphie peut prêter à confusion : certes les danseurs suivent le rythme de la *taranta*, mais dans le même temps ils essaient de prendre le dessus sur leur adversaire. Ils doivent composer avec deux choses à la fois : la danse et le combat, la musique et le sang. Je n'arrive pas à détacher mon regard de la *ronda*.

« Je tuerais pour des *jummarieddi* », dit Fabio.

Mauro trouve la force de plaisanter : « On est à une réunion de la Sacra Corona Unita, fais gaffe aux mots que tu utilises. »

Leur dialogue m'arrache à l'hypnose de la danse. Pendant que nous gravitons vers les braises, une voix joyeuse nous interpelle, et je vois Elena qui me fait signe de la main. *Qu'est-ce que c'est que ce bordel ?* C'est Rocco qui devrait être ici, pas elle. Elle devrait être en sécurité à la maison, pas dans un champ avec des criminels. Il faut qu'on parle, elle et moi.

« Du calme », murmure Mauro.

Je me force à sourire et je lui rends son salut. Je montre les *jummarieddi* du doigt avec un enthousiasme feint et je me tapote le ventre en disant « Miam ! »

« Je suis heureuse que tu sois venu ! dit Elena.

— Moi j'aurais été heureux de savoir dans quoi on allait débarquer.

— Oh, ça va. Papa et Maman nous ont emmenés voir la danse des épées quand j'avais quoi… sept ans ? »

J'achète une assiette de *jummarieddi.* « Six ans. Mais c'était dans le centre-ville et officiel, pas au milieu de nulle part et secret.

— Ici c'est authentique. Comme les *jummarieddi*, c'est trop fort pour les touristes. Mauro ! Fabio ! Ça fait longtemps.

— Depuis ton mariage », répond Fabio. Il désigne le ventre d'Elena. « Oh, félicitations, au fait.

— Merci. Vous voulez que je vous explique ce qui va se passer ce soir ?

— S'il te plaît », fait Mauro.

Je sais comment fonctionne Mauro. Il est en train d'assimiler la situation, les gens, et il pense déjà au moyen de se tirer d'affaire, au cas où nous finirions devant un tribunal. Ce qui est tout de même peu probable. Les ennuis qui pourraient se déclarer ici se règlent loin des indiscrétions de la civilisation.

Elena indique la *ronda.* « Ils sont seulement en train de s'échauffer. Quand ils seront prêts, ils sortiront les lames.

— Pour de vrai ? je demande.

— Bien sûr. » Elle nous montre un homme, la cinquantaine, casquette et blouson en jean. « Lui, c'est Gianpiero. Si vous voulez parier, vous voyez ça avec lui.

— Parier sur une danse ?

— Sur un combat.

— Comment vous désignez le vainqueur ?

— La danse s'arrête au premier, au deuxième ou au troisième sang. Avant d'entrer dans la *ronda*, les danseurs décident jusqu'où ils veulent aller. »

Ici, Elena est dans son élément. Moi, je pourrais me mettre à pleurer – ou, mieux, à casser des choses et des gueules. C'est tout ce qui me retient de lui hurler de rentrer à la maison, de retrouver Maman, Papa, une vie convenable, de redevenir une bonne fille et de faire honneur à son éducation. Je n'ai plus cette autorité, si tant est que je l'aie jamais eue. « Qu'est-ce qu'on est venus faire ici ? Mes amis et moi, je veux dire.

— Quelqu'un va venir vous parler.

— Et Rocco, il est où ?

— Il travaille », répond Elena.

18

Ma petite sœur regagne l'assemblée après nous avoir offert trois verres de vin. Elle ne boit rien, car elle est enceinte et c'est une bonne mère. Je la suis du regard pendant qu'elle s'affaire, sourit et parle à tout le monde. Elle a beaucoup d'amis. Ils la traitent en homme, le plus grand honneur qui soit.

« Je suis désolé, dit Fabio.

— C'est pas quelqu'un de mauvais.

— Je sais. »

Les *jummarieddi* sont à tomber. La dernière fois que j'ai goûté une amertume aussi succulente, le père d'Art n'était pas encore tombé malade. Nous nous rapprochons de la *ronda* pour suivre la danse, ou le combat. La musique accélère, et une fois mon verre terminé et la viande engloutie, je me surprends à taper du pied en cadence. Elena, Art, tous mes soucis s'envolent ; les percussions et les mouvements des danseurs me rivent à l'instant présent, au cercle, aux lames. Je suis tout à fait conscient d'être hypnotisé, mais je ne veux pas, ou je ne peux pas, y résister. C'est comme être possédé par un esprit qui a entendu l'appel de la *taranta*, des couteaux, des abats sur les braises incandescentes.

Fabio laisse son gobelet vide sur le sol et commence à battre des mains. Nous nous joignons à quelque chose de plus vaste que nous ; maintenant nous faisons partie de la musique, de la danse. Les danseurs balancent les bras et bougent les pieds en rythme, et la musique nous lie à eux, lie tous les corps qui transpirent dans les cercles, combattants, musiciens et simples mortels. En battant des mains, je me sens presque au centre, une lame à la main et un adversaire à vaincre. Je ne sais pas ce que ça fait de danser réellement. J'adorerais ça.

Je jette un coup d'œil à Mauro, derrière le visage hilare de Fabio. Il est immobile, son vin presque intact, le regard attentif.

Les danseurs réintègrent le cercle et deux autres s'avancent, torse nu l'un comme l'autre, luisants de l'éclat reflété des bûchers. Ils ont environ notre âge, l'un a des cheveux noir de jais attachés en queue-de-cheval et l'autre est rasé. J'encourage celui qui a la queue-de-cheval. Il est sexy.

« Deuxième sang ! » crie Gianpiero avec une voix tonnante de Monsieur Loyal.

Ces danseurs ne perdent pas de temps à s'échauffer. Après quelques pas et rapides mouvements des doigts, ils dégainent deux poignards aux lames vicieuses sans cesser leur danse. Ils commencent à charger et à esquiver, sourire vissé aux lèvres. Je ne sais pas s'ils essaient réellement de se toucher ou bien s'ils jouent, où s'achève la danse et où commence le combat. Soudain Queue-de-cheval bondit vers l'avant et paraît transpercer la garde de Crâne-rasé – mais Crâne-rasé fait un pas de côté et Queue-de-cheval frappe dans le vide. Crâne-rasé en profite pour lui entailler la joue. Le sang coule sur le visage de Queue-de-cheval. Comme d'habitude, j'ai parié sur le plus beau, pas sur le meilleur.

Une main se pose sur mon épaule gauche.

Je me retourne et découvre un homme un peu plus petit que moi (et pourtant je ne suis pas un géant). Il peut avoir soixante-dix ans, et chaque année est une pierre qui l'a renforcé. Il porte un pantalon en velours et une chemise blanche dont l'ouverture révèle une croix en or étincelante. À un de ses doigts, encore de l'or – une alliance. Sur le visage il a deux balafres, une à la joue et l'autre à la lèvre supérieure. Un homme si dangereux qu'il n'a pas besoin de le montrer ; il n'a ni flingue, ni couteau, et sur le visage une expression neutre, loin du numéro de gros dur que l'on voit parfois alentour. C'est le genre d'homme que les estivants trouveraient *typique*, tandis que les gens du coin savent qu'il vaut mieux ne pas le trouver du tout.

Il fait un geste brusque de la tête, nous invitant à le suivre, et nous nous exécutons sans un mot. Il nous écarte de la *ronda* et nous ramène vers le brasier, où il prend une assiette de *jummarieddi* qu'il ne paie pas. Il en enfourne un dans sa bouche et demande, « C'est la fille ?

— Pardon ?

— C'est à cause de la fille, si Art a des ennuis ? » Il désigne Mauro. « Toi, le sérieux. Va me chercher un verre, *sì* ? »

Mauro opine et se dépêche de lui rapporter à boire. Si cet homme veut que nous soyons ses larbins pour la soirée, nous serons ses larbins pour la soirée et nous le remercierons de nous avoir donné notre chance.

Je demande, « Vous parlez de Carolina ?

— Je me fiche de cette petite conne. Je parle de l'autre, celle dont Art était amoureux. »

Nous répondons par un silence. *Celle dont Art était amoureux.* Mauro revient et tend un verre à l'homme.

« On n'a jamais entendu parler d'une autre fille », dit Fabio.

L'homme boit une gorgée de vin, pensif. « Je m'appelle Michele. Pas la peine de vous présenter, je connais vos noms. Art parlait tout le temps de vous. *Mes amis ci, mes amis ça*, il arrêtait jamais.

— Comment est-ce que vous l'avez connu ? je demande.

— Il est venu me trouver il y a deux ou trois ans.

— Après…

— Après avoir guéri la petite, dit Michele.

— Alors c'est vrai.

— Oui, dit Michele. Oui, c'est vrai. »

Que j'y croie ou non, ça n'a aucune importance. Les gens comme Michele ont toujours raison, sinon en théorie du moins en pratique, parce qu'ils ont les moyens de faire prévaloir leur raison. Lorsqu'ils vous disent que vous êtes leur larbin, ils ont raison. Lorsqu'ils vous disent que votre ami accomplit des miracles, ils ont encore raison.

« Oh, et à ce sujet, ajoute-t-il. Il paraît que vous aimeriez connaître le nom de son père. »

Danger, crie mon instinct. « Je…

— Vous allez arrêter ça, me coupe Michele. Vous allez arrêter ça tout de suite. »

Je hoche la tête. Si le roi souhaite rester dans l'ombre, il restera dans l'ombre.

« Bien. On parle le même langage, tous les quatre. J'aime beaucoup Art. Je ne lui veux que du bien. » Il descend la moitié de son verre en une gorgée. « Quand il a guéri la petite, il a demandé trois choses au père : pouvoir vendre son herbe à Casalfranco, qu'on ne l'embête plus jamais, et qu'on le mette en contact avec moi.

— Je n'étais pas au courant de ça.

— Rocco n'a pas le droit d'en parler. Moi, si.

— Avec tout le respect que je vous dois, Monsieur, dit Fabio, qui êtes-vous ? »

Michele touche la cicatrice à sa joue. « Le maître de la danse. »

Plus j'en apprends sur Art, moins je le comprends. « Art voulait apprendre la danse des épées ?

— Il l'a apprise. C'est le meilleur élève que j'aie eu ; il entrait dans la *ronda* comme si rien ne pouvait l'atteindre. Il allait toujours jusqu'au troisième sang. Il a gagné plus souvent qu'il a perdu.

— Je n'aurais pas cru qu'Art soit sportif. »

Agacé, Michele écarte ma remarque. « La danse n'est pas un *sport*. Elle exige de l'habileté, bien sûr, et la plupart des danseurs se limitent à ça. Mais de temps en temps – très, très rarement – arrive quelqu'un comme Art.

— Quelqu'un comme Art, c'est-à-dire… ? » demande Fabio.

Je lance un regard à Mauro ; il est trop concentré pour parler.

« Un homme béni par San Rocco, dit Mauro. Ou bien un saint lui-même. »

Mes yeux quittent Michele pour la *ronda*. Deuxième sang – la danse s'achève. Deux nouveaux danseurs, plus jeunes que les précédents, pénètrent dans le cercle. Ils ont vingt ans, grand maximum. La foule les encourage encore plus fort. « Premier sang ! » crie Gianpiero.

« Je n'aurais pas cru non plus qu'Art était un saint, dis-je.

— Et qu'est-ce que tu en sais ? se moque Michele.

— Je suis un bon chrétien.

— Tant mieux pour toi, petit. Mais tu ne sais rien de la danse. Tu penses que c'est une bande de voyous qui s'agitent des couteaux sous le nez, *sì* ? »

Il n'existe aucun moyen de répondre poliment à ça, alors je ne réponds pas.

« Tu sais que dalle, répète Michele. La danse appartient à San Rocco, et on danse pour l'honorer. Les pas, la musique, les lames et le sang – c'est comme ça qu'on appelle San Rocco sur terre, qu'on lui *parle*. La danse des épées c'est une *prière*, petit, et j'ai jamais vu personne prier comme Art. »

Pendant quelques instants, tout le monde se tait. La *taranta*, les cris de l'assistance, difficile d'y voir une prière. Les garçons dans la *ronda* ne se signent pas à l'eau bénite. Ils versent leur sang.

C'est Fabio qui rompt le silence, sur un ton indiquant qu'il ne marche pas dans ces foutaises. « Et il priait pour quoi ?

— Tu n'es pas croyant, le toise Michele.

— J'ai bien peur que non, dit Fabio en refusant de baisser les yeux. Mais ça ne change rien à ce que je dis. Je n'ai jamais vu prier un homme heureux. Tous les gens qui prient ont quelque chose à demander. »

Michele tique. « Si tu veux finir en enfer, c'est ton problème. Mais tu as raison, on se tourne vers les saints quand on a besoin d'aide. Égoïste, non ? On prie tous pour ce qu'on n'a pas : l'argent, la santé. L'amour.

— La fille ? dis-je.

— Oui.

— Est-ce qu'elle a un nom ?

— Art ne me l'a jamais dit. C'est un homme prudent, quand il veut. Il l'appelle *La Madama*. »

La Madama. Je me rappelle avoir entendu ces mots de la bouche d'Art. Nous pensions qu'il faisait allusion à Carolina. Est-ce qu'un jour nous arrêterons de nous tromper à son sujet ? Je dis, « Alors il dansait et… il priait pour être aimé par cette femme ?

— Pour que San Rocco l'aide, *sì*. »

Je laisse cette nouvelle information s'installer dans ma tête. Art couchait donc avec une femme mariée tout en étant amoureux d'une femme mystère. Rien de bizarre de ce côté ; les appétits d'Art étaient insatiables, jusqu'au jour où ils se tarissaient brutalement. Ce qui m'étonne, c'est la partie *amour*. Je ne pensais pas Art conçu pour aimer. Je dis, « Vous étiez proches, tous les deux.

— C'est ce que j'aime penser.

— Vous savez qu'il écrivait un livre ?

— *Le Livre des choses cachées*. Il ne me l'a pas montré. Il m'a promis, mais il ne l'a jamais fait.

— Et quand est-ce que vous l'avez vu la dernière fois ?

— La semaine dernière, répond Michele sans hésiter. Il y a huit jours. Nous avons bu le café. » Il regarde la *ronda*, sans cacher qu'il ne veut pas que nous le dérangions maintenant. Il suit la danse avec l'œil d'un collectionneur d'art dans une galerie. Au bout d'un moment, son attention revient sur nous. « Vous pensez qu'Art est mort. »

Ce n'est pas une question, nous ne répondons pas.

« Vous cherchez au mauvais endroit, continue Michele. Parfois Art était trop sûr de lui, et il ne s'entendait pas avec tout le monde, mais aucun des garçons n'aurait levé le petit doigt sur lui. Il a sauvé une vie importante.

— Est-ce que vous payez Don Alfredo ? » demande Fabio.

Mon ventre se noue. C'est une question qu'on ne pose pas. Michele pose sur Fabio le regard que les hommes comme lui posent sur les hommes comme nous lorsqu'ils se demandent ce qui est le plus simple pour eux : nous laisser jacasser, ou bien nous couper la langue et avoir la paix. « Non, dit-il.

— Alors il est impliqué d'une manière ou d'une autre.

— C'est un homme d'église.

— C'est une merde. »

Le geste est vif, trop pour que je le voie distinctement. Michele lève une main et gifle Fabio, un mouvement descendant suffisamment fort pour lui fendre la lèvre et faire couler son sang. Je serre le poing, prêt à y aller. On n'abandonne pas un ami dans une bagarre – même si ça ne sert à rien, nous ne tiendrions pas deux minutes ici.

Un éclair de rage traverse les yeux de Fabio. Il essuie le sang avec sa main.

Michele croise les bras et le dévisage, comme pour le défier de réagir. « Tu respectes les serviteurs de Dieu. »

Fabio peut avoir l'air stupide, mais il ne l'est pas. Il demande pardon, et je peux recommencer à penser au futur.

Michele ignore Fabio et se tourne vers moi. Il me tapote la joue, affable. « Si tu découvres quelque chose au sujet d'Art, tu me mets au courant, *sì* ? Elena a mon numéro. »

19

Je nous ramène vers Casalfranco et le monde moderne, les idées occupées par Elena, les saints, les percussions et les lames. Fabio, à la place du mort, regarde par la fenêtre, l'air sombre, tandis que Mauro, à l'arrière, est sur son téléphone.

« Si j'ai bien compris ce qui vient de se passer, dit Fabio, maintenant on travaille pour la Corona.

— Je dirais pas ça, réponds-je. On est juste en bons termes avec un, hmm, un maître de la danse.

— On n'a pas le choix.

— C'est vrai aussi.

— J'ai cherché la Mercedes blanche sur le parking. Il faisait sombre donc je peux pas être sûr, mais je crois pas qu'elle était là.

— Elle était pas là, dit Mauro.

— Tiens, dis-je, t'as retrouvé ta langue ? »

Mauro ne décolle pas les yeux de l'écran de son téléphone. « Je viens d'avoir une réponse à propos de la Mercedes. Je crois pas qu'elle ait un lien avec la Corona. » Dans le rétroviseur, je vois qu'il fronce les sourcils. « Non, c'est clairement pas la Corona. »

FABIO

1

« Je te pardonnerai jamais d'avoir foutu mon Plan en l'air, a dit Art en posant les mains sur les épaules de Mauro.

— Quel plan ? a demandé Mauro.

— Sécher la Messe. Derrière l'église, y a un chouette petit banc qui est parfait pour bouquiner.

— T'es pas réellement en train de réfléchir à sécher mon mariage ?

— Oh, allez, c'est la réception qui compte. Dans plusieurs années, les gens se rappelleront de ce qu'ils ont mangé, qui a fini bourré et qui a dragué qui. Personne ne se souviendra de la *Messe* ! C'est toujours pareil, la messe : un prêtre, des alliances, un baiser et c'est plié. »

Moi aussi j'avais espéré zapper la Messe – mais Mauro avait été catégorique : il voulait que Tony, Art et moi soyons ses témoins. Son frère avait échappé à la corvée, officiellement parce qu'il s'était converti à une obscure école bouddhiste à Milan, mais en réalité parce que Mauro ne pouvait être sûr à cent pour cent qu'il n'allait pas arriver à la cérémonie en plein trip d'acide.

C'est ainsi que je me suis retrouvé à un jet de pierre du chœur, en costume noir, chemise blanche et fine cravate noire, tandis que Mauro passait une alliance en or au doigt d'Anna et l'embrassait. Anna portait une robe blanche simple, avec des fleurs brodées sur le corsage, une longue jupe et pas de voile. Une tenue indéniablement pudique, mais qui moulait si bien son corps que mon imagination s'enflammait. J'étais assailli par des représentations explicites de ce que je ferais à la mariée sur l'autel. Il m'est arrivé une fois de baiser dans une église (je prenais des photos pour un catalogue dans un village pittoresque de Toscane, où j'ai rencontré une belle étudiante de vingt ans, sans jugeote ni talent, dont la mère disposait des clés de l'église), et ça a été un délice. Mais avec Anna ? Rien ne pourrait être mieux que le sexe sur un autel avec Anna. Même si elle épousait un mec qui m'avait choisi comme témoin à la place de son frère.

Et j'étais donc là, avec mon costard et mes Wayfarer teintées, quand les jeunes mariés sont sortis de l'église, sous un déluge de riz lancé par les amis et la famille. J'ai lancé particulièrement fort, pour témoigner de l'enthousiasme ou bien pour évacuer ma frustration, je ne sais pas trop. Après la messe, j'ai guidé les invités jusqu'aux voitures et j'ai pris place dans celle de Tony avec Art et deux jeunes cousins de Mauro qui ont passé tout le trajet scotchés à leur téléphone. Quelque part entre l'église et le restaurant, j'ai réussi à cesser de penser à Anna et à la sensation d'un autel en marbre sous un cul nu.

Anna et Mauro avaient choisi un restaurant sur la plage, l'Acacia – un des nombreux endroits qui avaient récemment ouvert sur la côte. Il faisait doux pour un après-midi de juillet, grâce à une légère tramontane. La mer d'huile ressemblait à une vitrine exposant des trésors de sable, roches et poissons. Les tables étaient disposées en partie sur la plage et en partie sur des plateformes en bois sous des pergolas. Tout était peint en blanc – tables, chaises, plateformes, pergolas. De tous les côtés du restaurant, sauf côté plage, poussaient les acacias qui lui prêtaient leur nom, ainsi que des genévriers et des bougainvilliers aux couleurs éclatantes.

Nous sommes arrivés en fin d'après-midi, quand le soleil donnait déjà des reflets orange à la mer, au ciel et au mobilier blanc. Les hommes étaient habillés à peu près comme moi – costume noir, chemise blanche ; la plupart avaient encore leurs lunettes de soleil. Les femmes faisaient preuve d'un peu plus d'imagination, même si je regrettais la forêt de chapeaux que j'avais appris à aimer dans les mariages anglais. J'étais en train de songer que c'était le type de décor qui inspirerait des clichés mielleux à un mauvais photographe, lorsque le photographe du mariage s'est mis à le faire, demandant aux invités de se tourner vers la mer ou de regarder le ciel avec un air extatique, comme s'ils voyaient la barbe de Dieu bénissant le mariage. *Et ainsi meurt la beauté*, me suis-je dit.

« Bois un coup, ça te fera du bien », m'a fait Art. Il avait mis le grappin sur deux verres de vin blanc et m'en proposait un. À ses lèvres pendait une roulée encore intacte.

« Il va m'en falloir plusieurs », ai-je répondu.

Art a posé son verre sur une table blanche à nappe blanche, et il a sorti une boîte d'allumettes. Une fois le bout de sa cigarette embrasé, il a secoué l'allumette pour l'éteindre. « Comment tu vas ?

— Pourquoi tu me demandes ça ?

— Comme ça.

— Je m'emmerde. Et je suis heureux.

— Un amour d'adolescence qui se termine en mariage. Comme c'est mignon.

— Ça sent le sarcasme.

— J'aime bien Anna.

— Mais ? »

Il a tiré une taffe. « Mais Mauro ne va pas supporter le mariage. Et elle non plus.

— T'as toujours une opinion sur tout, hein ?

— Tu le sais bien. »

J'ai pris une cigarette dans mon paquet. Ma situation financière n'était pas aussi désastreuse qu'aujourd'hui, mais elle était sur une pente descendante et je me demandais déjà si je n'allais pas passer aux roulées voire carrément arrêter de fumer (je n'ai fait ni l'un ni l'autre). « Tu te dis que c'est pas la première mauvaise décision que prend Mauro.

— Il aurait pas dû faire de droit. C'est pas pour lui.

— Tu sais mieux que lui ce qui est bon pour lui ? »

Avant qu'Art puisse répliquer, Tony a déboulé dans la conversation et nous a passé les bras autour des épaules avec un grand sourire de Joker. « Les antipasti sont servis. Et ils ont l'air super bons. »

Art avait raison. Un mariage italien, ça consiste avant tout à manger. Certes, il y a la messe ; certes, il y a les amis perdus de vue et la famille éloignée ; il peut aussi y avoir des danses, et le vin coule à flots. Mais, au fond, tout tourne autour de la nourriture. J'ai connu des réceptions que l'on peut résumer à des séances de gavage durant six ou sept heures. Les plats se suivent, au bout d'un moment ils se mélangent, et on finit trop défoncé aux nutriments pour faire la différence, pour distinguer les goûts. Ce mariage-ci n'en est pas arrivé à ce point-là, grâce à Anna. Elle avait accepté de se marier dans le Sud, mais en échange elle gardait son mot à dire sur la réception : abondante, oui, mais sans aller jusqu'au coma alimentaire.

Pour cette raison, ou peut-être à cause de mon état d'esprit, je me souviens de tout le menu et de l'ordre de service des plats. À boire, nous avions de l'eau, du primitivo et du pinot gris. En antipasti, nous avions du jambon de Parme, du melon au miel, des roulades d'aubergine, un parmesan entier à découper au couteau, des anchois en marinade, du carpaccio de bœuf pimenté, une salade de poulpe, crevettes et céleri, et des *'mpepata* à volonté, des moules sautées au piment noir. Ensuite nous avons enchaîné avec de sublimes pâtes maison aux langoustines, une soupe de poissons, un sorbet au citron (la botte secrète des mariages, ça nettoie le ventre et permet de continuer à manger), du thon ou des crevettes grillées, des fruits de mer frits (calamar, seiche, crevettes) et des légumes grillés (aubergines, poivrons et courgettes, assaisonnés d'huile d'olive, sel et menthe). Enfin, le dessert : un buffet de spécialités régionales, douceurs aux amandes, glaces – et bien sûr le gâteau de mariage. Un dîner modeste, comme je l'ai dit.

Mauro et Anna nous avaient placés tous les trois à une table avec un cousin gay d'Anna et deux de leurs amis. Nous nous étions vus le mois précédent, pour le Pacte, mais nous avions encore une quantité de choses à nous dire, si bien que nous avons été à la limite de la politesse avec les inconnus et avons passé notre temps à parler entre nous. En juin j'avais appris qu'Art vivait à Paris, où il faisait la plonge dans un strip club (rien de luxueux : c'était le Titty Twister, pas le Moulin Rouge). Il avait intégré une communauté chapeautée par un poète punk autoproclamé et librement inspirée des travaux d'un socialiste mystique français du XIXe siècle, Éliphas Lévi. Quand je lui ai demandé pourquoi, il m'a répondu, *Pourquoi pas*. Comme toujours, il s'en était vite lassé et réfléchissait maintenant à revenir en Italie, à Naples, où il n'avait jamais vécu. Un ami d'ami pouvait (probablement, en principe) lui trouver un boulot dans une librairie.

Ses choix de carrière, ou plutôt leur absence, ont été pour nous une source d'étonnement autant que de souci pendant les premières années, avant de devenir, comme le reste, une chose de la vie.

Le gâteau était une construction spongieuse à trois étages, imprégnée de rhum et de café sous un glaçage blanc. Au sommet, une statuette d'une femme lisant un livre ancien et d'un homme en robe noire d'avocat. La vraie Anna et le vrai Mauro ont pris place derrière le gâteau. Elle a mis sa main sur la sienne. Il a coupé la première tranche, l'assistance a applaudi, et ils se sont donné un nouveau baiser.

« Maintenant », a dit Tony.

Art s'est levé. « Mesdames et Messieurs ! »

Anna et Mauro, toujours enlacés, se sont tournés vers lui. L'assistance s'est tue.

Art a écarté les bras comme pour les bénir. « Notre ami ici présent, Mauro, se marie aujourd'hui, comme font souvent les gens lorsqu'ils atteignent un certain âge. Jusqu'ici tout va bien. » Il a levé son verre. « En plus, ce salopard s'est dégotté une fille bien plus belle que lui. » Tout le monde a ri. « Nous trinquons à lui, à eux, à leur avenir ensemble, et nous avons raison. Mais. Si rayonnant leur avenir soit-il, nous ne devons jamais, au grand jamais, oublier le passé. Car le futur débute ici et maintenant, mais c'est le passé qui nous a conduits ici et maintenant. C'est le passé qui rend possible le futur ; le passé est notre *carte* du futur. »

À ce signal, deux serveurs se sont approchés de Mauro et Anna, apportant une boîte enveloppée dans du papier noir avec un ruban géant.

« Voici donc le cadeau que nous offrons à notre ami. Anna, nous avons aussi pensé à toi, et je suis sûr que ça te plaira. » Il s'est interrompu et les serveurs ont posé le paquet sur la table devant Mauro. « C'est ton passé. Et nous espérons que ce sera une partie de ton futur. »

Mauro a souri, marmonné quelque chose et ouvert le paquet.

C'était une guitare électrique, une Stratocaster rouge et blanche. L'idée venait d'Art, le financement de Tony et moi (je n'en avais pas trop les moyens, mais ça ils ne le savaient pas). À voir Mauro aujourd'hui on ne l'imagine pas, mais autrefois c'était un sacré guitariste.

Il a soulevé la guitare, sous le choc. « Les mecs…

— Essaie-la ! a dit Tony.

— J'ai pas touché une guitare depuis…

— Essaie-la, chéri ! a crié une tante ivre.

— Essaie-la ! » ai-je confirmé, et la tante s'est mise à scander, *Essaie-la, essaie-la, essaie-la.*

Avec une nonchalance théâtrale, Mauro a passé la sangle autour de son épaule et pris le médiator. Il s'est avancé vers la petite scène destinée au groupe qu'Anna avait engagé, il a branché la guitare à l'ampli et fait sonner une note. Il a accordé la guitare, réessayé, réaccordé.

Une demi-heure plus tard, il jouait avec le groupe. Tout le monde dansait sur la plage, sous la lune, ivre et heureux. Tony était dans un coin, il baratinait un jeune parent d'Anna. Art dansait par saccades disgracieuses, comme s'il ne savait pas que faire de ses hanches et de ses bras mais s'en foutait. J'étais assis à une table, seul, je fumais en sirotant un Fernet et j'observais la scène.

« C'était un très beau cadeau », a dit Anna. Elle était parvenue à s'arracher aux attentions de ses invités, notamment parce que, à ce stade, les invités en question avaient davantage envie de boire et de danser que de féliciter la mariée. Elle s'est assise à ma table.

« Une idée d'Art, j'ai dit.

— Évidemment. C'est vrai qu'il va quitter Paris ?

— On dirait bien.

— Pourquoi tu ne danses pas ? »

J'ai tapé la cendre de ma cigarette dans une des demi-noix de coco qui servaient de cendriers. « Je ne suis pas un suiveur. »

Elle m'a pris par la main et elle s'est levée. « Viens.

— Où ? »

Elle a ri et répété, « Viens. »

Nous nous sommes éloignés de la foule déchaînée et sommes allés vers la mer. Anna était pieds nus. J'ai enlevé ma paire de Church et mes chaussettes Paul Smith, souvenirs d'une époque plus faste, et j'ai retroussé mon pantalon. Nous avons marché au bord de l'eau, laissant l'Acacia derrière nous. L'eau était bonne. La musique portait dans la nuit, mais, sous les notes, j'entendais maintenant en outre le bruit répétitif du ressac. Il n'y avait pas de vagues, la mer était aussi calme que le ciel étoilé. Anna s'est laissée tomber sur le sable humide et je me suis assis près d'elle. « La vache, j'avais besoin de calme, elle a dit.

— La vie de femme mariée est plus difficile que tu ne pensais ? »

Elle a ri. « Plus bruyante. »

J'ai extrait un sachet d'herbe de ma poche. « La récolte d'Art. Il trouve que l'herbe qu'il fait pousser à Paris a un arrière-goût de là-bas. »

Du menton, elle a désigné le restaurant au loin. « Mon mari a le rock'n'roll, et moi j'ai la drogue.

— Mais le sexe vous manque à tous les deux, ai-je dit en le regrettant instantanément.

— Ce sera pour plus tard, a-t-elle répondu. Et de toute façon, je vais pas fumer ce soir. »

Les doigts tremblants, j'ai roulé un joint. Un homme plus avisé que moi aurait trouvé une excuse pour se relever et s'en aller. Je ne tremblais pas de froid ni d'ivresse, mais à cause de l'affrontement dans mon corps entre l'excitation sexuelle et la nécessité de la réfréner.

« On a pas eu beaucoup le temps de parler, tous les deux, a dit Anna pendant que je fumais.

— C'est le principe des mariages.

— Comment va la vie dans le monde de Fabio ?

— J'ai une nouvelle copine.

— C'est vrai ?

— Elle est Indienne. Enfin, elle est née à Londres. Elle s'appelle Ruhi. » C'était avant Lara. Ruhi était une mannequin avec qui j'avais travaillé ; les relations entre mannequins et photographes sont courantes, et elles durent rarement.

« C'est bien pour toi. »

J'ai souri et je lui ai tendu le joint. « Pour elle aussi. »

Anna m'a poussé légèrement. « Je t'ai dit non, merci. »

J'ai remis le joint entre mes lèvres. « À part ça, rien de neuf. » Rien que je ne souhaitais raconter. Rien qui m'aurait mis en valeur, fait paraître important, estimable.

« Moi j'ai du nouveau.

— Tu t'es mariée ?

— Autre chose.

— T'es enceinte », j'ai dit.

Elle ne s'y attendait pas. « Comment… »

J'ai remué le joint. « Je t'ai jamais vu refuser l'herbe d'Art, ai-je dit avec une légèreté feinte. Et, si je ne me trompe pas, tu n'as bu qu'un seul verre de prosecco ce soir.

— T'as passé la soirée à m'observer ?

— J'avais les yeux rivés sur les deux stars. Comment est-ce que Mauro l'a pris ?

— Il ne le sait pas encore.

— Tu crois qu'il va flipper ?

— Oh non, non. On y pensait. Je lui ferai la surprise après la fête. Même si je pense qu'il aura remarqué que je ne buvais pas, donc ce ne sera pas vraiment une surprise.

— Heureuse ?

— Un peu effrayée aussi.

— Tu seras parfaite. La Maman Gâteau ultime.

— Ça va pas être facile de jongler entre une carrière et un bébé.

— Pour Mauro et toi ? Un jeu d'enfants. »

Anna s'est levée. « J'ai envie de me baigner. L'eau est trop parfaite. Aide-moi. »

Je suis passé derrière elle et j'ai baissé la fermeture éclair de sa robe. L'ouvrage était un ruban parfait. Une fois ouverte, la robe s'est défaite d'un coup, a glissé des épaules d'Anna, le long de ses bras, de ses fesses et de ses cuisses. Elle ne portait pas de soutien-gorge, seulement une culotte blanche. Elle n'a jamais eu de problème avec la nudité. Elle avait passé les douze premières années de sa vie en Allemagne, où son père occupait un poste d'ingénieur, dans un milieu où la nudité était parfaitement normale. À dix-huit ans elle avait commencé à bronzer seins nus. Nous avions tous déjà vu ses seins ; ce n'était pas la première fois pour moi, ni même la dixième.

Elle m'a remercié et elle a couru vers la mer.

Subjugué, je l'ai regardée entrer dans l'eau et plonger.

Puis j'ai posé les mains sur la boucle de ma ceinture. Je savais que si j'en laissais le temps à mon cerveau, il m'arrêterait, ce dont je ne voulais pas. En quatrième vitesse, je me suis débarrassé de mon costume, de ma cravate, de ma chemise et de mon caleçon. Je me suis jeté à l'eau, nu comme un ver.

La mer était aussi chaude qu'une soupe. J'ai plongé tête la première, pour qu'elle m'engloutisse tout entier, et j'ai nagé vers Anna. Elle avait de l'eau jusqu'au menton mais toujours pied.

« Bienvenue », a-t-elle dit.

Je l'ai attrapée par les hanches et je l'ai tirée à moi. Elle n'a pas essayé une seule seconde de me repousser ; elle a offert ses lèvres à ma langue. J'ai touché ses dents, senti sa langue qui cherchait une place dans ma bouche. Elle a posé les paumes sur mes épaules, pris appui sur elles, soulevé les jambes et les a enroulées autour de mes hanches. La douceur de sa culotte contre mon érection était ce que j'avais toujours voulu d'une femme, de la vie. Du bout des doigts, j'ai écarté sa culotte. J'ai enfoncé mon majeur en elle, et je l'ai recourbé. J'ai senti une autre forme d'humidité en elle.

Elle a gémi.

Je l'ai baisée avec mes doigts et, quand ils ont été trop fatigués, je les ai retirés. Elle s'accrochait à moi, son cul parfait posé sur mes mains, et j'ai approché mon gland de sa culotte.

Elle m'a fait oui de la tête.

J'ai pénétré en elle avec un coup de reins. Elle ne pesait rien, en suspension dans l'eau. Je faisais l'amour avec Anna et c'était magnifique, mais ça ne suffisait pas. Je voulais la baiser plus fort, autant que possible, je voulais profiter au maximum de cette occasion. J'ai glissé un doigt jusqu'à son anus et j'ai dessiné de petits cercles. Puis je l'ai inséré. Anna m'a mordu l'épaule pour ne pas crier, et j'ai enfoncé mon doigt plus profond, tout en remuant les hanches et en suçant le lobe de son oreille. Elle avait un goût de transpiration, de peau et d'eau salée.

Je refusais de jouir avant qu'elle ne jouisse, ou fasse semblant.

Et une fois que j'ai joui, j'ai été triste, car je savais que c'était la fin, et tout de suite j'ai eu envie de recommencer depuis le début, de continuer jusqu'aux premières lueurs du jour, de voir le soleil se lever avec son corps nu sur le mien.

Lorsque nous avons regagné la fête, nos cheveux étaient mouillés et nous avons avoué que nous nous étions baignés. Personne ne s'est douté de rien, pas même les vieilles tantes ivres. Tout le monde savait que Mauro était comme un frère pour moi.

C'était il y a six ans. La dernière fois que je me suis retrouvé seul avec Anna. Aujourd'hui, à cause de la disparition d'Art, ça se reproduit.

« On est assez loin ? » me demande-t-elle.

Elle m'arrache brusquement à ma rêverie. Je suis dans la campagne de Casalfranco, brûlée par le soleil, avec cette femme – cette femme époustouflante – qui s'apprête à se dévêtir une nouvelle fois pour moi.

« Oui, réponds-je. Oui, on est assez loin. »

2

Cette lumière crue de midi dépasse toutes mes espérances. Nos ancêtres de la Rome antique connaissaient les dangers des *demoni meridiani*, les démons de midi : quand le soleil tape dur, le mitan de la journée peut être aussi effrayant que le cœur de la nuit.

Le ciel est d'un bleu dur, la terre d'un rouge dur. Nous nous rangeons au bord d'une route déserte, près de l'entrée d'un champ cramoisi. Nous portons tous deux des lunettes de soleil et un couvre-chef – moi une casquette délavée que j'ai trouvée chez mon père, où j'ai décidé de poser ma valise après qu'il m'a appris qu'il avait Alzheimer, et Anna un chapeau à large bord qui lui donne l'air d'une diva dans un film de Fellini. Il y a une poignée d'oliviers et de caroubiers, çà et là un figuier de Barbarie, mais autrement la végétation dans ce champ se limite à des ronces et des buissons ras. Rien ne s'interpose entre nous et les photons propulsés par le soleil qui s'écrasent sur le vaisseau *Terre* avec la violence d'un tir de barrage.

« On commence par les photos ou par le pique-nique ? demande Anna.

— Les photos, si ça te va.

— Pas de problème. »

Le terrain est légèrement, très légèrement en pente, mais il y a si peu de relief ici que cela suffit à faire une différence. Tandis qu'Anna se dirige vers le sommet de la pente, je vois le cadre parfait : le contraste entre la terre et le ciel, liés par Anna, dans une lumière qui caresse son corps et lui confère une réalité plus profonde. C'est une déesse de la terre.

« Qu'est-ce que tu veux que je fasse ?

— J'ai besoin de te répondre ? »

Avec un petit sourire malicieux, elle enlève son chapeau, et je me rappelle maintenant ce que j'ai ressenti la première fois que Marta D'Antonio s'est débarrassée de son soutien-gorge. Puis elle se défait de sa longue robe de gitane et ôte son débardeur. Elle est en bikini, celui qu'elle portait sur la plage l'autre jour, avec son mari et ses enfants ; mais ici, même ce maillot a un air d'interdit.

« Tu *sais* que je vais mettre ces photos dans le livre, hein.

— Tu peux arrêter de me le répéter.

— Je m'inquiète pour ta carrière. »

Elle passe les mains dans son dos pour dégrafer le haut de son maillot. « Le recteur est un porc, mais malgré son sexisme il n'est pas assez idiot pour émettre le moindre avis sur le fait qu'une professeure titulaire fasse ce qu'elle veut de son corps. »

Comment ne pas tomber amoureux de cette femme ?

Son soutien-gorge tombe au sol. Ses tétons sont à peine plus sombres que la peau claire qui les entoure. J'ai vu des centaines de filles nues, et elle aussi je l'ai déjà vue nue, mais il y a toujours quelque chose de magique dans l'instant où nos yeux découvrent des tétons libérés ; ils sont le passage entre deux mondes, entre un quotidien gris et un lieu enchanté. Anna baisse sa culotte et, ça y est, elle est nue, et sur les lèvres elle a ce sourire éternel.

« Tu es superbe. » Je lève mes lunettes sur mon crâne ; j'ai besoin de voir la couleur naturelle de la lumière.

« Je sais », répond-elle.

Je suis excité. Ça m'arrive souvent quand je travaille. Mon amour pour les seins, les fesses et les jambes ne s'est jamais tari. On ne s'habitue pas à la beauté, et aucune beauté dans l'univers ne peut rivaliser avec celle d'une femme nue. Je le dis sans honte ni culpabilité. J'admets que je suis devenu photographe pour déshabiller des femmes, mais aujourd'hui je suis un professionnel et j'ai appris (non sans commettre des erreurs en chemin) quelle est ma responsabilité : je suis celui qui *communique* la beauté, qui la rend éternelle et mobile, qui la transmet aux générations à venir. Je *veux* être excité quand je vois une modèle nue. Je canalise cette énergie par l'objectif, et je la capture dans mon travail. L'excitation est une réaction naturelle à la beauté, et elle est en elle-même une belle chose.

Après la nouvelle de la maladie de mon père, me trouver avec Anna dévêtue, un appareil entre les mains, est comme trouver une oasis d'eau fraîche alors qu'on est perdu dans le désert.

« Tourne-toi », dis-je. Je ne perds pas de temps avec des *s'il te plaît* et des *merci* ; contrairement à certains confrères je ne suis pas un sale con, mais c'est par mes mouvements que j'exprime ma sympathie, et non par mes paroles. Moins nous parlons, plus la modèle et moi sommes concentrés à créer quelque chose ensemble. Une bonne séance, ça ressemble beaucoup au sexe ; on n'a pas très envie de parler.

Nous travaillons plus d'une heure, avec de courtes pauses pour nous rafraîchir en buvant du thé vert. Au travers de mon objectif, Anna est encore plus belle que dans mon souvenir. Les petites vergetures sur son ventre et ses fesses racontent une vie pleine : pleine de vin et de dîners avec des amis, pleine de ses enfants et des efforts pour retrouver sa ligne après leur avoir donné naissance. Anna est une femme qui tient à sa beauté sans en être obsédée. Elle pourrait être en couverture de mon livre. C'est probablement elle qui devrait écrire l'introduction.

À un moment, je sais que la séance est finie ; c'est une sensation que je ne peux pas expliquer mais que j'ai appris à respecter. Mais cette fois je ne veux pas m'arrêter. Quand je prononcerai les mots *On a terminé*, Anna se rhabillera, couvrira ses seins, et j'aurai l'impression que toute magie a été à jamais retirée du monde. Anna est la femme de Mauro. Lara m'attend à Londres.

Deux vérités élémentaires que je dois toujours garder à l'esprit.

« On a terminé », dis-je.

3

Nous sommes assis sous l'ombre d'un caroubier solitaire, dont l'épais tronc révèle l'âge vénérable. Anna a remis son bikini et ne porte rien d'autre ; même à l'ombre il fait trop chaud pour être habillé. Je suis en jean, mais j'ai abandonné mon T-shirt.

« T'as eu de bonnes photos ? me demande-t-elle.

— Certaines vont être magnifiques.

— Quelle modestie.

— Je complimentais la modèle. »

Installés sur une serviette, nous mangeons des sandwichs au jambon de Parme et à la mozzarella. Anna a apporté une poche de glace qui a préservé la fraîcheur des bouteilles en résistant aux assauts du soleil. Ce n'est pas malin de boire de la bière par cette chaleur ; nous allons avoir encore plus chaud et transpirer davantage. Mais sur le moment, le plaisir éclipse la prudence.

« À Mauro, dis-je en trinquant avec Anna, qui s'est occupé des filles ce matin.

— Il avait pas le choix, c'est pour toutes les fois où il m'a laissée seule avec elles. On était censés passer des vacances en famille, pas une semaine entre potes.

— On a un peu gâché vos vacances. »

Haussement d'épaules et petit rire d'Anna. Sa phrase précédente a au moins trois niveaux de compréhension. En surface elle se plaint, mais au fond elle plaisante. Et à un troisième niveau, seulement accessible à qui la connaît bien, il y a une vraie colère. Pendant que je la photographiais, j'ai remarqué une chose que je n'avais jamais vue chez elle. Un mécontentement. Une trace de déception.

« Mauro pense qu'Art… » – sa voix s'éteint – « Je suis désolée. T'as peut-être pas envie d'en parler.

— Moi aussi ça m'obsède.

— Mauro pense qu'Art est mort.

— Je suis plutôt de son avis. Même si j'espère toujours un miracle. Ça peut aussi se terminer comme la dernière fois.

— Mais *comment* ça s'est terminé la dernière fois ? Art vous a raconté une version, et il en a raconté une autre au reste de la ville.

— À mon avis, les deux sont des mensonges.

— Je me suis toujours demandé pourquoi vous n'avez pas insisté pour savoir la vérité.

— On voulait pas savoir la vérité. » Je bois une grande gorgée de bière. « Après, on aurait été obligés d'en faire quelque chose, et on avait trop peur pour ça. On a eu tort.

— Vous étiez des gamins.

— Si on avait été de meilleurs amis, Art serait là aujourd'hui. »

La peau d'Anna scintille de transpiration. « Mauro m'a aussi parlé de la guérison.

— Et qu'est-ce que tu en penses ?

— Même pour une personne rationnelle comme moi, c'est étrange. Mauro parle de la nuit où Art a disparu dans des termes… surnaturels. J'ai le droit d'utiliser ce mot ? Il ne présente pas les choses comme ça, mais c'est l'impression que ça donne. Et maintenant, la guérison.

— C'est la personne rationnelle qui dit ça. »

Haussement d'épaules.

Je reprends : « Si tu veux tout savoir, j'ai caressé l'idée que quelque chose dans la disparition d'Art ne soit *pas de ce monde.* » Ça me soulage de le dire tout haut, sans crainte qu'on se moque de moi. « Mauro t'a parlé du cri qu'Art a poussé quand il est entré dans l'oliveraie ?

— Oui.

— On a jamais réussi à se mettre d'accord. Pour moi c'était de la peur, pour Mauro c'était de la colère, et pour Tony… » Je secoue la tête. « Pour Tony, accroche-toi, c'était de la *joie*. Bizarre, non ? Et il n'y a pas eu que ça. Quand Art est arrivé chez moi, ses vêtements étaient propres. Si tu enlevais quelqu'un, tu lui laverais son linge, toi ? Et après son retour, Art était tout aussi intelligent qu'avant, mais encore plus… dans ses pensées. » Je m'interromps le temps de finir mon sandwich. « Donc, oui, j'ai pensé à de la magie. Tu sais pourquoi j'ai changé d'avis ?

— Pourquoi ? » J'ai capté toute l'attention d'Anna ; c'est une sensation profondément érotique, la sensation que, si j'étais le maître du monde, je régnerais à jamais.

« J'ai grandi. Et j'ai appris que les démons, les goules et tout ce qui nous fait peur la nuit, ce sont des excuses qu'on se fabrique pour se raconter qu'il y a pire que nous, plus malfaisant que l'être humain.

— Quelle joyeuse vision du monde. » Anna prend une gorgée de bière, le cou gracieusement incliné. « Tu soupçonnes le prêtre.

— C'est lui.

— Je peux te poser une question personnelle ?

— On est assez intimes pour ça.

— Pourquoi tu détestes autant la religion ? »

Elle ne me demande pas, *Est-ce que Don Alfredo t'a fait quelque chose ?* Mais je sais que c'est le sens de sa question. « Don Alfredo ne s'est jamais approché de mon zizi, si c'est ce que tu veux dire. » Ma réponse lui décroche un rire. « Non, ça remonte à la mort de ma mère. J'avais dix ans, j'étais sous le choc. Ça avait été super brutal – on lui a diagnostiqué un cancer du sein, et quatre mois après » – je claque des doigts – « elle est morte. »

Anna connaît cette histoire. Mais elle ne connaît pas la suite.

« Un jour, je pleurais, mais je faisais pas une scène ni rien, je pleurais dans ma chambre, et Don Alfredo est venu me voir, il est entré sans frapper, avec mon père, et il m'a dit, *Ne pleure pas, ta mère est avec le Seigneur.* Et mon père a dit, *Tu devrais écouter Don Alfredo.*

— Ils essayaient de t'aider.

— C'est ça, ouais. Après, Don Alfredo a ajouté, *Si tu continues à pleurer, ce sera un péché. Le Seigneur a appelé ta maman auprès de lui et tu ne dois pas douter de Sa volonté, sinon Il t'enverra en enfer.* »

Les yeux d'Anna s'écarquillent. « Le salaud.

— J'étais sans voix. J'ai été tellement surpris que j'ai arrêté de pleurer. J'ai regardé mon père, il était en *adoration* devant Don Alfredo. Ça m'a fait comme une décharge électrique, tu comprends ? Et quand j'ai retrouvé ma voix, tu sais ce que j'ai dit ? *Je préfère encore aller en enfer qu'avec le Seigneur et des salauds comme vous.* »

Anna éclate de rire. « Je suis désolée de t'avoir posé cette question. »

Mais je ris moi aussi, et j'ouvre une autre bière. « Mon père m'en a toujours voulu. » *Mon père.* Qui attendait que je vienne cette année pour m'annoncer qu'il est mourant. « Je crois pas en Dieu. Mais s'il existe, je préfère être damné et en enfer que de passer l'éternité avec un tyran imbu de lui-même.

— Mauro ne m'a jamais raconté ça.

— Art était le seul à le savoir. Mauro et Tony n'auraient pas compris. Attention, je ne dis pas que ton mari est débile, ou…

— Je sais ce que tu dis. »

Elle se penche pour attraper une autre bière dans la poche de glace, et des images de son corps me reviennent, son corps nu qui ondule devant mon objectif, et je me retiens difficilement de commettre une nouvelle erreur dramatique.

« Échange de secrets, dit-elle. Tu te rappelles notre premier rendez-vous ? »

Je souris. « Le soir où Art et moi on a *écrasé* Tony et Mauro au baby-foot, avant que tu fasses le choix le plus intelligent et que tu choisisses Mauro. T'étais avec une copine... comment elle s'appelait, déjà ?

— Rita.

— Rita, c'est ça. Vous vouliez être nos *hooligans*.

— C'était une idée d'Art. Il avait senti que je te trouvais mignon, il m'a dit que tu étais trop bête pour faire le premier pas et que je devrais m'en charger. J'ai répondu que ça marchait pas comme ça, qu'il fallait que ce soit le garçon. Et Art a répliqué, *On s'en fiche, non ?* » Elle marque un temps. « Et ce *On s'en fiche* a changé ma vie, à plein de niveaux. Effectivement, on s'en fichait. Être un garçon ou une fille, faire des choses de fille – tout ça c'était des conneries. Je pouvais demander à Fabio, le beau garçon du Sud, de sortir avec moi si j'en avais envie. Je pouvais faire des études de physique. Je pouvais faire tout ce qui me chantait. Histoire d'être plus discrète, j'ai demandé à Rita de soutenir l'équipe de Mauro et Tony. Elle a accepté – en échange d'un rouge à lèvres à la fraise. C'est marrant que je me rappelle de ça.

— Et donc c'est comme ça que tout a commencé, je dis en secouant la tête. Encore et toujours Art.

— J'espère que Mauro se trompe. Art mérite mieux que de mourir seul et fou. »

Je me tais un moment, je savoure la présence d'Anna et le réconfort de la bière. « Tu t'es déjà demandé ce qui se serait passé si Mauro avait réussi à embrasser Rita ?

— Oui. Souvent.

— Je regrette pas ce qu'on a fait », dis-je, presque comme si un autre parlait à ma place, une créature de feu.

« Moi non plus, répond Anna après un silence. Il fallait qu'on se débarrasse de ça.

— Je suis pas sûr d'en être totalement débarrassé », dis-je en ignorant la meilleure partie de moi qui me hurle de la boucler, de ne pas m'engager sur la pente la plus glissante qui soit.

Anna me regarde. « Moi non plus », dit-elle.

MAURO

1

Je m'amuse comme un fou.

Ça y est, c'est dit, et ça fait de moi une personne épouvantable sans la moindre équivoque possible. Il fallait que ce soit dit. Le tribunal m'a enseigné à mes dépens qu'on peut mentir à tout le monde mais pas à soi-même, parce que si on se ment à soi-même, on ne fait que s'entraîner à croire des mensonges, et on facilite la tâche aux adversaires qui voudraient nous faire gober les leurs. L'honnêteté, de même que le sexe, est une affaire intime. Je suis triste pour Art, évidemment, et j'essaie de ne pas trop penser à ce qui a pu lui arriver. Nonobstant : je m'éclate. Pour une fois, ça me change des impôts, des siestes et de Peppa Pig. J'ai l'impression d'être un vieux machin qui prenait la poussière sur une étagère jusqu'au jour où quelqu'un l'a acheté, lui a donné un coup de chiffon et rendu la vie. Et ce quelqu'un, c'est Art.

Un jour je lui ai demandé pourquoi il ne croyait pas en Dieu. Il m'a répondu, *J'aime pas l'idée qu'il existe un être plus puissant que moi.*

Je me demande ce qu'en penserait Concetta Pecoraro. Elle a eu son quart d'heure de célébrité quand on était enfants, qui a culminé pendant la disparition d'Art, mais sa carrière s'est achevée d'un seul coup lorsqu'il a réapparu. Cela dit, elle a dû capitaliser sur cette époque, parce que son fils aîné conduit quand même une Mercedes – une Mercedes *blanche*. Elle est garée devant la maison où le fiston et sa maman vivent collés l'un à l'autre, au milieu d'un petit vignoble à l'extérieur de Casalfranco.

« Ouais, c'est celle-là », dit Tony. Nous avons laissé notre voiture un peu plus loin et avons fini à pied – cette route n'est pas exactement paumée, mais elle n'est pas non plus très passante et nous n'avons pas envie de prévenir Concetta de notre présence.

Tony, mains dans les poches et lunettes d'aviateur sur le nez, regarde la Mercedes. Dans cette ville, tout le monde sait que son beau-frère a des *amis*, ce qui devrait dissuader les gens d'agir précipitamment. À moins que ça n'ait l'effet inverse, tout dépend de l'intelligence desdits gens. Ce que Tony refuse de comprendre, bien que ça ait été dit explicitement pendant la danse des épées, c'est que les amis en question ne sont pas ceux de son beau-frère, mais de sa sœur. C'est Elena qui porte la culotte, et en outre elle a davantage que des « liens » avec la Corona ; elle appartient à la Corona. Je ne peux pas dire que ça me surprenne. Si j'en crois mes souvenirs, la gentille petite fille dont Tony chérit le souvenir n'a jamais existé. Elle est à peine moins dangereuse que Michele ; mais je suppose que nous pouvons la compter parmi nos alliés.

Fabio pousse le portail. Je me rappelle vaguement avoir déjà vu ce vignoble à la télé vers la fin des années quatre-vingt, à l'époque où Concetta était une célébrité locale. Ce n'est guère plus qu'un jardin amélioré. À l'époque on le surnommait le Vignoble béni ; on racontait que ses raisins contenaient le sang du Christ. Pour les transsubstantialiser, pas besoin de prêtre, ni même de les changer en vin. Il suffisait d'en cueillir un grain, de l'avaler, et c'était bon, on avait notre communion, et une communion spéciale puisque le raisin était réputé pour avoir le goût du sang. C'est la Vierge Marie en personne qui lui avait donné cette grâce. Elle était apparue à Concetta pour lui transmettre des messages spirituels de la plus haute importance, et les deux femmes s'étaient entendues comme larrons en foire, au point que la Vierge avait promis de revenir régulièrement. Et voilà comment Concetta s'était constitué un fonds de commerce mystique. Tous les mois, Marie apparaissait dans le vignoble, uniquement visible par Concetta, et elle lui confiait des platitudes concernant la paix sur terre et l'importance pour la population de donner de l'argent à Concetta, dans l'intérêt général. L'argent permettrait à Concetta de ne jamais cesser de prier, ce qui apporterait plus vite la paix sur terre (manifestement, le Père, le Fils et le Saint-Esprit avaient tous les trois la plus grande estime pour les prières de Concetta). Concetta répétait mot pour mot le message de Marie et encaissait l'argent. À en juger par ses visions, la Vierge Marie avait une maîtrise très relative de la théologie et de la grammaire, et un grand souci des finances de son amie. Le clergé n'a pas été impressionné, mais beaucoup de gens l'ont été.

L'évêque a déclaré officiellement que Concetta ne voyait pas réellement la Vierge ni personne d'autre, du reste, et qu'elle serait excommuniée si elle continuait à prétendre le contraire. Ses raisins n'avaient rien de miraculeux, et en outre elle commettait un péché capital en donnant la communion aux fidèles avec du vin qui n'était pas correctement béni, alors qu'elle n'était pas prêtre et n'avait pas d'autorisation du clergé.

Concetta a répondu qu'elle tenait son autorisation directement de la Vierge Marie et ne s'est pas laissée démonter.

C'était plutôt marrant, sauf pour les pigeons qui y ont laissé des plumes. Don Alfredo a appuyé l'évêque du mieux qu'il pouvait, mais une grande partie de la ville s'est rangée du côté de Concetta. Les gens ont continué à manger ses raisins et à l'entretenir. À l'apogée de son succès, un seul grain de raisin de son vignoble coûtait le prix d'un dîner dans un bon restaurant. Concetta payait des taxes à la Corona et personne ne l'embêtait. Elle aurait vécu une longue vie heureuse si Art n'avait pas croisé sa route.

2

Une télé braille à l'intérieur, un télé-crochet dans lequel un homme sans talent massacre *Stand By Me* avec son accent vénitien. Je frappe poliment. L'émission continue, personne ne répond.

« Excusez-moi. » Je tourne la poignée, la porte est ouverte. « Signora Pecoraro ? »

Une toux, puis une voix qui croasse, « Oui ? »

J'entre, Tony et Fabio sur mes talons.

« Qui est là ? » demande la voix.

Nous la suivons sans répondre. Concetta est installée dans un salon carré, propre et net à l'exception d'un épais nuage de fumée de cigarette. Elle paraît cent ans de plus que sur les photos que j'ai trouvées sur Google ce matin, et au moins cent kilos de plus. Les rares cheveux qui lui restent sont teints en brun et ramenés en arrière pour faire croire qu'ils sont moins rares. Elle ressemble à un accessoire en fin de vie pour film d'horreur à petit budget. Elle ne semble pas nous reconnaître. J'aurais pitié d'elle si je n'avais pas rencontré autant d'escrocs dans son genre.

Je dis, « Nous sommes des amis d'Art. »

Concetta ouvre de grands yeux, tousse, tire sur sa cigarette. « Art qui ?

— Arturo Musiello, vous le connaissez.

— Cette petite merde.

— Il a grandi.

— Cette grande merde, alors. » Elle tousse. « Je sais qui est Art et je sais qui vous êtes. »

Je croise les bras. Nous avons décidé que nous devions avoir l'air impressionnants, mais c'est une vieille femme que nous avons devant nous. Tony et Fabio sont mal à l'aise. Pas moi. Je suis avocat.

« Nous voulons vous parler d'hier.

— Qu'est-ce qui s'est passé, hier ?

— Signora Pecoraro, vous avez manqué de tuer l'un d'entre nous.

— Moi, pour être précis », fait Tony.

Elle glousse. « Je *manque* pas les choses. »

Malgré moi, je me prends à sourire. Elle a de l'esprit, il faut lui accorder ça. « Votre fils est ici ?

— Saverio ! hurle Concetta. Saverio ! »

Ses cris font sursauter Fabio. Il a repris du poil de la bête – la séance photo avec Anna lui a fait du bien –, mais il reste tendu. Entre la santé de son père et sa haine de Casalfranco, les choses sont encore plus difficiles pour lui que pour Tony ou moi.

« J'arrive, M'man ! » tonne une voix qui, vingt bonnes années plus tard, continue à réveiller des souvenirs déplaisants. Des pas lourds résonnent dans l'escalier, autant de coups sur un tambour, annonçant une armoire à glace et une humeur massacrante. Pieds et torse nu, Saverio est seulement vêtu d'un short. Il était déjà costaud quand nous étions petits, à présent il est massif. Un tatouage tribal part de son côté droit pour s'enrouler au bras et s'achever en lames autour du poignet. Son sourcil gauche est fendu par une cicatrice. Je m'en souviens. C'est Tony qui la lui a faite.

En nous voyant, Saverio se raidit. Je vois ses muscles se contracter, et comme il en a beaucoup, il faut un peu de temps pour qu'ils se contractent tous. Je lance un regard à Tony. Il reste de marbre. Saverio lui rend bien une tête, mais Tony l'a défoncé une fois et je parie qu'il pourrait le refaire. Tony, c'est un bull-terrier : même face à un adversaire deux fois plus gros, il sortira vainqueur. Il dit que c'est parce qu'il déteste la violence, donc quand la violence éclate, il se dépêche d'y mettre un terme.

Concetta regarde son fils avec une fierté dont elle pourrait faire meilleur usage. « Tu te rappelles les amis d'Art ? elle demande.

— Ouais, dit Saverio sans quitter Tony des yeux.

— Salut, mec, dit Tony. Quoi de neuf ?

— Tire-toi de chez moi.

— Je crois pas, non. »

Saverio s'avance, menaçant.

« Tu sais ce que je fais ? » dis-je.

Il hésite. « Ce que tu…

— Ce que je fais dans la vie.

— Je m'en branle.

— Tu as tort, Saverio, parce que je suis avocat, et un bon avocat. » Je fais un pas vers lui, mon ventre se voit sous ma chemise, ses bras font trois fois les miens – physiquement, je sais que je suis inoffensif. Je sais aussi que nous ne sommes plus au Moyen Âge, et que ce mec a besoin qu'on le fasse redescendre sur terre. « Tu te rappelles la fois où ta maman a fini au tribunal, *sì* ? Frappe-moi, fais-toi plaisir. Fous-moi un coup de pied, vas-y. Je te promets que je te colle un procès, et avant que t'aies le temps de comprendre ce qui t'arrive, toi et ta famille vous aurez perdu votre bagnole, votre baraque et vos vignes. Et je vous lâcherai pas tant que je vous aurai pas pris jusqu'à la dernière pièce planquée sous un matelas. » Je bluffe, évidemment – ce n'est pas possible, pas pour une petite bagarre entre amis. Mais ça, Saverio ne le sait pas. C'est le truc avec les types comme lui : quand ils étaient gosses, leur taille et leur méchanceté pure les rendaient terrifiants. À vingt ans ils se raccrochent à ça alors que la vraie vie commence, et un jour ils se réveillent et ils n'ont plus rien entre les mains. Dans le monde des adultes, les muscles sont superflus. Tout comme le cerveau, du reste. La seule et unique chose qui compte, la force ultime, la source de pouvoir dans ce pays, c'est d'apprendre à se débrouiller pour que la bureaucratie œuvre pour vous. Et même si ça me déprime, je ne compte plus les occasions où j'ai pu constater que c'est comme ça que ça marche.

« T'es chez moi », répète Saverio.

Je lève les yeux au ciel. « Hier encore tu as essayé d'attenter à la vie de Tony. » Une pause, puis un nouveau mensonge. « On a des photos de ta voiture, de ta plaque d'immatriculation. On est venus ici en souvenir du bon vieux temps, parce qu'on te connaît depuis longtemps et qu'on pensait pouvoir régler ça à l'amiable. »

Tony en rajoute une couche. « Personnellement, j'étais pas trop pour la solution amiable. »

Saverio fait mine de s'apprêter à cogner l'un d'entre nous, mais je sais que c'est faux. Je parie qu'il a déjà eu des accrochages avec des avocats et qu'il a peur de ce que nous sommes capables de faire. J'ai vu des hommes comme lui – beaucoup d'hommes comme lui – quand j'étais débutant, avant de me frotter aux vraies crapules, et même s'ils jouent les gros bras, ils savent que leur place est tout en bas de la chaîne alimentaire.

« Fermez-la ou allez-vous-en, les enfants, croasse Concetta. Je regarde la télé. »

Elle est maline. Je comprends pourquoi son arnaque a autant cartonné. Elle ne veut pas entendre ce qui pourrait se dire entre son fils et nous, au cas où tout cela se terminerait bel et bien devant un juge.

Saverio sort du salon et nous le suivons dans la cuisine, impeccable elle aussi. Ça sent la sauce tomate et le basilic, avec une légère pointe de tabac. Je remarque, à sa forme arrondie, que le frigo date des années cinquante, et je suis sûr qu'il n'a pas bougé de cette cuisine depuis qu'il y a été installé.

J'attaque. « Donc. Hier, chez Art.

— Je parle et je vous revois plus jamais – on est d'accord ?

— Juré. » Encore un mensonge.

Saverio va se chercher une bière dans le frigo. « J'achète mon herbe à Art, dit-il après avoir bu ostensiblement sans nous proposer de bière. Elle est bonne. J'étais venu pour ça. J'ai vu une voiture qui me suivait et j'ai paniqué. Je vous ai pris pour les carabinieri.

— Et tu t'es dit que c'était une bonne idée de foncer sur les carabinieri ? fait Tony.

— Sur le moment, ouais. »

Un énorme bobard très mal amené. Je regarde mes amis. Tony non plus n'y croit pas. Fabio s'en fiche. Il transpire encore plus que ne l'expliquerait cette température étouffante et il ne fait pas attention à nous, les yeux rivés à quelque chose sur le mur derrière moi. Je n'ai pas envie de suivre son regard trop visiblement, donc je reviens à Saverio.

« Art a disparu, j'annonce en essayant de jauger sa réaction.
— Il a essayé d'échapper aux flics ?
— Il a des amis dans la Corona, dit Tony. Donc les carabinieri sont pas vraiment un problème. »

À l'évocation de la Corona, les mains de Saverio se mettent à trembler, indiquant qu'il sait effectivement à quel niveau de la chaîne alimentaire il se trouve.

Je poursuis. « On le cherche. Tu sais pas où il pourrait être ?
— Je suis un client, pas un ami.
— Quand est-ce que tu l'as vu la dernière fois ?
— Y a un mois ? Je l'ai pas écrit dans mon agenda.
— Tu connais sa copine ?
— Quelle copine ?
— Peut-être pas sa copine, mais la fille qu'il fréquente. »

Quelque chose traverse son corps – une brève réaction, vite dissimulée. Il hausse les épaules.

Je me pince l'arête du nez. « Je vais être très clair avec toi, Saverio : tous les *amis* d'Art veulent savoir ce qui lui est arrivé, et ses autres amis sont moins sympas que nous. Si tu fais preuve d'un peu de bonne volonté, tu seras peut-être récompensé. Mais s'ils apprennent que tu ne nous as pas aidés alors que tu le pouvais, c'est pas un procès que tu risques de te prendre.
— J'ouvrirai l'œil », dit Saverio.

Fabio s'essuie le front avec la paume. Il ruisselle. « Qui... » Il s'arrête, réessaie. « C'est qui, cette jeune femme ? »

Il désigne un cadre au mur, une photo d'une femme qui ne doit pas avoir beaucoup plus de dix-huit ans. Elle a les yeux noirs, le teint mat, et des cheveux bouclés qui dessinent une aura autour de son visage. Son sourire est si large et éclatant qu'il vous englobe tout entier. Elle est belle ; non, elle est mieux que ça. Elle est *envoûtante*. On a l'impression qu'elle va sortir de la photo à tout instant, nous prendre la main et nous emmener danser. Et quand on la voit, on ne désire que ça.

« Ma petite sœur, dit Saverio. Elle a rien à voir avec Art. »

La jeune femme est sur la plage, elle joue avec un chien auquel elle essaie de reprendre un frisbee. Elle tient une moitié du disque entre ses longs doigts, l'autre est entre les mâchoires du chien. Il est gros, blanc, à poils longs.

Comme celui que Fabio a vu dans l'oliveraie.

« C'est ton chien ? demande Fabio.

— Ouais. Pourquoi ?

— Je peux le voir ?

— Ça fait des jours que je l'ai pas vu. »

3

Le premier jour de la disparition d'Art nous avons compris que nous étions suspects, suspects de rien de précis, mais de manière générale. Nous incarnions de parfaits boucs émissaires. Nous étions avec Art lorsqu'il avait disparu, nous avions fumé de l'herbe, et nous n'étions pas d'accord sur la nature du cri qu'il avait prétendument poussé dans l'oliveraie. Nous étions des suspects évidents.

Le troisième jour, la presse a commencé à parler d'Art au passé, ce n'était plus *Art est un gentil garçon que tout le monde adore*, mais *Art était un gentil garçon que tout le monde adorait.* Un changement s'était opéré dans les consciences. La région avait été fouillée jusqu'à la moindre hutte et au dernier trullo. Des chiens et des hélicoptères continuaient les recherches jour et nuit ; si le garçon était vivant, ils l'auraient trouvé. Mais s'il était mort, il devenait bien plus facile à cacher.

Je ne me souviens pas du nombre de fois où les carabinieri nous ont fait raconter les événements de la soirée. L'oliveraie était isolée. Était-ce vraiment pour regarder la lune que nous y étions allés ? Ce n'est pas un comportement très courant chez des adolescents. Et comment notre ami avait-il pu s'évaporer sans que nous ne voyions rien ? Nous n'avions pas de réponses à leur fournir, et à leurs yeux de fonctionnaires surmenés, ça signifiait que nous ne *voulions* pas leur fournir de réponses.

Le quatrième jour, la Vierge Marie a parlé à Concetta.

Marie a fait une apparition inopinée dans le Vignoble béni, afin de révéler à Concetta la vérité au sujet d'Art. Et la vérité, c'était qu'Art était vivant. Il était vivant dans le Sein de la Vierge. En d'autres termes, il était raide et au ciel. *C'est la jalousie des hommes*, a dit la Vierge, *qui a tué ce pauvre garçon, mais là où il est maintenant il ne souffre plus.* Ça a achevé de transformer Art, autrefois excentrique et inquiétant, en chouchou de la ville (sauf pour le père de Fabio, qui n'en a jamais démordu : Art était un petit con arrogant qui rentrerait quand il en aurait marre de jouer à cache-cache). Concetta a dit qu'elle n'avait pas besoin d'expliquer ce qu'était *la jalousie des hommes*. Comprendre : il y a eu homicide, et qui était mieux placé pour ça que les meilleurs amis d'Art ? Quant à la dépouille terrestre du garçon, la Vierge a assuré qu'on la retrouverait *dans l'ombre d'un arbre ou sous le poids d'une pierre*, soit plus ou moins n'importe où dans le Salento.

La ville entière a bu ça comme du petit lait. Seule une minorité croyait ce que disait Concetta – pardon, la Vierge Marie –, mais elle préférait n'écarter aucune possibilité. Une jeune âme brillante fauchée avant l'heure, un destin annoncé par la Vierge Marie, voilà une histoire émouvante comme on les aime. Et avec un parfum mystique, en plus. Impossible de lutter.

À la surprise de beaucoup, les parents d'Art nous ont soutenus ; pour eux, la disparition de leur fils n'était pas un jeu. Le sixième jour, le père d'Art m'a appelé, en larmes, pour me dire qu'il savait que nous étions des garçons bien – des frères pour Art – et que ce qu'on racontait en ville était ignoble, tout simplement ignoble. J'en ai pleuré moi aussi.

Mais ensuite Art est revenu, avec son histoire à deux balles, et il est instantanément devenu l'adolescent le plus détesté d'Italie. Concetta s'est trouvée bien emmerdée. Ceux qui l'avaient crue à moitié – tout Casalfranco – se sont sentis bêtes, or les gens peuvent pardonner un tas de choses, mais ils ne pardonnent *jamais* ceux qui les ont fait passer pour des idiots. Notre prophétesse est arrivée en *une* des journaux locaux, et en page 3 ou 4 de quelques journaux nationaux, et pas sous un bon jour. Ses raisins au goût de sang sont devenus une blague dans tout le pays. Elle a tenté de retourner sa veste en disant qu'elle avait été fourvoyée par le diable, mais ça n'a fait qu'empirer les choses. Un humoriste célèbre a joué un sketch dans lequel il incarnait le diable déguisé en Marie et parlant avec la voix d'un vieil homme qui essaierait d'imiter une fillette. Un carton immédiat – vous pouvez le retrouver sur YouTube. La crédibilité de Concetta était anéantie, elle devait fermer boutique.

Un soir, deux mois après le retour d'Art, Tony et moi nous avons croisé Saverio dans le dédale de ruelles derrière l'église de Don Alfredo. Il était ivre mort et il a commencé à nous crier des insultes. « Votre pote de merde, là, il aurait pas pu crever ? »

Saverio, deux ans de plus que nous, avait la réputation d'aimer se bagarrer. Je m'apprêtais à l'ignorer et à continuer mon chemin, mais Tony s'est arrêté et lui a répondu, « Ta mère s'est fait du blé sur le dos de notre pote et sur le nôtre. »

Tony aussi avait sa réputation.

« Oh, et au fait, c'est une pute », a-t-il ajouté.

Saverio a rugi et s'est jeté sur lui. Tony l'a attendu, et quand Saverio a été à la bonne distance, il lui a envoyé son genou dans les couilles. Fort. Saverio s'est arrêté net, s'est plié en deux, a mis les mains sur son entrejambe et laissé échapper un gémissement. Son corps a été parcouru par un spasme, de l'aine jusqu'à la tête, et il a craché un fil de mucus jaune et visqueux. Nous aurions pu en rester là.

Tony l'a frappé une deuxième fois.

Et je l'ai encouragé. La seule chose qui m'a retenu de participer, c'est que je ne m'étais jamais battu (ce qui est assez remarquable pour quelqu'un qui a grandi à Casalfranco) et que je ne savais pas par où commencer. Ce que nous avons fait n'est pas glorieux, mais je crois que nous méritons une certaine indulgence. Les gens en voulaient à Art parce qu'ils croyaient savoir ce qu'il avait fait, mais nous savions qu'ils se trompaient. La seule certitude, c'est qu'il lui était arrivé des choses graves. Art nous avait avoué qu'il n'avait pas fugué, mais chaque fois que nous lui demandions ce qui s'était passé, il répondait, *Je ne sais pas.* Cette phrase me terrifiait. Elle me terrifie encore.

Tony a giflé Saverio, puis il l'a poussé, et quand Saverio s'est étalé par terre, Tony lui a mis un coup de pied au visage, un seul, mais fort, et la semelle crantée de ses éternelles Doc Martens a ouvert l'arcade sourcilière de Saverio. Après ça, Tony lui a craché dessus.

Saverio pleurait, la tête dans les mains, son blouson en cuir souillé de sang et de gerbe.

« Connard », a dit Tony.

4

Je suis dans le sous-sol de la maison de mes parents, je cherche ma vieille guitare. C'est une grande pièce sombre et encombrée de cartons, de vieux vélos, de meubles cassés. Un musée de souvenirs familiaux, bien que cette maison ne serve plus que pour les vacances. Depuis que mon frère et moi vivons à Milan, Papa et Maman se sont acheté un joli petit appartement dans le Nord. Ils voulaient voir grandir leurs petits-enfants. C'était gentil de leur part – en tout cas c'est ce que je me dis quand ils me tapent sur le système, ce qui m'arrive plus souvent que de raison étant donné mon âge. J'avais le grand projet de me réinventer à Milan. Il a échoué, notamment parce que ma famille me rappelait sans cesse qui j'étais censé être, et aussi, je suppose, parce que je n'avais pas ça en moi. Je suis ce que je suis, et même si ça ne m'enchante pas toujours, je suis bien obligé de faire avec.

« Tu l'as trouvée ? me demande Anna.

— Pas encore. »

Elle a couché Ottavia et Rebecca, puis elle est descendue avec deux verres de vin rouge. J'adore cette heure de la journée, quand je n'ai plus à me soucier des filles et que j'ai toute la nuit pour moi avant que la routine reprenne. Le sommeil est devenu mon loisir préféré. Anna pose les verres sur une vieille table couverte de poussière et me demande si elle peut m'aider.

Je lui montre un grand coffre, sur lequel sont empilés trois autres plus petits. « Tu peux regarder là-dedans. »

Ce soir nous avons fait un barbecue en famille, dans le spacieux jardin de mes parents, bordé d'abricotiers, de citronniers et de figuiers de Barbarie. Au centre, il y a un petit four à bois en pierre qui n'a pas servi depuis un bail.

Papa sait faire les pizzas, moi non. Les dîners *al fresco* sont un des aspects de Casalfranco qui me manquent. De même que la vie simple, l'air pur, la mer, la cuisine et le paysage. Je reviendrais volontiers ici, mais financièrement ça n'a aucun sens. Un jour, peut-être. Et peut-être que j'apprendrai à faire des pizzas, moi aussi.

Pendant le dîner, Anna a demandé aux filles, « Vous vous êtes bien amusées avec Papa ce matin ?

— Il nous a appris à tirer au pistolet », a répondu Ottavia.

Anna a pris un air choqué. « Tu as mis des armes dans les mains de tes filles ?

— C'était des pistolets à eau, a tout de suite expliqué Ottavia. Il a dit qu'on avait le droit de tirer que avec ceux-là, et pas sur des inconnus. »

C'est Ottavia, pas un gramme d'humour. Et certes c'est mignon chez une petite fille, mais quand il m'arrive de prier, c'est pour qu'elle en acquière un peu avant l'adolescence, sinon la vie ne se gênera pas pour la broyer.

« Jamais su' les inconnus », a répété Rebecca. Elle croit que sa grande sœur est le summum du raffinement et copie tout ce qu'elle fait ou dit.

J'adore mes deux filles, mais qu'est-ce qu'elles sont rasoir. Envolée, ma bonne humeur du début de la journée – la bonne humeur qui vient en cherchant un ami mort dans une fête secrète de la mafia. J'ai vraiment un problème.

« Regardez ce que j'ai trouvé », dis-je. Une vieille caisse de jouets. J'en sors une figurine, un blond musculeux avec slip en fourrure et plastron en métal. « *Musclor et les Maîtres de l'univers.* Tu te rappelles ? Je regardais pas trop le dessin animé, mais j'étais fou des jouets.

— Vous êtes bizarres, vous les garçons, dit Anna. Vous auriez préféré mourir que de jouer à la Barbie, mais aucun problème quand c'est un bodybuilder nu qui s'appelle *Musclor.* »

Je glousse. « File-moi un coup de main avec ces cartons. »

Nous en démontons une pile. Ma guitare est forcément quelque part par là. Impossible que Maman et Papa l'aient jetée. Ils ne plaisantent pas avec les souvenirs de famille.

« Je meurs de curiosité, dit Anna. Comment ça s'est passé chez Concetta ?

Je lui fais un résumé de notre visite.

À la fin, elle me demande, « Tu crois ce que t'a dit Saverio ?

— Peut-être qu'il achetait de l'herbe à Art, mais la partie où il aurait confondu Tony avec la police ? Pas une seconde.

— Alors qu'est-ce qu'il venait faire chez Art ?

— J'espère que sa sœur nous le dira.

— La fille belle à tomber.

— Il t'a plu, ce détail, hein ? Mais faut que tu saches que Fabio est le premier sur le coup.

— Je ne suis pas fair-play.

— Évidemment que non, mon amour.

— Et Fabio, il est certain que le chien de la photo est le même que celui de l'oliveraie ?

— En tout cas ils se ressemblent. »

Pendant un moment, Anna farfouille dans les cartons sans rien dire. Puis elle reprend, « Si tu sens que ça devient dangereux, je veux que tu me promettes d'arrêter.

— Promis. » Anna ne sait pas que nous n'en sommes plus là depuis longtemps. Elle a raison, nous devrions arrêter. Nous aurions dû arrêter en apprenant qu'Art avait un lien avec la Sacra Corona Unita. Je ne sais même pas pourquoi nous continuons. Nous n'allons pas retrouver les gens qui ont tué Art. Et nous n'allons pas non plus retrouver son corps. Il ne s'agit plus de lui, il s'agit de nous, de moi.

Je devrais arrêter. Je vais arrêter. « Et toi ? C'était bien avec Fabio ?

— Super. »

Quelque chose dans sa voix. J'ai du mal à mettre le doigt dessus, mais il y a quelque chose. De la mauvaise conscience ? Peut-être. Je soupçonne Anna et Fabio d'avoir couché ensemble à un moment ou un autre. Je n'ai jamais posé la question, je ne veux pas savoir. Ça appartient au passé, au temps où nous étions jeunes et stupides. Je n'ai jamais trompé Anna, mais ça ne fait pas de moi un saint.

« Ça va jaser chez tes collègues, avec ces photos.

— J'y compte bien. »

J'aime cette femme ; ma vie est pleine de doutes, mais je suis certain d'aimer cette femme de tout mon être, de l'aimer davantage que je n'aimerai jamais personne, nos filles comprises. Elle est le cadeau le plus merveilleux que m'ait fait Art. « Tu l'as trouvé comment, Fabio ?

— Pas bien. Même si, et c'est horrible ce que je vais dire, paradoxalement, la disparition d'Art lui fait peut-être du bien. Ça lui occupe l'esprit avec un truc inattendu, disproportionné.

— Je vois ce que tu veux dire, réponds-je après un moment.

— Et toi, tu tiens le coup ? »

Je parcours le sous-sol du regard. « Franchement ?

— Je t'écoute.

— Ce qu'on a découvert sur Fabio m'a fichu un coup.

— Comment ça ? » Encore ce *quelque chose*. Il faudrait que je trouve le courage de lui dire, *Ça va, plus la peine de te sentir coupable pour un truc qui remonte à des années*, mais ça reviendrait à avouer mes soupçons, or je ne suis pas prêt pour ça.

« Je croyais qu'il avait une vie parfaite. Il réalisait son rêve, et ça marchait ! Le succès, l'argent, les mondanités, un boulot qui ne se limite pas à inventer des manières de faire libérer des gens qui fraudent le fisc. »

Anna soupire. Elle a entendu ça mille fois. « Tu peux démissionner si tu veux, Mauro. Tu *devrais* démissionner. On trouvera une solution quand tu auras fini de jouer les pleureuses. »

J'ai envie de lui hurler, *Comment ? Comment tu veux que je démissionne ? On a deux filles, deux boulets qui nous privent des meilleures années de nos vies, et elles ont besoin de vêtements, de médicaments, de vacances, de jouets, et toi tu ne gagnes pas assez, nos économies vont fondre en six mois, et dans six mois on se rendra compte qu'on est baisés.*

Mais au lieu de ça, je dis, « Fabio a réalisé son rêve, comme au cinéma, et il est pas heureux. J'ai fait l'inverse, j'ai été un adulte responsable, et je peux pas non plus dire que je suis heureux. Que tu sois un fonceur ou un bon garçon qui suit les règles, au bout du compte c'est pareil. Est-ce qu'il existe un moyen, un seul, de bien s'en sortir ?

— *Moi* je suis heureuse, répond Anna.

— Là », dis-je. Cachée derrière des toiles d'araignée et une rangée de vieux vélos, la forme inimitable de l'instrument qui n'a pas réussi à changer ma vie. « Je l'ai trouvée. »

5

Aujourd'hui il n'y en a plus que pour les ordinateurs, mais dans les années quatre-vingt-dix, la guitare restait un moyen efficace de choper. Cela dit, en toute honnêteté, je ne me suis pas mis à la guitare pour les filles, mais à cause d'une chanson, *Babe I'm Gonna Leave You* de Led Zeppelin. Elle me parlait d'aventure, de grands espaces. Elle me faisait désirer des choses que je n'avais jamais connues ; j'étais trop jeune pour avoir des souvenirs nostalgiques et je crevais d'envie d'en avoir. J'avais des envies de nostalgie, et j'ai commencé à jouer de la guitare pour jouer cette chanson en particulier.

Sans me vanter, je n'étais pas trop mauvais. Les autres se limitaient aux accords de base (mi mineur, do majeur), qu'ils utilisaient invariablement pour tous les morceaux qu'on leur demandait de jouer, de *Wonderwall* à *Lemon Tree*, quels que soient les véritables accords. J'ai découvert que j'aimais la musique pour la musique. Je me suis appliqué à bien apprendre mes accords, et tant mieux si ça impressionnait les filles, mais ce n'était pas le but.

Néanmoins (ou peut-être de ce fait), ça a payé. C'était le soir du 10 août, la fête de San Lorenzo, l'été suivant le tournoi de baby-foot où je m'étais ridiculisé en draguant Rita. Avec un grand groupe d'amis, nous avons fait un feu sur une plage de sable fin. Tous les ans c'était le même programme : passer la nuit autour du feu à boire des bières, fumer des joints et guetter les étoiles filantes qui le soir de la San Lorenzo font pleuvoir dans le ciel des confettis d'argent. Les adolescents d'aujourd'hui continuent la tradition, bien que les feux sur la plage soient en principe illégaux, et si les garde-côtes vous attrapent, ils vous collent une amende – à moins qu'ils acceptent un pot-de-vin pour regarder ailleurs. Rabat-joie.

Tout se passait autour du feu, où deux guitaristes assuraient le spectacle, accompagnés par un maigrichon qui jouait des bongos aussi mal qu'eux. J'étais assis à l'écart, face à la mer noire, et je m'entraînais à jouer un morceau de Santana dont j'ai oublié le titre. Ça paraît affreusement prétentieux, mais je ne faisais pas ça pour la pose ; je jouais, c'est tout.

« Pas mal, a dit Art en s'asseyant près de moi avec une bière.

— Tu m'en as pas rapporté une ? ai-je demandé.

— Non. C'est pas le moment de boire. Continue à jouer, divertis-moi.

— Je suis pas ton singe, ai-je répondu en jouant distraitement quelques notes.

— T'es vraiment bon. Tu pourrais devenir une star.

— Tu parles.

— L'argent, la gloire, les filles, qu'est-ce qui te plaît pas là-dedans ?

— La partie où je meurs de faim. » C'était l'été qui précédait notre dernière année au lycée. Nous commencions à penser à ce que nous allions faire ensuite, où nous irions. Nous commencions à redouter de faire les mauvais choix. « La partie où je deviens un raté et un naze qui déteste la musique parce qu'elle a foutu ma vie en l'air, c'est-à-dire le destin de quatre-vingt-dix-neuf pour cent des rock stars.

— Tu devrais pas te concentrer sur ceux qui échouent, mais sur ceux qui réussissent.

— Et ils sont combien, ceux-là ?

— Le seul qui compte, c'est toi.

— Je suis un mec responsable.

— On s'en branle, des responsabilités !

— Et même si je jouais assez bien, ce qui n'est pas le cas, je… j'ai pas ça en moi. » C'était douloureux de formuler mes réflexions. « Je suis le genre de mec qui plaît davantage aux mères qu'à leurs filles. Le milieu de la musique, c'est pas uniquement une question de talent, y a aussi l'attitude. Faut avoir la tête de l'emploi. Et moi j'ai la tête de l'oncle sérieux, qui se bourre la gueule à Noël et qui raconte des blagues nulles.

— Tu fumes des joints.

— Et ça va pas plus loin que ça. Je suis pas très sex, drugs and rock'n'roll.

— Sex, drugs and rock'n'roll, c'est ça! a ri Art. Mais au fond t'as l'essentiel. Un: l'herbe, c'est une drogue. Deux: t'es un guitariste-né. Et pour ce qui est du sexe... » Art s'est relevé d'un bond. « Je vais te montrer que ta vie peut être super cool.

— Attends... » Mais il courait déjà vers le feu. C'était tout Art: une force élémentaire, inarrêtable et, bien souvent, incompréhensible. Je me demandais ce qui s'était passé pendant les sept jours où il n'avait pas été avec nous. Je me demandais si je le saurais un jour.

Art s'est mis à parler avec quelqu'un, caché derrière les flammes, puis il m'a montré du doigt et la personne est venue vers moi. Les flammes nimbaient sa silhouette et ses cheveux flottaient dans la brise. Anna arrivait, et elle ressemblait à un esprit du feu. Elle portait un pull extra-large qui lui tombait aux genoux et dont les manches étaient trop longues pour elle. Je n'avais jamais rien vu d'aussi mignon.

« Excuse-moi de te déranger », a-t-elle dit.

Je ne parvenais même pas à la regarder. Je regardais la mer, aussi noire que la nuit au fond d'une grotte, mais pleine du reflet des étoiles. Je ne regardais pas Anna et je n'ai pas répondu, parce que j'étais timide. Des années plus tard, elle m'avouerait que ça m'avait fait paraître mystérieux et distant, l'artiste maudit auquel on ne résiste pas.

« Tu veux bien me jouer une chanson? m'a-t-elle demandé.

— Pourquoi? » Là encore c'était ma gêne qui parlait, mais ça a sonné terriblement bien. On a tous nos soirs de chance: il faut s'y raccrocher pour survivre aux autres.

« Art m'a dit que tu joues bien, et il s'y connaît en musique. »

Y avait-il un domaine où Art ne s'y connaissait pas ? « Toi aussi tu fais de la musique ?

— Du piano, pas de la guitare. Surtout du jazz.

— T'aimes bien Petrucciani ?

— J'adore.

— Cool.

— Alors, tu joues ou pas ? La chanson que tu veux. »

Sans trop réfléchir, j'ai exécuté les premiers accords de *Babe I'm Gonna Leave You*. Ça deviendrait une blague entre Anna et moi, que je choisisse une chanson avec un titre pareil pour notre premier rendez-vous. À ma décharge, je ne savais pas que c'était un rendez-vous. La simple idée qu'Anna puisse penser que c'en était un me paraissait aussi improbable qu'une balade sur la face cachée de la Lune, surtout après ma tentative maladroite d'embrasser son amie, l'été précédent.

Elle s'est assise, face à la mer et aux étoiles filantes. Elle n'a pas dit un mot ; elle écoutait ma chanson, je jouais.

6

Dans ce bar, le cappuccino est fabuleux et les brioches sont faites maison, moelleuses et pas trop sucrées. C'était déjà le petit déjeuner le plus réputé de la ville avant ma naissance. Dommage qu'ils aient changé la déco ; récemment ils ont mis des tables et des chaises en plastique transparent, ce qui pourrait paraître branché si on était à New York dans les années quatre-vingt. Lorsque j'arrive, Fabio et Tony sont déjà installés dans la petite salle du fond. À une table voisine se trouve le joueur de bongos de cette soirée il y a si longtemps, en compagnie d'une femme replète qui doit être son épouse.

Il fait semblant de ne pas nous reconnaître et je lui rends la pareille.

Lorsqu'ils partent enfin, Fabio sort son téléphone et me montre un profil Facebook : « Silvana, la fille de Concetta. Elle est amie avec la moitié de la ville. »

Tony attrape le téléphone pour regarder une photo et j'épie par-dessus son épaule. Je ne distingue pas l'arrière-plan, seulement la chevelure bouclée de Silvana, ses yeux comme des berceuses et sa peau sans défauts. Malgré la piètre qualité de la photo, sa beauté reste presque douloureuse.

« Ouah, fait Tony. Elle est tellement belle qu'elle fait disparaître mon abominable maladie. Réjouissez-vous, je serai bientôt guéri ! »

Fabio récupère son téléphone, affiche une nouvelle photo. « Et ça, c'est le chien. » Un animal blanc à poils longs dort au soleil, les yeux fermés avec sur le museau un air de délectation. Qui sait combien de temps il lui restait à vivre avant de finir pendu à un arbre et de mourir à petit feu dans la touffeur d'une oliveraie.

Tony attaque sa deuxième brioche et dit, « On a trouvé *la Madama*.

— C'est le genre de fille qui obséderait n'importe qui », confirme Fabio.

Une idée me vient à l'esprit et je commence à l'énoncer pour lui donner forme. « Écoutez : on est partis du principe qu'il y avait un lien entre les deux disparitions d'Art, mais si c'était pas le cas ? Pas directement. Imaginez, Art revient à Casalfranco pour écrire son livre, et il rencontre Silvana. Elle ne veut pas de lui, mais il commence à développer une obsession pour elle, à l'appeler *Madama*. Peut-être même qu'il l'espionne. »

Tony se raidit. « Art ferait jamais ça.

— Art n'est plus le mec qu'on a connu, Tony, *comme nous tous.* Mais bref, Saverio découvre ce que fait Art et décide de protéger sa sœur. Peut-être que Silvana l'envoie, peut-être qu'il y va de sa propre initiative. Dans tous les cas, il pète un plomb, il se maîtrise plus, et… il tue Art.

— Alors pourquoi il serait revenu chez Art l'autre jour ?

— Pour vérifier qu'il n'a pas laissé de traces. Empreintes digitales, tout ça.

— C'est une bonne théorie, admet Tony. Mais ça n'explique pas tout.

— Une bonne partie s'explique peut-être juste par le fait qu'Art est ce qu'il est.

— Donc pour toi, c'est Art qui a tué le chien, dit Fabio.

— Notre pote a installé un abattoir dans son sous-sol. Visiblement les choses sont devenues assez intenses, vers la fin.

— Et *l'autre* chien ?

— Quel autre chien ? »

Tony se donne une claque sur le front. « Le chien d'Art ! Le chien qu'il traitait comme un roi, tu te rappelles ? Je l'avais complètement oublié. »

J'ouvre la bouche, prêt à répliquer, et alors je me rends compte que je n'ai rien. « Ok, je sais pas. Peut-être que Saverio l'a tué aussi ? Ce serait pas si étrange que ça. Le mieux qu'on peut faire pour Art, c'est d'expliquer cette théorie à Michele et de ne plus y penser.

— Ça n'innocente pas Don Alfredo. C'était *lui* il y a vingt-deux ans, et il faut qu'il paye pour ça.

— Chaque chose en son temps, dis-je.

— Je suis pas un grand fan de Saverio, dit Tony, mais on devrait parler à la fille en premier. Histoire de se faire une idée plus claire de la situation, avant de le jeter en pâture à la Corona.

— Saverio nous laissera pas approcher de sa sœur. »

Fabio agite son téléphone. « J'ai trouvé où elle travaille sur Facebook. »

7

C'est à quelques minutes de marche du bar. À Casalfranco, tout est toujours à quelques minutes de marche – ça aussi ça me manque, surtout le matin quand je suis coincé dans les embouteillages. Nous descendons la grand-rue, croisons deux églises et un couvent avant de passer sous une arche en pierre dédiée à San Gregorio. Nous arrivons à une entreprise de pompes funèbres dont la vitrine expose un cercueil en chêne, un bouquet artificiel, et une pierre tombale en granite noir sur laquelle veille un ange affligé. Un panneau assure aux clients que, malgré les apparences, la sculpture est *discrète et raffinée.*

Le secteur funéraire est florissant à Casalfranco, pas parce que l'on meurt davantage ici qu'ailleurs, mais parce que, dans le Salento, on claque des fortunes dans les enterrements. Ici, on meurt le plus somptueusement possible, comme pour donner à la population une dernière occasion de dire du bien de nous. Cette boutique est la plus ancienne de la ville. Le propriétaire, qui se trouve être un cousin de mon père, en a hérité de son père qui l'avait ouverte juste après la Première Guerre mondiale. Il avait vu assez de morts sur le front pour en revenir avec la conviction que les funérailles étaient un métier d'avenir, clairement plus que l'agriculture. Ce n'était pas une activité saisonnière et elle n'obligeait pas à se casser le dos dans les champs – que des avantages. Et le pire des scénarios, une nouvelle guerre par exemple, ne pouvait que doper les affaires. Ensuite le fascisme est arrivé, puis la Seconde Guerre mondiale, et on peut dire qu'il a eu du flair.

Je pousse la porte. Remo, le cousin de mon père, est assis derrière un bureau en acajou. Il est seul dans la boutique, à l'éclairage de circonstance, sombre et feutré. Il y a au moins dix ans que je ne l'ai pas vu. Il arbore toujours son épaisse moustache noire, à peine grisonnante, sa bonne bedaine et sa calvitie. Il porte un costume noir et une chemise blanche et il joue sur une tablette, trônant au milieu d'une cour de cercueils de démonstration, stèles et accessoires funéraires. Il a grandi au milieu des accessoires de la mort, ce qui explique peut-être qu'il s'intègre si bien dans ce tableau. Il lève la tête quand nous entrons.

« Remo ! » dis-je.

Il fronce les sourcils, puis me reconnaît. « Mauro ! » Un sourire apparaît sur ses lèvres et se rétracte aussitôt. « Qu'est-ce qui s'est passé ?

— Personne n'est mort, Remo, ne t'inquiète pas. »

Je vois le soulagement traverser son corps flasque. « Excuse-moi. Quand on fait mon métier, on n'aime pas voir arriver la famille. »

Je réponds avec un sourire. « Tu connais mes amis, Fabio et Tony ?

— Tu es le fils d'Angelo ? demande-t-il à Fabio. Angelo, le prof de lettres classiques.

— Prof à la retraite, répond Fabio. Mais oui, c'est moi.

— J'ai eu ton père à l'école. Tu es son portrait craché au même âge.

— Je dois le prendre comme un compliment ? plaisante Fabio.

— Angelo avait un truc avec les femmes, répond Remo, jovial. Et il paraît que c'est pareil pour toi, avec tes photos ?

— Je t'assure, c'est uniquement pour le travail.

— Le meilleur travail du monde.» Du doigt il montre un cercueil, signalant qu'il blague. «Je passe mes journées avec des morts, tu passes les tiennes avec des filles belles à mourir. Tu trouves ça juste, toi?»

Son mauvais jeu de mots fait rire Fabio qui dit, «Je peux t'apprendre la photo, si tu veux.

— Je ne crois pas que ma femme serait d'accord. Vous voulez un café?

— Si tu en as déjà de prêt», répond Tony.

Remo insère une capsule dans une machine Nespresso blanche. «Qu'est-ce que je peux faire pour vous? demande-t-il pendant que la machine chauffe.

— Silvana est là?» demande Fabio.

Quelques secondes plus tard, Remo me tend le premier espresso. «C'est une amie à toi?

— Non, je ne la connais pas. Mais un ami commun m'a montré des photos d'elle.

— Ne répète pas à ma femme que j'ai dit ça, mais» – Remo glisse une deuxième capsule dans la machine – «c'est un joli petit lot, hein?»

Quelque chose a changé dans son comportement. Sa jovialité est devenue superficielle, méfiante. Soudain il s'interroge – mais à quel sujet?

«Ça oui. Je voudrais lui demander de poser pour moi pendant que je suis dans le coin, pour un livre que je prépare. Je te promets que je ne te l'emprunterai pas trop longtemps.»

Remo tend son café à Tony. «Tu as essayé de l'appeler?

— On n'a pas son numéro, répond Tony.

— Je l'ai, mais j'ai peur que ça ne serve à rien.»

La bonne humeur de Remo commence à flancher. Je n'aime pas ça. «Je croyais qu'elle travaillait ici.

— Elle a démissionné. Il y a cinq jours. »

Je mets quelques secondes à comprendre, mais alors je prends conscience d'une vérité simple qui m'horrifie. Art était un solitaire et un excentrique. Silvana est (était ?) une jeune femme ravissante et photogénique. Si nous étions impliqués dans sa disparition, nous serions dans une merde pas possible. Il faut filer d'ici avant d'entendre un mot de plus et oublier Art. Ce n'est pas de l'égoïsme. C'est de l'instinct de survie.

« Pourquoi ? » demande Tony d'une voix qui vient d'un autre monde.

Remo attend que le dernier café soit prêt puis le donne à Fabio. « Je n'ai rien vu venir, dit Remo, mais seulement parce que je n'étais pas attentif. Silvana était une bonne employée. Travailleuse. Honnête, très polie avec les clients, rien à lui reprocher. Je la payais bien. Ce n'est pas facile de trouver du bon personnel.

— Alors qu'est-ce qui s'est passé ? » demande Fabio, comme toujours impatient.

Remo hausse les épaules. « La semaine dernière, Silvana est venue à la boutique pour m'annoncer qu'elle démissionnait, comme ça » – il claque des doigts – « et aussi pour me demander de lui payer le mois tout de suite et en liquide. Je n'en croyais pas mes oreilles. Je lui ai demandé si elle avait des problèmes, mais elle m'a dit que non, qu'elle démissionnait, c'est tout, et qu'elle était désolée mais qu'elle aimerait être payée tout de suite, et en liquide. Et, écoutez-moi bien, elle était *terrifiée* ; elle avait un air que j'ai déjà vu chez les filles dont le père vient de mourir en laissant des montagnes de dettes et rien pour s'y attaquer. Pas *inquiète*, pas *chamboulée*, mais absolument *terrifiée*. » Remo marque un temps. « Mais d'un point de vue légal, elle est adulte. Je lui ai payé ce que je lui devais et je lui ai demandé de me donner des nouvelles, et elle a filé.

— La vache, dit Tony. C'était quoi ? La drogue ? Un garçon ? »

Remo ne répond pas tout de suite. Il se passe la langue sur les lèvres, pensif. Il se tourne vers moi. « Un garçon, *sì*. Elle m'a dit que ce n'était pas ça, mais je suis assez vieux pour comprendre quand c'est un garçon. Mauro, je sais que vous étiez amis quand vous étiez petits, mais… ah… Arturo Musiello, tu es resté en contact avec lui ? »

Une main glaciale se referme sur mon ventre et serre. « Pas trop. Je ne viens pas souvent ici.

— Je crois qu'il a mal tourné. Il n'est pas… » Nouvelle pause, puis Remo lève un doigt à sa tempe et le tourne. « Il n'est pas bien dans sa tête. Tu sais qu'il parle à son chien ?

— Oui, on nous l'a dit.

— Et me demandez pas où il trouve de quoi vivre, parce que j'en ai aucune idée. Ça peut pas être de l'argent propre. Je ne l'aime pas.

— Silvana l'aimait bien, elle ? » demande Tony. Nous avons tort de poser des questions. Nous devrions nous tenir à distance de Silvana.

« Depuis quelques mois, elle ne faisait que parler de lui. *Art a dit ci, Art a dit ça.* Il était jamais à court de théories, celui-là. Des conneries, oui. Je suis désolé de dire ça d'un de tes amis, mais Arturo a toujours été de la mauvaise graine. Et tous les soucis qu'il a causés à ses pauvres parents quand il était enfant. »

Je regarde Tony du coin de l'œil. Il garde un sourire vissé aux lèvres.

Fabio prend un ton plus léger pour dire, « Art a du succès avec les filles, maintenant ? Ça change du lycée.

— Il a quoi ? Seize ans de plus que Silvana ? Dix-sept ? Il a de l'expérience. Et en plus Silvana ne va pas très bien ; c'est une fille merveilleuse, mais elle a un passif.

— Comment ça ?

— Des problèmes psychologiques. Des sautes d'humeur, quelques épisodes difficiles quand elle était enfant. Ça s'est arrangé, grâce à son traitement. »

J'ai envie de partir en courant. Jeune, belle, sous médicaments, dans les filets d'un homme plus âgé qui a un donjon BDSM au milieu de nulle part : Silvana est une aubaine pour tous les journaux, magazines, blogs et gamins disposant d'un compte Twitter dans ce pays – voire dans l'Europe entière. Nous ferions mieux de nous en aller, mais Remo n'en a pas fini. « Arturo a profité d'elle. La première fois qu'elle a parlé de lui, c'était pour dire qu'il lui avait offert un livre qu'il avait écrit. Un livre, non mais je te jure. Arturo n'a pas fait d'études, qu'est-ce qui lui prend d'écrire des livres ?

— Un livre, dis-je, malgré moi, sans broncher.

— Pas un *vrai* livre, juste un paquet de feuilles écrites à la machine. C'est fou, non ? *Le Livre des choses cachées.* Silvana en était folle. Elle disait que ça avait changé sa vie, que ça lui avait montré de nouvelles possibilités.

— Eh ben, j'aimerais beaucoup lire ça, dit Tony comme si c'était une plaisanterie. Un peu de changement, ça ne fait de mal à personne, non ? »

Remo a un petit sourire. « Je reviens tout de suite. »

Il va jusqu'à une bibliothèque derrière son bureau où sont rangés des dossiers en cuir noir. Il en tire un sans hésiter. Il l'ouvre, en sort une liasse de feuilles retenues par une pince à dessin, et revient. Il tend le paquet à Tony. « Tiens. » Sur la première page est inscrit :

LE LIVRE DES CHOSES CACHÉES

LE LIVRE DES CHOSES CACHÉES

GUIDE PRATIQUE

Tony le feuillette rapidement. « Un peu léger, pour un livre.

— C'est l'introduction. Silvana a insisté pour que je la prenne, elle m'a dit qu'elle me donnerait la suite quand j'aurais fini. Mais je ne suis pas un gros lecteur. » Il tapote une stèle. « Je travaille beaucoup. Les gens n'arrêtent pas de casser leur pipe. »

Tony se marre et agite la liasse. « Tu sais de quoi ça parle ?

— C'est plein de délires sur les saints, les murs en pierre et je sais pas quoi.

— Un genre de *Da Vinci Code* ?

— Oui, en moins drôle, dit Remo.

— Je peux le garder ? Ça m'intrigue.

— Je t'en prie. »

Alors que je m'apprête à prendre congé, Fabio me coupe l'herbe sous le pied. « Silvana t'a donné des nouvelles ?

— Elle, non. Mais le lendemain, Saverio, tu connais Saverio, son frère ? Il est venu à la boutique, il la cherchait. Je lui ai dit qu'elle avait démissionné la veille et que je pensais qu'il était au courant. Il m'a dit que oui, qu'il avait juste oublié. J'ai essayé d'appeler Silvana après son départ. Et depuis j'essaye tous les jours. » Il attrape le téléphone fixe de la boutique, appuie sur un bouton de numérotation automatique et active le haut-parleur. La voix robotique d'une messagerie lui répond. « Elle décroche jamais. »

Pas inquiète, *pas* chamboulée, *mais absolument* terrifiée.

Personne ne parle.

« Vous pensez que je devrais appeler les carabinieri ? demande Remo après un long silence pesant.

— Non, répond Tony, je ne pense pas. »

Remo comprend, il est d'ici, et il me demande combien de temps je reste, et si je suis content d'être rentré, et comment vont mes parents, et Silvana est oubliée.

8

« Donc c'est pour ça que Saverio est venu chez Art, dit Fabio. Il cherchait Silvana.

— C'est son problème. Et pour nous, c'est le moment d'appeler Michele, de le mettre au courant et de faire nos adieux à Art. »

Nous partageons une bouteille de thé glacé et une cigarette, assis entre les colonnes du porche d'une petite église, dans une ruelle derrière la boutique de Remo. Elle est pavée de grandes dalles de pierre blanche et on la dirait trop étroite pour les voitures, mais celles-ci réussissent néanmoins à s'y faufiler, échappant temporairement aux lois de la physique, leurs roues dérapant sur la pierre lisse comme de l'os. Les maisons chaulées projettent une ombre qui maintient la température juste en dessous du point d'ébullition. Il n'est pas encore midi, et Casalfranco est déjà un chaudron. Le vent de la mer souffle, le sirocco, le plus chaud, le plus étouffant, le pire vent qui soit.

« Avant de chercher Silvana ? demande Tony. Hors de question. »

J'ai promis à Anna de rentrer tout de suite après le petit déjeuner. Tout l'hiver elle s'est languie de nos précieuses journées sur la plage, et voilà que je gâche tout, que je la laisse avec deux petites filles sur les bras qui l'empêchent d'aller nager. Elle ne me l'a jamais reproché, et je m'en sens encore plus minable.

« On a trouvé des trucs chez Art, dis-je, et une jeune femme a disparu. Le rapport entre les deux devrait nous inquiéter.

— Donc on n'en est plus à *Art n'a personne d'autre que nous* ? demande Tony.

— Il s'est passé des choses entre-temps ! Au départ on croyait chercher un copain qui nous avait posé un lapin pour une soirée pizza, mais on n'en est plus du tout là. »

Tony s'apprête à répondre – sèchement, à en croire son air. Fabio le précède : « On n'a qu'à envoyer un message à Silvana sur Facebook. En faisant allusion à Art et au *Livre des choses cachées*. Peut-être qu'elle répondra.

— Pas bête », fait Tony.

Je les coupe : « Non mais vous hallucinez, là. On a un scandale potentiel sur les bras. Et quand il éclatera, moins on aura de liens avec Silvana et mieux on se portera. Elle est jeune, elle est belle, et on est trois types plus âgés – quatre en comptant Art. Vous voyez pas comment ça peut tourner ? »

Après un silence, Fabio concède, « T'as pas tort. »

Tony me décoche un regard sombre mais se tait.

« Tu veux bien appeler Michele ? » je lui demande.

9

Tony part déjeuner avec ses parents et promet de nous rejoindre plus tard. Il est brusque, fâché. Ça passera. Ses coups de sang ne durent jamais.

« Je te ramène », dis-je à Fabio.

Il me demande, « T'as pas besoin d'être un peu seul avant de retrouver Anna ? Maintenant que c'est terminé. »

Je soupire. « Possible. Et toi ? Comment va Angelo ?

— Ce matin il avait oublié que j'étais là. Il a sursauté en me voyant.

— Je suis navré, Fabio. »

Il enlève ses lunettes de soleil, nettoie la transpiration sur les verres et les remet. « Je peux encaisser ça. Don Alfredo, j'ai plus de mal.

— Qu'est-ce qu'il fait ?

— Il met la main sur la maison. Il est tout le temps là, et quand il est pas là il envoie des femmes de l'église. *La paroisse est avec ton père.*

— C'est peut-être la vérité.

— Et peut-être qu'il y a des produits chimiques toxiques dans les traînées des avions. Non, il est là parce qu'il aime ça. La moitié de la ville a eu mon père comme prof. Don Alfredo veut que tout le monde sache qu'ils sont proches l'un de l'autre. » Fabio donne un coup de pied dans un caillou. « Je suis pas débile, Mauro. Je sais bien que Don Alfredo va sûrement s'en tirer malgré ce qu'il a fait à Art.

— Honnêtement, je suis pas sûr qu'il ait fait quoi que ce soit. »

Fabio ne répond pas. « T'as peut-être raison, admet-il enfin. Qu'est-ce que j'en sais. Je suis qu'un raté, encore pire qu'Art. »

Ça me fend le cœur de voir Fabio aussi abattu. Depuis qu'il avait quitté Casalfranco, il dégageait toujours une aura d'assurance – il paraissait capable d'affronter un bataillon de mutants sanguinaires et d'en sortir avec un sourire aux lèvres, une bonne photo, et une belle fille au bras. « T'es pas un raté, dis-je, et Art non plus n'en était pas un. Il était juste bizarre, et il a pas eu de chance.

— Et moi, je suis quoi ?

— Vivant ? »

Nous marchons un moment en silence, puis Fabio dit, « Tony t'a raconté ? Pour mes problèmes ?
— Ouais.
— J'ai abandonné mon père. T'as toujours trouvé que je me comportais comme un salaud avec lui.
— Je...
— Ça va, Mauro, c'est toi qui as raison : j'ai été un salaud. Mon père est un connard intolérant, mais il m'aime. Et je l'ai laissé tout seul, sans sa femme dans une maison trop grande, avec son fils unique qui l'appelle une fois par mois. Je devais me dire que j'arrangerais les choses un jour ou l'autre. Maintenant c'est trop tard. »

Je ne dis rien.

Fabio continue, « Dans mes fantasmes, j'allais devenir une star, c'était pour bientôt, et j'allais montrer à toute cette ville de quel bois je me chauffe. Surtout à mon père. J'allais lui montrer que toutes ses attentes, tous ses principes, c'était de la merde. Je ne le détestais pas, pas vraiment, je voulais juste lui renvoyer ses erreurs dans la gueule. Et au bout du compte, c'est lui qui était dans le vrai depuis le début. »

J'attends un peu, puis je dis, « Tu sais que j'aime bien ton père.
— Lui aussi il t'aime bien. Il serait plus heureux si c'était toi, son fils.
— Mais *toi* tu serais pas plus heureux si t'étais moi, je t'assure.
— Je sais pas combien t'as d'argent de poche, mais je suis sûr que tu peux te payer de meilleures glaces que moi.
— T'as une idée de ce que ça signifie d'avoir deux enfants ? Pas un, *deux*.
— Ça signifie que tu as fondé une famille. Quelque chose de solide. »

Je ris jaune. « C'est le mensonge que les couples avec enfants se racontent pour survivre. Mais la vérité, c'est que si tu leur donnais le choix, ils reviendraient tous en arrière, *tous*. Les loisirs ? Tu oublies. Le sexe ? Rarement. Le sommeil ? Bonne blague. Tu passes tes journées à courir, courir, courir, tu t'arrêtes uniquement pour torcher des culs et essuyer de la morve, et après tu recommences à courir. »

Fabio paraît perplexe. « C'est violent.

— Pardon. Je voulais pas… Je veux pas être injuste vis-à-vis de mes filles. Je les aime. C'est moi qui ai insisté pour qu'on ait Ottavia, avant même qu'on soit mariés. Quand elle est née, je n'étais toujours pas heureux et j'ai insisté pour qu'on ait Rebecca, je me disais que j'avais pris l'habitude de ne plus dormir la nuit, que j'avais appris à faire face. » Je dois refouler mes larmes. Je suis un homme adulte et je dois refouler mes larmes. « Mais des fois je réfléchis. Je me dis que si elles étaient pas là, je pourrais changer de vie, faire quelque chose de mieux, quelque chose qui en vaille la peine. Je me nourris du système financier pourri de ce pays. Je vaux pas mieux que Michele. Sauf que maintenant c'est trop tard pour changer, j'ai la responsabilité d'Ottavia et de Rebecca. Elles sont merveilleuses, et je les aime plus que tout. » Je croise les poignets. « Mais elles m'emprisonnent. »

Fabio me regarde et dit, « T'as rien à voir avec Michele. T'es pas un tueur.

— C'est vrai, j'aide seulement les gens à se ruiner mutuellement. »

Nous sommes arrivés chez Fabio, une petite villa à un étage au milieu d'un jardin. « Tu veux dire *ciao* à Papa ? » me demande Fabio.

10

« Ce poulpe est un délice », dit Anna.

J'acquiesce en silence. Je devrais lui parler de Silvana – il *faut* que je lui en parle –, mais je n'en ai pas l'occasion car les filles ne nous laissent pas respirer.

« Non, se plaint Ottavia en chipotant avec sa fourchette. C'est du *caoutchouc*.

— Aoutchou ! » répète Rebecca, au bord des larmes.

Nous déjeunons autour d'une table en plastique dans un restaurant de plage ouvert depuis quatre ans, et donc encore considéré comme *nouveau* par les gens du coin. Le sable sous nos pieds est compact à cause de l'humidité. Le sirocco fait moutonner les vagues et nous fait transpirer alors que nous ne bougeons pas. Il n'a qu'un objectif, nous pourrir la journée. Art le surnommait *le vent des suicidés*, parce qu'il donne des idées noires. *Mauro, ça ferait un bon nom pour ton groupe, Sirocco Suicide.* Les filles sont ronchons. Avec elles dans les pattes, je ne peux pas parler à Anna ; à son âge, Ottavia risque de saisir des choses qu'elle ne devrait pas entendre. Rares sont les moments intimes à deux, comme celui de la nuit dernière.

Anna fait les gros yeux aux filles. « Pas de caprice.

— C'est scandaleux ! » développe Ottavia en plantant sa fourchette dans le poulpe. Où est-ce qu'elle a appris ce mot ? Elle est intelligente pour ses cinq ans, mais elle n'a tout de même que cinq ans.

« Mange ce que tu as dans ton assiette », dis-je.

Ottavia croise les bras. « Non !

— Non ! appuie Rebecca.

— Très bien. Pas de glace, dans ce cas.

— Mais Papa, j'ai faim ! dit Ottavia.

— Alors mange ton poulpe ! C'est toi qui le voulais.
— J'en veux pas !
— J'en veux pas ! » répète Rebecca.

Bienvenue dans ta réalité : des petites filles et des tableurs Excel. Je me demande où j'en serais si j'avais suivi les conseils d'Art et tenté ma chance dans la musique. Une vie de rockeur où les enfants n'ont pas leur place, du moins pas avant la quarantaine. Très bien, mais lui, où est-ce que ça l'a mené, toute cette sagesse ? *Dans l'ombre d'un arbre ou sous le poids d'une pierre.*

J'en suis rendu à citer Concetta Pecoraro, de mieux en mieux.

« Je veux une glace, fait Ottavia en se mettant à pleurer.
— Ottavia… tente Anna.
— Moi aussi », crie Rebecca.

Quand elles piquent une crise, c'est toutes les deux ensemble, en stéréo.

Je me lève.

« Ça va ? me demande Anna.
— Je vais aux toilettes. »

Elles se trouvent à l'arrière du restaurant, dans un appentis en planches et en taule. Je m'y enferme. *C'est quoi mon problème ?* Les filles sont casse-pied à cause du vent, mais aussi parce qu'elles reproduisent mon humeur. De ce point de vue, les enfants sont comme les chiens. Et moi, j'ai envie de jouer aux gendarmes et aux voleurs avec mes copains.

Je sors mon téléphone pour jeter un œil au profil de Silvana.

Anna serait de mon avis, c'est un rêve fait chair. Il y a un truc dans ses yeux, ils évoquent des portes vers un monde sauvage et éblouissant. Je comprends qu'Art soit tombé amoureux d'elle, qu'il ait fait des folies pour *la Madama*.

Tout son profil Facebook est public : ses photos, son sourire. Quelle confiance. Casalfranco étant ce qu'elle est, nous avons une vingtaine d'amis en commun. Sa dernière publication remonte à six jours, et c'est une citation de Nietzsche : « Si tu regardes longtemps dans l'abîme, l'abîme aussi regarde en toi. » Ça me réchauffe le cœur. Quand j'avais son âge, on trouvait cette citation employée à contresens dans tous les journaux intimes – bien qu'en réalité aucun adolescent de cette ville n'ait lu Nietzsche (pas même Art. Il avait expressément refusé de s'y intéresser, pour la seule raison, j'imagine, que tout le monde prétendait le faire). Dans la mesure où Silvana s'est évaporée juste après avoir publié ce statut, il pourrait être plus inquiétant qu'il n'en a l'air. Mais pas obligatoirement. Nietzsche est un classique chez les ados qui veulent se donner l'air torturés. Je parcours le profil de Silvana et découvre qu'elle a partagé des tableaux de Klimt, autre pilier esthétique des moins de vingt ans.

Mais, et c'est plus intéressant, elle a aussi partagé des icônes orthodoxes : des figures saintes sur fond doré, à la pose figée un peu déconcertante. Les saints, encore et toujours les saints. Elle a posté une quantité d'autres citations, certaines évidentes (Salinger, « Les mères sont toutes un peu folles », tout à fait appropriée dans son cas) et d'autres plus troublantes (John Fowles, « Dans la vie, il faut savoir trouver soi-même les réponses aux questions les plus importantes »). Sans compter les photos d'elle : en manteau d'hiver, en bikini presque inexistant, souriant, faisant la moue, toujours d'une beauté qui ne laisse aucun espoir à quiconque la regarde. Je fais défiler. Il y a quelque temps, Silvana publiait des choses plus légères (les jeux auxquels elle jouait, des photos de ce qu'elle mangeait), mais tout cela s'est tari peu à peu l'année dernière pour ne plus laisser que des fragments de culture et de la sensualité naïve.

C'est une fille qui voulait impressionner ; l'ombre d'Art plane sur tout son profil. Je prie pour qu'il ne lui ait pas trop fait de mal.

Sous toutes ses publications, une foule de commentaires et de smileys, dont les auteurs sont presque exclusivement des hommes. Certains noms masculins reviennent sans cesse – des amoureux éconduits. J'ai de la compassion pour eux. Dans un roman policier, l'un d'eux serait le suspect, ou servirait au moins de fausse piste finissant par mener au vrai coupable. Je clique sur *Message* et l'application Messenger s'ouvre. Le profil de Silvana accepte les messages d'inconnus. J'y vais ? J'y vais pas ?

Je suis au courant pour Art et le Livre des choses cachées. Et je sais que tu veux qu'on te fiche la paix, mais est-ce qu'on pourrait se voir ? Je suis un des meilleurs amis d'Art :)

Mon pouce tremble au-dessus du bouton *Envoyer*. Rien ne justifie rationnellement que j'envoie ce message. Je devrais tout effacer et rejoindre ma famille. À ce stade, le mieux serait que la mort d'Art passe inaperçue et soit vite oubliée. Justice ne sera pas rendue, mais peut-être ne le mérite-t-il pas.

Mon téléphone sonne.

Je sursaute et je le lâche. Je le rattrape juste avant que ses sept cents euros ne plongent dans la cuvette. C'est Tony.

« Qu'est-ce qui se passe ?

— J'ai envoyé un message à Silvana.

— Qu'est-ce que tu fous, Tony ? On avait dit que…

— Elle m'a répondu. »

11

Pendant que Tony conduit, je lui demande pourquoi il a écrit à Silvana. La route côtière est déserte ; par ce temps, personne n'a envie de faire la fête très tard. « On avait décidé de jeter l'éponge.

— J'ai lu l'intro du livre d'Art.

— Et ?

— Et j'ai changé d'avis.

— Je croyais qu'on arrêtait de marcher dans les délires d'Art.

— On en reparlera quand tu l'auras lue. »

Nous nous garons au bord de la Litoranea, à près d'un kilomètre du bar le plus proche. Nous allons jusqu'au milieu de cette bande de plage isolée. Il est 23 heures. Ma chemise me colle à la peau, *comme un costume de superhéros*, dit Tony. Le sable crisse sous les pieds, et Sirocco Suicide joue ses accords grunge : des vagues hautes et larges se dressent et se fracassent avec des rugissements de bêtes. Fabio ne nous accompagne pas ; Angelo était dans un bon jour et Fabio voulait rester avec lui. Moi aussi je devrais être auprès de ma famille.

Tony crie pour se faire entendre. « Elle a vraiment un truc avec le tragique ! » Il a déjà oublié qu'il est fâché contre moi. « Les vagues ! Le vent ! La plage en pleine nuit !

— Ça plairait bien à Fabio. C'est un super décor pour des photos.

— Tu veux dire que c'est un super endroit pour demander à une fille de se désaper. »

Elle est en retard. *L'heure locale.* Des gouttes d'eau de mer me giflent, poussées par le sirocco. « Je suis allé voir Angelo tout à l'heure.

— Comment il va ?

— Il m'a pris pour Art et il m'a grondé parce que j'avais fugué.

— Merde.

— Quand Fabio lui a dit que c'était moi, il a eu les larmes aux yeux. Il s'est excusé et il m'a dit, *Excuse-moi, fiston, ce n'est pas moi, c'est ce fichu Alzheimer.* »

Nous fouillons les environs du regard, mais nous ne voyons toujours personne. « Fabio t'a dit ce qu'il comptait faire ?

— Il est pas sûr. Il va rester encore un moment ici. Il réfléchit à demander à Lara, sa copine, de venir quelques jours. »

Tony désigne les dunes séparant la plage de la route. « Regarde là-bas, c'est elle ? »

Une silhouette marche dans notre direction. Elle est mince, pas très grande, et le vent paraît la faire vaciller. Je ne distingue pas tout de suite ses traits, mais elle se rapproche et alors je la reconnais, encore plus belle qu'en photo.

Silvana me fusille du regard et se tourne vers Tony, en colère. « Vous avez pas dit que vous veniez avec quelqu'un.

— C'est Mauro », répond Tony comme si ça expliquait tout.

Silvana se mord la lèvre mais ne répond pas.

Je demande, « Vous étiez amis, Art et vous ?

— Pourquoi vous parlez de lui au passé ?

— Vous êtes au courant qu'il a disparu, quand même ?

— Ouais, merci, je suis bien placée pour ça. Pourquoi vous vouliez me voir ? »

Je suis pris de court par la force de sa réaction. *Problèmes psychologiques. Sautes d'humeur.* Deux hommes plus âgés avec elle sur une plage. Mais pourquoi ai-je accepté de venir ?

« Nous sommes là pour vous aider », dit Tony.

Silvana a un petit rire. Elle passe une main dans son dos et en ressort un flingue. Je ne peux pas dire s'il est gros ou petit. Je ne peux pas dire s'il est vieux ou récent. Je ne peux même pas être certain que ce ne soit pas un faux. Tout ce que je sais, c'est que l'humidité du sirocco fait étinceler le métal du canon.

Le monde ralentit et devient étrange. Les flingues, c'est dans les films de gangsters, pas dans la vraie vie. Je sais qu'ils existent, je sais que la Sacra Corona Unita en utilise, mais jamais on n'en a braqué sur moi. J'ai envie de pisser. Une fille splendide tremble en pointant une arme sur moi, et moi j'ai envie de pisser.

« Doucement », dit Tony. Il est calme. Il gère mieux la violence que nous. « Nous sommes vos amis.

— On est pas amis, putain ! hurle Silvana en agitant l'arme. C'est trop tard ! Vous approchez pas de moi ! Occupez-vous de vos affaires ou…

— Nous sommes vos amis, Silvana, répète Tony de sa voix la plus apaisante.

— PUTAIN ! »

Je ne la vois pas presser la détente, mais j'entends la détonation, plus forte que les vagues, plus forte que le vent, plus forte que le sang dans mes veines. Et je vois la main de Silvana, projetée dans le ciel par le recul.

Et je sens une décharge quelque part dans mon corps, et de la douleur partout.

Et je sens un gargouillement qui monte dans ma gorge.

Et

je

…

LE LIVRE DES CHOSES CACHÉES

GUIDE PRATIQUE

I

Quand j'avais huit ans, j'ai vu mourir ma grand-mère. Elle était alitée depuis environ une semaine. Elle toussait en gargouillis explosifs qui semblaient émaner d'une créature seulement à moitié humaine. La nuit, ses bruits m'effrayaient, comme si Mamie n'était plus Mamie mais s'était changée en harpie griffue dont cette toux aurait été le cri. Mes parents étaient autant que possible avec elle - ils comprenaient qu'elle n'en avait plus pour longtemps -, mais un dimanche après-midi ils ont dû aller à Portodimare pour vendre les abricots de notre verger avant qu'ils ne pourrissent. Ils m'ont laissé le numéro du médecin, en cas d'urgence.

Le nez plongé dans mes livres, je buvais du lait et je grignotais les biscuits que confectionnait ma mère, quand Mamie m'a appelé entre deux quintes de toux. Je me suis levé d'un bond et j'ai couru voir ce qu'elle voulait.

Sa chambre (qui deviendrait plus tard notre salon, mais qui sera toujours pour moi la chambre de Mamie) était plongée dans l'obscurité, rideaux tirés et lumières éteintes. Elle sentait la sueur rance, avec des relents d'urine et de selles. Les quintes les plus violentes lui faisaient perdre le contrôle de ses fonctions pendant quelques secondes.

«Art», m'a-t-elle dit.

Je me suis approché. Elle faisait peur à voir, mais je ne pouvais pas détacher mes yeux d'elle. Elle avait pris cent ans en une semaine, comme dans les contes de fées. Je ne comprenais pas encore les ravages que peut causer le temps sur un corps.

Mamie a toussé et tremblé, et son lit en métal léger a tremblé sous elle. La crise ne se calmait pas. J'avais déjà tourné les talons pour aller appeler le médecin, quand tout à coup le silence s'est fait dans la chambre. Prudemment, j'ai regardé en direction du lit. Rien ne bougeait.

«Mamie ?»

Elle m'a répondu, «Art», puis, d'une voix claire, «Crisci Santu».

Avant que je puisse franchir les trois pas qui me séparaient du lit, elle était morte.

II

«Crisci Santu» (deviens un saint en grandissant) est une formule typique des grand-mères paysannes du sud de l'Italie. Pour elles, c'est un conseil évident. Quand vos deux parents triment dans les champs, devenir un saint est une option crédible, toujours plus que médecin ou avocat, par exemple.

Mais, dans la doctrine catholique, les saints sont capables d'accomplir des miracles. Seuls les miracles prouvent la sainteté. Une vie irréprochable ne suffira pas si toutes nos actions, bien que louables, restent naturelles. En pratique, cela signifie qu'on ne peut être un saint que si on connaît la magie. C'était la sagesse des grand-mères paysannes: elles savaient que la magie est la seule chose qui puisse sauver du labeur les enfants du peuple.

III

Je ne suis pas catholique. Je n'ai rien contre les autres religions. J'aime bien le bouddhisme, le judaïsme me fascine, la Wicca - le surprenant culte païen des sorcières - dispose de certains arguments qui me touchent. Mais le catholicisme, religion fondée sur l'autorité (exclusivement masculine) et sur les notions de souffrance et d'obéissance aveugle, compare ouvertement ses adeptes à des moutons. Je ne suis pas un mouton, et je n'ai aucune tolérance pour les bergers autoproclamés; je préférerais passer l'éternité en enfer plutôt que dans un troupeau. Et pourtant, si l'on veut comprendre l'essence du paysage du Salento, les significations cachées sous son soleil, il nous faut comprendre comment, et dans quelle mesure, ce sont les saints qui l'ont défini, dans les pierres, les épines et les lézards.

IV

D'après mes amis, mes centres d'intérêt changent aussi rapidement que les opinions des politiciens. Ils n'ont pas tort. Une année j'étudierai le baroque et l'année suivante l'herboristerie, mais ce n'est pas de l'inconstance. La raison en est que nous existons dans un univers immense et extraordinaire, et je compte bien en saisir le plus grand nombre d'aspects possibles avant de mourir. Chaque jour qui passe est un jour de moins à vivre, et chaque connaissance manquée est perdue à jamais. Mes centres d'intérêt ne changent pas, ils grandissent, et les recherches d'hier nourrissent celles de demain. Par exemple, les murs en pierre sèche: ils me fascinent depuis que je suis enfant, et avec le temps ce sont eux qui m'ont donné le meilleur aperçu des Choses cachées.

Dans le Salento, il y a des murs en pierre sèche partout. Ils délimitent des terrains, des jardins, ou, pour les plus anciens, des villes préhistoriques. Partout, leur fonction est la même: matérialiser une frontière.

Leur construction, sur le plan technique, peut être expliquée en cinq minutes, et pourtant elle est d'une précision absolue qui a traversé les siècles et les millénaires sans connaître presque aucun changement. Ni dans le temps, ni dans l'espace: dans les Highlands d'Écosse, au climat froid et lugubre, j'ai trouvé des murs bâtis selon la même technique que dans le sud de l'Italie, terre de soleil invincible.

J'avais pour les murs en pierre sèche l'attirance instinctive des enfants surdoués. Je trouvais fascinant qu'ils matérialisent la frontière entre des champs différents et, en pratique, qu'ils créent cette différence. Comment était-il possible que le champ de droite soit parfaitement identique à celui de gauche, tout en étant différent car il appartenait à une autre famille? Comment se faisait-il que d'un côté je sois un prince, et de l'autre un intrus? «Qu'est-ce qui se passe si je déplace le mur?» ai-je demandé à mon père, qui a ri et m'a répondu, en dialecte, «Nno ppuei spustari lu muru»: tu ne peux pas déplacer le mur.

Ces mots ont rendu les murs mille fois plus magiques à mes yeux. Avant, ce n'étaient que des tas de cailloux mal dégrossis, à peine plus hauts que moi; mais soudain ils devenaient des barrières éternelles, dotées du pouvoir de décider qui régnait où. Ils décidaient de ce que ma famille aurait à manger cette année-là, et donc du nombre de cadeaux que le Père Noël m'apporterait. Ils cachaient forcément un grand mystère.

Ce mystère m'a été révélé sous la forme d'une vipère.

V

Où il y a des murs en pierre sèche, il y a des vipères; tout le monde le sait, ça fait partie du Sud. Mais, à cinq ans, je n'en avais encore jamais vu. Ma famille vivait au plus profond de la campagne, dans une ferme perdue au milieu des champs, reliée à l'humanité par une étroite allée de terre. Je savais que les vipères grouillaient partout, mais je n'en avais jamais vu.

Bien entendu, je connaissais les règles. Mon père me les avait martelées. Les vipères sortent avec la chaleur. Elles sont peureuses, mais elles mordent quand on les surprend. Quand on marche dans leur territoire, il faut taper des pieds, ou donner un coup de bâton sur les pierres, pour qu'elles nous entendent venir et filent se cacher. Car leurs morsures, m'assurait mon père, sont souvent mortelles. (C'est faux. Il me mentait par prudence.) Pour y survivre, il faut poser deux garrots, un au-dessus de la morsure et l'autre en dessous, puis réciter une prière précise à San Vito, et enfin courir chercher de l'aide (impérativement dans cet ordre - dans l'esprit de mon père, les saints étaient meilleurs médecins que les mortels). Ma connaissance théorique des vipères était donc assez solide pour résister au choc de la réalité.

Le mystère des vipères m'a été révélé un jour de juillet dépourvu du moindre souffle de vent, de la plus petite trace d'agitation dans l'air. Il faisait trop chaud pour que les oiseaux chantent ou que les feuilles tremblent. J'étais le seul point mouvant dans le paysage, un enfant de cinq ans qui se baladait le long d'un mur et en touchait toutes les pierres, l'une après l'autre. J'avais prononcé un sort. Pour qu'il fonctionne, je devais toucher toutes les pierres du mur, et alors le mur m'appartiendrait avec ses pouvoirs magiques. Je suis arrivé à un endroit où trois pierres de forme particulièrement tordue se touchaient, avec un trou noir au centre. J'avais la main posée sur l'une d'elles, quand j'ai senti bouger, une vibration légère qui se transmettait par la pierre à ma peau. Je n'ai pas retiré ma main, j'étais hypnotisé; était-ce le vrombissement de la magie? Je ne pensais pas réellement que mon sort allait fonctionner, mais fallait-il en écarter la possibilité?

La tête d'un reptile gris-brun est apparue dans le trou.

Je suis resté pétrifié, non pas de peur, mais d'émerveillement.

Les descriptions de mon père, et les photos que j'avais étudiées dans un volume jauni du Reader's Digest, m'ont permis d'identifier le serpent: ce n'était pas une des espèces inoffensives qui ondulaient pacifiquement dans la campagne, mais une vipère, un authentique danger - la promesse d'une authentique aventure.

Elle était belle.

Sa tête est demeurée immobile, il y avait une troublante fente d'obscurité au centre de ses yeux d'ambre. J'avais le sentiment que cette vipère était la réponse à mon sort, un esprit que j'avais invoqué et que je contrôlais à présent.

J'ai baissé la tête, fasciné par ses pupilles, et l'espace d'un instant nos regards se sont croisés. Puis j'ai dit, Ciao.

La vipère a attaqué.

Elle a bondi de son trou, lèvres en avant comme pour m'embrasser. Mais au lieu de ça elle a plongé ses crochets dans ma joue droite, tout près de ma bouche, me causant une douleur cuisante. J'ai crié et je me suis reculé, et la vipère aussi s'est reculée, avant de disparaître dans son trou.

J'ai touché la blessure. Elle était chaude et un mélange de venin et de sang en suintait. Alors je me suis demandé comment poser des garrots au-dessus et en dessous d'une morsure à la joue. J'allais mourir, sans aucun doute. Je me suis écarté du mur et j'ai couru vers le champ où travaillait Papa.

Je n'ai pas pensé une seule seconde à réciter une prière à San Vito.

Déjà à l'époque je ne priais pas.

VI

Papa m'a emmené à l'hôpital, où un médecin très grand m'a administré un antidote et une grosse dose d'engueulade. J'ai été rapidement

sur pied, et sur le trajet du retour Papa m'a mis une claque sur l'oreille. «La prochaine fois tu feras attention.» À la maison, Maman m'a cuisiné mon plat préféré, la pasta avec des tomates fraîches, de la mozzarella et des olives, et des aubergines frites à l'huile d'olive et à la menthe (melanzane alla poverella, les aubergines du pauvre).
Le bâton et la carotte, les deux piliers de mon éducation.

Le lendemain je suis retourné au mur. J'avais retenu la leçon, et cette fois j'ai été prudent, mais ce qui s'était passé n'avait fait qu'exacerber ma fascination pour les murs en pierre sèche. Ils grouillaient de vie: des araignées et des vers se cachaient entre les pierres, des chats sauvages s'en servaient de lit, et la vipère mortelle les traversait, se rendant parfois visible, pour se mesurer aux humains. Il y avait une quantité de vie faramineuse - une vie que je ne voyais pas, que j'apercevais à peine - juste à la lisière de mes sens. Tout un monde de choses qui m'étaient cachées. Et si ce monde-ci existait, combien d'autres semblables existaient? C'était une forme de magie, sinon la magie elle-même.

C'était mon premier aperçu des Choses cachées.

VII

De même que la vipère, les Choses cachées ne se cachent pas réellement à nous, elles se contentent de rester dans leur coin.

De même que la vipère, les Choses cachées sont en permanence autour de nous, invisibles, inaudibles, elles se faufilent dans les murs et dorment sous les pierres. De même que la vipère, en temps normal les Choses cachées ne s'intéressent pas à nous, mais dans certaines circonstances elles peuvent mordre. Et de même que la vipère, quand les Choses cachées mordent, il ne sert à rien de chercher le secours des saints. Ils ne vous seront d'aucun secours. Car les saints, eux aussi, sont des Choses cachées.

VIII

Les saints sont partout dans le Salento, aussi omniprésents que les murs en pierre sèche et, parfois, aussi secrets que les vipères. Les gens du coin n'y font presque plus attention, parce qu'ils ne vivent plus à la campagne comme autrefois. Les paysans se sont rebaptisés fermiers et sont de moins en moins nombreux, tandis que les avocats et les petits entrepreneurs récemment installés roulent en 4x4 sur des routes bien goudronnées.

Mais en cette ère d'information, de navigation GPS et de connectivité infinie, les secrets, loin de disparaître, se portent mieux que jamais. On traverse la campagne, on n'y erre plus, et le paysage est un décor, non plus un contexte. On perd le lien avec la terre et, par conséquent, de nouvelles formes de vie sauvage surviennent. Avec le départ des humains, d'autres récupèrent l'espace. À l'abri des regards, les vipères prennent le pouvoir. Les choses secrètes et cachées prospèrent.

Lentement mais sûrement, la culture dans laquelle j'ai été élevé se flétrit, et lorsqu'une culture meurt, elle laisse derrière elle un mystère. Pensez aux Mayas, pensez aux Égyptiens, pensez à ce que sera l'Amérique dans mille ans. Et ensuite regardez le Salento - alors vous verrez.

De petites chapelles se dressent là où on les attend le moins, des cubes modestes qui sont là depuis des siècles et résistent au vent, à la chaleur, aux tempêtes, des lieux où les fidèles peuvent s'agenouiller pour prier leur dieu jaloux. La campagne regorge de ces chapelles, et d'oratoires, de statues, et autres traces moins évidentes de traditions oubliées: une source qui a étanché la soif de San Pietro, un olivier rendu immortel par San Gregorio. Cette partie du monde, profondément religieuse, dure et roussie par le soleil, appartient aux saints. Ils sont le lien entre le profane et le sacré, entre le visible et l'invisible. Autrement dit, entre les Choses cachées et nous. Les saints et leurs lieux de culte matérialisent la frontière entre deux lieux différents - exactement comme les murs en pierre sèche.

IX

Quand j'avais quatorze ans, j'ai disparu pendant sept jours. Les carabinieri et tous les habitants de la ville m'ont cherché partout. Des hélicoptères ont été déployés. Des volontaires sillonnaient la campagne. On a même fait venir des chiens de Trieste. C'était un peu disproportionné, mais gentil. Surtout, c'était inutile; je suis revenu quand je l'ai voulu, et alors tout l'amour que j'avais reçu s'est retourné contre moi. Comme je ne voulais pas révéler ce qui s'était produit, j'ai inventé un mensonge que tout le monde croirait volontiers. J'ai dit que j'avais fugué, et je l'ai dit avec tant d'arrogance, tant de fanfaronnade, que toute la ville l'a gobé. Du jour au lendemain je suis passé de victime à vaurien, et aux yeux de tous mes succès précoces sont devenus des preuves supplémentaires de ma suffisance. Mon mensonge, comme tout bon mensonge, était à la fois hameçon et appât et tout le monde y a mordu.

J'avais mes raisons. Je vous laisserai juger si elles étaient bonnes ou mauvaises. Je vous promets de vous relater fidèlement ces sept jours, qui m'ont ouvert les yeux à l'existence de ce que je nomme les Choses cachées. Il m'a fallu des années pour comprendre le message de la vipère.

Je reviendrai plus tard sur ma disparition, quand cela présentera un intérêt. Dans un premier temps, je veux évoquer non pas l'événement, mais l'espace dans lequel il s'est produit: une ancienne oliveraie. C'est là que mes amis m'ont vu pour la dernière fois.

X

Il n'y a ni chapelles ni oratoires dans l'oliveraie, mais cela n'a pas toujours été ainsi. L'oliveraie (qui n'a de nom dans aucun registre) a été achetée en 1882 par le diocèse d'Oria, dont dépend Casalfranco. Avant cela, elle appartenait à la famille Mazziani. Cette famille existe encore, et bien qu'elle ne soit plus riche ni puissante, son nom conserve un certain poids. L'héritière des miettes de sa fortune (un vignoble presque stérile et une maison qui tombe en ruine) est une jeune femme baptisée Carolina. Nous étions à l'école ensemble. Elle est mariée et a un bébé. Je lui souhaite bonne chance; il est injuste que les enfants soient punis pour les fautes des parents.

Du temps de leur gloire, les Mazziani possédaient des terres, des gens, la loi et autres choses qui ne devraient jamais appartenir à quiconque. Vers le milieu du XVIIIe siècle, un jeune homme de la ville a été retrouvé mort, pendu à un arbre d'une oliveraie appartenant à la famille. La rumeur évoquait des relations contre nature entre Vittorio Mazziani, le patriarche de la famille, et ce jeune homme (un paysan que les archives ne daignent pas nommer). Le verdict officiel a été qu'il s'était suicidé. Le prêtre a rapidement fait observer que, le suicide étant un péché capital, le jeune homme brûlerait en enfer pour l'éternité. Prier même était inutile, et il serait enterré dans une terre impie. La réputation de Vittorio est restée immaculée. Mieux, ceux qui l'ont «calomnié» (le père et le cousin du jeune homme) ont été condamnés à payer une amende qui les a presque ruinés.

Il y a eu d'autres histoires, avant et après celle-là - prostituées, transactions douteuses, terres possiblement acquises par chantage. Je ne souhaite pas dépeindre les Mazziani comme une lignée malfaisante; dès que l'on creuse assez profond dans le passé de toute famille autrefois puissante, on découvre inévitablement des épisodes similaires. On ne devient pas puissant par la douceur, mais en tuant, violant, mentant et volant. Ce n'est pas le pouvoir qui corrompt, c'est le chemin qui y mène.

Revenons à la mort du jeune homme: les Mazziani, ne pouvant permettre qu'une de leurs possessions soit souillée par le péché du suicide, ont demandé au prêtre de bénir l'oliveraie. Ils ont invité toute la ville à se réunir à l'endroit précis où le jeune homme était mort. Le prêtre est venu en grande tenue, suivi par des enfants de chœur apportant l'eau bénite et suffisamment d'encens pour fumer un cochon. Il a récité son plus beau sermon en latin et baigné l'arbre d'eau et d'encens, pendant que les Mazziani offraient nourriture, vin et musique. Les doutes que pouvait conserver la population ont été noyés, enfouis et oubliés.

Vittorio était dévoué à la Vierge Marie. Son deuxième prénom était Maria (donner à des enfants mâles le prénom indéniablement féminin de Maria était et demeure une excentricité répandue chez les familles nobles du Sud, et chez celles qui se veulent distinguées). Pour marquer la pureté renouvelée de l'oliveraie, Vittorio fit construire un oratoire le long de sa bordure occidentale. Les saints entraient dans l'oliveraie qui, de fait, intégrait le domaine des Choses cachées. Certains endroits ont leur propre caractère sacré, qui peut ou non être reconnu par les humains, mais qui n'en existe pas moins.

Le jeune anonyme n'a pas été la dernière personne à trouver la mort dans l'oliveraie. La famille Mazziani a continué à y exercer ses vices secrets. Un rapport de 1875 fait état d'une fille de quinze ans retrouvée morte dans une oliveraie de la région, où est érigé un «célèbre» oratoire à la Vierge. Elle fut violée, sa gorge tranchée, et le sang de son cou «charmant», selon la formule d'un journal de l'époque, gicla sur la statue de la Vierge. La victime eut le mauvais goût de se vider de son sang sur l'oratoire.

Une «enquête» détermina que la victime, Rosa, était une femme de mauvaise vie, certainement assassinée par un de ses clients. Les bons chrétiens condamnent, à juste titre, la fréquentation et le massacre des prostituées, mais voient sans aucun doute la prostitution comme une faute bien pire. Rosa l'avait bien cherché, alors pourquoi perdre notre temps et notre argent à traquer le meurtrier? L'histoire fut rapidement enterrée, une pécheresse de plus brûlait en enfer, l'affaire était close.

Lorsque du sang est versé sur un autel ou dans un sanctuaire catholique, il faut qu'un prêtre en renouvelle la consécration. Mais les sources que j'ai trouvées ne précisent pas si cela s'est produit, ou si l'oratoire a été abandonné, irrémédiablement souillé dans la conscience collective. Quoi qu'il en soit, huit ans plus tard les Mazziani ont cédé l'oliveraie au diocèse. La fortune de la famille s'amenuisait, et des dettes de jeu l'obligeaient à vendre de plus en plus de terres. Le diocèse confia l'oliveraie à la paroisse de Casalfranco et, sans fanfare, la parcelle cessa d'être un lieu de culte et devint une friche. Aujourd'hui, personne n'y cueille les olives, et il ne reste aucune trace de l'oratoire.

XI

Cette oliveraie est un bon exemple des endroits que l'on découvre par hasard lorsqu'on commence à explorer les Choses cachées. Les points de contact entre les Choses cachées et nous regorgent d'histoires instructives, or les histoires instructives sont rarement joyeuses. La souffrance, plus que toute autre disposition d'esprit, nous permet de voir au-delà des évidences, du quotidien, de l'attendu.

Les Choses cachées sont fuyantes, changeantes. Mes recherches m'ont amené à rencontrer des gens très différents, des maîtres danseurs aussi bien que des médiums charlatans, et à adopter des comportements que la bonne société réprouve. Mais je pense avoir déchiffré le message de la vipère; j'ai trouvé une clé extraordinaire.

Tout tourne autour de ce que m'a dit mon père: Tu ne peux pas déplacer le mur. Je n'aime pas qu'on me dise ce que je peux et ne peux pas faire, mais j'admets que certaines actions ne sont pas faisables. Si j'essayais de déplacer un mur pierre par pierre, on s'en apercevrait avant que j'aie terminé, et on m'en empêcherait. L'impossibilité de déplacer le mur est réelle en pratique, sinon en théorie. Mais cela ne signifie pas que l'on soit coincé où l'on est.

Un mur en pierre sèche divise et unit. On ne peut pas le déplacer, mais on peut toujours étudier ses entrailles, sa mécanique, le microcosme de pierre et de vie qu'il abrite. Si les Choses cachées traversent les murs, pourquoi ne pourrions-nous pas les escalader? Nous pouvons pénétrer dans le champ voisin; nous pouvons pénétrer dans le champ des Choses cachées. Mieux, nous en avons l'obligation intellectuelle. Partout où il est dit qu'on ne peut pas aller plus loin, partout où il y a une limite, toute personne intelligente sera tentée de la transgresser. Hic sunt leones? S'il y a des lions ici, je veux les voir.

En ce sens, cette brochure est un «guide pratique». Je vais y écrire, noir sur blanc, ce que j'ai appris sur les Choses cachées, et j'expliquerai comment parvenir de leur côté du mur. Tout en précisant bien que cela signifie d'enfreindre la loi, ce qui n'est pas dépourvu de danger.

Mais les lois sont l'œuvre des puissants et de leur dieu jaloux; or je n'ai pour eux et pour lui ni amour, ni respect.

FABIO

1

Je suis dans la chambre d'un mort.

Mon père n'a touché à rien depuis que je suis parti à la fac. Mes BD sont toujours en piles dans la bibliothèque. Mes posters sont toujours aux murs. Un ventilateur portable gadget que Tony m'a offert pour plaisanter (*Ça t'aidera à survivre au vilain été*) est posé sur le petit bureau où je faisais mes devoirs, quand je les faisais. Même mon Walkman est toujours là. Un Walkman ! J'ai vu une vidéo sur YouTube dans laquelle on en donnait un à un groupe d'enfants. Ils ignoraient ce que c'était et comment s'en servir. L'adolescence de ma génération a été bien vite effacée. J'imagine que ce n'est pas une grosse perte. Le jeune homme que j'étais est mort, mais de toute façon c'était un petit con.

Je ne comprends pas pourquoi mon père a tout laissé en l'état. Est-ce un sanctuaire ? Dans ce cas, il a pour moi un amour que je ne lui ai jamais reconnu. Ou peut-être qu'il s'en foutait. Selon toute probabilité, c'est une affirmation : *Tu restes un enfant*, me dit cette chambre, *tu restes originaire de Casalfranco et tu ne peux rien y faire. La personne que tu étais ne mourra jamais, cette personne mal dans sa peau qui passait son temps à s'excuser, parce que le temps n'est pas une rivière, c'est une montagne – elle est immobile, éternelle, et tu n'es pas au sommet, tu es enterré sous son pied.*

La porte s'ouvre, mon père entre.

Je dois réprimer un accès d'énervement. Il n'a jamais frappé. Il n'a jamais admis l'existence de frontières au sein de sa maison. J'ai dû enfouir sous la penderie les premiers portraits que j'ai réalisés, car si je les avais laissés dans mes tiroirs, il les aurait trouvés lors d'une de ses fouilles régulières. *Si tu ne fais rien de mal, tu n'as rien à craindre*, était sa rengaine. *Je ne serais pas obligé de te surveiller si tu étais un meilleur fils.*

« Où est-ce que tu vas ? » me demande-t-il maintenant, sur le ton de celui qui a le droit de savoir.

Je me regarde dans le miroir de la penderie, je boutonne ma chemise. J'ai acheté un jean et une chemise blanche ; rien qui me vaudra la couverture d'un magazine de mode, mais un progrès par rapport aux T-shirts fripés et imbibés de transpiration que je portais jusque-là.

« Je vais voir Mauro et Tony. » Un mensonge.

« Il faut que vous preniez une décision à propos d'Arturo. »

Aujourd'hui mon père est dans un bon jour. La visite de Mauro lui a fait du bien, et depuis il n'a pas rechuté. Mes recherches sur Internet m'ont appris que, au stade précoce d'un Alzheimer, je peux espérer des bons jours. Quelqu'un a écrit sur un forum, *En un sens, les bons jours sont les pires, parce qu'ils vous rappellent ce que vous perdez.* Je comprends, bien que je ne sois pas certain d'être d'accord. Les bons jours sont les pires, parce que votre père continue à mourir, son cerveau à s'enfuir, et qu'il continue à croire qu'il est plus avisé que vous. Et le pire, c'est que ce n'est pas impossible.

« Il faut que vous preniez une décision *rapidement*, insiste-t-il face à mon silence. Mauro est d'accord.

— C'est pas si simple. » Le miroir me renvoie une image passable. Au moins je suis propre. Je suis resté une demi-heure sous la douche, pour faire le point avant ce soir.

« Arturo avait de mauvaises fréquentations, ce qui ne me surprend pas. Don Alfredo sait depuis un moment qu'il vendait de la drogue. »

Je sens monter la colère. Putain de curé, toujours à fourrer son nez partout, à juger, à s'en prendre aux faibles, *in saecula saeculorum*. « Ah ouais ? Et comment il est au courant ?

— Il est prêtre. »

Je ravale un *Sale bâtard*. Je n'ai plus quinze ans et je ne vais pas me disputer avec mon père mourant. « Faut que j'y aille. »

Il joint les mains puis les écarte à nouveau. C'est un de ses tics nerveux, dont j'ai malheureusement hérité. « Écoute…

— J'écoute. » Ma voix est plus acerbe que je ne le souhaite.

« Je veux te remercier, Fabio. On n'est pas souvent d'accord, tous les deux. Tu ne m'aimes pas et je ne suis pas sûr d'aimer l'homme que tu es devenu. Mais tu es mon fils, et pour moi ça compte plus que tout. Je suis heureux que tu aies accepté de rester un peu plus longtemps. J'ai vraiment besoin de compagnie. Merci. »

Je suis pris de court. Je ne me souviens pas à quand remonte la dernière fois qu'il m'a parlé de cette façon, s'il l'a jamais fait. « Papa… »

Il tourne la tête. « Ce n'est pas un stratagème pour te garder ici. Tu as fait plus que ce que tu estimes être ton devoir. Je salue simplement ce qui doit être salué. »

Et, dans sa voix, je remarque un tremblement, un trémolo refoulé.

Il dit, « J'apprécie les moments que nous passons ensemble, Fabio. Bientôt je ne serai peut-être plus assez lucide pour te le dire. »

Il retient ses larmes.

2

Je traverse Casalfranco hébété. Mon père vient de balancer un grand coup de pied dans ma réalité déjà fragile. *J'apprécie les moments que nous passons ensemble, Fabio.* Et il pleurait. Il m'a enseigné que pleurer revient à s'apitoyer sur soi, que c'est inutile et indigne, que ça ne résout pas les problèmes mais les aggrave. Je ne l'ai jamais vu pleurer sauf à la mort de Maman, et encore, une seule fois, quand le cercueil a été refermé après la cérémonie.

J'aimerais pouvoir me convaincre que mon père m'a piégé, que Don Alfredo et lui ont mitonné quelque chose pour me briser le cœur, me faire sentir coupable et vulnérable.

La ville est oppressée par le sirocco. Mais ça n'empêche pas les vacanciers et les gens du coin de se masser dans les bars. Il y a une effervescence estivale dans les rues, un mélange de voix ivres, de musique pop et de *struscio* adolescent. J'ai l'impression d'être un fantôme. Je pourrais les traverser, traverser les murs et les chairs, ils ne remarqueraient rien à part une baisse de température. Je suis jaloux de la *proximité* qu'ils ont les uns avec les autres, ils sont à leur place.

Je dépasse le poste des carabinieri, cette monstruosité fasciste et jaunâtre. Je sais très bien que je ne suis pas resté à cause de mon père. Ni à cause d'Art. Je suis resté, d'abord, parce que la ville m'y a forcé, et ensuite pour une raison totalement différente, une raison égoïste et mauvaise.

Je frappe à la porte de Mauro.

J'ai marché une demi-heure et ma chemise naguère impeccable est trempée de sueur. Quelques instants plus tard, Anna vient m'ouvrir. Elle porte un short et un débardeur minuscule, et ses tétons apparaissent sous le mince tissu vert clair.

« Fabio ? fait-elle, surprise de me voir.

— Je peux entrer ? »

Elle s'écarte pour me laisser passer. « Tu ne devais pas passer la soirée avec Angelo ?

— C'était un mensonge. »

Anna ne répond pas, mais ferme la porte. « Les filles sont couchées, dit-elle à voix basse. »

Sur le même ton, je réponds, « Je peux te demander un verre d'eau ? »

Elle se dirige vers la cuisine, pieds nus, et je la suis sur la pointe des pieds dans le couloir obscur. Malgré l'absence de climatisation, il fait frais entre ces murs épais. Un calendrier de 2002 est accroché au mur de la cuisine. L'année où les parents de Mauro sont partis vivre à Milan, et où cette maison est officiellement devenue une maison de vacances. Le passé est partout dans cette ville de malheur.

« Tu ne veux pas une bière ? demande Anna en ouvrant le frigo.

— Une bière, alors. »

Elle sort deux bouteilles de Peroni, les décapsule et m'en tend une. « Vous m'avez pas tout raconté à propos d'Art », chuchote-t-elle.

Je secoue la tête. « Mais ce soir, c'est la dernière soirée.

— Vraiment ? Mauro m'a dit la même chose. Ce qu'il ne m'a pas dit, c'est où il allait avec Tony. »

Je siffle la moitié de ma bouteille. « L'essentiel, c'est qu'on arrête. C'est fini.

— D'accord. Tant qu'ils ne font rien d'imprudent.

— Tout va bien, Anna.

— J'aime pas qu'on me cache des choses.

— Je comprends. »

Anna s'adosse au frigo, un sourire sur les lèvres. « Pourquoi est-ce que tu es là, Fabio ?

— Parce que c'est le dernier soir.

— Et alors ? »

J'inspire un grand coup. Mes petits anges intérieurs me hurlent des insultes lorsque je dis, « Et alors Mauro n'est pas là, et une fois que tout sera revenu à la normale je ne sais pas quand on aura l'occasion de se revoir rien que tous les deux. Et j'ai *besoin* d'être avec toi, Anna. Je… je sais pas si je suis amoureux de toi, je sais pas. Mais j'ai *envie* de toi, j'ai jamais eu autant envie de quelqu'un, et c'est notre dernière chance. Je… » Nouvelle gorgée de bière. « Je suis ridicule. »

Anna se rapproche de moi. « Pas dans la cuisine », dit-elle.

Elle me prend par la main et, en silence, m'emmène par un petit couloir dans la chambre qu'elle partage avec Mauro. Mes anges, ces sales cons moralisateurs, crient et battent des ailes mais je les entends à peine, je suis sous le charme d'Anna, de ses fesses qui se balancent doucement à chaque pas, de ses longues jambes pleines de vie. Elle ferme la porte derrière nous. Elle dit, « J'aime Mauro.

— Je sais.

— Tu pourras supporter ça ? »

Je ne réponds pas ; je ne me contrôle pas assez pour parler. Je pose les mains sur ses épaules et je l'embrasse sur la joue. Pas sur la bouche, pas encore. Je garde un souvenir précis de la dernière fois où nous avons baisé. Je me rappelle chaque moment et chaque geste, et je me rappelle qu'elle aimait que ce soit physique. Ma bouche descend sur son cou et je mords, et Anna laisse échapper un soupir de bonheur tandis que ma langue lèche la peau retenue entre mes dents. Une pensée me traverse l'esprit, demain Mauro risque de voir des marques sur le cou d'Anna, mais je m'en fiche.

Anna me repousse et enlève son débardeur. Dans la pénombre de la chambre, la sueur fait briller sa peau. Elle prend ma tête et l'attire contre son sein, et je ferme les dents sur son téton dur. Elle murmure « Vas-y », et je mords plus fort pendant qu'elle se débarrasse de son short et de sa culotte, et je continue à mordre pendant qu'elle s'occupe de mon jean et attrape ma queue.

« Plus fort », dit-elle.

Je glisse une main entre ses jambes et je pose un doigt sur son clitoris, je trace des cercles lents, la bouche pleine du goût salé de sa peau.

En riant, elle me donne une claque sur les fesses.

« Comment tu oses ? » Je ris à voix basse et lui mets une claque à mon tour.

« T'arrête pas de mordre. »

Je pose mes lèvres sur l'autre téton et je mords aussi fort que je peux, et elle soupire encore ; elle ne gémit pas, pas encore, mais presque. Je laisse mon doigt sur son clitoris, puis je le fais glisser un peu plus bas et je sens son humidité totale, excessive, comme si c'était la totalité d'elle. Rien n'est plus érotique que l'humidité d'une femme ; ça signifie qu'elle estime qu'on la mérite. Rien n'est plus érotique que l'humidité d'Anna.

J'ai envie de mourir ici ; j'ai envie de mourir en la baisant, et d'oublier ma vie de merde.

Mon téléphone sonne.

Anna a un mouvement de recul. « Ça va réveiller les filles ! »

À genoux et paniqué, je cherche mon pantalon et ce téléphone à la con n'arrête pas de sonner. Enfin je le trouve. « C'est Tony », dis-je en levant la tête.

Anna s'est assise au bord du lit. Elle s'allonge sur le ventre, lève les jambes et pose le menton dans ses mains. « Ils rentrent déjà ? demande-t-elle. On ferait mieux de se dépêcher. »

J'éteins mon téléphone et je me dépêche.

TONY

1

Mes oreilles sifflent, Silvana me dévisage. À son regard décontenancé, je comprends qu'elle n'arrive pas à faire le lien entre son doigt sur la détente et l'homme qui s'écroule devant elle. Le corps de Mauro tombe sur le sable avec un bruit mat, qui me semble plus fort que le coup de feu et le fracas des vagues. Silvana reprend ses esprits, fait demi-tour et s'enfuit.

Je m'élance derrière elle, mais Mauro se met à crier et je m'arrête net. *Qu'est-ce que je fais ?* Cette salope peut courir jusqu'en enfer, Mauro passe avant. Je m'agenouille à côté de lui.

« Est-ce que… » – il déglutit – « … est-ce que c'est grave ? »

Il a ramené ses mains là où la balle a pénétré dans la chair – juste en dessous de la cage thoracique, à un endroit où c'est soit bénin, soit très grave. « Laisse-moi regarder. »

Mauro soulève ses mains. Si seulement tous mes patients étaient aussi obéissants. Je plonge mes doigts dans le sang. En soi la blessure n'est pas trop méchante, et la balle n'est pas ressortie, elle est donc logée à l'intérieur. Je colle une oreille contre le cœur de Mauro, qui bat régulièrement, puis j'écoute sa respiration. J'ai entendu pire. Je ne pense pas que les dégâts internes soient trop importants, et la balle n'a pas touché les os. « C'est moins grave que ça en a l'air, dis-je en attrapant mon téléphone.

— T'appelles qui ?

— Le Samu.

— Non.

— Quoi ?

— Seulement si c'est… absolument nécessaire.

— Je sais à quoi tu penses, mais…

— C'est nécessaire ? »

Mes tripes me disent que non. Pas si je peux trouver les bons instruments. « T'es sûr ? »

Mauro hoche la tête. Il perd beaucoup de sang et faiblit à vue d'œil. Il n'y a pas le temps de discuter. Je déchire mon T-shirt et je le presse contre la blessure. Je cours à la voiture, j'ouvre une portière arrière et je reviens. « Toujours vivant ?

— Pour le moment », répond péniblement Mauro.

Je glisse les bras sous son corps et je le soulève. Je ne m'attendais pas à ce qu'il soit aussi léger. Je le traîne jusqu'à la voiture, vite mais pas trop, pour éviter les secousses.

« Accroche-toi, dis-je. Le meilleur chirurgien de cette plage est sur le coup. » Je ne sais pas s'il m'entend toujours, mais moi je m'entends et j'ai besoin de me rassurer.

Je dépose Mauro sur la banquette arrière avec toute la délicatesse dont je suis capable, et je ferme la portière. Je m'installe dans le siège conducteur, j'insère la clé et je démarre. Il faudra que je freine doucement. Sinon le corps de Mauro va rouler et tomber. Ce serait marrant, tiens.

Tenant le volant à une main, avec l'autre j'appelle Elena.

« Salut grand frère, me salue-t-elle.

— Écoute-moi : tu connais un médecin arrangeant ? »

Il y a un blanc à l'autre bout de la ligne, puis, d'une voix soudain sérieuse, Elena me demande, « T'en as besoin tout de suite ?

— J'ai besoin de ses instruments.

— Qu'est-ce qui se passe ?

— Je viens chez toi si c'est possible.

— Bien sûr, répond ma sœur, instantanément cette fois.

— Est-ce que ça peut rester entre nous ? Rocco peut être au courant, mais personne d'autre.

— Bien sûr », répète-t-elle.

Je raccroche et appelle immédiatement Fabio. J'attends, et j'attends, mais il ne décroche pas. Je réessaie. Son téléphone est éteint.

Qu'est-ce qu'il fout, ce con ?

2

Rocco m'aide à porter Mauro à l'intérieur. Il lui tient correctement les jambes et empêche le corps de se balancer. Ce n'est pas la première fois qu'il fait ça. Mauro est toujours conscient, mais il n'a pas la force de parler. Nous le portons dans une chambre au rez-de-chaussée, où un lit de camp a été monté, avec des draps blancs et propres. Bien pensé. Très *pro.* Elena nous attend avec une sacoche médicale marron. Elle évalue l'état de Mauro avec le détachement d'un médecin, sans un mot – nous aurons tout le temps de parler plus tard. Rocco et moi allongeons Mauro sur le lit, et elle me tend la sacoche.

« J'espère que tu trouveras tout ce qu'il te faut. »

Je l'ouvre et jette un coup d'œil à l'intérieur : oui, il y a tout. Je n'en doutais pas. « Laissez-moi seul. » Ils ne peuvent pas m'aider. Ce serait plus long de leur expliquer que de tout faire moi-même.

Rocco et Elena s'en vont, fermant la porte derrière eux.

Et je me retrouve seul avec un ami dont la vie repose sur moi. J'ai pris un risque épouvantable : Mauro n'a pas été transporté en ambulance, nous ne sommes pas dans un bloc opératoire, et je n'ai pas d'équipe avec moi. Mais je suis bon. Mieux que bon.

Silvana ne savait pas se servir d'une arme, or les armes ont cette particularité : si on ne sait pas s'en servir, elles tuent quand on ne le veut pas, et elles ne tuent pas quand on veut faire couler le sang. Je l'ai appris pendant mes gardes de nuit aux urgences à Rome. Les gens croient que les flingues sont des baguettes magiques, mais pour qu'ils tuent il faut savoir les faire fonctionner, et aussi avoir de la chance, comme pour tout dans la vie.

Je prends encore quelques instants pour me vider la tête. Ce corps n'est pas celui d'un ami, c'est un morceau de viande, un moteur qui a besoin qu'on soit à la fois tendre et dur avec lui. C'est un objet que je dois réparer. Certains médecins entretiennent et affûtent leurs talents d'enquêteurs. D'autres réfléchissent, débattent, sans jamais se presser. Mais nous, les chirurgiens, nous sommes à mi-chemin du mécanicien et du boucher. Nous ne discutons pas les détails du diagnostic. Nous abattons le boulot.

J'attrape un scalpel à usage unique, je déchire l'emballage stérile et je me mets au travail.

3

Une opération est un acte intime. La première fois que j'en ai réalisé une tout seul du début à la fin, j'ai éprouvé une sensation désagréablement proche de l'excitation sexuelle, et – je ne plaisante pas – j'ai terminé avec une érection. Je me dégoûtais. J'y voyais la preuve que j'avais un côté malsain. J'ai hésité à me confesser au docteur Costa, mon vieux mentor, puis j'ai fini par décider de tenter le coup. Lorsque, gêné, je lui ai avoué mon érection, il a éclaté de rire. *Ça arrive souvent aux meilleurs*, m'a-t-il dit. Il m'a fallu du temps pour comprendre. Pour opérer quelqu'un, il faut synchroniser son rythme à celui de la personne ; il faut comprendre comment fonctionne ce corps, ainsi que, dans une certaine mesure, comment fonctionne *l'âme* dans ce corps. Le fantôme dans la machine n'en fait pas moins partie de la machine. Prenez deux patients d'âge et de poids égaux, ayant le même historique clinique et la même maladie, et vous verrez qu'ils réagiront différemment sur la table. Ça ressemble beaucoup au sexe. Et je palpe, je pousse et je pénètre, et je dois être absolument *présent*, oublier tout le reste. La plus grande différence, c'est que dans le sexe on peut se laisser aller, alors que c'est impossible en chirurgie : on ne peut pas faire confiance au patient, uniquement à soi. Le patient est une machine qui contient un fantôme endormi ; la seule personne qui exerce un contrôle, c'est le chirurgien.

Ça me fait un peu bizarre d'avoir cette intimité avec Mauro.

Je plante une canule et j'injecte de l'acide tranexamique pour interrompre le saignement. Mauro trouve la force de crier quand j'extrais la balle. Je vérifie soigneusement qu'il n'y ait pas de lésions internes. Je désinfecte la plaie et je la recouds. Je prie tout en suturant, je me sers des points comme d'un chapelet. J'en appelle à San Cosma et San Damiano, patrons des médecins. J'en appelle à Sant'Anthony, mon saint patron. J'en appelle à Marie, à notre Seigneur et à Son Fils Jésus. Mauro est un type bien ; et, oui, il arrive des sales trucs aux gens bien, mais je vous en supplie. J'en ai assez vu comme ça.

Mauro s'effondre pendant que je nettoie la suture. Pas de quoi s'inquiéter. J'approche une chaise du lit. La sacoche contient tout ce dont j'ai besoin pour faire une transfusion. Je suis O-, donneur universel, *le meilleur groupe pour un médecin*, a plaisanté Art un jour. Mauro n'aura probablement pas besoin de transfusion, mais il est bon de savoir que ce serait possible.

Avec ma manche, j'essuie la transpiration sur mon front. Je déchire l'emballage d'un sachet de compresses et je m'en sers pour essuyer le plus gros du sang que j'ai sur les mains. Puis j'attrape mon téléphone et je vérifie l'heure. Nous sommes arrivés ici moins d'une heure plus tôt. Ça pourrait aussi bien être dix minutes ou dix ans ; quand j'opère le temps se fige, comme pendant le sexe. J'appelle Fabio. Toujours rien.

Je laisse un message. J'ai encore mon téléphone dans la main lorsqu'il vibre et tinte pour signaler un message Facebook.

C'est Silvana.

4

Est-ce qu'il va bien ?

Je fixe l'écran du regard. Cette conne ne manque pas de culot. *Du calme*, dirait Mauro. *Du calme, réfléchis.*

Imaginer que je peux l'atteindre à travers l'écran et la traîner par le colbac jusque chez les flics ne m'avancera à rien. En réponse à son message, je lui envoie mon numéro, puis j'attends, les yeux rivés au téléphone comme si c'était un chien enragé.

À l'instant où la sonnerie se déclenche, je décroche.

« Vous êtes tarée ou quoi ? »

Silence à l'autre bout. Puis, « Il est vivant ? L'homme que j'ai... Il est vivant ?

— Qu'est-ce que ça peut vous foutre ? »

J'entends des sanglots qu'on ravale, et d'une voix brisée Silvana dit, « S'il vous plaît, s'il vous plaît, il est mort ? Je l'ai tué ?

— Non, je réponds. Il va s'en sortir.

— Merci mon Dieu. » Son soulagement est palpable.

J'inspire, j'expire. Il faut que je la ménage. Elle est jeune, elle est zinzin et elle est victime d'Art. « Pourquoi vous avez fait ça ?

— Je ne sais pas ce que vous me voulez.

— Nous sommes les meilleurs amis d'Art. Tony, Mauro, et il y a aussi Fabio. Art n'a jamais parlé de nous ?

— Il ne parlait pas de sa vie. Mon rôle n'était pas de poser des questions. »

Mon rôle. Je pense immédiatement au donjon BDSM dans le trullo. Je demande, « Vous étiez... l'esclave d'Art ? » C'est brutal, mais elle a quand même tiré sur mon pote. Elle peut encaisser ça.

Elle hésite, puis répond, « Oui, j'avais cet honneur. Je l'aimais. Je... je l'aime encore. »

Aucun problème tant que c'est entre adultes consentants. Silvana est assez grande pour être considérée comme une adulte, mais elle est aussi assez cinglée pour *ne pas* être considérée comme consentante. Il faut que j'oublie ce qu'elle a fait à Mauro, que je pense à ce qu'Art a pu lui faire à *elle*, et que je fasse preuve de compassion. « Comment est-ce que vous l'avez rencontré ?

— Un jour il est venu parler à Maman, il a dit qu'il commençait à vendre de l'herbe pour joindre les deux bouts. C'est devenu mon dealer.

— Une seconde. Art est venu parler à votre mère ? Pourquoi ?

— Son grand œuvre.

— *Le Livre des choses cachées.* J'ai lu l'introduction.

— Il faut le lire en entier pour comprendre.

— J'aimerais beaucoup, mais je ne l'ai pas en entier. Il paraît que vous l'avez. On pourrait se voir et… »

Elle a un petit rire. « C'est un piège, c'est ça ? » Elle se met à crier, « *C'est un putain de piège, c'est ça ?* »

Je regrette de ne pas m'être spécialisé en psychiatrie, au moins je saurais comment me comporter avec les cinglés et je n'oscillerais pas entre vouloir mettre un coup de boule à cette fille et lui faire un gros câlin. « Vous savez ce qui est arrivé à Art, n'est-ce pas.

— Oui.

— Et c'est pour ça que vous avez peur. »

Pas de réponse.

« Nous pouvons vous protéger. »

Un rire forcé. « Vous pouvez même pas les *voir*.

— Qui ? Les… les Choses cachées ?

— Psss ! » Un temps. « Allez vous faire foutre. Si vous essayez de me retrouver, je vous bute tous. » Elle raccroche.

J'essaie immédiatement de la rappeler. Son téléphone est coupé. Je pousse un cri de rage et je prends mon élan pour jeter mon téléphone contre le mur. Je m'arrête juste à temps.

Ce n'est pas le moment de péter les plombs. J'essaie encore de joindre Fabio, mais une fois de plus je tombe directement sur son répondeur.

Et je commence à m'inquiéter.

FABIO

1

Anna me dit de jouir en elle. Le lien que je sens entre nous est si fort qu'il est presque un orgasme à lui seul. Elle rit. Elle est trop honnête pour prétendre qu'elle aussi a joui. Je me laisse tomber sur le côté, juste le temps de reprendre mon souffle. Puis je rassemble mes forces, j'ignore le sommeil qui s'immisce déjà en moi, et je reviens sur elle, je la plaque au lit. Je me sers de chaque centimètre de mon corps, ma langue, mes doigts, mes genoux, pour lui donner du plaisir. Et enfin, alors que mes articulations se grippent et que mes muscles me lâchent, je sens qu'un frisson parcourt son corps. J'ai enfoui ma tête entre ses jambes ; je lève les yeux pour voir son visage, elle se mord les lèvres pour étouffer un cri qui ne vient pas de sa gorge mais d'elle tout entière. Je replonge la tête et continue à la lécher, je dessine de lents cercles autour de son clitoris, et elle tremble si violemment que je dois la maintenir en place avec les deux mains, et je continue à lécher, suçant de temps à autre ses petites lèvres, jusqu'à ce que ses mouvements ralentissent, et alors je l'entends souffler, et elle se détend entre mes mains et sous ma langue.

Je suis prêt à recommencer. Dans cinq minutes.

Mais pour l'heure, je me couche à côté d'elle, peau contre peau, je l'embrasse sur la bouche, et le mélange de nos sueurs est aussi excitant que le mélange des autres fluides.

« Tu peux recommencer exactement pareil ? » me demande Anna en riant.

Je sors la langue. « Je sens plus rien », dis-je sans rentrer la langue, pour déformer ma voix.

Anna s'empare de ma main et la glisse entre ses jambes. « Alors sers-toi de ça. »

C'est de la folie. Le Sud est une folie, avec son soleil somptueux qui enflamme les hormones. Nous savons que ce que nous sommes en train de faire est abominable, et que c'est la dernière fois que nous le faisons, alors nous prolongeons le moment autant que possible. Demain Anna et moi serons encore vivants, mais *nous*, l'entité fabuleuse que forment nos deux corps joints dans le sexe, *nous* serons morts. Avant cela, nous avons donc la ferme intention de nous immoler.

Alors j'insère un doigt en elle, et je ferme sa bouche avec la mienne, et j'arrête sa langue avec la mienne, pour l'empêcher de crier, pour l'empêcher de réveiller les filles qu'elle a eues avec Mauro.

2

Le temps est un tourbillon de baisers et de peau, ponctuellement entrecoupé de gorgées d'eau.

« Quelle heure il est ? » me demande Anna.

Nous reprenons notre souffle, caressant légèrement le corps de l'autre, sans perdre un instant le contact physique. « Je sais pas. »

Elle fronce les sourcils, se dresse sur les coudes. « Tu ferais mieux de savoir. Ils étaient en train de rentrer. Ce serait… bizarre. »

Elle a raison. Elle a toujours raison. Je descends du lit et j'attrape mon téléphone. Je le rallume. « Il est 1 heure passé. »

Anna se lève d'un bond. « Je pensais qu'il était minuit, maximum ! »

Tony m'a appelé il y a plus de deux heures. Si Mauro et lui n'étaient pas en train de rentrer, alors pourquoi est-ce qu'il m'a appelé ? Mon téléphone retrouve le réseau et me signale un message de Tony. J'appelle ma boîte vocale.

« Putain mais t'es où ? demande la voix affolée de Tony. On a un problème. C'est Mauro. Il… panique pas, tout est sous contrôle, mais viens dès que tu peux. On est chez ma sœur. » Il laisse l'adresse, puis ajoute, « Si Anna t'appelle, dis-lui que t'as pas de nouvelles de nous. Faut qu'on règle deux trois trucs. »

« C'était Mauro ? » demande Anna. Elle remet sa culotte. Notre nuit est terminée ; nous sommes déjà morts, elle et moi. « Fabio ? C'était Mauro ? »

Je ne sais pas quoi lui dire.

TONY

1

Fabio sonne à la porte. Sauf que, lorsque je l'ouvre, je ne tombe pas sur Fabio mais sur Anna, et elle n'est pas contente.

« Qu'est-ce qui est arrivé à mon mari ?

— Je… »

Elle me pousse sur le côté, sans brutalité mais avec fermeté, elle entre et répète, « Qu'est-ce qui est arrivé à mon mari ?

— Où est Fabio ?

— À la maison, avec les filles. Tony, dis-moi ce qui est arrivé à mon mari. *Tout de suite.* »

Connard de Fabio. Je lui avais dit de ne rien balancer à Anna. On ne peut vraiment faire confiance à personne.

Je réponds, « Il est vivant », et ce n'est plus Fabio que je maudis, c'est moi. *Il est vivant*, il n'y a que pour les médecins que c'est une bonne nouvelle. Pour le reste de la population, c'est simplement normal. J'explique, « Il s'est fait tirer dessus. Mais il va bien.

— Comment est-ce qu'on peut se faire tirer dessus et aller bien ? » Anna est calme, le calme d'un océan sous lequel un kraken déploie ses tentacules.

« La balle n'a pas touché les organes ni les os. J'ai arrêté le saignement, nettoyé la blessure et recousu. Il n'est pas en danger, Anna. Quand il se réveillera il ira bien. »

Elle est livide et hirsute, comme si elle avait sauté du lit pour venir directement ici, et c'est probablement ce qu'elle a fait, après que ce blaireau de Fabio a craché le morceau. Qu'est-ce qui lui a pris ?

« Je veux le voir.

— Pas de problème.

— Pourquoi il est pas aux urgences ?

— Longue histoire. Vaudrait mieux que ce soit Mauro qui te la raconte. »

Glaciale, elle rétorque, « Oui, sauf que ça va être toi. »

2

Mauro dort et, comme tout le monde quand on dort, il paraît jeune et fragile. J'ai déjà remarqué ça à l'hôpital : dans un lit, un homme de quatre-vingts ans peut ressembler à un enfant, même expression sur le visage, même certitude que le monde ne lui fera pas de mal. Anna fixe du regard le drap taché de rouge. J'ouvre la fenêtre ; il y a une odeur de sang dans la chambre.

« Tu me promets que ça va aller ? elle murmure.

— C'est une vie avec laquelle je ne prendrais aucun risque. »

Elle me connaît assez pour savoir qu'elle peut me croire. Elle se penche sur Mauro et lui dépose un bisou sur la joue. Puis elle quitte la chambre, et je la suis.

Elena et Rocco sont dans la cuisine, ils préparent du café et des panini au salami et aux cornichons (le pain est mou à cause du sirocco, donc ils le grillent). C'est une grande cuisine moderne, aux appareils chromés et placards en chêne massif, un style « rustique » radicalement opposé à celui des *vraies* maisons rustiques comme celle d'Art. La table elle aussi est en chêne, ainsi que les chaises. Des bouquets d'herbes pendent sous l'étagère à épices, unique détail rappelant la cuisine de nos mères. « Merci, petite sœur, dis-je.

— C'est rien. »

Ils nous laissent avec les sandwichs et le café. Je m'assieds sur un haut tabouret en métal et j'attrape un panino.

« Tony... fait Anna.

— Je sais, je sais. Laisse-moi un moment pour retrouver mes esprits. »

Il n'y a pas grand-chose à retrouver. À cause de moi, son mari a eu des démêlés avec une des organisations criminelles les plus dangereuses au monde, et à cause de moi il a pris une balle. Je lui dois la vérité. Quant à la disparition d'Art, l'introduction de son livre m'a mis quelques idées en tête, du genre idées folles, et celles-là je peux les garder pour moi.

Je lui dis, « Je vais tout te raconter », et je m'exécute. Je lui raconte tout depuis le moment où l'histoire qu'elle connaît a commencé à diverger de l'histoire telle qu'elle est – quand nous sommes allés à la danse des épées et avons rencontré Michele. Je lui parle de Silvana. Je lui dis que l'introduction du *Livre des choses cachées* m'a donné envie de la rencontrer.

« Pourquoi ? me demande froidement Anna. Qu'est-ce qu'il y a dans cette introduction ?

— C'est pas facile à expliquer. » Tu parles. C'est plutôt que je passerais pour un malade si j'essayais. « Y a quelque chose qui m'a fait réfléchir... » Je me tais un instant. « Dans le chapitre que j'ai lu, Art promet qu'il révélera plus loin dans le livre ce qui lui est arrivé quand il a disparu, or Silvana a lu le livre en entier. » C'est une demi-vérité, mais c'est toujours mieux que rien.

« Et malgré les risques, tu voulais savoir ce qu'elle avait à dire. »

Je baisse la tête. « On pouvait pas se douter qu'elle serait dangereuse.

— Pourquoi, parce qu'elle est jolie ? »

Ça se passe de réponse.

« Je suis désolée, reprend Anna après un long silence.

— T'as tout à fait le droit d'être en colère.

— J'ai de la peine pour cette pauvre fille, vraiment. Elle n'était pas bien avant de rencontrer votre *ami*, et j'imagine pas ce qu'il a pu lui faire. »

Moi non plus. Je soupçonne que mon bref coup de fil avec Silvana n'a fait qu'effleurer la surface. « Elle m'a dit qu'elle savait ce qui était arrivé à Art.

— Je m'en fous, Tony. C'est fini, stop. Tu es sûr que ça ne sert à rien d'aller voir les carabinieri ?

— La Corona a dit non. Donc non.

— Alors appelle ce Michele, s'il te plaît. Maintenant.

— Faut d'abord que j'en parle aux autres. Ça pourrait avoir des répercussions, et…

— Appelle Michele. Tout de suite », dit Anna.

FABIO

1

« Elle est où Maman ? »

La voix me réveille en sursaut. Il me faut un moment pour me rappeler si l'aînée s'appelle Ottavia ou Rebecca. Je tente un « Bonjour Rebecca ».

Elle fait la moue. « Je m'appelle Ottavia.

— Évidemment. » Elle m'a trouvé endormi à la table de la cuisine. Je m'étais installé là précisément pour *ne pas* m'endormir, mais il fait trop lourd pour rester éveillé. « Ta maman et ton papa sont partis se promener. Ils m'ont demandé de vous surveiller. »

Ottavia bâille et jette un coup d'œil en direction de l'obscurité derrière la fenêtre. « Il est tard. Où est-ce qu'ils sont allés aussi tard ? »

Je ne suis pas bon avec les enfants. Je hausse les sourcils pour me composer un visage que j'espère mystérieux et je dis, « C'est une promenade *secrète*.

— Il s'est passé quelque chose de mal ?

— Bien sûr que non.

— Je veux qu'on appelle Maman. »

Je pourrais tenter de la persuader de fiche la paix à Anna. Et elle pourrait fondre en larmes et réveiller sa petite sœur.

Calmer deux petites filles en pleurs outrepasse largement mes capacités.

J'appelle Maman et je tends le téléphone à la petite.

« Maman ? »

Elles parlent quelques instants, puis Ottavia me rend le téléphone. Je le colle à mon oreille et je dis, « Anna ? Toujours là ?

— Je rentre », me répond-elle, puis ça coupe.

Ottavia est tranquillisée. Elle se sert un verre d'eau, le boit cul sec, puis me fait l'honneur d'un bisou de bonne nuit sur la joue et retourne se coucher. L'économie de ses mouvements rendrait jaloux un P.D.G. ; elle est un mélange presque trop parfait d'Anna et de Mauro.

Je devrais me sentir coupable. Mais dès que je ferme les yeux, je repars au lit avec Anna, ou sinon j'imagine ce qui a pu arriver à Mauro, ou, plus troublant encore, les deux à la fois. Le désir le dispute à l'inquiétude. Il n'y a plus de place pour la culpabilité.

J'entends la porte d'entrée, puis les pas d'Anna.

« Anna… dis-je en me levant.

— Tony m'a juré que Mauro allait se rétablir. » Elle va au frigo, en sort une brique de jus d'orange et boit avec sur le visage la même expression que sa fille.

« Qu'est-ce qui s'est passé ?

— Silvana a tiré sur Mauro.

— *Silvana* ?

— Tony l'a rafistolé et m'a juré que ça irait. »

Je n'ai pas besoin de demander pourquoi ils ne sont pas allés aux urgences. « Je suis désolé. »

Anna range la brique de jus et referme le frigo, avec des gestes calmes indiquant qu'elle prend sur elle pour se contrôler. « À quoi vous pensiez ? Aller fricoter avec la Sacra Corona Unita, comme des adolescents débiles ?

— On s'est laissé emporter. Ça a été très… progressif.

— C'est comme ça que tu as foutu ta vie en l'air, Fabio : progressivement. »

Elle tape juste, et ça fait mal. « Tu as raison.

— Je ne t'accuse pas, pas plus que Mauro. Je veux que ce soit clair. Et je comprends comment vous avez pu vous laisser embarquer dans ce petit jeu. Mais c'était idiot.

— Un peu.

— Même après sa mort, Art continue à vous envoûter. » Anna secoue la tête, jette ses clés de voiture sur la table. « Vas-y, ils t'attendent.

— Pour quoi faire ?

— Michele va venir. »

2

À la vue du corps de Mauro, la culpabilité commence enfin à poindre. Je sautais sa femme pendant que Silvana lui tirait dessus. Il se battait pour rester en vie, aidé par Tony, et moi j'avais la tête entre les jambes d'Anna. Maintenant c'est une petite chose dans un lit qui n'est pas à lui, dans une flaque de sang qui lui appartient. J'ai beau savoir rationnellement qu'il n'y a aucun rapport entre les deux événements, entre le sexe et la proximité de la mort, ce n'est pas ce que me disent mes tripes.

Tony pose une main sur mon épaule. « Mauro va bien, finalement. »

Nous cherchons refuge dans la cuisine, où nous buvons du thé glacé en attendant Michele. La nuit cède la place à une aube embrumée quand nous entendons une voiture. Il est là. Lorsque Rocco lui ouvre la porte, Michele lui donne une tape sur la joue avec une bonhomie condescendante, puis il serre Elena dans ses bras. Sa coiffure est parfaite, son pantalon de velours impeccable. Il m'adresse un geste du menton, puis il se tourne vers Tony : « Qui est mort ?

— Personne. Mauro a pris une balle.

— Celui qui est tout le temps sérieux ? »

Tony acquiesce.

« C'était un de nos gars ? demande Michele.

— C'est plus compliqué que ça.

— On va avoir besoin de café, *sì ?* fait Michele, avenant. Elena, tu veux bien... ? »

Elena se dirige déjà vers la cuisine. « Bien sûr. » Rocco la suit sans un mot.

Tony, Michele et moi nous asseyons à la table de la salle à manger, où Tony récapitule l'histoire, sans entrer dans les détails. Comme une ombre, Elena entre, dépose un plateau contenant trois tasses de café et des biscuits maison, et se retire.

Pensif, Michele boit une gorgée de café. « Dommage que ça ait tourné comme ça.

— C'est vrai, confirme Tony.

— Tu as le livre d'Art avec toi ?

— L'introduction, oui.

— J'aimerais beaucoup la lire.

— Elle est à vous. Mais, vous... ça ne va pas vous plaire, Michele.

— Pourquoi ça ?

— Là-dedans, Art est encore moins tendre avec notre Seigneur que dans mes souvenirs.

— Art est un homme complexe, concède Michele. Qu'est-ce que tu en penses ?

— Rien. »

Michele termine son café, pose la tasse sur la petite soucoupe noire et la soucoupe sur le plateau. « S'il te plaît. Ne m'insulte pas. »

Tony ne répond pas.

J'ouvre la bouche. « Je crois que…

— Tu as lu ce qu'Art a écrit ? me coupe Michele.

— Non.

— Alors sois gentil et ferme-la. »

J'aimerais pouvoir me faire ce *maître de la danse*, mais même moi je suis assez malin pour avoir peur de lui.

Tony se tord nerveusement les mains, croise et décroise les doigts. Il dit, « Vous êtes croyant. »

Michele se signe et termine en embrassant ses phalanges. « En effet.

— Je pense qu'Art l'était aussi.

— Tu viens de dire l'inverse.

— Non, je me suis mal exprimé. Quand on était petits, Art était un pur sceptique. Mais ce que j'ai lu m'a donné l'impression qu'il a eu une… comment dire… une *expérience* qui l'a changé. Il était croyant, à sa manière.

— Et cette expérience, ce serait quoi ?

— Art sous-entend qu'il s'est passé quelque chose de mystique, de surnaturel, dans l'oliveraie. Il ne le développe pas dans la partie que j'ai lue, mais c'est mon impression. Vous comprendrez quand vous lirez. Silvana est jeune, elle est mentalement instable. Art a dû lui faire miroiter je sais pas quoi pour coucher avec elle, ou… je ne sais pas.

— Tu n'es pas une jeune fille, et pourtant toi aussi il t'a convaincu. »

Tony hausse les épaules. « Pas *convaincu*. »

Michele le regarde un moment encore, comme pour s'assurer que ce sont bien les derniers mots qu'il obtiendra de Tony, puis il tape une fois dans ses mains. « Bien. Mes jeunes amis, j'apprécie que vous ayez fait comme je vous avais dit. À partir de maintenant, vous ne vous occupez plus de rien. Je prends les choses en main.

— Allez-y doucement avec elle. Elle ne va pas bien.

— Ne t'occupe de rien, Tony. »

Tony hoche la tête et dit, « Merci.

— Tu es le frère d'Elena, dit Michele. Tu es de la famille. »

3

Je vais rejoindre Anna, mes mains tremblent sur le volant et je ne sais pas si c'est à cause de la quantité de caféine que j'ai injectée dans mon sang au cours des douze dernières heures, ou si c'est le soulagement. Quoi qu'il arrive, à partir de maintenant, nous sommes tranquilles.

Des saints, des vierges et le Christ. Le niveau de folie entourant Art a augmenté exponentiellement. Nous aurions dû arrêter nos recherches il y a longtemps, avant que quelqu'un soit blessé. Avant que je trahisse un ami. J'ai le sentiment que Tony et moi venons tout juste de faire nos adieux à Art. Mauro aurait dû être avec nous. Quand il se réveillera, nous porterons un toast à notre ami, tous les trois. C'est la fin du Pacte, le dénouement des derniers fils qui me reliaient au gamin crédule que j'étais.

J'essaie de ne pas trop penser à Silvana, une fille perturbée qui a été utilisée par notre ami puis abandonnée, par nous, aux mains de la Corona. Je doute que Michele ait la même définition que nous de *doucement*. Je me répète que nous ne pouvions rien y faire, et j'espère réussir un jour à me convaincre que c'est la vérité.

Je laisse la voiture à Anna, lui assure que nous avons fini de jouer aux enquêteurs, et je rentre à pied. Ce matin, des nuages lourds pèsent sur le ciel. Ça sent l'orage. C'est pour bientôt – on entend le tonnerre au loin. Le sirocco aime s'achever en fanfare. Ensuite, l'air sera propre et le vent plus doux. Je retrouverai le monde réel.

La réalité me tombe dessus par couches successives. Il faudra que j'avoue à Lara que je l'ai trompée; il faudra que je fasse le point sur ce que j'éprouve pour elle. Il faudra que je trouve comment payer mon loyer dans quatre mois. Il faudra que je décide ce que je veux faire de ma vie. Mais d'abord, je dois faire le deuil d'un ami. Ma génération a vieilli vite. Moi, en tout cas.

J'entre dans la maison de mon père et je gagne ma chambre sur la pointe des pieds. Les souvenirs qu'elle contient me paraissent plus faux et déplacés que jamais. Je me débarrasse de mon pantalon et de ma chemise, qui sont non seulement imprégnés de ma sueur, mais aussi de l'odeur du sang de Mauro et du parfum d'Anna. En caleçon, je m'écroule sur le lit. Des éclairs zèbrent le ciel, l'orage éclate. Un déluge d'énormes gouttes martèle la vitre. Avant, j'aimais les orages. Comme disait Art, *C'est la puissance parfaite.* Quand nous étions jeunes, nous avions l'impression que nous pourrions contrôler cette puissance – maîtriser la tempête. Nous nous sentions immortels. Je me tourne dans mon lit, une fois, deux fois, et c'est comme un sort dans un conte de fées : je suis persuadé que, à la troisième fois, je vais m'endormir.

4

« Fabio. »

La voix cassante de mon père me réveille en sursaut. Il me secoue.

Je proteste. « Tu peux pas frapper ?

— Descends. Ton ami est à la porte. »

À moitié endormi, mon cerveau pense, *Art !* Je dois être tellement obnubilé par lui que j'associe automatiquement son prénom au mot *ami*. Si seulement. Art est mort, Mauro est alité ; c'est Tony.

Il est 14 heures, l'orage est terminé. Le ciel est à nouveau limpide et l'air, heureusement, plus respirable. Il fait toujours chaud, mais c'est moins oppressant. J'enfile un short et un T-shirt et je descends au rez-de-chaussée. Mon père aurait pu avoir l'élégance de faire entrer Tony, mais non, le seul de mes amis qui trouve grâce à ses yeux est Mauro. J'ouvre la porte.

Art est là.

Art est là.

Le souffle coupé, il me faut un moment pour le reconnaître – son nez aquilin, ses oreilles décollées, ses lunettes. Il est mince, comme il l'a toujours été, et un peu voûté, comme il l'a toujours été – et en forme, en bonne santé. Je tends la main vers lui. Je touche son bras. Il est chaud, fait de chair et d'os. De chair, d'os, et de quoi encore ?

« Art ? » Ma voix est celle d'un enfant qui ne sait pas s'il est fasciné ou terrorisé.

Il est rayonnant. « Fabio, mon pote. Je suis revenu. Je suis revenu pour vous sauver. »

TONY

1

Les orages sont la puissance pure, disait Art. Ou alors c'était *la puissance parfaite* ? Il était expert en tempêtes. Il a eu une phase pendant laquelle il a étudié la forme et le nom des nuages, et de là il est passé aux phénomènes météorologiques extrêmes. Il a découvert (et nous avec, puisqu'il ne pouvait pas s'empêcher de partager avec nous le moindre détail de ses lubies) qu'il existait une communauté de fans de tempêtes qui pratiquaient l'observation des nuages, communiquaient principalement par radio amateur, fanzines et, pour les veinards habitant en Amérique, forums internet et groupes de mails – pour nous, c'étaient des gadgets de science-fiction. Les guetteurs de tempêtes pouvaient parcourir des centaines de kilomètres pour voir et capter les plus belles tempêtes. Art n'avait pas les moyens de voyager, et le sud de l'Italie n'abritait pas d'autre guetteur avec qui échanger ses notes, alors il se contentait de nous faire part des plaisirs de la pluie et du tonnerre, et d'observer les tempêtes de la région. Lesquelles, si je peux me permettre, valent le coup d'œil.

Un éclair déchire le ciel. La pluie tambourine sur la porte en accordéon qui donne sur le jardin d'Elena. Je ne l'ai pas complètement fermée, pour laisser entrer l'odeur délicieuse de la pluie. Ça me rappelle quand j'étais petit, l'été ressemblait à une suite interminable de premières expériences et de bêtises avec les copains. J'aime ma vie actuelle – la seule chose qui me manque est une relation stable, mais je suis certain que ça viendra. J'aime ma vie actuelle, mais je mentirais si je disais que le gamin que j'étais à l'époque ne me manque jamais. Depuis, deux de mes potes sont devenus malheureux, le troisième est mort, et ma petite sœur s'est installée dans une maison construite grâce à de l'argent sale. Assis dans un fauteuil en osier, je regarde dehors, je suis vidé. Je déteste chaque minute que je suis obligé de passer entre ces murs.

Les meilleurs orages éclatent en été, ce sont les cadeaux d'adieu du sirocco. L'endroit préféré d'Art pour les observer était le Sea Star, un bar de plage à Portodimare. Il a fermé depuis longtemps. Il était minuscule, peint en bleu, et bâti sans le moindre début de permis de construire. Son plus grand avantage était une véranda sur la mer, d'où on pouvait voir les nuages avancer au-dessus des vagues, effacer le soleil, aussi impressionnants qu'une chaîne de montagnes grondantes. Et de là on voyait les éclairs, non seulement leur lumière mais leur forme, cette lumière bleue pétillante et magique qui mariait le ciel à la mer, tous deux vêtus de noir. Peu de gens restaient au Sea Star quand arrivait l'orage ; la plupart rentraient chez eux et attendaient que ça se calme. Les rares qui avaient la flemme de rentrer chez eux allaient dans la salle, au lieu de s'attarder sous la véranda, où on risquait la mort. Nous avions donc la véranda pour nous quatre, et c'était fantastique.

C'est durant un orage qu'Art a fait la seule et unique chose folle, dans tous les sens du terme, que je l'aie jamais vu faire. Nous étions fin août. Les éclairs creusaient des canyons lumineux dans le ciel, et les gouttes de pluie étaient aussi grosses et lourdes que des grêlons. En regardant la mer, on avait l'impression que ces gouttes géantes en jaillissaient, au lieu d'y tomber, des graines que la mer lançait dans le ciel. Même Fabio était impressionné, or Fabio était rarement impressionné quand il n'y avait pas de fille dans l'équation.

« Vous savez, a dit Art, les yeux rivés à la mer, qu'il y a assez d'énergie dans un seul éclair pour alimenter une maison pendant un mois.

— Et alors ? j'ai demandé.

— Alors ça signifie que, en termes financiers, un orage génère une quantité d'argent énorme. La nature peut se permettre de flamber des millions. Elle se fout de notre argent, de nos lois, de *nous*. Elle s'en fout. On n'est rien.

— C'est pas très gai, a dit Mauro.

— Pourquoi ? Je ne compte pas rester rien toute ma vie. »

Il a attrapé son T-shirt par le bas et l'a retiré.

« Qu'est-ce que tu fais ? » a demandé Fabio.

Art a ôté ses lunettes et les a rangées dans une poche de son maillot.

« Tu vas te *baigner* ? » ai-je demandé.

Pour toute réponse, Art s'est débarrassé de son maillot, l'a plié et l'a laissé avec son T-shirt sur une chaise. Il est resté planté là, nu, les mains sur les hanches, tel un Peter Pan légèrement trop vieux qui nous invitait au Pays imaginaire. « Alors, vous venez ? »

Mauro a tourné la tête vers le bar, et je l'ai imité – par chance, nous étions les derniers clients, il ne restait plus que le type au comptoir, et il regardait la télé.

« Je m'approche pas de ta bite, ai-je dit. Tarlouze. »

Art a levé les mains au ciel. « Faut être à poil pour ressentir ça.

— Ressentir quoi ? a demandé Fabio, amusé.

— La *puissance*. Le… le *potentiel*.
— Tu vas le ressentir et ensuite tu vas mourir, a dit Mauro.
— Possible. »

Il a éclaté de rire et il est parti en courant vers la mer. Fabio, Mauro et moi avons échangé un regard et couru derrière lui pour l'arrêter, le plaquer au sol, si besoin. L'eau est un conducteur électrique. Un éclair pourrait frapper Art. Ou bien frapper loin d'Art, et l'électricité fondrait sur lui comme un requin, et Art mourrait de toute façon.

Mais il a été plus rapide que nous.

Il courait comme un possédé, ignorant nos appels et nos cris. Il a atteint le bord de l'eau, et une seconde plus tard il plongeait et disparaissait.

J'ai hurlé, « Art ! »

On n'entendait que les vagues et l'orage, et soudain sa tête a émergé, et il riait comme un dément. « Je sens l'orage ! Je *suis* l'orage ! » Il s'est redressé, a levé les bras et la tête vers le ciel, de l'eau jusqu'au ventre. De toutes ses forces, il a répété, « *Je suis l'orage !* » tandis que les vagues et les éclairs explosaient autour de lui.

Et je l'ai un peu envié.

2

« Je crois me rappeler qu'Art avait un truc avec les orages », dit Elena.

Sa voix me ramène dans le présent.

Elle est assise dans un fauteuil en osier identique au mien, à côté de moi, ses pieds nus croisés sous ses jambes. Les femmes de ma famille sont connues pour leur beauté. Les hommes, moins.

« Une fois il est allé nager au milieu des éclairs. Nu. »

Elena glousse. « Je ne connais pas cette histoire.

— J'ai des tonnes d'histoires avec Art, mais faut que je les fasse durer parce qu'on n'en aura plus d'autres maintenant. »

Je vois du vrai amour, de la vraie compassion sur le visage de ma sœur. « Michele va le retrouver.

— Pas vivant, enfin je pense pas.

— Mais il va le retrouver. »

Je me prends la tête entre les mains. « J'aime pas ça, Elena. Non, je vais être honnête avec toi : je *déteste* ça. De tout mon cœur. »

Elle fronce les sourcils. « De quoi tu parles ?

— De ce que tu es devenue. »

Elle ne répond pas tout de suite. Elle ne détourne pas le regard, et son visage ne laisse rien paraître, mais elle se tait.

Je reprends. « Tu as épousé un *criminel.*

— C'est Maman qui t'a mis ça dans la tête ?

— Non, c'est *moi* qui me suis mis ça dans la tête. Écoute, je sais que c'est ton mari…

— Exactement, Tony : c'est mon mari. » Elle pose une main sur l'arrondi de son ventre. « Le père de mon fils.

— Tu l'aimes ?

— Beaucoup.

— Ce que fait Rocco…

— Rocco est un homme d'affaires.

— Joue pas à ça, Elena. Tu étais à la danse des épées.

— Tu y étais aussi.

— Parce que je n'avais pas le choix ! »

Elena me dévisage, s'assombrit. « Moi non plus je n'avais pas le choix. Je vis à Casalfranco, Tony, et c'est comme ça que les choses fonctionnent ici.

— Maman et Papa ont eu une boutique pendant des décennies.

— Et ils ont payé la taxe pendant des années.

— Pourquoi vous faites pas la même chose ? Vous payez et vous faites votre vie sans vous… mélanger avec ces ordures ?

— Dans ce monde, Tony, il y a ceux qui payent et ceux qui encaissent. Tu préférerais être dans quelle catégorie ?

— Je préférerais être honnête. » J'ai du mal à maîtriser ma voix.

« Ça c'est la meilleure. C'est *toi* qui m'as présenté Rocco.

— J'étais jeune et stupide.

— Ah bon ? fait Elena sur un ton égal. Et maintenant que tu es grand et malin, qu'est-ce que tu as fait quand tu as compris qu'Art avait des ennuis ? Tu es venu *ici*, tu es venu *me* voir, et tu m'as suppliée de t'aider.

— Seulement parce qu'Art…

— Tu m'as suppliée de te mettre en contact avec les miens, et je l'ai fait. »

Les miens.

« Ensuite Mauro a pris une balle, s'acharne Elena, et qu'est-ce que tu as fait, mon grand et puissant frère ? *Tu m'as suppliée de t'aider*, encore !

— Mauro était en train de *mourir*, Elena !

— Tu aurais pu l'emmener à l'hôpital, *sì* ? Faire les choses bien. Et dire aux carabinieri qu'il y a une malade mentale armée en liberté. Mais non, tu as choisi de venir chez *moi*, et je t'ai ouvert la porte, sans poser de questions, et tu t'en foutais bien, de la fille, tant que tes copains et toi vous étiez en sécurité. Alors comment ça marche ? Tes jolies règles s'appliquent aux autres mais pas à toi ? »

Je ferme les yeux et je respire un coup. « J'ai pas envie de me disputer.

— Moi non plus.

— Essaye juste de te mettre à ma place. C'est dur à encaisser. J'imaginais pas que tu étais aussi impliquée.

— Je suis impliquée dans les affaires de ma famille, c'est normal.

— Moi aussi je fais partie de ta famille.

— Oui ! Et pendant qu'on parle, un de tes copains perd son sang sur mes plus beaux draps.

— C'est à cause de Rocco ? Il te bat ? Tu as peur de ce qu'il pourrait faire ? »

Elle me fixe de ses yeux noirs et profonds, puis elle lève une main vers ma joue, comme quand nous étions petits. « Oh, Tony. Tu ne comprends vraiment pas, hein ?

— Quoi ?

— C'est moi la patronne, pas Rocco. »

J'essaie de trouver les mots mais je n'en ai plus.

Enfin je vois. Je vois dans sa totalité la femme qu'est devenue ma petite sœur, et pire encore, je vois comment c'est arrivé. Ça aurait pu être moi, si j'étais resté à Casalfranco. L'honneur, la camaraderie, le sentiment d'appartenir à une grande et puissante tribu – autant de choses qui m'attirent autant qu'elle. Elena et moi sommes deux personnes très semblables qui ont pris des chemins très différents.

Ces derniers jours, je n'ai pas seulement perdu un de mes meilleurs amis, j'ai aussi perdu ma sœur. À moins que je ne l'aie perdue au cours des dernières années mais que je me rende compte seulement maintenant qu'elle s'est irrémédiablement éloignée de moi. C'est une douleur insupportable, mais je ne vais pas me mettre à pleurer devant elle, alors je me concentre sur la tempête qui fait rage derrière la fenêtre, et j'essaie de me souvenir de la voix d'Art disant que les orages étaient la puissance, qu'il était la puissance, qu'il était l'orage.

Un peu plus tard Anna s'en va, sans un au revoir, et je reste dans mon fauteuil d'osier, seul, je regarde l'orage dehors, et ensuite Mauro entre dans la pièce.

MAURO

1

Je clopine hors de la chambre et j'essaie de retrouver mes affaires dans cette maison inconnue. J'ai rêvé d'un orage, et il est parvenu jusqu'au monde réel. Il assombrit le jour, entre deux explosions de lumière bleue. J'entre en trébuchant dans une grande pièce au mobilier en osier. Une porte en accordéon occupe tout le mur du fond et offre une vue parfaite sur la tempête. Art adorerait.

Tony est assis face à la porte. Il se relève d'un bond. « Mauro ! Comment tu te sens ?

— Vivant.

— Tu as faim ?

— Je sais pas. »

Tony m'approche un fauteuil. « Assieds-toi. »

Je m'y laisse tomber avec gratitude. « Combien de temps j'ai dormi ?

— Quinze heures. Un peu plus.

— Et personne n'a cru que j'étais mort ?

— *Espéré*, tu veux dire. *Espéré.* »

Je souris faiblement. « Tu m'as sauvé la vie.

— Ouais. J'assume.

— Est-ce qu'Anna…

— Elle est au courant. De tout.

— Merde. »

Tony paraît gêné. « J'ai essayé de gagner du temps, mais...

— Pas la peine de t'excuser. Je connais ma femme.

— On a aussi fait autre chose, Fabio et moi.

— Quoi ?

— On a appelé Michele. Anna nous a pas laissé le choix. »

Fin du bal. Il était grand temps. « Je la comprends.

— Moi aussi, honnêtement.

— À ton avis, combien de temps il va falloir à la Corona pour retrouver Silvana ?

— Ce soir ce sera fait, demain au pire. C'est pas Art. »

Un éclair dehors. C'est le bouquet final ; les gouttes de pluie rétrécissent, le tonnerre s'éloigne. « Pauvre fille. Ça doit être effrayant pour elle, un orage pareil.

— Pourquoi tu dis ça ?

— Parce qu'elle était hantée, Tony. Elle avait peur de son ombre. Elle doit être planquée dans un trou quelque part, à écouter le tonnerre et à s'imaginer je sais pas quoi. Pauvre fille, vraiment. »

Tony laisse passer un moment avant de répondre, « T'es un type bien.

— Tu penses que Michele va la ménager ?

— Il fera ce qu'il pense nécessaire pour arriver jusqu'à Art », dit Tony en esquivant mon regard.

Art. Notre ami. Le génie, le menteur, le dealer, le salaud. « Il était vraiment taré vers la fin.

— Taré, ouais.

— Qu'est-ce qu'il y avait dans son livre qui t'a donné envie de rencontrer Silvana ? »

Tony regarde l'orage mourant. « Les pages que j'ai lues étaient des digressions sur les saints et la Vierge Marie et je trouvais bizarre, *vraiment* bizarre, qu'Art ait réussi à mettre Silvana dans son lit avec ce genre de conneries mystiques. C'est pratiquement la mère de Silvana qui a inventé cette catégorie d'arnaque à Casalfranco. Tu crois que sa fille y aurait été sensible ? »

Pas vraiment. « Et donc, à ton avis ?

— Art était sincère. Il pensait ce qu'il écrivait, et ça a fait vibrer une corde sensible chez Silvana. Ou peut-être que… » Tony prend un air impuissant. « C'est Art. Impossible jusqu'au bout. »

Dehors, l'orage est terminé, il ne reste plus qu'une pluie légère. D'ici une heure le soleil brillera ; ce sera un temps à aller se baigner. « Faut que j'appelle Anna, dis-je.

— J'ai comme l'impression que t'es pas pressé de lui parler, sourit Tony.

— Aie pitié de moi, Tony. »

2

Tony me ramène à la maison. Nous essayons d'appeler Fabio, mais il ne doit plus avoir de batterie. Je lui laisse un message pour qu'il sache que je vais bien. L'orage a été remplacé par un temps frais. Couleurs vives, odeurs douces, petite brise – je ne pouvais pas espérer mieux pour un nouveau départ.

« Tu as mal ? demande Tony en arrêtant la voiture.

— C'est supportable. »

Il sort de sa poche le sachet d'herbe qu'il a pris dans la voiture d'Art. « Tiens. Un antalgique testé et approuvé. Et cent pour cent naturel.

— Tu me gâtes.

— Je plaisante pas. Si ça te démange trop, roule un joint. Hésite pas, t'as la bénédiction de ton médecin. »

La porte d'entrée s'ouvre et Anna apparaît. Tony lui fait un signe de la main, me pousse hors de la voiture et repart.

« Salut », dis-je.

Anna paraît hésiter une seconde, puis elle se jette à mon cou et me serre fort. Je laisse échapper un cri – davantage par surprise de sentir une douleur à l'endroit de ma blessure qu'à cause de la douleur en soi – et elle se recule. « Je suis désolée », dit-elle, gênée. Elle a pleuré.

« Je suis là, dis-je. Je vais bien. »

Anna m'attire à l'intérieur. Ottavia et Rebecca sont derrière, dans le jardin qui, après la pluie, m'enveloppe dans un merveilleux parfum d'herbes et de fruits mûrs. Ottavia est sur la balançoire suspendue à un citronnier, elle lit une BD de Donald, et Rebecca joue aux Lego, assise en tailleur dans l'ombre d'un pêcher. « Papa ! fait Ottavia.

— Papa ! » fait Rebecca.

Anna m'a prévenu au téléphone : elle a dit aux filles que j'avais passé la soirée avec des amis chez Elena, que j'étais tombé dans l'escalier et que j'avais dû rester toute la nuit là-bas pour me rétablir. Il est encore facile de leur mentir. Elles ont encore confiance en nous.

« Ne le serre pas dans tes bras, avertit Anna avec une sévérité feinte. Il est blessé. »

Rebecca prend un air sérieux. « Je peux serrer ta main, alors ? » demande-t-elle.

Mon cœur se brise un peu. Je lui tends une main, et elle referme la sienne autour de trois de mes doigts, elle ne peut pas en tenir davantage, et elle serre de toutes ses petites forces. J'aime cette petite fille. Je l'aime, j'aime sa sœur et j'aime leur mère. J'ai l'impression qu'Ottavia est née hier, que Rebecca est née hier, que j'ai épousé leur mère hier, le jour où mes amis m'ont offert une magnifique Stratocaster dont j'ai joué pour la première et dernière fois à mon mariage. Si je tourne la tête, je peux voir ces moments ; ils sont juste derrière moi. Ils sont précieux. Et dire que j'ai failli les foutre en l'air.

Je me mets à trembler. Anna le remarque et dit, « Papa est fatigué. Je vais l'emmener au lit.

— Mais, Papa... » commence Rebecca.

Ottavia l'interrompt et demande, « Tu me montres tes Lego ? »

Si jeune et déjà si avisée.

Anna me fait rentrer juste à temps, juste avant que j'éclate en sanglots, avant que les larmes dévalent mes joues. Je tremble si fort que les points de suture recommencent à tirer.

J'aurais pu mourir sur cette plage.

Tout à l'heure, quand je me suis réveillé, quand j'ai compris que j'étais vivant, j'ai aussi compris ça : *j'aurais pu mourir.* C'est maintenant, en sécurité avec la femme que j'aime, que je permets à ce fait simple et brut de remonter à la surface. J'aurais pu être tué par une fille malade – un crime sans coupable. Et à présent ce sont de vrais méchants qui vont se charger d'elle, des types qui n'y réfléchissent pas à deux fois avant de dissoudre des enfants dans l'acide juste pour transmettre un message. Et tout ça parce que je m'ennuyais. Quand les autres avocats ont une crise existentielle, ils s'achètent une bagnole de sport. Cela dit, les autres avocats ne connaissent pas Art.

« Je te demande pardon, Anna. Pardon, pardon, pardon...

— Chut. »

Je m'effondre sur le canapé du salon. « Je voulais pas que ça aille aussi loin. Tout s'est enchaîné. »

Anna hoche la tête. « Je sais. Je ne t'en veux pas, Mauro.

— C'est vrai ?

— On fait tous des erreurs. »

Et là j'en ai la certitude, je sais qu'il s'est passé quelque chose entre Fabio et elle, il y a des années de ça. J'adorerais lui dire que c'est de l'histoire ancienne, et je le ferai, quand nous serons tous les deux assez solides. « Ce que j'ai fait, c'était bien pire qu'une erreur. J'ai mis ma vie en danger. Non, c'est même pas ça. Ce que j'ai mis en danger, c'est… » – je bouge l'index entre Anna et moi – « … nous.

— Tu es malheureux.

— Non. Je… » Je m'arrête. Ma femme mérite la franchise. « C'est vrai, j'étais malheureux. Ma vie n'a pas pris le tour que je voulais, et ça me déprimait.

— Je ne sais pas si je comprendrai un jour ce que tu voulais.

— Un *sens*, j'imagine. »

Gentiment taquine, Anna réplique, « Tu aurais dû suivre les conseils d'Art et devenir une rock star.

— C'est vrai que ça a vachement profité à Fabio. » Je secoue la tête. « Non. J'ai une bonne vie. Pas celle que je pensais avoir, mais une bonne vie, et je devrais m'estimer heureux. C'est impardonnable, ce que j'ai fait.

— Il n'y a rien à pardonner, chéri.

— Merci d'être aussi géniale. Merci de me supporter. Merci d'avoir obligé les autres à appeler Michele. Merci, merci, merci. Je sais pas ce qui nous a pris.

— Vous avez été loyaux envers un ami. Ça a mal tourné, et la personne en question n'en valait probablement pas la peine. Mais vous avez été d'une fidélité admirable.

— Je… »

Mon téléphone sonne. C'est Fabio. Il a dû écouter mon message.

« Réponds », dit Anna.

Je lui souris et je décroche. « Salut, Fabio.

— Mauro, tu vas bien ? » Il a une drôle de voix. Comme s'il avait abusé de l'*antalgique* de Tony.

« Impec, dis-je.

— Bien. Bien. Écoute… euh… putain.

— Y a un problème ?

— Art est revenu. »

FABIO

1

Art a allumé un petit feu dans l'entrée d'une grotte face à la mer. Sa silhouette dégingandée rappelle un cowboy solitaire. Comme un cowboy, il est allongé sur le côté et il regarde le feu, ou bien une chose qu'il voit dans le feu ; il a une sacoche qui pourrait facilement être accrochée à une selle. Ne lui manque qu'un brin d'herbe au coin des lèvres. Il n'y a pas beaucoup d'herbe dans cette région du monde. Lorsqu'il nous voit, il sourit et nous fait signe.

Nous les appelons des *grottes*, mais ce sont plutôt de petites niches au pied des falaises qui bordent cette partie de la côte. Dans une région aussi plate que la nôtre, chaque rocher est une montagne et chaque trou une grotte. Je dirais que la moitié des gens du coin y ont perdu leur virginité. Moi, en tout cas. Elles ne protègent pas réellement des regards indiscrets, mais elles permettent de se raconter qu'on est à l'abri.

C'est une nuit douce, la plus douce que nous ait offerte ce mois de juin, le ciel est plein d'étoiles et le serpent bienveillant de la Voie lactée s'y déploie au-dessus de nous.

« Bordel, c'est vraiment lui », souffle Tony.

C'est lui.

Lorsqu'il a frappé à ma porte, Art était pressé. Je l'ai mis au courant de ce que nous avions fait et il a proposé que nous nous retrouvions ici, promettant de nous expliquer sa version. Je m'attendais à moitié à ne pas le voir – à l'avoir imaginé, ou à ce qu'il s'évapore une troisième fois. Mais non, il est là.

« T'as l'air en forme, Tony », dit-il.

Je dépose mon sac de victuailles sur le sable, imité par Tony. Nous avons des sandwichs, de quoi grignoter et des bières, comme Art nous l'a demandé.

Tony entre dans le jeu d'Art et, tout aussi imperturbable, dit, « On a apporté des provisions.

— Vous êtes les meilleurs.

— T'es sûr que c'est une bonne idée de faire un feu ? je demande.

— C'est plus agréable.

— Je pensais aux garde-côtes.

— Y a personne sur la plage, dit Art en ouvrant le sac qui contient les sandwichs. Si on les entend, on fout le camp. C'est lequel, le mien ?

— Le papier marron. » Pour lui, nous avons demandé à retirer la couenne du jambon de Parme ; question nourriture, il a les goûts d'un enfant de cinq ans.

« Je suis désolé, je ne vais même pas vous demander ce que je vous dois, dit-il en raflant son sandwich. Il se trouve que je suis fauché.

— C'est la maison qui régale. »

Tony décapsule les Peroni avec son briquet, j'ouvre un pot de cornichons et un paquet de chips.

Art mord dans son sandwich et, la bouche pleine, demande, « Il est où Mauro ?

— Chez lui. »

Au téléphone, il était furieux. Quand il a appris qu'Art était indemne – une fois de plus – et refusait de s'expliquer – une fois de plus –, il m'a dit qu'il devait rester avec sa famille, et il a raccroché.

« Il pouvait pas sacrifier une soirée pour un ami ?

— Il a sacrifié beaucoup plus que ça, répond Tony.

— Je suis désolé, c'est pas ce que je voulais dire. » Nouvelle bouchée. « J'espérais juste qu'on serait tous les quatre, c'est tout, vu qu'on a raté le Pacte deux ans d'affilée.

— Pas de ma faute », dit Tony.

Art incline son sandwich vers lui. « Tu serais pas un petit peu nerveux ?

— Non, juste curieux d'entendre quelles conneries tu vas nous débiter cette fois.

— T'es un petit peu nerveux, confirme Art en faisant glisser le pain avec une gorgée de bière. Mais c'est de bonne guerre. J'ai pas été réglo avec vous. Et vous allez comprendre que je n'avais pas le choix.

— Dans quelles emmerdes tu t'es fourré ?

— Des emmerdes ? » Art paraît surpris. « Pas du tout. Qu'est-ce qui a pu vous laisser croire ça ?

— Alors pourquoi on se voit ici, et pas dans un endroit civilisé ? »

Art écarte les bras pour englober toute la plage. « J'aime autant que Michele ne soit pas au courant que je suis revenu.

— Revenu d'*où* ? je demande.

— C'est la grande question, hein ? C'est la grande question du jour, et ça l'était déjà il y a vingt ans. » Art regarde le feu et prend une expression plus sérieuse. À mes yeux, il est resté le gamin maigrichon que j'ai rencontré à onze ans, dans la nouvelle école qui faisait peur. Mais je vois qu'il n'est plus ce gamin depuis bien longtemps : son visage commence se rider, ses cheveux à blanchir. « Quand je vous ai dit que je ne savais pas ce qui s'était passé pendant les sept jours où j'ai disparu...

— Tu mentais. »

Art a l'air déçu. « Non. Je ne savais pas. Je ne pouvais pas savoir.

— Tu veux dire que tu avais perdu la mémoire ?

— Je me souvenais de tout, mais j'avais besoin de temps pour traiter les informations, et pour comprendre. Tout seuls, les faits ne servent à rien. Bon, allez, arrêtons de tourner autour du pot : la vérité c'est que, quand je vous ai laissés avec le télescope et que je suis entré dans l'oliveraie, j'ai été kidnappé.

— Don Alfredo », je dis.

Art tourne brusquement la tête vers moi, perplexe. « Don... » – il éclate de rire – « Don Alfredo ! Non, Fabio, ce n'était pas lui. La personne qui m'a enlevé... elle n'était pas de Casalfranco. » Un temps. « Elle n'était pas *humaine.* »

Il y a un moment de silence complet. Puis Tony demande, « Qu'est-ce que tu veux dire ?

— À ton avis, qu'est-ce que je veux dire ? Elle n'était... elle *n'est* pas humaine. Son nom, vous ne pourriez pas le comprendre. Elle est... elle est... je ne vais pas faire semblant de pouvoir vous dire ce qu'elle *est,* parce que j'en suis toujours incapable. En revanche, je peux vous dire ce qu'elle n'est *pas.*

— Humaine, donc », fait Tony d'une voix imperturbable.

Art braque un index sur lui, pouce replié, imitant un revolver comme pour dire, *Dans le mille.* « C'était une Chose cachée. »

Nous, les photographes, nous avons un truc que certains qualifient de *sixième sens.* C'est un regard particulier sur les choses : il s'agit de débarrasser le sujet de tout ce qui relève de nous, et non de *lui* (nos idées préconçues concernant l'éclairage, nos réactions instinctives à certaines couleurs), pour voir émerger sa nature, sa *vérité* intime. La vérité nous est essentielle. On peut choisir de la représenter telle quelle, ou bien de la rendre méconnaissable, mais pour ça il faut la connaître. Je me sers de mon sixième sens sur Art. Je nettoie mon esprit de tout ce que je sais de lui (disparues, ces décennies d'amitié), de toutes mes croyances à propos de l'existence d'être non humains (disparu, le bon sens), de tout ce que mon esprit essaie de me dire, et dans ce rare et précieux instant de silence, je regarde Art et sa vérité.

Il est fou.

Tout son corps le crie, depuis l'agitation de ses yeux jusqu'aux mouvements incessants de ses doigts ; il a largement dépassé le stade de l'excentrique charmant. Il a besoin d'aide, d'une aide abondante et qualifiée.

« Je croyais que toute cette histoire de *choses cachées* était un genre de métaphore, dit Tony.

— Pourquoi ? demande Art.

— Parce que ça voudrait dire que tu n'es pas cinglé.

— On s'en fout que je sois cinglé, tant que j'ai raison.

— Qu'est-ce que c'est, alors ?

— C'est… quelque chose de complètement différent. Un autre aspect du monde. L'endroit où elles vivent est réel, aussi réel que, non, infiniment plus réel que celui-ci. » Il tape des pieds sur le sable. « *La Madama* m'a emmené là où elles m'ont kidnappé.

— *La Madama ?* je demande. On pensait que c'était Silvana.

— Elle est adorable, je te l'accorde, mais rien à voir avec celle que j'aime. »

Je fais mon possible pour ne pas croiser le regard de Tony : Art le remarquerait forcément et je ne sais pas comment il réagirait. Je suis heureux de ne pas être seul avec lui. Il ne reste plus un brin de santé mentale entre ses deux oreilles.

Fatigué, Tony fait, « Art…

— Vous pensez que je suis fou. C'est pour ça que je ne vous l'ai pas dit avant. Je savais que vous vous diriez ça. Et je ne vous ai pas encore raconté le meilleur. » Il se compose un sourire digne du chat du Cheshire, puis annonce, « La partie où j'acquiers des *pouvoirs magiques* !

— Parce que maintenant tu as des pouvoirs magiques », je dis.

Art rit et bat des mains. « Bien sûr ! Comment j'aurais allumé ce feu, sinon ?

— Avec des allumettes ? suggère Tony.

— Grâce à la magie ! Et c'est aussi comme ça que je suis revenu ; j'étais dans l'orage ! J'étais l'orage ! Je faisais des sauts périlleux dans le tonnerre et je me gorgeais d'électricité brute. »

La voix d'Art est montée d'un octave. Tony n'affiche aucune réaction. Il demande, « Tu peux me montrer ? Tu peux faire de la magie, là ? »

Art ouvre les mains, paume vers le haut. « Je pourrais mais je ne vais pas le faire. Je ne suis pas un frimeur.

— T'es le plus grand frimeur que je connaisse.

— J'ai grandi. »

Art me fait peur. Je laisse parler Tony, je veux en finir, mettre autant d'ordre que possible dans ma relation avec mon père et rentrer chez moi, à Londres, auprès de Lara. Je ne suis pas assez fort pour survivre à l'endroit qui a brisé Art.

Il avale une gorgée de bière et s'essuie la bouche avec le dos de la main. « Mais si on commençait plutôt par le début ?

— Bien sûr, fait Tony.

— Où est-ce que j'en étais ? Ah, oui : cette fameuse nuit. Quand je suis entré dans l'oliveraie, une odeur de violette m'a sauté au nez. Je me suis dit, *Des violettes, en janvier ?* Et ensuite, j'ai *entendu* quelque chose. Ce n'était pas un bruit naturel, pas un bruit de ce monde. C'était le bruit que ferait l'eau si elle pouvait avoir un orgasme, vous voyez ce que je veux dire ?

— Pas vraiment.

— Bon. Bon. Le problème, c'est que je peux pas vous expliquer mieux que ça. J'ai vu une lumière, d'un drôle de bleu saphir délicat. Et une voix a dit, *Bonsoir, Arturo.* C'était une femme, la plus belle femme que j'avais jamais vue. » Art nous envoie un clin d'œil. « Et elle était *nue.* J'ai poussé un cri et je suis resté bouche bée, et elle a ri. Elle s'est approchée de moi, elle glissait plus qu'elle marchait, et elle m'a fermé la bouche avec un baiser. Ensuite elle m'a dit, *Tu viens avec moi.* Ce n'était ni une question ni un ordre, plutôt un constat. J'ai dégluti et j'ai demandé où, et elle – je vous jure que c'est vrai – elle a mis sa main sur mon entrejambe, elle a serré un peu, et elle a dit, *Avec moi.* Elle a fait demi-tour et elle a commencé à marcher. Et son cul, nom de Dieu, son cul ! C'était la chose la plus ronde, la plus parfaite à avoir béni cette terre. Opulent, bien dessiné, parfait. J'étais obligé de le suivre.

— Et t'appelles ça un kidnapping ? dit Tony.

— Plante un ver au bout d'un hameçon puis laisse l'hameçon se balancer dans l'eau. Si un poisson mord, est-ce que tu peux dire, honnêtement, que le poisson *voulait* finir dans ton assiette ?

— Tu marques un point. »

Art ajoute quelques bûches au feu et reprend, « Je l'ai suivie, et l'oliveraie est devenue de plus en plus grande et étrange. Je… c'est au-delà des mots, littéralement ; notre langage n'est pas conçu pour décrire ce que j'ai vu et fait. Je vais simplement dire que *La Madama* m'a emmené de l'autre côté, du côté caché. Dès qu'on y est arrivés, elle m'a sauté dessus et elle a commencé à me baiser comme une furie. Ensuite elle m'a proposé des fruits, des genres de figues de Barbarie, mais avec un arrière-goût épicé – un peu pimenté, vous voyez ? –, et du vin doux. Et on a parlé. C'est devenu un rituel : on baisait, on mangeait, on buvait, on parlait, et on recommençait.

— D'accord, mais où ? demande Tony. Dans une maison, dans un champ… ? »

Je vois où il veut en venir. Chic type.

« Pas dans une maison, non. On était tout le temps dehors. De ce côté-là, je n'ai vu aucune structure à part des murs en pierre sèche. J'ai demandé pourquoi à *La Madama*, et elle m'a répondu qu'ils matérialisaient les frontières. Sinon, il n'y a que des arbres, des vignes et des buissons. Il y fait toujours chaud, mais pas trop. Comme à la fin mai. Vous pouvez appeler ça l'Arcadie, si vous voulez.

— Et de quoi vous parliez ? je demande.

— D'art. De philosophie. De magie. De tout ! Et entre le sexe, les festins et les conversations, j'ai compris une chose évidente, la vérité la plus simple qui soit : avant que *La Madama* ne m'enlève, j'étais en train de mourir.

— Je crois me souvenir que non.

— On est tous en train de mourir ! Depuis l'instant de notre naissance. Les enfants parlent de devenir grands, ils n'attendent que ça, mais en réalité on ne devient pas grands, on devient *petits*. Quand on est jeunes, on est *immenses*, et ensuite on rétrécit. À cinq ans tout est possible, mais qu'est-ce qui nous reste à quarante ? Dès qu'on fait un choix, on renonce à tous ceux qu'on aurait pu faire à la place, et on devient de plus en plus petits, chaque choix nous dévore un peu, brûle nos *possibles*, et à la fin il ne reste plus rien de nous. La mort est un rétrécissement progressif qui nous fait passer de l'infini au néant. »

Tony fait un geste vulgaire de la main. « Et tu as eu cette illumination pendant que…

— Oui, rigole Art. C'est le meilleur moyen de devenir sage.

— Ça paraît pas très gai comme pensée, pour un moment de béatitude.

— C'était pas sinistre du tout. Plutôt quelque chose du genre, si tu es riche, tu es conscient que d'autres sont pauvres, et tu as de la compassion pour eux mais ça ne change rien au fait que tu es riche, tu vois ? J'avais arrêté de mourir, Tony ; les Choses cachées sont immuables, un enchantement pur, au-delà du temps et de l'espace. Tant que j'étais de leur côté, je n'allais pas devenir petit.

— Mais tu n'es pas resté. »

Art engloutit deux cornichons. « *La Madama* m'a mis dehors. Après une dernière baise splendide, je me suis endormi la tête entre ses seins. Quand je me suis réveillé, j'étais revenu dans l'oliveraie.

— Elle ne t'a rien expliqué ?

— Ce n'était pas nécessaire ; elle s'était lassée de moi.

— Dur.

— C'est quand même *La Madama*. Le premier jour que nous avons passé ensemble, elle m'a dit, *Arturo, c'est ta lumière qui m'a attirée.* Pour un être aussi lumineux qu'elle, les autres lumières déclinent vite.

— Et c'est là que tu es venu chez moi ? je demande. Juste après qu'elle t'a largué ?

— J'ai marché jusque chez toi. J'aurais pu m'arrêter dans une cabine téléphonique, mais j'avais besoin de marcher. J'avais besoin de *réfléchir*.

— À quoi ?

— À un moyen de retourner là-bas.

— Elle t'avait foutu à la porte la première fois… dit Tony.

— J'étais certain que *La Madama* respecterait un être humain qui trouverait un moyen d'y arriver seul. *Ça*, ça aurait été lumineux ! Après le lycée, je suis parti de Casalfranco. J'ai voyagé. J'ai étudié tout ce que je pensais pouvoir être utile : la physique quantique, la pleine conscience, les contes de fées, majoritairement des conneries mais avec deux ou trois bonnes choses. J'ai découvert une magie puissante, du niveau Marvel. Vous savez que je peux léviter ?

— Tu pourrais le faire devant nous ?

— Oui, mais je ne vais pas le faire. C'était très frustrant. Au fil des années, pas mal de gens ont croisé les Choses cachées, mais c'était toujours par hasard, ou parce que quelqu'un de là-bas les avait emmenés. Mais y aller depuis *ce côté-ci*, et exprès ? C'était une autre histoire. C'était une violation de propriété – c'était interdit par la loi. Et vous me connaissez, je n'ai pas supporté ça. C'est devenu un défi non seulement matériel, mais intellectuel. Qui avait décrété que les humains devaient rester confinés à un seul côté ? Je voulais passer de l'autre côté, mais surtout je voulais permettre à d'autres de le faire, je voulais défier les rabat-joie métaphysiques qui avaient écrit les lois et matérialisé les frontières. »

Ces mots me font sourire. Malgré tous ses délires, Art reste Art. « Ton retour à Casalfranco, ça faisait partie de tes recherches ? »

Art bat des mains. « Oui ! Oui ! Précisément ! Je savais depuis un moment que je ne pourrais terminer mon… *apprentissage* qu'ici. Mais je résistais. Le changement allait être énorme. Quand Maman est morte, j'ai compris que c'était le moment. » Il marque une pause théâtrale, son regard saute de moi à Tony et revient sur moi. « Il y a dix jours, j'ai réussi à passer. *La Madama* a été impressionnée, et elle m'a promis que je pourrais rester avec elle pour toujours. »

Tony éclate de rire, « Et apparemment elle a décidé de te flanquer dehors une deuxième fois.

— Non ! J'ai décidé de revenir temporairement.

— Pour quoi faire ?

— Pour vous ramener. »

Je m'approche du feu. La nuit fraîchit, et il y a une éternité que je n'ai pas senti la chaleur d'un feu sur la plage. C'est une sensation unique, l'eau et le feu coexistant paisiblement au lieu de s'affronter. « Tu veux *nous* emmener du côté des Choses cachées ?

— Je veux vous sauver. Vous êtes brillants ! C'est injuste que des gens comme vous doivent mourir. Je refuse. Tu as déjà tellement rétréci, Fabio, ça me fait de la peine. Venez avec moi et vous ne rétrécirez plus. Vous ne finirez pas dans le néant.

— C'est… » – Tony se racle la gorge – « … c'est très gentil de ta part. »

Art hausse un sourcil. « Tu te moques ?

— Un peu. »

Art glousse. Il plonge une main dans sa sacoche et en extrait trois liasses de papier, retenues par un élastique. « Tenez. Mon livre. Il explique comment passer et tout le reste. Lisez-le et ensuite on en parlera, d'accord ? Je vous serais reconnaissant de faire un saut chez Mauro pour lui déposer son exemplaire. Et dépêchez-vous, les gars. »

Je prends le mien. *Le Livre des choses cachées*, le grand œuvre d'Art, tous ses secrets réunis en un seul paquet. « Silvana en avait un, je dis.

— Je sais. »

Tony se pince le nez et soupire bruyamment. « Tu sais que la Corona la cherche.

— En fait ils l'ont déjà attrapée.

— Quoi ?

— Dès que Fabio m'a dit qu'ils la cherchaient, j'ai couru à l'endroit où je savais qu'elle se serait cachée, une hutte dans un champ près de Portodimare. Elle n'y était pas.

— Et tu t'en fous.

— Michele n'a aucune raison de lui faire du mal.

— T'es pas censé être ami avec lui ? Va lui dire que t'es rentré et qu'il la laisse partir.

— Ce serait une perte de temps.

— Ça te prendra au moins cinq minutes. »

Art regarde Tony avec une expression que je connais – celle qu'il prend lorsqu'il essaie de faire comprendre quelque chose à un interlocuteur trop borné ou stupide pour piger. « Le Moment ne dure que jusqu'à demain.

— Je sens un M majuscule dans ta voix.

— C'est dans mon livre, tout est expliqué. Vous ne pouvez passer que pendant une courte fenêtre temporelle. Si on la rate... » Il secoue la tête. « La suivante ne sera pas avant cinq ans. »

Tony cherche ses mots. « Admettons. » Un silence. « Et quand bien même, pourquoi est-ce que Michele voudrait te faire perdre ton temps ?

— C'est évident, Tony : la Corona veut exploiter ma magie. Tu es au courant que j'ai guéri la fille d'un de leurs chefs ? Ils savent de quoi je suis capable et ils veulent en profiter. Tant que je restais dans mon coin, ils me fichaient la paix et ils me surveillaient. Mais maintenant, ils ne vont pas prendre le risque de me laisser filer. Ils vont me mettre le grappin dessus et me prendre au piège.

— Michele parle de toi comme d'un bon ami.

— Je ne me fais aucune illusion quant à l'étendue de son amitié. »

Il a raison. En pratique, même si ce qu'il nous dit est une montagne d'inepties, ça ne change rien : si un chef de la mafia a décidé que c'était vrai, alors ça l'est. Vérité n° 1 : Art a besoin d'aide. Vérité n° 2 : si nous l'emmenons voir un médecin, nous le remettons dans les mains de la Corona. Vérité n° 3 : si nous le cachons à la Corona, nous sommes morts et Silvana aussi. À demi-voix, je dis, « T'es un enfoiré, Art. Tu nous fous dans une merde *royale*.

— Au contraire. » Fier, Art tape du doigt sur le livre que je tiens dans les mains. « Je vous donne une chance d'être entiers pour l'éternité. »

MAURO

1

Si Art était là, devant moi, je lui en mettrais une. Ou pas. Je ne sais pas. L'histoire se répète, ou du moins elle rime : Art s'évapore dans la nature, on s'inquiète, il nous met dans le pétrin, et il revient, apparemment sain et sauf. Sauf que cette fois, je n'ai plus la résistance, ni la foi dans la vie, que j'avais à quatorze ans. Je suis vidé.

Tony m'a écrit :

On a le livre. Art est pas avec nous. Je peux passer rapidement chez toi ?

J'ai répondu : *Bien sûr.* J'ai dit à Tony de passer par le jardin, pour ne pas réveiller les filles.

Ça a été une bonne soirée. On a pris des pizzas à emporter et on a regardé *La Reine des neiges*. Les filles ont chanté *En été*, la chanson où le bonhomme de neige rêve à l'été, oubliant que, l'été venu, il sera mort, ce qui fait rire tout le monde mais que je vois comme un commentaire déprimant sur notre vie à tous. Ensuite nous les avons couchées, et Anna et moi attendons les garçons dans le jardin.

« Salut, fait la voix étouffée de Tony, de l'autre côté du portail.

— Fabio est pas là ? je demande en l'ouvrant.

— Je l'ai déposé chez lui en venant.

— Entre.

— Je reste pas, je suis vanné. »

Il tient une liasse de feuilles dans une main et la dépose sur notre petite table. « *Le Livre des choses cachées*, chuchote-t-il. Régale-toi. Art a prévu un exemplaire pour chacun de nous. Il m'a dit qu'il nous les gardait depuis qu'il a fini de l'écrire.

— Comment il va ?

— Pas bien.

— Tu veux boire quelque chose ? demande Anna.

— Du thé glacé, ce serait super. »

Elle en sort une bouteille et trois verres, et nous nous asseyons, nous buvons tandis que Tony nous raconte l'histoire d'Art. Une femme mystérieuse (splendide, *cela va sans dire**), de la magie, du sexe : tout y est. Ça me rend triste.

« Un fantasme d'adolescent, résume Anna. La beauté fatale, le surnaturel, un rêve de… puissance ?

— Amnésie dissociative. » Tony remue lentement son verre, fait tinter les glaçons à moitié fondus. « C'est comme ça que ça s'appelle. Quand un souvenir est trop pénible, on se construit un fantasme pour… pour se cacher la réalité à soi-même. Il faut qu'Art voie un psychiatre, avant qu'il ne… » Tony ne termine pas sa phrase. « Je laissais une chance au surnaturel. Sincèrement. Je ne suis pas borné, vous le savez, et je me disais, *Je crois en Dieu, il peut bien exister autre chose.* Mais Art qui *lévite* ? Ça va trop loin. »

---

* En français dans le texte (*N.d.T.*)

Je demande, « On a une idée de ce qui s'est vraiment passé ?

— Peut-être. Je vais jeter un œil à son livre, et une fois qu'on n'aura plus de comptes à rendre à la Corona, je le passerai à deux ou trois amis psys. Je suis sûr qu'il contient des indices ; les souvenirs ne s'effacent pas comme ça. Peut-être que la personne qui a enlevé Art était bel et bien une femme. Je parie qu'elle n'était pas nue, ni magique, mais pour ce qui est du sexe… » Tony hausse les épaules. « Possible. Souvent, les personnes qui ont survécu à des agressions sexuelles transforment leurs agresseurs en objets de fascination.

— À propos de la Corona, dit Anna, je vous dois des excuses.

— *Tu* nous dois des excuses ? fait Tony. J'ai failli faire tuer ta mauviette de mari.

— Oui, mais c'est moi qui ai insisté pour que tu impliques Michele.

— Anna, dis-je, c'est nous qui l'avons impliqué en premier. C'est un professionnel. On va trouver une solution.

— Je m'en charge. » Tony vérifie l'heure et se lève. « Faut que j'y aille. Je vais faire une sieste avant de me plonger dans les délires d'Art. Vous, essayez de bien finir ce qui vous sert de vacances. Je vous tiendrai au courant, et je vous promets de ne pas ramener une bande de mafieux dans votre chambre. »

Anna l'embrasse sur la joue. « Merci, Tony. »

2

Je suis assis sur les toilettes, en caleçon. Je laisse échapper un petit cri en retirant la gaze, qui arrache pas mal de poils au passage. Je veille à ne pas enlever le fil avec. La blessure me démange comme si j'avais la varicelle.

Anna frappe à la porte. « Tout va bien ?

— Je suis encore vivant. »

Je vaporise une bonne dose de désinfectant, dont l'odeur d'hôpital me fait froncer le nez. Ensuite, je pose soigneusement une gaze propre, que je fixe avec quatre morceaux de sparadrap. J'ai l'impression d'être un dur à cuire façon Arnie dans *Terminator.*

Je clopine jusqu'à la chambre. J'ai mal au côté ; mon corps me reproche le traitement que je lui ai infligé. Quand je vois Anna, la douleur reflue. Nue sur le lit, elle lit un roman. C'est un livre épais, qu'elle tient en équilibre entre ses seins, une jolie pose avec laquelle Fabio pourrait faire la plus belle couverture de l'histoire des magazines littéraires.

« Tu es tout pâle », dit-elle.

Je me laisse tomber sur le lit et j'approche une main à deux centimètres au-dessus de la gaze, sans la toucher. Elle n'émet pas de chaleur. Rien d'inquiétant. « Ça fait mal.

— Antalgique ?

— Je t'aime, toi. »

Je prends l'herbe d'Art dans la table de nuit, ainsi qu'un paquet de tabac et des feuilles à rouler.

« Je peux le faire si tu veux, dit Anna.

— J'ai envie de voir si je me rappelle comment on fait. »

Dans mon milieu professionnel il y a beaucoup de coke (j'en ai pris une ou deux fois : pas mon truc), mais le cannabis n'est pas une drogue d'avocat. Depuis la fin de mes études, je n'ai fumé que très occasionnellement, ici à Casalfranco, avec les copains, ou à des soirées avec des amis d'Anna (contrairement aux avocats, les philosophes fument énormément). Le joint que je finis par rouler est tout biscornu, mais il fera l'affaire.

Je tire une longue bouffée et je sens la fumée aromatique descendre dans mes poumons. Je fais une grimace approbatrice.

« Elle est bonne ? »

Je tends le joint à Anna. « Un truc aussi fort, ça devrait pas être légal.

— *C'est pas* légal, rit Anna en me le prenant.

— Alors c'est doublement illégal. »

Elle tire une taffe et me rend le joint. « T'en as plus besoin que moi. »

Je ferme les yeux et tire encore, fort. Art n'a jamais été du genre à faire des compromis. Son herbe est aussi intransigeante que tout ce qui le concerne. Elle tape fort et me propulse dans l'espace, m'éclaire les idées et affûte mes sens. De là-haut je vois Art, il étudie différentes variétés de cannabis, les croise pour obtenir le mélange ultime, qui sera assez fort et assez étrange pour l'intéresser durablement. Le cannabis comme art. *Art et l'art.* Il y a un jeu de mots. Ça me fait rire. On a cherché l'art ! L'art est notre meilleur ami ! Un étudiant aux beaux-arts en ferait un film d'art et d'essai.

Je tourne la tête pour admirer Anna, ses belles formes déposées sur le lit. Je ferme encore les yeux et je fume, profondément heureux maintenant que l'herbe me calme la tête.

Ou pas.

« Qu'est-ce que tu fais ? » demande Anna.

Je plonge le nez dans l'oreiller et j'inspire fort. Mes sens aiguisés par l'herbe perçoivent une odeur qui n'est pas la mienne, ni celle d'Anna. Une odeur étrangère ; non, pas exactement étrangère. Je me force à tourner la tête vers Anna. C'est une marque de morsure qu'elle a sur le cou ?

Je murmure, « Fabio.

— Qu'est-ce…

— Tu as couché avec Fabio ?

— Quoi ? Non ! »

Le ton de sa voix, sa façon de bouger les épaules, elle est aux abois, sur la défensive. Je dis, « Tu as couché avec Fabio » et je prie pour qu'elle se mette en colère parce que je l'ai insultée.

Elle baisse les yeux.

Et je…

… je ne sais pas quoi faire. Je pourrais me lever d'un bond et m'en aller. Crier *Salope !* et *Pute !* Ou bien je pourrais me mettre à pleurer et dire que c'est de ma faute, que tout est de ma faute, et la supplier de ne plus recommencer ; je serai un meilleur mari. Je pourrais, je pourrais, je pourrais – mais je suis fatigué. Je laisse retomber ma tête sur l'oreiller, je tire une dernière taffe et je noie le reste dans un verre d'eau sur la table de chevet. L'herbe d'Art ne pouvait rien donner de bon. J'aurais dû le savoir.

« Tu ne t'es même pas donné la peine de changer les draps.

— J'étais plus occupée par l'idée que tu allais peut-être mourir.

— Tu l'aimes ?

— C'est toi que j'aime. »

J'ai le souffle court. Je sens une pression sur ma poitrine, comme si Fabio était assis dessus, se moquait de moi et me faisait un bras d'honneur. Je demande à Anna, « Quand est-ce qu'on a baisé la dernière fois ?

— À Noël.

— Ça peut pas faire aussi longtemps.

— Si. »

Je me passe une main sur le visage. « Fait chier.

— Je ne vais pas te mentir et te dire que je n'avais pas envie de coucher avec Fabio. J'en avais envie. Et c'était super. Je croyais que je me sentirais coupable après, mais non. Mais ça ne change rien à ce que j'éprouve pour toi.

— T'étais en train de te taper un de mes meilleurs amis pendant que je risquais ma vie, et tu ne te sens pas coupable ?

— Je t'*interdis* de dire ça, Mauro ! Tu faisais bien ce qui te chantait, tu satisfaisais ton égo en oubliant tes responsabilités envers moi. Envers tes *enfants*.

— Tu as couché avec un autre !

— Et alors ? C'était seulement du sexe, et entre le sexe et la mort je choisirai toujours le sexe. J'y ai pris du plaisir – beaucoup de plaisir – et je ne regrette rien du tout. Je pensais que ce serait le cas, mais je ne regrette rien. Le sexe, c'est le sexe. Ça ne change rien à… *nous*. Je t'aime, Mauro, tu le sais, et je sais que tu m'aimes.

— Y a beaucoup de problèmes dans ce *nous*.

— Quelques-uns. On peut les régler ensemble.

— Ça te ferait quoi si je me tapais quelqu'un d'autre ?

— T'as qu'à essayer », répond-elle sèchement. Et elle est sincère.

« C'est » – j'essaie de garder une voix douce – « c'est les pires excuses que j'aie jamais entendues.

— Je ne suis pas en train de m'excuser. »

Mon corps me supplie de rester couché, mais je suis encore défoncé et l'odeur de Fabio m'assaille de toutes parts, et je l'imagine au lit avec Anna, et Anna ne s'excuse pas, et je sombre dans une paranoïa croissante (et si Fabio avait le sida ? Si elle tombait enceinte ? Est-ce qu'il a une plus grosse bite que moi ?). L'herbe et les mauvaises nouvelles ne font pas bon ménage. Je me lève lentement. Anna ne me demande pas où je vais. Elle a dit ce qu'elle avait à dire et me laisse le temps de digérer. C'est sa manière de faire.

J'enfile une chemisette (en lin blanc, une de celles que je porte à la plage) et je sors de la chambre. Je prends une bière fraîche dans le frigo, j'attrape le livre d'Art et je vais dans le jardin. Je me sens calme, mais pas calme comme un adulte qui règle les problèmes en parlant. Le terme approprié serait plutôt *K.O.* La nuit est fraîche, suffisamment pour que je rentre chercher un sweat-shirt.

Je m'écroule dans un fauteuil, je commence à boire et je commence à lire.

LE LIVRE DES CHOSES CACHÉES

CHAPITRE 3
Le passage

I

Je mourais d'envie d'y retourner. À ma place, vous auriez ressenti la même chose. Avoir la chance de voir le royaume des Choses cachées pour ensuite en être expulsé revient à savoir qu'une fête fantastique se tient en ville, avec des gens désinhibés, du bon vin, de la super musique, et qu'on pourrait y entrer si on réussissait à la trouver. On a le choix entre sortir la chercher et rester à la maison devant la télé. Qu'est-ce que vous feriez, vous?

Entrer dans cette fête sans y être invité est devenu le but de ma vie; il m'a emmené aux quatre coins du monde - et d'aucuns diraient que j'y ai englouti mes plus belles années -, mais je suis persuadé qu'une vie dévouée à une obsession est une vie bien remplie. Joie ou peine, n'importe quoi sauf la tiédeur.

L'appel de la fête ne m'a jamais quitté, une petite musique lancinante qui me narguait à la lisière de ma conscience. Le royaume des Choses cachées est différent du nôtre, autant que le ciel l'est de la terre, mais j'étais certain que, puisque nous sommes capables de nous envoler dans les airs, alors il existe un moyen de pénétrer dans le royaume des Choses cachées. Et j'avais raison.

Trouver l'accès n'a pas été chose facile. J'ai dû lutter non seulement contre les lois de la nature, mais contre sa Constitution même. Alors que la terre et le ciel sont contigus, nous sommes disjoints des Choses cachées, comme séparés, pour ainsi dire, par un mur en pierre sèche. J'ignore si ce mur a été érigé par un dieu méprisant ou s'il est, simplement. Quoi qu'il en soit, il est là et par conséquent nous devons l'escalader. J'ai mis longtemps à comprendre comment procéder, mais une fois cela acquis, le système est relativement simple.

Vous n'aurez qu'à suivre mes instructions. Pour faire décoller une montgolfière, il vous faut une toile résistante, un panier en osier et une source d'air chaud. Pour passer dans le royaume des Choses cachées, il vous faut une unité de Lieu, de Temps et d'Action.

Laissez-moi vous expliquer.

II

La Madama m'a enlevé d'une oliveraie bien précise. Elle ne m'a pas pris chez moi, elle ne m'a pas pris dans le champ où je traînais avec mes amis; elle m'a attiré dans l'oliveraie et c'est là qu'elle m'a pris. Pourquoi? Ce lieu avait forcément une importance.

Mes premières tentatives maladroites se sont limitées à retourner dans l'oliveraie et à attendre. En vain, bien entendu, mais je sentais l'atmosphère de ce lieu particulier d'une manière que je ne pouvais formuler. C'était une compréhension poétique et irrationnelle, mais néanmoins une compréhension.

Des années plus tard, j'ai appris à voir que les Choses cachées sont plus près de nous à certains endroits qu'à d'autres. Imaginez une route qui, serpentant dans la campagne, s'approche d'un champ avant de s'en éloigner aussitôt. J'ai visité nombre de ces lieux de proximité: en Angleterre, Glastonbury en est un; la Crête en est un autre. Dans le Salento, ils ont souvent un rapport avec les saints. Dès lors, une topographie des saints devient une topographie des Choses cachées. Suivez les saints et vous découvrirez par où passer. C'est aussi simple que ça.

III

Le passage n'est possible qu'à certains moments. Les saisons changent, les équinoxes et les solstices se succèdent, de vieilles choses meurent et de nouvelles naissent; l'Univers a un rythme secret, qui s'appelle le Temps.

C'est l'astrologie qui la première m'a permis d'entrevoir l'importance du Temps. Des savants tels que Marsilio Ficino et Girolamo Cardano étaient des maîtres du Temps. Associant l'art, la science et la magie, ils ont développé une compréhension stupéfiante du rythme secret. Un bon astrologue est capable de calculer le mois, le jour et l'heure optimaux pour entreprendre quelque action que ce soit. Certains moments conviennent mieux à la guerre, d'autres à l'amour, d'autres encore à l'étude. Si vous forcez des pêches à pousser hors saison, elles n'auront guère de goût. Si vous hâtez une relation, elle s'achèvera en désastre, ou bien elle vous broiera.

Dans la complexité ahurissante de la danse des étoiles, certains alignements très spécifiques se produisent rarement, et sont les seuls qui vous permettront de passer.

Pour parvenir de l'autre côté, j'ai dû apprendre à devenir à la fois topographe et astrologue, afin de calculer le Lieu et le Temps appropriés, où et quand le voyage serait possible. Cette brochure constitue une exploration de ces Lieux et de ces Temps dans le Salento, en Italie. Les informations de l'Annexe 1 vous fourniront les équations applicables à n'importe quel endroit du monde.

IV

Quelque chose manquait toujours: un propulseur. L'équivalent de l'air chaud dans une montgolfière. Quand le Lieu et le Temps s'y prêtent, il est plus facile pour les Choses cachées de nous rendre visite à leur guise - mais nous, comment pouvons-nous aller dans leur royaume à notre guise? Comment escalader le mur? Je refusais de me croire condamné à rester à la merci d'autres forces.

Pour parvenir à une réponse, j'ai dû reconstituer un puzzle immense, expérimenter un million de choses, et commettre, je suis au regret de le dire, plus que ma part d'erreurs, dont certaines seraient absolument épouvantables si elles n'avaient pas été commises au nom de la recherche. Finalement, j'ai trouvé ce que je poursuivais grâce à une source inattendue: Concetta Pecoraro, une femme de Casalfranco généralement qualifiée de charlatan. Tous les gens de la ville se souviennent de son nom, et certains se souviennent que ma disparition, enfant, est ce qui a causé sa ruine, directement ou non.

À partir de 1987, Concetta a entretenu un commerce florissant grâce à ses visions de la Vierge Marie qui lui permettaient de refourguer ses clichés aux paysans du coin. Après ma disparition, elle a annoncé que la Vierge lui avait révélé que j'étais mort et elle a sous-entendu que mes amis m'avaient tué. Lorsque je suis revenu vivant et en bonne santé, la ville a dû décider qui de Concetta ou de la Vierge Marie avait menti, et elle a choisi Concetta.

Il ne fait aucun doute que Concetta était une arnaqueuse, mais tout bon mensonge comporte un fond de vérité. Il y a deux ans, peu après mon retour à Casalfranco, je suis allé lui parler. Concetta a accepté de me vendre son histoire contre la quasi-intégralité de mes économies (un peu plus de quatre mille euros), en liquide. En partant de chez elle, j'étais sur la paille mais je n'avais pas été aussi heureux depuis mes quatorze ans.

Concetta n'a jamais vu la Vierge Marie, mais une fois elle a entraperçu La Madama. C'était il y a de nombreuses décennies, et Concetta avait douze ans. À l'époque le Sud était différent, plus dur, plus cruel. Le père de Concetta était une brute, un rustre, un boit-sans-soif à la main leste. Bref, un stéréotype de son époque. Il faut toujours se méfier des stéréotypes.

Un jour étouffant de fin d'été, Concetta aidait son père à vendanger les vignes d'un médecin de la région. Ce n'était qu'un petit lopin de terre, et la responsabilité de la vendemmia reposait intégralement sur les épaules de Concetta et de son père. Et, dans les faits, sur les seules épaules de Concetta: son père la faisait trimer pendant que, allongé à l'ombre d'un figuier, il se goinfrait de vin et des fruits qu'il cueillait.

Cet été-là, quelque chose avait changé chez Concetta: sa silhouette était devenue plus fine, ses lèvres plus rouges. La féminité arrivait, et tandis qu'il buvait, son père l'a remarqué.

Vers midi (l'heure des demoni meridiani), il s'est levé, a titubé jusqu'à elle et lui a pincé les fesses. Elle a eu un mouvement de recul, auquel il a répondu par des plaisanteries graveleuses - que je préfère passer sous silence - au sujet de ses courbes.

Puis les plaisanteries ont cédé la place à des mots bien plus sérieux, jusqu'au moment où l'homme a attrapé sa fille et l'a forcée à s'allonger en lui hurlant de rester tranquille, d'obéir et de le laisser faire ce qu'il voulait. Il a commencé à défaire sa ceinture.

Concetta a refusé.

Jeune, en pleine forme et ne rechignant pas au travail, elle était bien plus forte que son père, et en outre elle était sobre. Elle lui a envoyé un coup de pied dans l'entrejambe et, profitant de ce que le vieil homme était plié en deux, elle s'est relevée et elle a commencé à le frapper furieusement à coups de poing.

Il n'a opposé aucune résistance.

Je ne vais pas m'attarder sur le récit coup par coup que m'a fait Concetta en coassant comme une grenouille à chaque mot; sachez seulement qu'elle ne s'est arrêtée que lorsque son père a été à moitié mort. Et pendant qu'elle le cognait, il est arrivé quelque chose de merveilleux. Concetta a vu le vignoble changer.

Elle n'a pas pu décrire comment il avait «changé» - de même que je ne pouvais pas décrire le royaume des Choses cachées - et m'a seulement dit qu'il est devenu plus grand et «plus haut». Il s'est «étiré» et les couleurs sont devenues plus vives, comme si «elles étaient en feu». Une femme est arrivée, drapée dans un voile bleu translucide. Concetta l'a prise pour la Vierge Marie, car dans le coin de ce champ se dressait un petit oratoire à Marie, or chacun sait que le bleu est sa couleur.

La femme en bleu n'a pas levé le petit doigt, ni pour aider Concetta ni pour la retenir. Elle est restée là, à regarder, sans la moindre trace d'émotion sur le visage. Et lorsque Concetta en a enfin eu assez («Parce qu'il faisait chaud et que je bossais comme une mule depuis le matin», a-t-elle expliqué pour se justifier de ne pas avoir battu son père à mort), la femme s'est évaporée et, avec elle, l'émerveillement qui s'était emparé des vignes.

Concetta demeure persuadée que, ce jour-là, la Vierge lui est apparue, pour louer ce qu'elle était en train de faire. «Elle se laisse pas faire, la Vierge Marie», m'a dit Concetta. Des années plus tard, cette rencontre lui donnerait l'idée de monter son arnaque à la prophétie, considérant que si la Vierge y trouvait à redire, elle viendrait lui en faire part.

Débarrassez cette histoire de son vernis de superstition, et vous comprendrez que la femme éthérée n'était autre que La Madama. Comme je l'ai dit dans le chapitre 2, lorsque je l'ai vue elle était drapée dans un voile bleu saphir. Je connaissais très bien ce voile. La Madama et moi avions baisé plus d'une fois dessus.

Je suis sorti de chez Concetta avec une idée précise du moyen de retourner de l'autre côté. Son histoire résonnait avec des théories que j'étudiais. Il ne s'agissait plus que de les mettre à l'épreuve.

V

La vie est une affaire d'action. Les arbres agissent en poussant, les animaux en se nourrissant et en procréant; même la réflexion, correctement exécutée, est une forme d'action hautement sophistiquée.

L'action était le carburant dont j'avais besoin. Il me suffisait d'être au bon endroit, au bon moment, et je pourrais escalader le mur.

Il se trouve que Concetta avait entrevu La Madama alors qu'elle était sur le point de commettre un acte abominable - tuer son père de ses propres mains. C'est grâce à cette action qu'elle a ouvert la porte. Passer du côté des Choses cachées signifie enfreindre des lois qui vont bien au-delà des lois ordinaires de la nature. Passer constitue, et par conséquent nécessite, une transgression.

Je vous laisserai deviner les détails pratiques. Vous comprendrez que je ne peux les exposer. Je déconseille fortement les formes de transgression modérée qui pourraient vous traverser l'esprit; dans le meilleur des cas, un petit méfait vous autorisera un rapide aperçu des Choses cachées, lèvera le voile pendant une fraction de seconde, mais il est plus probable qu'il ne vous apporte rien du tout. Si l'acte ne vous blesse pas dans votre chair et dans votre esprit, il ne fonctionnera pas. Un quasi-meurtre peut suffire - pour une fille de douze ans.

Le mot sacrifice vient du latin sacrum facere, «rendre sacré». Le passage est une transgression sacrée, qui exige donc des sacrifices importants. Le voyageur doit être prêt à casser beaucoup, beaucoup d'œufs pour faire cette omelette-là.

FABIO

1

Et s'il avait raison ?

Je pose la dernière page et je me frotte les yeux. Il est 8 heures du matin. Le jour s'est levé et je n'ai pas dormi de la nuit.

Et si Art avait raison ?

Le simple fait que je l'envisage montre que j'ai un vrai souci. Le livre d'Art se lit comme les mémoires d'un tueur en série, et un tueur sournois qui n'évoque jamais ouvertement ses crimes mais vous attire jusqu'au fond de son antre. *Être prêt à casser beaucoup, beaucoup d'œufs.* Sérieusement ?

Je vais dans la cuisine où je trouve mon père en train de prendre son petit déjeuner. Il m'accueille avec un « Bonjour, Fabio » dont chaque mot sonne comme un ordre. Il me *somme* de passer une bonne journée, tout en buvant son thé (une personne de la paroisse lui a dit que c'est meilleur que le café pour la santé). Il a oublié de sortir le sachet de la tasse ; le breuvage est noir d'encre et il ne s'en rend pas compte, pas plus qu'il ne se rend compte que le sachet flotte jusqu'à ses lèvres et fait dégouliner du thé le long de son menton et sur sa chemise blanche.

C'est un spectacle trop pénible. Je tourne les talons et vais dans ma chambre, essayant de marcher plus vite que ma raison. Je téléphone à Art. Il décroche à la deuxième sonnerie : « Salut, mec.

— J'ai lu ton livre.

— Alors ?

— T'es complètement fou.

— Jamais dit le contraire, et ça n'empêche pas que j'aie raison.

— Ah ouais ? Alors guéris mon père. »

Silence à l'autre bout. Même dans une circonstance pareille, ça me fait plaisir de lui couper l'herbe sous le pied. « Le guérir de quoi ?

— Alzheimer. C'est le début, mais ça progresse vite.

— T'aurais dû me le dire tout de suite.

— Tu *peux* le guérir, n'est-ce pas ?

— Je peux », répond Art après un temps.

Je devrais éclater de rire, mais je me sens soulagé. Si quelqu'un peut accomplir un miracle, c'est bien Art. Je devrais avoir honte d'adhérer à ce genre de superstition.

Il dit, « On va devoir l'endormir.

— Quoi ?

— Le… processus de guérison exige que j'effectue certaines *actions* qu'Angelo désapprouverait. Fortement. Pour le guérir, il faut que je sois dans la même pièce que lui et qu'il ne puisse pas voir ce que je fais.

— Art, je vais pas *droguer* mon père !

— J'ai ce qu'il nous faut, continue Art, tout à fait sérieux. Le risque mortel est très faible, moins d'un pour cent si je me souviens bien. Alzheimer, c'est cent pour cent. »

Pendant un instant, un court et stupide instant, je me dis, *Bien sûr, ça se tient, les chiffres ne mentent pas.* Je vais laisser

Art droguer mon père et le ramener chez lui (dans son joli petit abattoir ?), puis Art va *effectuer certaines actions que mon père désapprouverait*, et après ça mon père sera comme neuf, redeviendra le vieil homme coincé et cassant que je connaissais. Alors que je m'apprête à faire confiance à Art, à sa magie et au nouveau monde délirant de saints et de violence qui est sa dernière obsession en date, on sonne à la porte. Vu son état, je ne veux pas que mon père aille ouvrir.

Je dis, « Faut que je te laisse », et je raccroche.

Je vais ouvrir. C'est Mauro.

« Salut. »

Je vois qu'il a les poings serrés. Je ne comprends pas. *Qu'est-ce qui lui arrive ?*

Et puis je comprends.

« Mauro... » dis-je en reculant.

Il a déjà levé le bras. J'essaie d'esquiver, en vain.

Mauro me frappe au visage, fort.

2

Je laisse échapper un cri de douleur et Mauro aussi. Je tombe sur l'épaule, et le choc est plus douloureux que le coup. Je sens le goût du sang, visqueux, dans ma bouche et mon nez. Mauro agite la main en grimaçant. Tony disait toujours, *Ne mets pas un coup de poing à un mec si tu ne sais pas frapper. Tu te feras plus mal qu'à lui. Mets-lui une gifle à la place.* Ah, les bons conseils des amis.

« Qu'est-ce qui se passe ici ? » demande Angelo. Il est dans l'embrasure de la porte du salon, sa chemise blanche maculée de thé et de miettes de pain.

« Il a couché avec ma femme », répond Mauro.

Mon père me regarde, plisse les yeux, secoue la tête. « Quand est-ce que tu cesseras de me décevoir ? » demande-t-il. Il se tourne vers Mauro. « Je te demande pardon pour mon fils. J'espère que tu sauras lui pardonner. Il est faible et influençable. Il a besoin d'exemples comme toi. » Il salue Mauro d'un mouvement brusque de la tête et retourne d'où il venait.

Les larmes me montent aux yeux et je ne les refoule pas. Elles se mélangent au sang qui coule de mon nez. Assis par terre, comme un bébé, je pleure et mon corps est secoué par les sanglots. Je prends mon visage entre mes mains et je pleure, je pleure comme si Mauro n'était pas là, je pleure comme si j'étais seul, comme si je pouvais laisser s'exprimer la lavette, la petite chose brisée que je suis.

« Hé », fait Mauro. Il pose sur mon épaule son autre main, celle avec laquelle il ne m'a pas frappé. « Hé, mec. »

Je parviens à répondre, « Je suis une merde.

— C'est pas moi qui dirai le contraire », confirme Mauro.

3

« Si je te dis que je suis désolé, ce sera encore très loin du compte. » J'applique généreusement un torchon contenant des glaçons sur mon nez, mes lèvres et ma joue. Mauro en tient un autre pressé contre sa main. Il est assis sur le lit, en tailleur, sous un poster *Dragon Ball* aux couleurs toujours vives. Lorsque je l'ai accroché au mur, je ne pensais pas devenir un jour le type qui couche avec la femme de son ami.

« T'as toujours bien aimé Anna, dit Mauro, et elle aussi. »

Je jette un coup d'œil à sa blessure. Le travail de Tony a tenu. « C'est vrai, elle m'aime bien, mais toi elle t'aime, tout court. Elle me l'a dit, même quand... » Je ne finis pas ma phrase.

« Elle me l'a dit aussi. Tu m'excuseras d'avoir des doutes, vu qu'elle a couché avec un de mes meilleurs amis. Et tu m'excuseras de douter de ton amitié.

— Je ne suis pas un bon ami. Toi, Tony et Art, je vous aime plus que tout mais je suis un branleur égoïste et égocentrique, et les branleurs égoïstes et égocentriques ne font pas de bons amis.

— Continue, ça me plaît.

— Quand j'ai vu Anna, pendant la séance photo, j'ai...

— Est-ce que tu es amoureux d'elle ?

— Je pense pas.

— Et t'as couché seulement deux fois avec elle, n'est-ce pas ? »

Je ne m'y attendais pas. « Depuis combien de temps tu es au courant ?

— Assez longtemps. Seulement deux fois ?

— Seulement deux fois. »

Mauro déplace la glace sur sa main. « Elle m'a accusé d'être égoïste.

— Elle avait...

— Elle avait raison, me coupe Mauro. Et pas seulement pour cette histoire avec Art, non, ça avait commencé avant. J'étais obsédé par ce que *je* voulais et ne voulais pas, et je tenais pour acquis que tout allait bien de son côté. Elle n'est pas comme moi, elle ne se plaint pas, mais ça ne signifie pas qu'elle n'a pas de besoins ou de problèmes. J'ai été horrible avec ma femme. Elle et toi, vous avez été horribles avec moi. Disons qu'il y a match nul et restons-en là. »

Je tente de plaisanter, « C'est pas juste, toi tu m'as rien fait.

— Si, y a cinq minutes », fait Mauro en se fabriquant un petit sourire.

J'essaie de trouver une repartie spirituelle, lorsque nos deux téléphones vibrent en même temps. Un message de Tony. Il nous donne l'accès à son application Find My Friends. *Je vais quelque part avec Michele*, écrit-il. *Je sais pas où. Vous en faites pas. C'est juste au cas où.*

Mauro et moi échangeons un regard. Il commence à se lever, lentement, pour ne pas rouvrir sa blessure. « Faut que j'aille voir ma famille », dit-il.

TONY

1

Michele m'attend dans le jardin d'Elena, il sirote un café glacé sous la canopée odorante de la glycine. Au téléphone, Elena m'a dit qu'il voulait me voir immédiatement, mais sans m'expliquer pourquoi. Ma petite sœur, la mafieuse. Sa présence me donne la nausée.

Je n'ai pas fermé les yeux plus d'une demi-heure la nuit dernière; j'avais hâte de commencer le livre d'Art, et une fois lancé je n'ai pas réussi à aller me coucher. Bien que le plus intéressant soit condensé dans l'introduction et le troisième chapitre, l'ensemble doit bien faire cent mille mots. Art digresse énormément. Nous nous doutions qu'il avait déraillé, mais nous n'avions pas mesuré à quel point. J'ai commis la même erreur avec ma sœur.

« Pas beaucoup dormi ? m'accueille Michele.

— J'ai joué à la PlayStation toute la nuit.

— Du temps perdu, si tu veux mon avis. » Michele se lève. « Viens, j'ai quelque chose à te montrer.

— Je fais un saut aux toilettes et j'arrive. »

Les délires d'Art m'ont peut-être rendu parano, mais je trouve Michele tendu. C'est un ami ; je n'ai pas de raison d'avoir peur. À moins que ? C'est d'abord un membre de la

Corona, ensuite un ami, et en outre je ne suis même plus certain de faire confiance à ma sœur. Je m'enferme dans la salle de bains et j'envoie un texto aux autres, au cas où. S'ils ont lu *Le Livre des choses cachées*, eux aussi seront paranos.

Je dis *ciao* à Elena et à Rocco et je suis Michele jusqu'à sa voiture. Il me demande de monter à l'avant, ce qui me calme ; un jour, Rocco m'a dit que lorsque des types dangereux veulent vous faire des trucs dangereux, ils vous font asseoir à l'arrière, à côté d'un type *énorme*. Enfin, c'est ce qu'on racontait, a précisé Rocco, rien qu'il ait pu vérifier de ses propres yeux. Michele conduit une Fiat Punto bleue, le genre de bagnole dans laquelle roulerait un comptable.

« Où est-ce qu'on va ? je demande.

— Voir Silvana. » Il met de la musique, des morceaux de *taranta*, et quant à moi je comprends le message et je la boucle. Il allume une cigarette, sans m'en proposer. Nous dépassons le panneau avertissant les touristes qu'ils quittent Casalfranco, terre d'histoire, de vins forts et de soleil, sur la route qui relie la ville à la mer. Peu après, nous tournons à gauche dans un chemin, puis un autre, avant de nous arrêter devant une petite maison à un étage dont le porche est presque entièrement dissimulé par une haie de figuiers de Barbarie. Leurs cladodes verts tendus vers l'extérieur ressemblent à autant de mains épineuses qui ne demanderaient qu'à vous transpercer.

Un jeune homme avec un cœur ensanglanté tatoué sur le cou est assis sous le porche, dans un rocking-chair, et joue sur son téléphone. Il porte un coup-de-poing américain à chaque main. En voyant Michele, il se lève d'un bond et nous ouvre la porte. Nous entrons, traversons une cuisine dépouillée et descendons quelques marches jusqu'à une petite cave, d'où sortent les voix excitées des personnages d'un dessin animé.

La pièce n'a pour seul éclairage qu'une ampoule au plafond. Elle est exiguë, presque entièrement occupée par une vieille télé contre un mur et deux chaises en bois. Silvana est assise sur l'une d'elles. La chaise est orientée vers la télé, mais Silvana ne regarde pas vraiment, elle fixe l'écran. Sur l'autre chaise est assis un homme sec en débardeur blanc, la peau carbonisée par le soleil, une arme posée bien en évidence sur les genoux.

« C'est le flingue de Silvana, dit Michele. Son frère, Saverio, nous l'a acheté il y a des années. Elle le lui a volé. »

Silvana ne quitte pas le téléviseur des yeux. Michele adresse un signe à l'homme, qui l'éteint. Silvana ne tourne toujours pas la tête, continue à regarder l'écran noir.

« Tu veux que je te laisse cinq minutes avec elle ? demande Michele.

— Comment ça ?

— Elle a tiré sur ton ami. Je peux te laisser cinq minutes avec elle, mais tu dois me promettre de ne pas la tuer. Et de ne pas la violer non plus, ajoute-t-il dans un deuxième temps.

— Ça va, je réponds. Merci. »

Michele hausse les épaules. « Hé, ma jolie, lance-t-il à Silvana. Fais-nous un petit sourire. »

Elle ne nous regarde toujours pas. Michele avance vers elle, calmement, et lui prend le menton entre le pouce et l'index. Il la force à tourner la tête vers moi. « Tu te rappelles de lui ? C'est un ami d'Art.

— *Sì*, répond Silvana.

— Dis-lui ce que tu m'as dit. »

Silvana hausse les épaules. Elle se libère de la prise de Michele, un geste qui fait voler ses longs cheveux autour de sa tête. Elle me regarde. Elle a l'air indemne, pas d'hématomes, rien. Ces hommes ne se montrent pas plus violents que nécessaire ; pour s'entendre avec eux, l'astuce consiste à se faire oublier *avant* qu'ils décident que la violence est nécessaire. Il faut que je sorte cette fille d'ici. Tout ce qui lui est arrivé est la faute d'Art, et la nôtre. Nous pensions qu'il était amoureux. Faux, faux, c'est toujours faux avec lui. Je demande, « C'est de ça que tu avais peur ? »

Elle regarde le plafond, puis moi. « J'ai peur d'*elles*. Des Choses cachées. De celles qui… sont venues après que j'ai tué Sam.

— Qui est Sam ?

— Mon chien. »

Son chien. « Est-ce que tu l'as pendu dans une oliveraie ?

— Michele vous l'a dit.

— Non. Fabio, un autre ami à moi, l'a vu avant que tu le décroches. »

Elle secoue la tête. « Ça n'a pas marché. C'était pas assez. Art est parti et je ne peux pas le suivre. Il est passé et il m'a laissée *pourrir* ici. » Soudain sa voix déborde de haine.

« Comment ça ? Je ne comprends pas. » Un mensonge destiné à Michele.

« Il est passé de l'autre côté, il est parti vivre avec les saints.

— Elle avait le livre d'Art avec elle, dit Michele. Il manquait l'introduction, mais le reste était plein de notes et de passages soulignés. Tu y crois, pas vrai ? demande-t-il à Silvana.

— Moquez-vous de moi, je m'en fous. Tout est vrai. »

Je demande, « Pourquoi est-ce que tu as tué ton chien ?

— Pour passer ! Il faut être prêt à casser beaucoup, beaucoup d'œufs pour faire cette omelette-là. Mais c'était pas assez. J'ai seulement réussi à me foutre la tête en l'air.

— Qu'est-ce que tu veux dire ?

— J'ai pas réussi à passer de l'autre côté, mais maintenant je le *vois*. Les Choses cachées, je les vois tout le temps. » Un silence. « Et elles aussi elles me voient.

— Qui sont ces Choses cachées ?

— Les saints, et la Vierge, et tous ceux qui vivent là-bas. Elles sont en colère contre moi parce que je les vois alors que je ne devrais pas. On doit être d'un côté ou de l'autre, mais pas à la frontière. J'ai pas le droit d'être assise sur le mur, j'ai pas le droit, je devrais pas. Elles sont en colère contre moi. » Tout en parlant, elle regarde par-dessus mon épaule, comme s'il y avait quelqu'un. Ça me donne la chair de poule.

« Est-ce qu'elles sont ici en ce moment ?

— Elles sont toujours avec Michele. Elles dansent avec lui.

— Ça suffit », dit Michele.

2

« Je pense que vous pouvez la laisser partir », dis-je.

Nous prenons le café derrière la maison, entourés par le bourdonnement omniprésent des cigales. Rien ne pousse sur ce terrain à part des figuiers de Barbarie aux fruits piquants violets et orange. Nous sommes debout, c'est ainsi que Michele me signifie que ma visite est terminée. Il ne répond pas.

Je continue. « Elle est folle et inoffensive. Je ne vois pas l'intérêt de… »

Michele me regarde et je me tais.

« J'ai une théorie, commence-t-il.

— Je t'écoute.

— C'est à propos des corps. Disons qu'il y a des corps faciles et des corps difficiles. Il y en a certains qui posent des problèmes, alors on cherche des manières de s'occuper des gens qui y sont reliés. Les autres, aucun problème. Silvana, c'est un corps facile. Une fille de voyou qui se tue avec l'arme de son frère ? Enterrer l'enquête sera une promenade de santé. »

Mon cœur tambourine. « Pourquoi tu voudrais la tuer ?

— J'ai parcouru le livre d'Art. C'est du blasphème. Je comprends pourquoi il ne voulait pas que je le lise. Influencé par ce livre, un homme, ou même une femme, risquerait de faire des vagues. Sauf que nous, ici, on aime le calme et la tranquillité. La seule raison pour laquelle Silvana est vivante, c'est que je veux être certain qu'elle n'a rien d'autre à nous dire.

— C'est une fille. Suffit de lui mettre une claque sur l'oreille et…

— Est-ce que tu as vu Art ? »

J'ai besoin de tout mon sang-froid pour ne pas sursauter. « Qu'est-ce que tu veux dire ?

— Il paraît qu'il est revenu. Des gens l'ont aperçu à Casalfranco. C'est peut-être mes gars qui font du zèle, mais c'est peut-être vrai. Je te demande ce que tu en penses.

— Je pense que c'est des conneries.

— Ah oui ? »

Le temps ralentit. Je sens la moindre goutte de sueur sur mon front et je prie pour que Michele et ses *saints* croient que c'est la chaleur qui me fait transpirer. « Je ne suis pas un idiot, Michele. Si Art était revenu et si je le savais, je te le dirais.

— Et tes amis, eux aussi ils sont intelligents ?

— Plus que moi.

— Vous êtes des corps difficiles, tous les trois, mais Tony, faut que vous sachiez qu'on n'a pas peur des corps difficiles. »

De ma voix la plus ferme, je dis, « Tu n'as pas à me menacer.

— Moi, menacer le frère d'Elena ? » Michele rit et me donne une tape sur la joue. « Tu te trompes. Du calme. Moi aussi je suis un ami d'Art. Tu n'oublies pas ça, *sì* ? Personne ne va lui faire de mal, ni à vous, sauf si vous ne nous laissez pas le choix. On est tous copains. Mais il y a des copains plus haut placés que moi qui, à la lumière des événements récents, aimeraient énormément discuter avec Art, et ils en auront encore plus envie une fois qu'ils auront lu son livre. Ils n'ont pas l'intention de toucher un cheveu de la tête de qui que ce soit. Et on va se débrouiller pour que ça ne change pas, d'accord ? Je ne te *menace* pas, Tony, je t'aide à voir la situation telle qu'elle est.

— Et j'apprécie.

— C'est bien, petit », dit Michele.

MAURO

« Qu'est-ce qui vous est arrivé ? » a demandé Tony en voyant le visage de Fabio et l'état de ma main.

Je n'avais pas l'intention de lui en parler ; il en voudra encore plus que moi à Fabio, probablement plus qu'il ne le mérite.

« J'ai couché avec Anna », a dit Fabio.

Tony a eu l'air d'attendre la chute de la blague. Comprenant que ce n'en était pas une, il a craché aux pieds de Fabio. « Pourriture.

— Plus tard », ai-je dit.

Nous empruntons un itinéraire tordu, fait de routes secondaires et de chemins de campagne, pour nous assurer que personne ne nous suit. Art a convenu qu'il fallait que nous ayons une discussion sérieuse, et je ne peux pas y couper, pas quand la vie d'une fille est en jeu ; Fabio craque complètement, et Tony est trop indulgent avec son ami. Même Anna m'a confirmé que je ne pouvais pas fermer les yeux. « Évite juste de te faire tuer, m'a-t-elle dit.

— Évite de te taper un passant », ai-je répliqué.

C'est la première fois qu'il y a une telle tension entre les gars et moi ; la voiture est pleine de fantômes. Je me gare près d'une petite chapelle blanche à la lisière d'une oliveraie, plus grande et moins sauvage que celle dans laquelle Art a disparu. Il nous a dit avoir utilisé celle-ci pour son deuxième passage, pour prouver sa théorie selon laquelle de nombreux endroits peuvent convenir. Je donnerais la moitié de mes économies pour pouvoir lire entre les lignes et comprendre ce qui se passe réellement. Un scooter est garé à côté de la chapelle. Je me demande si Art l'a loué ou volé.

Arrête de te poser des questions.

Nous ne sommes pas venus entendre les histoires d'Art. Nous sommes venus le convaincre de parler à ses amis de la Corona. Il est le seul à pouvoir réparer les dégâts qu'il a causés, et nous sauver, ainsi que Silvana.

Il sort la tête par la porte de la chapelle. « Alors tu as daigné venir, dit-il, faussement sérieux, quand je descends de voiture.

— Uniquement parce qu'on va tous mourir.

— Pas dans le royaume des Choses cachées.

— Je suis pas d'humeur », fait Tony.

Je ne connais pas cette chapelle – même les anciens ne connaissent pas toutes les chapelles qui émaillent la campagne. Celle-ci est en meilleur état que la plupart des autres. L'extérieur a été récemment ripoliné et à l'intérieur, sur un des murs, est peint un homme serrant un livre contre lui (en dessous de lui, des lettres d'or assurent au fidèle qu'il s'agit de San Gregorio). La qualité de l'œuvre est conforme à ce qu'on peut attendre d'une chapelle de la région, mais l'espace est propre. Un vase contenant des fleurs fraîches est posé aux pieds du saint, de même qu'un sachet d'herbe, un paquet de tabac, et une feuille à rouler avec un mélange des deux.

« Il est pas un peu tôt pour ça ? » dis-je.

Art tapote avec son index contre son oreille. « C'est ce monde. Quand on a pris l'habitude des Choses cachées, il est assourdissant, et la musique est atroce. Je vais mieux quand je le mets en sourdine. » Il s'assied par terre, dos au mur, et se remet à l'ouvrage. « Ce soir c'est fini, de toute façon. »

Il est fou à lier. Fabio et Tony ne pouvaient pas me préparer à ses mouvements hachés, à ses yeux agités, à ses mains qui tremblent. Il lèche la feuille. « Qu'est-ce qui t'est arrivé au visage ? demande-t-il à Fabio.

— Art, c'est sérieux, dit Tony. La Corona retient Silvana.

— Je te l'avais dit.

— Ils vont la tuer.

— Tu parles. » Art porte le joint à ses lèvres et l'allume.

« Art…

— Michele t'a raconté ses conneries sur les corps faciles et les corps difficiles.

— J'ai pas trouvé que ça ressemblait à des conneries.

— Ça l'est pas, dans une certaine mesure. Mais la vérité, c'est que tous les corps sont difficiles. La Corona n'est pas aussi puissante qu'elle veut le faire croire, sans magie personne ne l'est, or elle n'a pas accès à la magie. Michele se sert de Silvana pour t'impressionner. Une fois que je serai parti, qu'on sera tous partis, il n'aura plus aucune raison de lui faire du mal. »

Je préfère ignorer la partie *magie*. « *On* ne va nulle part. *Toi*, tu vas aller parler à Michele.

— Pourquoi ?

— Parce que comme ça tout le monde survit. »

Art me propose le joint. Je le refuse, alors il le passe à Fabio, qui l'accepte. Art dit, « Vous n'avez pas lu mon livre ?

— Si, Art, on l'a lu.

— Alors normalement vous devriez vouloir venir avec moi. Mauro, tu peux emmener Anna et les filles, si tu veux. Elles vont adorer. »

Tony, Fabio et moi nous échangeons un regard. « Art, fait Tony. Tu as besoin d'aide.

— Vous pensez que je suis fou ?

— En gros, oui, dis-je.

— Et vous allez pas laisser à votre copain une chance de se défendre ?

— Michele a promis qu'il ne ferait rien, dit Tony. On peut passer par Elena pour s'assurer qu'il n'y ait pas de danger…

— Quoi, tu crois que j'ai *peur* de Michele ? Allez, je sais qu'ils ne lèveront pas la main sur moi. C'est ma magie qu'ils veulent. Si j'avais le temps, j'irais boire un café avec lui, en souvenir du bon vieux temps. Mais on a » – il regarde sa montre en plastique – « à peu près quinze heures pour retourner au royaume des Choses cachées, sinon le Moment sera passé. La prochaine fenêtre s'ouvre dans cinq ans. Je vous l'ai déjà dit ? Et je ne vais pas passer cinq ans dans ce trou, hors de question. »

Fabio tend le joint à Tony, qui le refuse, si bien qu'Art le récupère.

Tony demande, « Mais au fait, pourquoi tu es entré en contact avec quelqu'un comme Michele ?

— Ben, pour apprendre la danse des épées.

— Et tu voulais l'apprendre pour…

— Quand on la pratique correctement, elle nous met en harmonie avec ce que Michele appellerait les *saints*. Elle nous emmène à la lisière de la folie, et là on sent leur présence. » Art nous montre le joint. « Tout ça, ça fait partie de mes recherches.

— L'herbe aussi ?

— C'était un boulot alimentaire pas stressant. »

Je dis, « Tu as rencontré Silvana quand tu es allé parler avec sa mère. »

Art acquiesce. « Brillante, cette fille. Elle était curieuse, et j'ai assouvi sa curiosité.

— On a vu ton matériel, dit Tony.

— Dans le trullo ou au sous-sol ?

— Les deux.

— C'étaient de longues recherches, et il a fallu un grand nombre d'expériences.

— Et tu as aussi tout un stock de croquettes pour chien.

— Elles étaient pour Ged.

— Et où il est, Ged ?

— Ged ! » soupire Art en secouant la tête. Il se lève. « Venez. » Il sort de la chapelle, nous à sa suite, et en fait le tour. Il s'arrête devant un monticule de terre de la taille d'un chien dans une brèche entre les figuiers de Barbarie. C'est un monticule récent, de ceux que nous redoutions de trouver quand nous fouillions ses champs. « Ged est un œuf cassé », dit Art.

La blessure palpite dans mon flanc. J'ai la sensation qu'une horde de minuscules créatures essaie de défaire les points de suture et de s'échapper. Je pose une main sur mon ventre. Je ne vais pas vomir ici. « T'as besoin d'aide », je chuchote.

Art souffle un nuage de fumée. « Les gars, écoutez-moi. Laissez-moi une chance de vous montrer, et si ça ne marche pas, je vous promets d'aller voir Michele, et ensuite un psy ou ce que vous voulez.

— Art…

— Est-ce que je vous ai déjà laissé tomber ? » demande Art.

Tout le monde se tait.

Il répète, « *Est-ce que je vous ai déjà laissé tomber ?* Allez, les gars, je mérite une réponse.

— Non, dit Fabio.

— Alors faites-moi plaisir. Sinon vous allez devoir me frapper, physiquement, pour me traîner jusqu'à Michele, et je vais me défendre. À vous de voir. »

Fabio me prend par surprise en répondant, « D'accord. »

FABIO

1

Je dis au revoir à mon père avec quelque chose qui s'apparente à de la culpabilité, comme si je n'allais pas revenir. Il est vingt heures tout juste passées et le soleil se couche – à Londres j'aurais encore quelques heures de lumière. J'ai skypé Lara tout à l'heure, et bien que je ne lui aie rien dit au sujet d'Anna, ça ressemblait à un appel d'adieu. Elle a décroché et m'a demandé, en riant, si j'avais l'intention de partir pour la lune et de ne jamais revenir. J'espère que mon rire était crédible. Il faudra que je sois franc avec elle, que je lui dise ce que j'ai fait (avec les gars, et avec Anna), si je rentre à Londres.

Quand je rentrerai à Londres.

S'il y a bien une chose qu'on ne peut pas reprocher à Art, c'est de ne pas être persuasif. Il a réussi à convaincre trois adultes de le suivre vers un autre monde, un monde meilleur, et de nous faire participer à son jeu de rôle dégénéré. J'aimerais que son fantasme soit vrai.

Pour être honnête, je ne suis pas tout à fait sûr qu'il ne le soit pas. Art l'a dit lui-même : il ne nous a jamais laissé tomber. Je soupçonne Tony et même Mauro de partager mon avis, mais l'idée qu'Art puisse être dans le vrai est trop étrange, trop *délirante*, pour être formulée à voix haute.

Nous avons rendez-vous à l'oliveraie. *Au bon Moment, au bon Endroit*, a dit Art. Une surprise ? Pas du tout, quand on pense à la logique romantique et tordue dans laquelle notre ami s'est laissé embarquer. Mauro nous y emmène en voiture, Tony et moi, par un itinéraire aussi complexe que celui de cet après-midi. Une fois certains de n'avoir personne aux trousses, nous prenons le chemin de l'oliveraie.

« J'arrive pas à croire qu'on fait ça, dit Tony.

— C'était le moyen le plus simple. Tu aurais préféré te battre contre Art ?

— Tu sais ce qui me fait flipper ?

— Oui, dis-je, l'action.

— J'ai pas envie de casser des œufs. Je vais pas commencer à tuer des chiens. »

Je ne réponds pas, Mauro non plus. Tony nous propose une cigarette que nous allumons. Nous ne devrions pas avoir l'impression que c'est la dernière. Vraiment pas.

Nous laissons la voiture au bord de la route, à l'endroit où nous avions laissé nos scooters il y a vingt-deux ans, et nous marchons vers l'oliveraie. La lune est plus petite que la première fois, et la campagne bien plus sombre. Nous n'avons pas pensé à prendre une lampe. Je suis terrifié, un gamin perdu dans les bois qui se sait traqué par des loups et d'autres créatures plus étranges encore.

Je suis avec mes amis, et nous ne devrions pas en avoir pour très longtemps – je suppose –, mais la peur qui s'empare de moi est bien plus profonde que toute réflexion rationnelle. Une fois que nous aurons admis qu'Art n'est pas entré dans un autre monde cette nuit-là, nous ne saurons toujours pas ce qui s'est passé. Ceux qui lui ont fait du mal peuvent être toujours dans la nature et nous surveiller. À moins qu'un monde de saints lubriques ne nous espionne ?

Le scooter d'Art est introuvable. Une lumière orange tremblote entre les oliviers. Elle me fait peur, puis je comprends que ce sont simplement des bougies. Tony s'avance en premier, suivi par Mauro, et je ferme la marche. Nous empruntons une piste dessinée par des chauffe-plat jusqu'au cœur de l'oliveraie où nous attend Art, aussi digne qu'un évêque dans la nef d'une église. Devant lui, posés à même le sol, quatre cierges dessinent un carré. L'air est plein du bavardage des criquets, et peut-être que la magie existe, peut-être qu'il va y avoir de la magie ce soir.

« C'est une messe noire ou quoi ? s'amuse Tony.

— Je voulais créer un petit peu d'ambiance.

— Qu'est-ce qu'on vient faire ici, exactement ? » je demande.

Avec l'habileté d'un prestidigitateur, Art produit un immense joint. « Pour commencer, on va se détendre. »

2

Tony et moi, nous nous sommes rencontrés le jour de la rentrée au collège. Mauro était aussi dans notre classe. Nous étions dans la même classe depuis le primaire mais, sans raison particulière, nous n'étions jamais devenus amis. En Italie, on se choisit une place à la rentrée et on la conserve jusqu'à la fin de l'année ; on ne change jamais de salle, et on ne change de place que lorsqu'un prof particulièrement hardi nous y force.

Le jour de la rentrée, Tony s'est assis à côté de moi. Il m'a dit que j'avais une tête marrante, et c'était le plus grand compliment qu'on m'avait jamais fait. À Casalfranco, les garçons me trouvaient ennuyeux, et les filles n'étaient pas encore entrées dans mon champ de vision.

Tony a été mon tout premier ami. C'est avec fierté que je l'ai invité à dîner à la fin de la deuxième semaine d'école. *Inviter des amis à dîner* paraissait presque trop cosmopolite, une activité pour les *gentlemen* campagnards des romans anglais que j'avais commencé à lire. Lorsqu'il a demandé s'il pouvait venir avec un autre ami, j'ai eu un pincement au cœur. Tony avait besoin d'un soutien pour supporter de passer une soirée entière avec moi. Je lui ai demandé avec qui il voulait venir, et il m'a répondu, *Art*.

J'avais entendu parler d'Art – comme tout le monde à l'école. Un mec tout petit avec de grandes oreilles. La semaine précédente, un garçon de trois ou quatre ans de plus que nous l'avait appelé Dumbo. Art avait répliqué, *Je préfère avoir des grandes oreilles qu'une petite bite*, et quand l'autre lui avait sauté dessus, Art l'avait *mordu* au cou. La férocité de la morsure variait énormément selon la personne qui racontait l'histoire, mais Tony était présent et m'avait assuré qu'elle était en dessous de ce que racontaient certains (Art n'avait pas arraché un morceau de chair du cou de l'autre avant de le mâcher). Tony s'était interposé et les avait séparés avant qu'il y ait un vrai blessé. Ça n'avait été qu'une petite bagarre, mais pas comme les autres.

J'ai répondu à Tony qu'il pouvait bien sûr venir avec Art, que plus on était de fous plus on riait, même si la jalousie me rongeait. Lorsqu'ils sont *venus dîner*, comme je le répétais sans cesse, mon père a pris Art en grippe sur-le-champ. Avant même que nous ne nous soyons assis à table, il a entendu Art raconter une blague graveleuse au sujet d'une bonne sœur et d'un pingouin et il a fondu sur nous en disant qu'il n'acceptait pas ce genre de choses sous son toit. Art s'est excusé poliment. Mais quand Art s'excuse, on a l'impression qu'il se moque, et c'est d'ailleurs exactement ce qu'il fait.

Et voilà comment Art et moi nous sommes devenus amis.

Je me retrouvais, d'un coup d'un seul, avec une bande de deux copains. Je n'en revenais pas.

Quelques mois plus tard (je me souviens que c'était le premier jour chaud de l'année, donc probablement en mars), Art a amené Mauro. Sans rien demander à personne, il avait décidé que Mauro et moi avions plus de points communs qu'on ne l'imaginait et devions donc devenir amis. J'ai protesté, non que j'aie eu quoi que ce soit contre Mauro, mais parce que deux amis étaient déjà un trésor dépassant largement mes rêves les plus fous, et que je craignais qu'un changement dans l'équilibre de notre petit groupe ne vienne tout gâcher. Art ne m'a pas laissé le choix : il nous a invités, Tony et moi, à venir jouer chez lui et, sans nous avertir, il a aussi invité Mauro. Je me suis d'abord montré méfiant, et Mauro encore davantage.

« Et puis j'ai parlé des X-Men », dit Mauro. Nous éclatons de rire.

Nous arrivons à la fin du deuxième joint et nous racontons des histoires que nous avons déjà répétées mille fois. Je ne sais pas si c'est l'herbe ou notre proximité, mais je pourrais facilement oublier ce que nous sommes venus faire. Je pourrais oublier qu'il s'est écoulé tant de temps (où est-il passé ?) et qu'Art est devenu tordu et pervers. Je pourrais facilement retourner à ce jour de printemps où j'ai découvert que Mauro aimait lui aussi les X-Men, ce qui était extraordinaire pour Casalfranco au début des années quatre-vingt-dix. C'est un groupe de parias en combinaisons multicolores qui nous a liés.

« Ça fait combien d'années ? demande Tony.

— Assez pour que des gens soient morts entre-temps, répond Art. Vous vous rappelez de Carla ? Frisée, pas très fute-fute.

— Ouais.

— Cancer des poumons, l'année dernière.»

Nous accueillons la nouvelle en silence. Je n'ai plus revu Carla depuis l'école, et nous n'étions même pas amis sur Facebook; ce que je ressens dans mon ventre me concerne moi, pas elle. Nous sommes assez vieux pour avoir des amis qui meurent d'un cancer des poumons. Depuis quand?

«Rabat-joie, dit Tony.

— C'est de ça que je vous sauve.» Art se tourne vers Mauro. «Dernière chance. Est-ce que tu veux appeler ta famille, ou est-ce que tu l'abandonnes?»

Mauro laisse échapper un soupir triste. «On ne va nulle part.

— Comme tu veux, dit Art en se relevant d'un bond. Je vais chercher les outils.»

Il disparaît entre les arbres noueux. Le monde a cessé d'être multicolore. Nous étions heureux, la vie était simple. Je me demande si tout le monde s'éloigne autant de ses années bénies, ou si nous sommes les seuls.

Tony voit quelque chose et se prend la tête dans les mains. «Oh non, dit-il. Oh non, non, non…»

Je suis son regard. Art revient. Les cierges, qui l'éclairent par derrière, lui donnent l'aspect d'un démon. Dans une main, il tient un couteau de boucher.

Dans l'autre, un chaton.

3

Savoir que ce moment viendrait ne nous y avait pas préparés pour autant. Tony se relève avec effort. «Non, dit-il. Pas moyen, mon pote.

— Tu as lu le *Livre des choses cachées*, tu sais ce que nous devons faire pour passer.

— Sale taré… » Tony n'est pas en colère. Il est déçu.

« Calme-toi, Tony, je ne vais pas te demander de sacrifier ce petit trésor. »

J'ai trop fumé, ou alors l'herbe d'Art est plus forte que je ne pensais. Je titube. Je ne tiens pas debout. Lointaine, la voix de Tony fait, « Et je te laisserai pas non plus le tuer. »

Le chaton est une petite chose rousse qui miaule dans les bras d'Art. Il paraît que les animaux sont sensibles aux émotions qui les entourent. Celui-ci est bien trop détendu pour un animal qui va être massacré. Il doit être ensorcelé.

« Est-ce que tu as *lu* ce que j'ai écrit ? demande Art, agacé. J'ai bien expliqué que le sacrifice dépend de la personne. La dernière fois, pour passer, j'ai dû offrir mon propre chien, un animal que j'avais traité en ami, en *égal*, pendant des mois, et je m'étais préparé autant que lui au sacrifice. L'idée du *sacrifice*, c'est que tu renonces à une partie de toi, que tu quittes ton ancienne peau pour une nouvelle. Ce chat, je l'ai depuis ce matin. Je pourrais lui casser le cou, ça ne me ferait rien. Je n'éprouverais rien.

— Alors, qu'est-ce que… ? »

Art me désigne avec la pointe du couteau. « Il faut que Fabio le fasse.

— Hors de question, dis-je.

— C'est pas à moi de le faire, dit Art. Tony, tu es plus dur que tu ne veux bien l'admettre. Et Mauro, ben, il est avocat. » Il glousse. « Non, pour passer, le meilleur d'entre nous, le plus faible, le rêveur, doit dépasser ses limites. » Il me tend le chaton et le couteau. « Fabio, si tu veux bien nous faire l'honneur. »

J'ai la nausée. Le sol se défile sous mes pieds.

Et s'il avait raison ?

« Si ça ne marche pas, je vous suivrai où vous voudrez, dit Art. Mais réfléchissez bien ! Si ça marche, c'est tout un nouveau monde où vous vivrez et où vous baiserez, et où vous serez jeunes pour l'éternité. Dans le royaume des Choses cachées, la vie glisse sur vous.

— Le monde réel ne fonctionne pas comme ça, dit doucement Mauro.

— La réalité, c'est surfait. »

J'avance les mains vers Art. Il faut que je lui prenne le chat et le couteau – il pourrait le tuer n'importe quand, juste pour prouver ce qu'il dit. Art me sourit et me les donne. « Ils sont tout à toi. »

Maintenant que le chaton est en sécurité, j'entends Tony souffler. Je vois que Mauro s'agite, se rapproche.

Et s'il avait raison ?

Et si Art pouvait sauver mon père, nous sauver, me sauver ? Ce ne serait pas la première fois. Il a fait de nous les hommes que nous sommes, pour le meilleur comme le pire. Certes, aucune personne saine d'esprit ne dirait ce qu'il dit maintenant. Mais s'il avait raison ? Est-ce que je suis prêt à refuser une dernière chance de faire quelque chose de grand, de merveilleux ? D'*être* grand et merveilleux ? Dans un royaume magique où le temps glissera sur moi.

Ce n'est qu'un chaton.

Bras croisés, Art me regarde et s'impatiente.

« Mec, c'est quoi ton problème ? » me demande Tony en voyant mon visage.

Mon problème c'est que je suis une merde, et que j'en ai marre.

Je lève le chaton. Il est si petit que je sens à peine son poids. Je lève le couteau.

« Vas-y », dit Art.

Je plonge la lame dans le corps chaud du chaton.

4

Les ombres se déplacent ; un monde meilleur s'ouvre à moi. Mon corps – je ne sais où ni comment – tombe à genoux, et ma gorge crie si fort qu'elle me brûle, mais ça ne me fait rien, je suis calme. Tout au fond de moi, je suis heureux.

Un goût familier inonde ma bouche, que je n'ai plus senti depuis mon enfance : c'est un goût de pasta, la recette secrète de Maman. Il lui fallait toute une journée pour la faire, avec une sauce ragù, du prosciutto, de petites boulettes de viande et je ne sais quoi d'autre. La dernière fois qu'elle a fait cette pasta, elle avait déjà été diagnostiquée mais ne me l'avait pas encore annoncé. Elle allait mourir trois mois plus tard. Je n'ai pas savouré cette pasta autant que j'aurais dû. Je ne l'ai pas gardée en moi. Maman aurait dû me dire que c'était *la dernière fois*. J'avais le droit de savoir. Ce goût me fait monter les larmes aux yeux. Elle est la seule à savoir faire cette pasta. Cette pasta, c'est elle.

Je me sens en sécurité, *aimé*, et c'est presque trop, ça m'écrase. Jamais la vie d'adulte n'a été si merveilleuse. Je me souviens des visites dominicales chez des amis de mes parents à la campagne, de vieilles maisons enfumées, de Maman qui marche entre des oliviers pareils à ceux-ci.

C'est un souvenir, ou est-ce que je la vois vraiment ?

Pas maintenant, mais je la verrai bientôt.

Les ombres bougent, et une d'elles sera celle de Maman. J'ai l'absolue certitude, alors que je tombe à genoux en criant, les mains pleines de sang, qu'elle est *ailleurs*, avec les Choses cachées, et que je ne peux pas encore la voir, mais mes souvenirs sont si vifs, l'impression de sa présence est si forte qu'elle ne peut pas être loin, elle arrive, et je vais la voir dans un instant. Dans le vent, je sens son eau de Cologne à deux sous qu'elle aimait tant. Elle approche.

Oui. Je vais la voir dans un instant.

5

Je me rends compte que je suis à genoux et que le chaton est mort. Je n'avais encore jamais ôté la vie. Je n'imaginais pas que ce soit si facile. Le sang s'écoule librement du chaton sur ma main. Il n'a même pas poussé un gémissement, ou alors mon cri l'a couvert. Je jette son corps, dégoûté. Je lâche le couteau.

Mon cri s'éteint. L'oliveraie est telle qu'elle a toujours été, mes amis aussi. Mauro et Tony sont pétrifiés. Art a les sourcils froncés.

« Ça n'a pas marché, murmure-t-il. Pourquoi ça n'a pas marché ? » Il s'accroupit pour me regarder dans les yeux. « Je t'ai sous-estimé ! Qu'est-ce qui est arrivé à ton nez, Fabio ? »

Je lève à mon visage une main pleine de sang. *J'ai tué un être vivant. J'ai tué un être vivant parce que je croyais que ça m'ouvrirait la porte d'un autre monde.*

Est-ce que ça a vraiment échoué ?

« QU'EST-CE QUI EST ARRIVÉ À TON NEZ ? Qu'est-ce que tu as fait, qu'est-ce qui t'a changé ?

— J'ai couché avec Anna. »

Art est pris de court. « La vie t'a endurci, dit-il. Je comprends. Je comprends ! Tuer un chaton, ce n'était pas assez pour toi ! Je pensais que ça suffirait, mais non, j'aurais dû te dire de le *torturer* avant, et là, oh oui, là on serait passés, c'est sûr. » Il se tourne vers Tony. « On va réessayer. Je sais où trouver d'autres chatons. Tous les chatons dont on peut avoir besoin ! »

Tony s'avance vers Art. « On ne va pas faire ça.

— Mais la fenêtre va se refermer dans quelques heures !

— On s'arrête là, Art, je plaisante pas. »

Art paraît effrayé. « Très bien », dit-il. D'un seul mouvement, il attrape le couteau et se relève. Il pointe la lame vers Tony. « Bande d'ingrats. *Je suis revenu pour vous !* J'avais *tout*, et j'ai tout risqué pour vous ! Et vous voulez me piéger ici ? *Là* c'est moi qui ne plaisante pas. »

Tony s'avance encore. « Art…

— Si tu fais un pas de plus, je te jure que je te déchire ta gueule d'ange ! » Il fouette l'air avec le couteau. « *Je vous laisserai pas me piéger dans votre monde !* »

Il tourne les talons et part en courant.

TONY

1

Art part en courant et je le suis, en réfrénant mon envie de coller une raclée à Fabio.

Il s'enfonce dans l'oliveraie, loin de la lumière des cierges. C'est un terrain épouvantable, avec des racines qui affleurent et des pierres tranchantes. Je dois faire attention où je mets les pieds, mais Art est trop fou pour ça ; courant et sautant comme un gnome sous cocaïne, il gagne de la distance. Lorsque j'arrive au bout de l'oliveraie, il n'est plus qu'une silhouette au loin, à peine visible. Il se dirige vers un chemin étroit. Je force mes jambes à faire un dernier sprint, mais je dois toujours slalomer entre les pierres et les buissons, tandis qu'Art les survole. Il arrive à son scooter et je donne tout ce que j'ai, je supplie mes jambes d'accélérer encore. Le moteur vrombit.

Quand j'atteins le chemin, Art a disparu.

Je hurle, « Fait chieeeeeer », à Art, au ciel, aux champs impassibles.

Il y a un vide en moi, et je ne sais pas si je le comblerai un jour.

2

Fabio est appuyé à un arbre, les yeux exorbités. Le corps du chaton est à ses pieds, là où il l'a jeté comme s'il était brûlant.

« Hé ! »

Je m'apprête à lui mettre une soufflante, mais Mauro m'arrête. « Laisse-le.

— Putain mais il a tué un…

— C'est bon, Tony. C'est bon. »

Je regarde Fabio. Il a du sang sur les mains, le visage et le T-shirt. Il s'en fiche. Dans mon cerveau, le brouillard se dissipe. Oui, ce qu'a fait Fabio est impardonnable, et il le sait aussi bien que moi. Mais il est en train de craquer, et quand un ami craque, on est là pour le rattraper.

« Je suis désolé, murmure Fabio. Je croyais… Je sais pas. Je l'ai fait. »

Je ferme les yeux et je respire profondément, avec le diaphragme, comme je le fais avant d'opérer. « C'est Art. Il sait être persuasif.

— Je l'ai fait, répète Fabio.

— On devrait y aller, dit Mauro.

— Où ?

— Chercher Art. Il est convaincu qu'il ne lui reste que quelques heures avant que sa fenêtre se referme. Tuer un chat n'a pas suffi et il n'a pas d'autre animal domestique. Donc : qu'est-ce qu'il va faire maintenant ? »

Merde.

3

Nous passons à proximité de chez Art. Nous savons que c'est risqué – Michele a pu y poster quelqu'un –, mais il faut le tenter. Art n'est pas là. C'était notre seul plan. Nous regagnons la voiture de Mauro, mais nous ne démarrons pas.

« Faut qu'on rassemble nos idées, qu'on réfléchisse, dit Mauro.

— On devrait appeler Michele », dit Fabio.

Il sort lentement la tête de l'eau. Le sang est en train de sécher, et il a repris quelques couleurs. « Tu tiens le coup ? je demande.

— Plus que ce que je mérite.

— Sois pas trop dur avec toi, dit Mauro. On veut tous avoir une meilleure vie. »

J'aimerais dire, *Pas moi. Tout allait bien jusqu'ici, et je croyais que c'était aussi le cas pour mes amis.* Ça a été une prise de conscience ininterrompue. Mais au lieu de ça, je dis, « Appeler Michele, c'est précisément ce qu'on ne *doit pas* faire. S'il a l'impression qu'on lui a caché des informations, il va nous faire des choses qui ne vont pas nous plaire.

— Alors on fait quoi ?

— On va chez Elena. Il faut calmer un peu le jeu, et toi tu as besoin d'une douche.

— On sera en sécurité là-bas ? demande Mauro.

— Fabio est couvert de sang. T'as envie que tes filles le voient comme ça ? Ou mes parents, ou Angelo ?

— C'est vrai.

— Je fais confiance à ma sœur. »

Mauro hésite, puis il met le contact. « Si tu le dis. »

FABIO

Tant qu'on n'a pas tué, on n'imagine pas comme c'est facile. Ça n'exige aucun courage ni aptitude particulière. Il faut juste arrêter de penser pendant un instant – et ensuite c'est fait. Si vous avez un tout petit peu de *néant* en vous, vous découvrirez qu'on peut tuer comme on respire. Les humains ne sont pas les gardiens et les maîtres de la terre, mais ses prédateurs dominants.

Dans l'une des nombreuses salles de bains que compte la maison d'Elena, l'eau, bouillante, coule sur mon corps. *J'ai tué un être vivant.* C'était seulement un chaton. J'ai vu des gosses du coin faire bien pire. Je mange de la viande tous les jours. Chaque jour quelqu'un tue pour moi : poulets, cochons, adorables petits agneaux. *Quelqu'un* – pas moi, c'est ça le truc. Ça n'a rien à voir avec la rationalité, ni avec la sensation viscérale du sang sur mes mains, ou avec celle d'un corps chaud qui devient raide et inerte à cause d'une action que j'ai commise. Je me demande quelles actions Art a commises. Je me demande ce qui lui a été infligé, pour le pousser si loin des limites de tout ce que nous considérons comme acceptable, sain, normal.

Je me rends compte que je suis jaloux de lui.

Il doit se sentir tellement libre. Invincible. Au-delà des lois des hommes, des fers de cette *réalité* mesquine. Tout est cohérent dans son esprit, la magie, les miracles. L'espace d'une seconde, il a réussi à m'y faire croire – et cette seconde a été la plus belle de ma vie. Bien sûr, je serais prêt à sacrifier un chaton pour garder ça, n'importe qui le serait. Une vie entière de beauté, d'enchantement et de liberté, tout ce que nous recherchons quand nous sommes enfants, tout ce que nous croyons avoir un jour, avant, invariablement, de découvrir que ça n'existe pas. Une vie resplendissante de toutes les couleurs que nous voyions avant que notre monde ne prenne la teinte d'un costume gris foncé.

Je coupe l'eau et m'enroule dans une serviette qu'Elena m'a préparée. Il n'y a pas d'échappatoire. Ni dans la photo, ni dans le sexe ; toute entreprise artistique est pathétique ; il ne faut compter sur aucune intuition, aucune bénédiction. Nous vivons, et puis nous mourons, et certains d'entre nous jouent mieux leurs cartes que les autres, mais ce n'est guère que ça : un jeu mal conçu. Maman est morte, elle n'est pas heureuse, elle n'est pas en train de chanter des cantiques, au Paradis ou avec les Choses cachées. Mon père a Alzheimer et aucun sorcier ne va le sauver. Je suis nul, et même un génie fou comme Art ne peut rien pour moi. J'ai tué un être vivant et la magie ne s'est pas faite.

Vraiment pas ?

J'enfile des vêtements propres qui appartiennent à Rocco et je descends au rez-de-chaussée. Tony, Rocco et Elena sont dans la cuisine, avec du café tiède qu'ils ne boiront jamais. Le téléphone de Tony est posé sur la table, et Tony a les yeux rivés dessus, comme en contemplation d'une icône sacrée. Je ne l'ai jamais vu aussi lugubre.

Je demande, « Où est Mauro ?

— Il n'a pas réussi à joindre Anna, dit Tony. Il est allé vérifier qu'elle va bien.

— Tu ne penses pas…

— Je sais pas quoi penser ce soir. »

Le téléphone sonne.

MAURO

1

La porte est ouverte.

La porte est ouverte.

Je me rue à l'intérieur, je crie le nom de ma femme, de mes filles. Pas de réponse. Je crie le nom d'Art. Le rez-de-chaussée est désert. Je cours à l'étage, où se trouvent les chambres.

Anna est sur le lit, les jambes écartées, le visage tourné. Ce n'est pas une posture naturelle. « Anna ? » Plus fort. « Anna ! »

Je touche sa peau. Elle est chaude. Je pose deux doigts sur son cou. Il y a un pouls, mais il est lent. Nouvel accès de panique. Je me précipite dans la chambre des filles. *Merci mon Dieu.* Elles sont là toutes les deux, dans leur lit. J'allume la lumière.

Non.

Seule Ottavia est dans son lit, et je remarque distraitement qu'elle ne se réveille pas et que c'est bizarre. Ce que j'ai pris pour Rebecca, ce sont ses draps froissés. Rebecca n'est pas là.

Je dois m'accrocher au chambranle de la porte pour ne pas m'effondrer. Mes yeux tombent sur un morceau de papier, par terre, portant l'écriture d'Art : *N'appelle pas les carabinieri. Appelle-moi.*

Je sors mon téléphone. Il glisse et tombe. L'écran se fêle, mais l'appareil marche encore.

Je compose le numéro d'Art.

2

« Art, espèce de sale taré.

— Tu es furieux contre moi et c'est parfaitement normal.

— Où est ma fille ?

— Je veux que tu comprennes le contexte. Je veux que tu le comprennes parfaitement. Je suis plus endurci que vous tous. Les choses que j'ai faites… Disons juste que j'ai fait des choses. Chaque fois que tu commets une Action pour passer, tu t'endurcis, donc la suivante devra forcément être plus dure, est-ce que tu comprends ça ?

— Arrête tes conneries, Art.

— Non, le contexte est important, en fait le contexte est plus important que tout. Vous *refusez* de m'écouter, alors que je ne vous ai jamais laissé tomber, je ne vous ai *jamais* laissé tomber. Pourquoi vous refusez de m'écouter ? J'ai essayé de m'arranger pour que ce soit un de vous qui ouvre la voie, pour qu'on n'ait pas à faire quelque chose de trop horrible, mais ça n'a pas marché. Mauro, faut bien que tu comprennes que si je veux passer, tuer des animaux ne suffit plus. *Loin de là*. Et même une fille lambda ne suffirait plus, pas après ce que j'ai pu faire. Mais la fille d'un ami ? Une fille que j'aime comme si c'était la mienne ? Rien que d'y penser, j'en ai la chair de poule. C'est exactement ce qu'il me faut.

— Tu vas tuer ma fille.

— Je vais la rendre *sacrée* ! Il *faut* que je parte, j'ai pas le choix ; ce monde est trop petit pour moi. Et pour vous aussi.

Comment vous pouvez accepter ce simulacre de vie ? Trouver un travail, vendre votre temps, partir à la retraite en silence, et mourir ? Tu trouves pas ça horrible ?

— Art…

— C'est uniquement à cause de vous que je me retrouve dans une situation aussi pénible. Tu crois que ça ne me fait rien de prendre la vie de Rebecca ? C'est précisément parce que ça me terrifie que ça va marcher. Tu finiras par comprendre, Mauro, je te le promets.

— Tu es à l'oliveraie.

— Mais attention, je veux qu'on passe tous les quatre. Bon, tu peux emmener Anna et Ottavia, si ça te fait plaisir. Mais si je vois quelqu'un d'autre, je tue Rebecca et je passe tout seul. Tu comprends bien que je préférerais y aller avec mes copains, hein ? Je suis désolé que ça tourne comme ça. Quand on sera de l'autre côté, tu finiras par voir les choses comme moi. On en rigolera, mon pote. Un jour on en rigolera. »

Il raccroche.

3

Je suis assis sur le canapé et j'attends. Les jambes légèrement écartées, les bras posés sur les genoux, penché en avant, j'attends. Je regarde le mur derrière la télé et j'attends. Au bout d'un siècle ou deux, j'entends la voiture de Tony, j'entends qu'on ouvre la porte et que mes amis entrent.

« En haut », dis-je.

Tony court et je continue à attendre. Fabio se racle la gorge. Il va pour dire quelque chose mais se ravise. Rien de ce qu'il pourrait dire ne m'intéresse. J'attends ; j'attends que Tony redescende et me dise si ma vie est finie ou non.

Un autre siècle s'écoule, puis encore un, et j'attends, sur le canapé, en fixant la télé éteinte.

Enfin, Tony redescend et je lève la tête.

« Ça va aller, dit-il avec effort. Art leur a injecté un anesthésiant. Il savait ce qu'il faisait. »

Je laisse passer quelques instants pour m'assurer que je n'ai pas inventé ce qu'il vient de dire. Je répète, « Ça va aller. Ça va aller ? »

Tony acquiesce. « Quand l'anesthésiant arrêtera d'agir, elles se réveilleront.

— Bien. » Je me lève ; j'ai fini d'attendre. « On va les laisser dormir. »

J'aimerais pouvoir en faire autant.

FABIO

1

L'aube se lève quand nous arrivons à l'oliveraie. Ça fait longtemps que je n'ai pas vu le soleil se lever. C'est une sphère rouge entre le ciel rouge et la terre rouge, une de ces aubes typiques des matins d'été – l'air garde encore un fond de fraîcheur qui ne sert qu'à nous narguer et sera de l'histoire ancienne dans quelques minutes. Dans quelques minutes, beaucoup de choses seront de l'histoire ancienne.

Tony a pris une arme. Il en a demandé une à Elena, qui l'a laissé choisir dans une petite sélection. Nous ne parlons pas de ce qu'il va en faire. Il a dit qu'il ne comptait pas s'en servir – mais.

« La vache », fait soudain Tony.

L'oliveraie est en feu. Je distingue des arbres qui brûlent. Chacun est une flamme différente, aussi rouge que tout le reste, et la fumée s'élève en longues spirales.

Puis, sur le bord du chemin, je vois quelque chose qui m'effraie encore plus. Nous nous attendions à trouver une voiture garée – celle qu'Art aurait volée pour embarquer Rebecca. Mais il y en a deux.

Assis sur le coffre d'une Fiat Punto bleue, Michele fume une cigarette.

Tony déglutit. Il marmonne, « Tu fais chier, Elena. » Ses amis et sa famille sont toute sa vie, et ses amis et sa famille l'ont déçu les uns après les autres. C'est ce qui pourrait lui arriver de pire, pire que la banqueroute, peut-être pire qu'une maladie mortelle.

Tony se gare et nous descendons de voiture. Dans le jean de Michele, on devine la présence d'une arme. Il saute de la voiture, aussi agile que s'il avait trente ans de moins. Il nous salue d'un « *Compari* » et dégaine son arme.

Tony crache. « Trente pièces d'or ? Combien tu as donné à Elena ?

— Elena a pris la décision la plus intelligente pour elle et sa famille. Donc pour toi aussi. »

Tony avance vers lui, d'un pas que j'ai déjà vu autrefois, quand il allait montrer à une petite terreur ce qu'il appelait une punition. « Elena est une salope.

— Elena est la seule raison pour laquelle je ne vais probablement pas te tuer alors que tu m'as manqué de respect. Tu m'entends, petit ? La seule raison.

— Tu ne viens pas avec nous, dit Mauro. Art a été clair : rien que nous, et ma famille si je veux. S'il voit quelqu'un d'autre, il va *tuer ma fille.* »

Michele agite son arme. « Je ferai ce que je veux.

— Tu feras ce qui est le plus intelligent, dit Mauro. On peut attraper Art. Et après il sera tout à toi.

— Une petite fille, c'est un corps difficile », dit Tony.

Michele nous fait signe d'avancer avec son arme. « Allez-y. Je vais vous suivre de loin. »

Mauro ouvre la marche vers l'oliveraie, Tony et moi derrière lui.

« Et au fait, Tony, lance Michele. Pas de blagues. Le flingue qu'Elena t'a donné, il n'est pas chargé. »

2

Je sens une odeur d'essence. Art a aspergé les oliviers, un par un, et il leur a mis le feu, une version survitaminée des cierges qu'il avait allumés plus tôt cette nuit. Pas tous les arbres, mais assez pour qu'il fasse plus chaud ici que sur la plage à midi. Les arbres flambent comme d'étranges torches, plantées dans le sol, aux ramifications profondes. Ils ont tous des centaines d'années. Que de vies gâchées. Et dans l'esprit perturbé d'Art, quel amplificateur pour sa magie.

Nous marchons au milieu des arbres en feu. La fumée épaisse nous empêche de discerner la silhouette des objets et des personnes. La broussaille va prendre d'un instant à l'autre, et alors l'oliveraie tout entière deviendra un enfer. Mais pour le moment, je ne ressens aucune impression de danger. Les rares animaux qui osaient arpenter cette oliveraie ont fui ; il n'y a pas d'autre bruit que le craquement des flammes. Le silence ne règne pas, mais tout est d'un calme étrange.

À force d'errer dans la fumée, nous découvrons Rebecca. Elle dort paisiblement entre les racines d'un arbre majestueux que le feu épargne encore pour le moment. Je ne l'ai pas remarqué lors de mes visites précédentes, et je me demande comment c'est possible tellement il est grand. Il a vu s'écouler des siècles et des siècles ; son tronc paraît fait de nombreux autres troncs enroulés les uns aux autres qui tendent vers le ciel une forêt de bras et de doigts. Rebecca pourrait être une créature sauvage, un changelin mieux à sa place ici qu'en ville. Art est assis près d'elle, avec le couteau de cuisine. Aussi ordonné que d'habitude, il a nettoyé le sang du chaton.

En nous voyant, il se lève d'un bond avec un grand sourire. « Vous êtes venus ! Oh, je savais que vous viendriez ! » Il est aussi excité qu'un gosse qui viendrait de braquer le père Noël. « Ça va être *mortel*, les gars !

— Laisse-la partir », dit Mauro en s'avançant vers lui.

Le visage d'Art s'assombrit. Il se baisse vivement et colle le couteau contre la gorge de Rebecca. « Stop. »

Mauro s'arrête net.

La fumée me fait pleurer. Je m'essuie les yeux. Art aussi a les yeux humides, mais les siennes sont de vraies larmes. « Vous ne comprenez pas ? Quand on a dansé avec les Choses cachées, être piégé ici... » – il tape du pied sur le sol – « c'est *atroce*. C'est... je peux pas, les gars. Je peux pas.

— T'as raison, dit Tony. C'est naze. »

Art lève la tête vers lui. « Alors tu me comprends.

— Oui. C'est naze et c'est injuste. Tu as passé ta vie à chercher les Choses cachées, et tu y as renoncé pour nous, et on a pas eu les tripes de retourner de leur côté avec toi. C'est pas juste, et c'est pas juste de notre part de ne pas t'avoir fait confiance.

— Non...

— Mais tu sais quoi ? La vie est injuste, mec. Faut faire avec.

— Je peux m'échapper. *On* peut s'échapper. »

Tony donne un coup de pied paresseux dans un caillou. « Et le prix, c'est la vie de la fille d'un ami. Sérieusement ?

— Tu ne me crois toujours pas.

— Non, Art, c'est pas que je te crois pas, c'est que je *m'en branle*. Les amis ça passe avant tout. Ta bande, ta famille, y a que ça qui compte. Et quand la vie est injuste, c'est-à-dire les trois quarts du temps, tu serres les dents. Pas pour toi, pour *eux*. Je peux presque tout pardonner à mes amis. Mais pas de me laisser tomber, c'est la limite. Ouvre-moi les portes secrètes de l'univers ! Montre-moi ta magie, montre-moi ta

Madama, montre-moi un Seigneur lubrique que je pourrai me taper pour l'éternité, et j'en aurai toujours rien à foutre parce que tu es un traître qui trahirait un ami pour avoir ce qu'il veut. Je te dirai pas merci et j'en rigolerai pas et je viendrai pas avec toi, et je te jure que je te pardonnerai *jamais.* Voilà. C'est toi qui vois. »

Tous les muscles du corps de Mauro sont tendus. Les miens aussi. Nous sommes prêts à sauter sur Art, à essayer de le désarmer avant qu'il ne fasse du mal à Rebecca.

Mais Art desserre son emprise sur le manche du couteau ; il baisse la tête, des larmes coulent de ses yeux, et il laisse tomber le couteau.

« Ramasse-le », dit Michele.

Il s'avance entre deux arbres en feu, son arme braquée sur Art. « Vas-y, ramasse-le. »

Art le regarde. « T'es la dernière personne que je m'attendais à voir.

— Montre-moi les saints, Art. Ramasse ce couteau et montre-les-moi. »

Art secoue la tête.

« Je te crois, petit ! Je les sens avec moi quand je danse. *Montre-moi leur visage !* »

Il ne me regarde pas. Je fais un pas dans sa direction.

Michele se tourne vers moi. Il dit, « Toi, je t'ai jamais aimé » et il tire.

Une explosion de douleur dans mon genou, violente et soudaine, quand les os se brisent et entaillent la chair. Ma jambe cède et je m'effondre en hurlant aussi fort que lorsque j'ai tué le chaton.

Quelle grâce dans les mouvements de Michele : tout de suite après avoir tiré, son arme revient se pointer sur Art, avec la fluidité d'une petite vague qui se brise. C'est un maître qui danse aussi bien avec des revolvers et des pécheurs qu'avec des couteaux et des saints.

Quelqu'un d'autre crie. Derrière le voile tombé sur mes yeux, à la limite de la perte de conscience, je vois que Tony dégaine et vise la tête de Michele.

« Il n'est pas chargé, *coglione* », dit Michele.

Tony presse la détente.

L'arme est chargée.

MAURO

1

Heureusement que Rebecca dort.

Je tourne les yeux, mais trop tard. J'aperçois la tête de Michele brusquement propulsée en arrière, des gouttes de sang et des morceaux d'os fusant comme des insectes dans la fumée. Ensuite, Michele est par terre, un trou énorme dans le crâne, au milieu d'une flaque de sang presque invisible sur la terre rouge. Tony a cessé de crier, Fabio aussi. C'est un drôle de moment qui nous rapproche, tous les quatre en train de fixer le corps d'un criminel que nous venons de tuer. Et, Dieu merci, Rebecca dort et ne saura jamais rien de tout ça.

Nous ne sommes donc pas *passés*. Je m'en veux de ressentir une pointe de déception. J'ai été assez bête, ou assez influencé par Art, pour croire que, peut-être, si ça se trouve, qui sait. Mais Tony a tué un homme et aucune magie ne s'est produite. On ne s'échappe pas de ce monde. On n'a pas d'autre choix que d'affronter la musique et de danser.

Et quelle danse, en l'occurrence.

Je pose mes mains sur mon visage. C'est un petit rituel secret que j'accomplis avant les journées difficiles au tribunal : je joins mes mains sur mon visage puis je les écarte lentement, vers la droite et vers la gauche, comme si je pouvais débarrasser mon cerveau de toutes mes peurs, tous mes soucis, pour ne garder en moi que ce qui me servira. J'oublie le guitariste et je laisse de la place au salaud désenchanté. Tandis que mes mains s'écartent, je perçois une odeur de sang et d'essence et je me dis qu'il faut qu'on se tire de là. Le feu se propage rapidement.

On est en mauvaise posture, mais ça pourrait être pire.

Je jette un coup d'œil à la jambe de Fabio. Son genou est en mille morceaux ; je doute qu'il remarche un jour sans canne. L'homme qui lui a fait ça est mort.

Bien.

« Emmène Rebecca à la voiture », dis-je à Tony.

Il répond, « J'ai tué un homme.

— Oui, mais là on n'a pas le temps d'en parler. Emmène-la à la voiture. » Je me tourne vers Art. « Tu m'aides à porter Fabio ? »

Sans un mot, il se dirige vers Fabio. Fabio laisse échapper un cri quand nous l'aidons doucement à se relever. Moi aussi je pleure – ma blessure me fait mal. Du coin de l'œil, je vois que Tony soulève ma fille. Nous nous frayons un chemin dans l'oliveraie, et chaque pas est un coup de marteau. Une fois dans le champ qui touche l'oliveraie, je me rends compte de la quantité de fumée que produit le feu. Même dans ce désert, quelqu'un va le remarquer, si ce n'est pas déjà le cas.

Je demande à Art, « Il te reste de l'essence ?

— Dans le coffre. »

Il y a des choses qui ne changent pas : quel que soit son projet, Art aura toujours des réserves. Il ne laisse aucune place au hasard. Art et moi aidons Fabio à s'asseoir à l'arrière de la voiture de Tony. Tony dépose ma belle Rebecca sur le siège avant. Tandis qu'il administre les premiers soins à Fabio, je vais ouvrir le coffre de la voiture d'Art. Il y a deux jerricans rouges. J'en prends un et je retourne vers l'oliveraie.

Je suis avocat fiscaliste ; effacer des traces est une seconde nature chez moi.

Un curieux sentiment s'empare de moi quand je me retrouve seul entre ces arbres, un relent de mon fantasme d'évasion. Si seulement ça pouvait être vrai. Si seulement il existait un autre monde, où l'on reste jeune à jamais. Je plisse les yeux pour essayer d'apercevoir des formes dans la fumée – la silhouette d'une femme enchantée, le reflet d'un fantôme –, une trace, au moins, à défaut de preuve. Mais il n'y a rien.

Tout en marchant, j'ouvre le jerrican, et lorsque j'atteins le corps de Michele je vide l'essence sur lui. Il faut qu'il brûle vite ; quand les pompiers arriveront, les parties facilement reconnaissables doivent avoir disparu. Il sera bien identifié un jour, mais pas ce soir.

Les racines de l'immense arbre sous lequel dormait Rebecca ont pris feu. Du pied, je pousse le corps et le feu affamé saute sur l'essence et la chair. Je suis triste pour Tony, qui a commis un meurtre, et je suis triste pour Fabio, qui perdra une jambe, et je suis triste pour Art, et je suis triste pour moi. Je n'ai plus assez de larmes pour ce mafieux des champs. Je me dépêche de sortir de l'oliveraie. Mes amis m'attendent. Et Michele avait des amis, lui aussi.

C'est bien là le problème.

2

Tony se range dans l'allée d'Elena, Art nous suit dans sa voiture volée. Fabio a réussi à rester conscient, mais il faiblit à vue d'œil. Tony ne pourra pas le soigner comme il m'a soigné ; c'est un professionnel qui a tiré sur Fabio, et il cherchait à blesser. Malgré tout, nous ne pouvons pas le conduire à l'hôpital. Après ce que nous avons fait à Michele, ce serait condamner Fabio, et nous avec, à une mort certaine.

« Entrez, dit Elena en ouvrant la porte. J'ai fait du café. »

Rocco est derrière elle, il ne fait même plus semblant d'être celui qui porte la culotte. Je soulève Rebecca dans mes bras, Art et Tony soutiennent Fabio. Il se mord la lèvre jusqu'au sang. Elena m'indique la chambre où je me suis reposé avant-hier soir. Les draps sont propres. J'y dépose Rebecca et je lui fais un bisou sur le front. Sa peau garde l'odeur du bois d'olivier brûlé. Une odeur agréable, comme un arrière-goût d'un feu de camp avec des amis.

En revenant dans le salon, Elena et moi trouvons Art assis dans un fauteuil en osier, Fabio avachi sur le canapé, la respiration saccadée, et Rocco debout, les mains enfoncées dans les poches, l'air complètement dépassé. Tony crie à Elena, « Tu m'as vendu, salope !

— Du calme », fait Rocco.

Tony tourne brusquement la tête vers lui et Rocco recule d'un pas.

Il a posé le café sur la table basse devant le canapé. Très calme, Elena en prend une tasse et la porte à ses lèvres. « Je t'ai mis en contact avec Michele, Michele t'a dit ce qu'il fallait faire, et tu n'as pas suivi ses instructions.

— Je n'appartiens pas à la Corona.

— Et qu'est-ce que ça change, Tony ? Tu es trop bête pour te rendre compte de la situation dans laquelle tu as mis ma famille ? J'ai fait ce que je devais faire, pour *nous tous*.

— Donc tu m'as vendu parce que tu n'avais pas le choix ?

— Ton arme était chargée, non ? »

Tony envoie un coup de poing dans le mur. « Tu m'as obligé à tuer un homme !

— Je ne t'ai *obligé* à rien. J'espérais que tu serais malin, c'est tout. »

Je jette un coup d'œil vers Art. Toute son énergie l'a quitté ; les traits tirés, il fait dix ans de plus que son âge. Il regarde la lumière du matin. Il doit penser à sa *Madama*, à son monde caché, et s'il est presque sûr que ce monde n'existe pas, Art s'en languit réellement. Je peux le comprendre. Je n'ai aucune haine pour Art bien qu'il ait essayé de tuer ma fille. Je l'aime parce qu'il n'y est pas parvenu, même contre la promesse d'une éternité de plaisir. Au tréfonds du cinglé qu'il est devenu, l'homme que j'ai connu existe encore. J'espère que la même chose vaut pour nous tous.

« Mais maintenant on a un problème, dis-je. On a tué un homme de la Corona.

— Et il faudrait aussi s'occuper de la jambe de Fabio, intervient Tony.

— J'ai peut-être la solution », dit Elena.

Silence. Puis Art a un petit rire et dit, « C'était à ça que tu voulais en arriver depuis le début ? »

Elena hausse les épaules.

Art secoue lentement la tête. Ce qu'il fait alors, je l'ai rarement vu chez lui : il regarde Elena avec respect. « Vas-y, alors. Passe ton coup de fil. »

Elena se lève et sort de la pièce, Rocco sur ses talons.

« Hein ? fait Tony. Qu'est-ce qui se passe ?

— Le Roi, Tony, dit Art. La tête sur laquelle repose la Corona – ma magie lui sera plus utile que ne l'était Michele. Je vais me remettre entre ses mains.

— Mais putain, Art, j'ai *tué* un homme et il ne s'est rien passé ! Tes Choses cachées, ta magie, *ça n'est pas réel.* »

Mais Tony sait aussi bien que moi que ce n'est pas la question. La définition de la réalité appartient à ceux qui ont les plus gros calibres.

« C'est un homme raisonnable, dit Art. Je lui demanderai de vous laisser tranquilles en échange de mes services, et vous verrez : aucun médecin sensé ne demandera ce qui est arrivé à la jambe de Fabio. Oh, et la Corona n'aura aucune raison de s'en prendre à Silvana. Je me donne au Roi, et c'est gagnant-gagnant. »

En tout cas dans un monde où gagnant-gagnant signifie que vous et votre famille n'allez pas mourir dans les quarante-huit heures. Sur le canapé, Fabio a du mal à garder les yeux ouverts. Il est toujours conscient, mais il ne peut pas ou ne veut pas parler. Je le regarde. Je regarde Tony. *C'est drôle, finalement la magie d'Art va bel et bien tous nous sauver.* Je demande, « T'es sûr ? Si je comprends bien, une fois que tu te seras remis à lui, tu seras… son serviteur, en gros ? »

Art sourit, recouvre un peu de son énergie. « Je trouverai un moyen de m'en tirer quand le Moment sera venu. D'ici là… » Il laisse passer un temps, se frotte les mains. « Je jouerai au sorcier royal. Ce sera pas si mal, tout compte fait. Non, franchement. Ça va être marrant. Super marrant. »

TONY

Je ne me lasserai jamais d'American Pizza. Les pizzas y sont bonnes, pas les meilleures de la ville, mais bonnes. La pâte pourrait bien contenir de la mort-aux-rats, je m'en ficherais. Je viens ici pour être ici. En apparence, l'endroit a beaucoup changé depuis que les touristes ont découvert Casalfranco, mais il a conservé son âme. Pendant de nombreuses années, mes amis et moi nous sommes retrouvés ici, une fois par an, le seul point fixe dans le carrousel de nos vies. Nous étions quatre ; désormais nous sommes trois.

J'arrive le premier. Je m'assieds à notre table, je commande un verre de pinot gris, et j'attaque le pain. Je suis aussi nerveux qu'un ado avant son premier rencard. C'était il y a deux ans, jour pour jour, que Fabio, Mauro et moi sommes venus ici, mais qu'Art nous a posé un lapin. Presque deux ans depuis que j'ai tué un homme. J'ai fini par accepter que je n'en éprouvais pas de culpabilité. Michele était un monstre. J'ai pressé la détente, mais il m'a forcé la main.

Un couple d'Allemands est installé à une table proche. Ils sont très fiers de saluer le serveur par son prénom et de commander dans un italien correct, malgré leur accent. Des retraités, je parie ; le Salento devient la Floride de l'Europe. Beaucoup de gens du coin s'en plaignent, mais je trouve que c'est un mieux par rapport à l'époque où un quart d'heure de grêle pouvait détruire une récolte et entraîner un an de famine. Le couple a l'air heureux. Ils me mettent en joie.

« Superbe chemise », dit Mauro.

Deux années peuvent changer un visage. La dernière fois que j'ai vu Mauro, il commençait à grisonner ; aujourd'hui, il est clairement poivre et sel. Ça lui va bien ; ça lui donne un air sage.

« Je savais qu'elle te plairait. »

Ma chemisette arbore des personnages Disney en costume d'Avengers. Si Picsou est super en Iron Man, je ne suis pas convaincu par Mickey dans le rôle de Captain America.

Mauro s'assied et se racle la gorge. C'est censé être la résurrection du Pacte. Pas *exactement* le Pacte, parce que nous avons dû nous parler pour l'organiser, et parce que ça ne peut pas être le Pacte sans Art, mais c'est ce que nous avons réussi de plus approchant. L'année dernière c'était impossible : nos blessures étaient encore trop vives. Cette année, c'est une expérience, pour voir ce que ça donne. Je n'étais pas certain de réussir à m'asseoir à la même table que Fabio.

« T'as un mec », dit Mauro.

Je souris. « T'as vu Sergio sur Facebook ?

— Absolument.

— Il est canon, hein ?

— Je répondrais oui si j'étais pédé. »

Je lui envoie un baiser. « Allez, sois mon plan cul. On est ouverts, Sergio et moi. »

Mauro se tord le visage en une fausse grimace de dégoût. « Il bosse dans quoi ?

— Il est comédien.

— Comme tous les autres, non ?
— Lui, c'est un vrai. Il joue Shakespeare et tout.
— Excellent.
— J'ai plein de places gratuites. »

Mauro picore du pain. La conversation s'étiole, ce qui est une première avec lui ou avec Fabio. Trop de non-dits entre nous. Je vais exprimer le plus gros d'entre eux.

« Je n'ai aucune idée de ce que fait Art, dis-je.
— Je ne te le demandais pas.
— Non, mais tu te posais la question si fort que je t'entendais penser. Je ne suis plus en contact avec Elena. Je l'ai vue pour le baptême du bébé, et à Noël dernier, mais on a parlé juste ce qu'il fallait pour que Papa et Maman soient heureux.
— Tu ne sais toujours pas quoi penser d'elle ?
— Non. »

Elena m'a donné une arme chargée. Était-ce une manifestation d'amour à la dernière minute, ou parce qu'elle espérait que je la débarrasse de Michele ? Je n'en sais rien, et je ne peux sûrement pas le lui demander ; je ne vais pas l'écouter me servir son baratin. Je ne peux m'appuyer que sur les faits, or les faits ne sont pas à son avantage. Quand j'ai tiré sur Michele, je savais que je sauvais la vie de Rebecca, mais je savais aussi que la Corona n'apprécierait pas. En pressant la détente, je nous changeais tous en viande froide.

Sauf que nous avons été sauvés par Art.

Il s'est remis à eux, par l'intermédiaire d'Elena, et cette fois tout s'est déroulé comme prévu. Le Roi nous a laissés filer, a fait taire les questions concernant la jambe de Fabio, et a libéré Silvana.

Et, en outre, il a magnifiquement récompensé Elena en lui donnant pouvoir et influence.

La boîte de Rocco est maintenant la plus grosse de la ville. En tuant Michele, j'ai donné un grand coup d'accélérateur à la carrière de ma petite sœur. La question est, lorsqu'elle a chargé mon arme, était-ce pour m'aider ou pour le doubler ? Je ne le saurai jamais. Mauro trouve que ça n'a pas d'importance, mais il se trompe.

De même, je ne saurai jamais ce qui s'est passé dans l'oliveraie, il y a vingt-quatre ans, et qui a fait dérailler Art. À certains moments, j'ai failli croire à sa version. Ce n'était qu'un réflexe. Nous l'écoutions toujours quand nous étions gamins. Mais s'il me faut une preuve que son histoire n'est qu'un triste cas d'aveuglement, la voici : j'ai tué un homme, au bon endroit, au bon moment, et nous ne sommes pas passés de l'autre côté. Ou alors je suis un tel salaud que *descendre un type* ne suffit pas pour que je fasse de la magie ? Franchement. Je peux être dur parfois, mais je ne suis pas Elena.

Non, je ne saurai jamais ce qui s'est passé dans l'oliveraie. Je suis bien obligé de l'accepter et de tourner la page. Je lève mon verre. « *Alla salute di Art.* Le sorcier royal. »

Mauro sourit, trinque avec moi. « *Salute.* »

Je demande, « Anna est là ?

— Non.

— Ça va entre vous ?

— Super. Mais elle m'a dit qu'elle avait eu une révélation il y a deux ans.

— C'est-à-dire ?

— Casalfranco est un trou sexiste et elle n'y remettra jamais les pieds.

— Elle a rejoint le camp de Fabio », dis-je, et je le regrette tout de suite.

Mauro éclate de rire. « C'était bizarre, ça.

— Pardon.

— Beaucoup d'eau a coulé sous beaucoup de ponts. J'ai plus de problème avec Fabio. Toi ?

— Je le saurai quand je le verrai.

— Je suis le seul à m'en être tiré indemne. Je refuse d'être rancunier. »

Ce jour-là, dans l'oliveraie, quand nous avons empêché notre ami Art de faire quelque chose de très bête, Fabio a perdu une jambe. Les os, les ligaments et les muscles étaient foutus. Il a fallu couper au-dessus du genou. Il va devoir porter une prothèse et marcher avec une canne jusqu'à la fin de ses jours, à mes yeux ça mérite le pardon.

« T'as meilleur fond que moi, dis-je.

— T'es un mec *génial*, le meilleur d'entre nous. Ce que tu as fait pour Rebecca, c'est… j'ai une dette à vie envers toi.

— Si tu m'invites ce soir, ce sera déjà un début.

— Ne nous emballons pas.

— Alors comme ça on ne m'attend pas pour commencer à se chambrer ? dit Fabio. Ça, les amis, c'est inacceptable. »

Il porte une chemise blanche impeccable et une barbe de trois jours. Il ressemble à une star de ciné, plus que jamais, dont la place est devant l'objectif et non derrière. Je suis curieux de savoir comment il joint les deux bouts ; à ma connaissance, il n'a pas réussi à vendre son projet de livre. Il va tout nous raconter. Rayonnant, il se dirige vers notre table.

Il marche. Sans canne. Sans boiter.

Je dis, « Ta jambe ! »

Fabio s'assied. Il répond, « Art. »

Remerciements

J'ai un rapport complexe aux remerciements. En disant merci aux gens qui ont fait un livre avec moi, je sous-entends très peu subtilement qu'ils méritent d'être remerciés car le livre est bon. Personne ne dirait jamais, « Merci d'avoir cuisiné ce ragoût dégueulasse avec moi. » En manifestant de la gratitude envers les autres, c'est en fait nous-même que nous félicitons.

Bien que j'aime autant les félicitations que n'importe qui (si vous grattez un peu, vous découvrirez que l'écrivain le plus réservé du monde est en réalité bouffi d'orgueil), je veux que cette page soit vraiment dédiée aux autres, aux discrets qui ont donné du temps, de l'âme et de la sueur pour que ce livre soit le meilleur possible.

En premier lieu Piers Blofeld. Piers, ton courage a été bien plus grand que je n'aurais pu le rêver. Non seulement tu es patient avec mes histoires farfelues et mes miracles, mais en plus tu les défends. Merci pour ça.

Ella ! *Ciao,* Ella Chappelle. Tu as eu la gentillesse de croire en ce livre et l'intelligence de voir comment le retravailler. Toutes tes remarques m'ont été précieuses. Ton sens du rythme et de la poésie ont été des atouts formidables, et un bonheur à côtoyer. Merci.

À mes amis du Salento : merci de m'avoir rafraîchi la mémoire lorsque c'était nécessaire.

À la super équipe de Bloomsbury : vous savez qui vous êtes et savez pourquoi je vous remercie.

Vassili Christodoulou et Susan Quilliam, votre enthousiasme pour le manuscrit brut m'a galvanisé et porté tout au long des nombreuses réécritures qui en ont fait ce qu'il est maintenant.

Et avant qu'il ne se produise quoi que ce soit, avant que je n'écrive le premier mot de ces *Choses cachées*, avant que je ne prenne la moindre note, il y avait Paola Filotico. Paola, tu étais certaine que je serais capable d'apprendre à écrire de la fiction dans une autre langue. Moi, je croyais que tu étais folle.

Mais tu avais raison. Bien joué.

Imprimé en France par CPI
en mars 2019

Dépôt légal : avril 2019
N° d'édition : 01
N° d'impression : 2043743